目 录 ______contents

魅丽文化
SUNNY
心晴坊
女性新阅读

阅读越美丽
开卷好心情

十二事务所（全2册·上）

钟晓生·著

图书在版编目（CIP）数据

十二事务所：全2册 / 钟晓生著. -- 南京：江苏凤凰文艺出版社，2019.9
ISBN 978-7-5594-3633-7

Ⅰ. ①十… Ⅱ. ①钟… Ⅲ. ①长篇小说 - 中国 - 当代
Ⅳ. ① I247.5

中国版本图书馆 CIP 数据核字 (2019) 第 074979 号

十二事务所：全2册

钟晓生 著

出 版 人　张在健
责任编辑　张　倩　王　青
特约编辑　唐　婷
装帧设计　46
出版发行　江苏凤凰文艺出版社
　　　　　南京市中央路165号，邮编：210009
网　　址　http://www.jswenyi.com
印　　刷　湖南新华精品印务有限公司
开　　本　880mm × 1230mm 1/32
印　　张　19.5
字　　数　550千字
版　　次　2019年9月第1版，2019年9月第1次印刷
书　　号　ISBN 978-7-5594-3633-7
定　　价　69.80 元（全 2 册）

真诚永远比逃避管用。

第一章 ______ 旷考少女 V.S 青年才俊

肖娟抱着文件夹走进教室，教室里空空如也，一个人也没有。她皱眉，低头看了眼手表。

十二点五十一分。还有九分钟考试就要开始了。

肖娟今天是来监考的。她从文件夹里抽出监考名单，名单上只有一个考生——学号：170107；姓名：钱钱；学院：艺术设计。

肖娟教书十年来，还是头一次遇到色彩构成这门课有学生需要补考。绘画不是数理化，没有很严格的考试标准。学生们只要平时按时交作业，期末考试的时候当场完成一张简单的作品，就算水平再怎么不济，专业课老师也会让学生们通过的。当老师的也不想在这种基础课上为难学生。

可偏偏的，钱钱光荣地成为本系成立十年来第一位挂掉了色彩构成课的学生——当初期末考试的时候，她竟然毫无理由地旷考了！

由于此前从来没有学生挂科，所以这门课也没有重修。系里在第二个学期开学的时候给过钱钱一次补考的机会，可那次的补考，钱钱依旧缺席了。

今年已经是他们这一届学生大四毕业的时候了，再过几天学生们就要拍毕业照拿毕业证了，这是学校给还挂着科的同学们安排的最后一次毕业清考的机会，如果这一次考试还不能顺利通过，挂科的学生们就只能延期毕业了。

十二点五十五分，人没有出现。

十二点五十九分，人还是没有出现。

每过几秒钟，肖娟就抬腕看一眼手表。眼见开考的时间已近，唯一的考生却还没有来。作为监考老师，她都替考生急得捏了把汗。

指针匀速地转动着，并不为任何人放缓一分一秒。

“丁零零零零……”

教学楼的铃声准时响起，通知各个考场的老师和学生们，考试已经开始了！

而钱钱依然没有出现。

肖娟的眉头已经皱得能夹死一只苍蝇。毕业清考，任何一个对自己的前途稍微上点心的学生也该好好把握住这次机会。拿不到毕业证，之后不管考研还是找工作都会遇到麻烦，学校也不想耽误学生的前程，考生只要来了，哪怕她一会儿往纸上瞎涂几笔，能放她过也就放她过了。可至少她必须得来参加考试啊！

这个钱钱，到底在搞什么鬼！

此时此刻，一个穿着粉色 T 恤的姑娘就坐在教学楼对面的长椅上。她仿佛一尊入定了的佛像，已经这么坐了二十分钟了，几乎没挪动过位置。她的目光死死盯着对面，好像在看一个仇人——可她的对面除了一栋灰溜溜的教学楼之外，并没有任何人。

“丁零零零……”教学楼的铃声响起。

小姑娘仿佛被响亮的铃声吓到，猛地收紧肩膀。如果路过的人仔细看，会发现她的额头上已经全是汗水，脚快速而小幅颤抖着，呼吸很急促。

她想要站起来，可身下的椅子上仿佛被涂了胶水，她的腿像是被灌了铅，任她怎么努力，她还是岿然不动地坐在椅子上。她的汗越出越多，呼吸开始有点困难。僵了两三分钟后，缺氧开始让她觉得晕眩。再这么下去，她恐怕会昏倒在长椅上。

忽然，她掏出手机，点开了一个游戏。

当把注意力集中到游戏上，她狂抖的腿渐渐停下来了。

不多久，一个路人从她身后路过，只见她双肩微耸捧着手机，眼睛死死盯着屏幕，很是紧张的样子。路人还以为她在玩什么惊险刺激的战斗游戏，忍不住好奇地往她手机屏幕上看了一眼。这一眼却叫人大失所望。

——这姑娘在玩的游戏居然是手机版大富翁！

她全身紧绷，用力地将手指按在屏幕上，竟然是在掷骰子！同时她的嘴里还念念有词："三……三……三……"

这姑娘操纵的角色是钱夫人。距离钱夫人三步的地方有一处无主的建筑，如果能买下投资，无疑是很好的机会。

可能是被她那紧张的情绪感染，路人也忍不住放慢脚步看她投出的数字。

片刻后，滚动的骰子停下了。二。

路人失望地摇摇头，走开了。

玩大富翁的姑娘却并没有因为没掷到理想的数字而灰心。等所有角色走完一轮，轮到她操作时，她熟门熟路地点开菜单，点下"读取进度"。几秒的 Loading 后，游戏刷新，退回了她上一步保存的位置。

"三……三……三……"

她小声念叨着，重新掷骰子。

她今天运气不怎么好，不管她怎么读取进度重来，骰子都转不出她想要的数字。她只能一遍又一遍地读取进度，一遍又一遍地重新来过。

不知重复多少次之后，跟她作对的骰子终于在三点上停下了。游戏里的钱夫人款款地迈出步子，走到无主的建筑物边。屏幕上弹出是否购买的询问，女孩点下了购买。

"今夜做梦也会笑——"买到了心仪的建筑，钱夫人开心地笑。

终于走出理想的一步，她赶紧保存下游戏的进度。

"丁零零零……"教学楼的铃声又响了。

几乎是与此同时，学校的教职人员在她面前关上了教学楼的大门。

一点四十五分已过。按照学校的规定，开考十五分钟后，迟到的学生不被允许入场。

随着大门的关闭，一直全神贯注玩游戏的姑娘先是愣了片刻，随即浑身泄气般瘫软下来。她靠在长椅上对着天空发呆。

又过了几分钟，她一脸茫然地背起书包离开了。

教室里。

没有等到考生的肖娟拿起笔，惋惜而失望地在钱钱的名字旁写下两个大字。

——“旷考”。

这是这个胡作非为的学生第三次旷考了。她将无法顺利毕业，她必须为她的任性付出代价。

钱钱在微博的热搜榜上看到“最帅哈佛研究生”这个话题的时候，心里隐隐约约冒出一张脸来。她下意识地点进这个话题看内容。

“今天我们学校请了个美国哈佛大学心理学研究生来给我们开讲座，哈佛小哥一露面我们都惊呆了啊！真的太！帅了！！哈佛小哥长得比好多现在的流量小生都帅，而且还特年轻，三十都不到！哈佛大学！24K 纯学霸啊！老天，天底下怎么会有这么完美的男人？！”

这是国内某高校的学生发的微博，微博发出的时间是昨天晚上八点，不到二十四小时，这条微博已经被转发了五万多次，留言也有三万多条了。

钱钱点开微博里的图片。那明显是用手机随便拍的照片，连滤镜都没加，拍摄角度和构图也丝毫没有规划。可即使是这样一张随意的照片，照片中的年轻男人也英俊得足够令人惊艳。发照片的博主并没有夸张，纵使是明星，在不化妆不打光不修图的情况下这么好看的也实属罕见，再加上“名校”“研究生”“学霸”等华丽头衔，不火才奇怪。

钱钱盯着图片看了几秒钟，又点进微博看评论。

“讲座我也去听了！哈佛小哥真人比照片还好看！！！哈佛小哥出场

的时候礼堂里女生的惊呼差点把屋顶给掀翻了！！真的不夸张！！！”

“啊啊啊啊啊啊我跟博主是校友！辅导员问我们要不要报名去听讲座的时候，我还以为演讲的会是一个秃头大叔，就宅在寝室里打游戏了。看到同学发回来的照片我简直肠子都悔青了啊！我要戒游戏！！！”

“天啊天啊天啊！真的太帅了！小哥真名叫什么？几岁了？有女朋友了吗？有男朋友了吗？打算出道吗？！”

热评里大多都是花痴的评论，间或有一两条不和谐的声音。

“这么年轻，真的是哈佛的研究生？发过几篇 paper？该不会是哪个娱乐公司推新人，故意炒作吧？”

“我也觉得像炒作，这两年类似的炒作还挺多的。”

钱钱站在地铁车厢靠近换节的地方。地铁从隧道里快速驶过，发出刺耳的轰鸣声的声音。等噪音减弱，她听见对面的母亲叫她的名字。

“钱钱，准备下车了！”

钱钱猛然回过神来，“哦”了一声，收起手机，朝车厢门口走去。

“你刚才看什么呢？这么投入，我跟你说话你都听不到！”

“就刷刷朋友圈。”钱钱说，“地铁里好吵，我没听见你叫我嘛。”

“不要一天到晚刷朋友圈，”钱美文开始念叨，“趁着现在年纪轻，多学点有用的东西，背背单词也好的呀。过两年你也去出国留个学什么的……”

对于母亲的叨叨，钱钱习以为常地左耳朵进右耳多出：“出国干吗呀？国外有火锅吗？国外有麻辣烫吗？国外有黄焖鸡米饭吗？国外连番茄炒蛋都没有！您就不怕我出去了憋出个抑郁症啥的？”

钱美文哭笑不得：“就你油嘴滑舌！”

数分钟后，母女两个来到酒店包间。

因为出门的时候忘带东西又回去取，耽误了点时间，钱家母女到的时间已经比约定的时间晚了一些。她们推开包间的门，包间里已经有一对母子坐着在那儿等了。

如果不认识包间里的两个人，很难有人相信他们是一对母子，说是姐弟恐怕信的人还更多一些。中年女人打扮得既淑女又精明干练，妆容完美。如果不是她的法令纹略有些深，乍一眼看过去也就三十来岁的模样。

母亲是个好看的女人，儿子自然也不会差。男人的皮肤很白，眉目柔和，鼻梁高挺，非常英俊，并且是那种柔和的、没有攻击性的英俊——几分钟前，钱钱几分钟前才在微博上看到网友们给这张脸的主人贴上了“最帅哈佛研究生”“学霸”“男神”之类标签。

两位母亲已经寒暄起来了。

“不好意思，出门的时候耽误了一下，你们等多久了？”钱美文忙不迭地道歉。

“没事，我们也刚刚才到。”林佩蓉说，“快坐吧。”

“钱钱，傻站在那里干什么，快跟林阿姨和小韩打招呼啊，”钱美文忙把女儿拉到前面，“你跟小韩都很长时间没见了吧？”

钱钱一进门，看到韩闻逸，嘴角就忍不住向下撇。钱美文回头看她，正好把她的表情尽收眼底。

钱美文一愣：“你这孩子……干吗呢？”

钱钱忙挤出一个乖巧的笑容，脸上笑嘻嘻，心里骂街：“林阿姨好，闻逸哥好。”

韩闻逸把她的变化尽收眼底，嘴角不由得微微翘起。

“钱钱，”他缓声道，“好久不见。”

钱家母女入座以后，两家的长辈就开启了商业互吹模式。

“你们家小韩真是越长越帅了。我刚才进来包间的时候，好几个女服务员站在外面偷看呢！”钱美文说，“你们家小韩真是长得又帅，又有出息！你的福气怎么这么好？能养出这么好的孩子！”

韩闻逸微笑：“钱阿姨过奖了。”

“你们家钱钱才是。都说女大十八变，越变越漂亮。”林佩蓉礼尚往来，“这句话放在钱钱身上特别贴切。上回我见到钱钱还是个小姑娘的样子，现在已经出落成一个大美女了。”

钱钱的反应和韩闻逸差不大多：“阿姨您夸得我都不好意思了。”

钱韩两家当了十几年邻居，两家孩子都是在对方家长的表扬声中长大的。小时候被夸几句还会挺高兴，等长到一定年纪也就明白了：甭管别家长辈是不是真心夸自己，反正那不是夸给自己听的，是夸给自己父母听的。赞誉对方的孩子，是成年人之间的社交礼仪。所以这种时候礼貌地感谢一下就行了，别太往心里去。

钱钱抬头，正对上韩闻逸的视线。韩闻逸给了她一个心照不宣的眼神。钱钱撇撇嘴，回了他一个挑衅的眼神。

钱钱和韩闻逸之间的关系，可以用青梅竹马来形容。青梅竹马又好像不太确切，毕竟电视剧里的青梅竹马都是天天黏在一起，一起上学放学，一起情窦初开，一起偷偷摸摸做些不被家长允许的“坏事”。然而韩闻逸比钱钱大了三岁，钱钱刚上初中的时候韩闻逸已经上高中了，等钱钱上高中的时候韩闻逸又去美国读大学了。他们中间难免隔了一些什么。

隔了一些什么的原因，撇去年纪的差距之外，还有很重要的一点——对于钱钱来说，韩闻逸就是故事里那个标准的“别人家的孩子”。

话说回上一代。

钱钱的父亲钱为民和韩闻逸的父亲韩爱国都是T大的教授，他们的住处也是学校分配的家属房，就住对门儿。父亲们是同校的教授，两家母亲关系也非同一般。钱美文和林佩蓉是中学时就认识的好朋友，当初还是林佩蓉先嫁给了韩爱国，又把钱美文介绍给钱为民的。

父母有这么深的渊源，两家人家又是邻居，关系当然是极好的。可关系好归好，暗中攀比较量的事情也是有的。

钱为民和韩爱国虽然都是T大的教授，但钱为民是哲学系的教授，韩爱国是经管学院的教授。年轻那会儿大家都差不多穷，职称也齐平，所以还没啥感觉。可过了几年那差距就渐渐拉开了。哲学教授还骑着永久牌自行车的时候，经济学教授就开上车了，还隔三岔五就升一升级。等哲学教授终于勒紧裤腰带买了辆大众，经济学教授都已经开上宾利了！

而钱美文和林佩蓉，虽然中学时是同学，但不管是挑老公还是经营自己的事业，林佩蓉都显得比钱美文能耐些。钱美文在小学里当老师，工资不高，胜在清闲，福利也好。而林佩蓉先是在银行干了几年，后来又转去做金融，早混成女强人了！

比事业比不过，比老公比不过，剩下还能比比的也就是两家的孩子了。哪怕一个男一个女，哪怕年纪差了三岁，钱美文在培养女儿这条路上一直盯着人韩家的儿子较劲。

于是乎，钱钱简直是在韩闻逸的阴影笼罩下长大的。

因为韩闻逸门门成绩一百分，所以钱钱要是考个九十八分回家必定会挨上两句数落；因为韩闻逸每周末上三门兴趣课和辅导班，学钢琴学英语还学跆拳道，所以钱钱从小学开始每周末得上四门课，学乐器学英语学舞蹈还要学画画……

凭良心说，钱钱其实算是个挺不错的孩子。论长相，是班花级别的，小学起就有不少小屁孩喜欢围着她打转；论成绩，虽然不拔尖，也能稳定在中上游；论才华，至少有拿得出手的特长……

可问题是，韩闻逸根本就是个怪物般的存在！钱钱是有优点，可韩闻逸简直是没缺点！这直接导致了钱钱从小就觉得自己做啥啥不行。这股怨气一开始是对自己的，后来就迁怒到了韩闻逸身上。一听到韩闻逸三个字，一看到韩闻逸那张脸，她心底就腾起一股“既生瑜，何生亮”的悲凉感。

韩闻逸毕业回国以后，关系这么好的两家人当然要聚一聚。然而大家时间难凑，今天韩教授去国外某大学考察去了，钱教授去外地开学术研讨会了，反正男人们本来就是配角，两位夫人索性撇开了两位教授，约了一顿四人聚餐，两位母亲带两位孩子出席，小聚一番。

等菜的时候，两位母亲还在友好地进行商业互吹。

“你们家小韩这么优秀，肯定很多小姑娘围着他打转。现在女朋友有了伐？”

“还说呢。我前阵子碰到他的同学，人家说他一门心思都扑在学业和事业上，根本不近女色。”林佩蓉似真似假地叹了口气，“还好他现在还算年轻，等再过几年，他三十几岁，我可能真要替他操心一下了。”

“你们家小韩才二十五六岁吧？这个年纪是不急的，年轻的时候好好拼事业。我听说他现在回国自己创业了？当老板了？”钱美文又说，“真的太了不起了！”

“哪有什么了不起，”林佩蓉眉眼间的不屑并非谦逊，“他跟几个朋友合作开了间小事务所。小打小闹，不上台面。”

“事务所？”

“是的阿姨，”韩闻逸仿佛没有察觉到母亲的不屑，自己把话题接了过去，“做心理咨询和家庭治疗。”

钱美文一愣，钱钱也是一愣。心理咨询她们知道，家庭治疗是什么？治疗什么？家庭医生吗？

这是一场以长辈们为主角，孩子们为配角的聚餐。钱钱本来就打定了主意只管自己吃饱喝好，其他一律不管，若非必要她懒得不开口。而钱美文怕显得自己孤陋寡闻，也没好意思往下问。

能自己创业，不管创业规模是大是小，对于钱美文而言都是非常出息的一件事。不过韩家夫妇都是做大事业见大世面的人，韩闻逸做的事被他们称作“小打小闹”瞧不上眼，也是情理之中。

钱美文难免有点眼热：“佩容，你要求也别太高了。你们家小韩，同龄人几个能跟他比？才二十五岁，都已经是世界一流名校的研究生了。你看看我们家钱钱，就读个本科还挂科，前两天刚刚参加了学校的毕业清考，她差点毕业证都拿不到！好在是考过了……”

钱钱正低头拨弄餐巾，听到“毕业证”三个字，动作停顿了几秒，随后又继续若无其事地摆弄餐巾。

用餐过半，钱钱出去上厕所。

包间门口还真聚了几个女服务生，一边时不时偷偷往里看一眼，一边兴奋地讨论。

“你说他们是不是来相亲的啊？”

“那男的长这么帅还需要相亲？不会吧？”

“那个女孩子也蛮漂亮的啊！”

“漂亮是漂亮，可是美女多，帅哥少啊！这年头，你见过有几个帅哥找不到女朋友需要相亲的？”

“有道理……”

“可能是男女朋友，要结婚了，所以两家家长出来见个面。”

服务员正八卦着，看到钱钱出来，忙止住话头，心虚地散开了。

钱钱听到几句她们的谈话，不屑地撇撇嘴。憧憬韩闻逸的小姑娘，那都是没在他的阴影底下生活过的。谁要是真跟他在一起了，眼前整天杵这么一人，那压力得多大？压力大会导致脱发，脱发了就当不成美少女了，这笔买卖划得来么？

钱钱上完厕所，并没有马上回去。她不喜欢包厢里的气氛，还是外面轻松点。于是她就站在洗手池边上玩起手机来。

刚一掏出手机，她就看到了来自吴妮妮数条未读消息。

“我跟张西分手了。”

“这次是真的分手了。真的。”

“我已经把他的联系方式全部拉黑了，江湖不见了。”

钱钱看完几条未读消息，忍不住翻了个白眼。她要是没记错，这少说是吴妮妮跟张西第十次分手了。“真的分手”也至少是第五次了。

她捏着手机，准备回消息，想半天才打了两个字，又都删了。随后就皱着眉头发呆，想半天不知该回些什么。

正烦着呢，忽听旁边传来哗哗的水声。钱钱扭头一看，竟然是韩闻逸不知道什么时候从包厢出来了，正站在她边上洗手。

韩闻逸有洁癖。这习惯不是从小就有的，似乎是在初中又或者高中的某一年，他突然开始变得特爱干净，一天要洗个十七八遍手，还必须用肥皂洗。在外面很多地方不供应肥皂，他就养成了自带肥皂纸的习惯。

他认真地用肥皂洗了三遍手，一抬头，对上镜子里钱钱苦大仇深的脸。

他挑眉。

“朋友，是什么让你离开了万恶的美帝国主义，回到了祖国母亲的怀抱？”钱钱一脸幽怨。

两人是从小一起长大的。韩闻逸去美国读书好些年了，每年也回来几趟。如今钱钱看他，虽已有了一半的陌生，却还有一半的熟悉在。刚才在包间里当着长辈的面她装得挺老实的，眼下一离开长辈的视线，就一点不客气了。

“怎么？”韩闻逸抽了两张纸巾把手擦干，“不欢迎我回来？”

“当然不欢迎。”钱钱撇嘴，“你一回来，等于给我妈立一参考坐标。我妈以后还不得看我哪哪儿都不顺眼？”

韩闻逸耸肩，表示自己也很无奈。

钱钱妈把他当“别人家的孩子”这事儿他是知道的。不光钱钱妈，整个大院里，没几家父母不拿他当榜样来教育孩子的，导致他在院里不知道被同龄的孩子们翻了多少个白眼。

他又能怎么办呢？是故意把考试都考砸，还是去教育别人家的父母？他在那个年纪的时候，好像做什么都不合适。

“高处不胜寒啊。”韩闻逸半真半假地感叹。

钱钱翻他一个白眼：“说你点好话你还就嘚瑟上了。做人怎么这么不谦虚？”

韩闻逸一脸理所当然地扯了两张纸擦手。钱钱还真就没法说他什么：人就是这么优秀，要是瞎谦虚，反而显得特别不真诚……这世上怎么就有这么欠揍的人？

“你今年毕业了？”韩闻逸擦干手之后，转移了话题。

钱钱眼神闪烁了一下：“嗯。”

韩闻逸似乎发现了她的不自然，盯着她多看了两秒。

“工作定了吗？”他问。

“还找着呢。”

“那你准备做什么？”韩闻逸继续问。

钱钱略微犹豫了一下。她学艺术设计，其实就业的方向还挺多的。

“可能……找家互联网公司，做 UI 吧。忙是忙点，不过工资多嘛。”

钱钱说，“你问这么详细干吗？你准备给我介绍工作啊？”

“我这里正在招人。”韩闻逸说，“有兴趣的话可以来我这里试试。”

钱钱先是一愣，随即眉毛拧得要打结。

“算了吧！你是要给我介绍工作，我还考虑考虑。你让我去你那儿工作？打死我都不干！小时候我妈没少跟我说……”钱钱模仿起钱美文的口气，“‘你看看人家韩闻逸，门门课考满分，各个老师找他当课代表。你要是不好好学习，以后人家当老板，你只能给人家打工！’……”

她模仿自己的母亲模仿得惟妙惟肖，韩闻逸仿佛已能看见钱美文板着脸上下嘴皮擦来碰去唠唠叨叨的样子了。

“要真让我妈一语成谶了，那还得了？我这后半辈子都能被她一句‘不听老人言，吃亏在眼前’给压死！”钱钱想想那场景就起了一阵鸡皮疙瘩，颇有骨气地扬起下巴，“不行不行，绝对不行！我就是饿死街头，也不做你韩老板的走狗！”

韩闻逸好笑地看着钱钱。一两年没见，长相是出落得越发漂亮精致了，性格倒是一点没变。

“我这里确实在招人，你要是愿意就来试试。或者有什么能力比较强的同学朋友也可以介绍给我。”韩闻逸洗完手，转身向着包厢的方向走去，“回去吧。”

韩闻逸走开了，钱钱走之前回头看了眼洗手池上的镜子。镜子里她脸上嘻嘻哈哈的，可这心里面却有那么一点不是滋味。

想当年钱美文说她要是不好好学习只能给韩闻逸打工的时候，她其实挺不服气的，每每嘴硬地给顶回去，说念书好有什么用，以后谁混得比谁好还不知道呢，指不定以后自己混出息了，人韩闻逸还得可怜巴巴地求着自己给他长点工钱呢！

那会儿雄心壮志的话言犹在耳，如今……形势比人强啊！

回了包厢，两位长辈又聊了一会儿，饭吃得差不多了，也该散了。

林佩蓉一会儿还有工作，公司派了司机来接她。韩闻逸是自己开车来的，林佩蓉让儿子把钱家母女送回去。

到了车库，钱钱一看，得，韩闻逸开的是一辆宝马！人韩家一家三口人人有车，还都是名车，宾利宝马保时捷，回头都能办场车展了。而他们钱家人，出行的最爱还是节能减排的地铁。当年虽然她的成绩一直追不上人家，可大家一起坐在弄堂口吃油墩子啃炸年糕的时候总觉得其实差得并不多。这一眨眼，阶级差距却已经拉那么大了。

上车以后，钱美文说要去银行办事，让钱钱先回去。于是韩闻逸在银行门口把钱美文放下，又掉头开走，车上就剩他和钱钱两个人了。

"哎，话说'家庭治疗'是做什么的？"长辈都不在了，钱钱放松了很多，终于把心里的疑惑问了出来。

"通过心理咨询的方式。"韩闻逸说，"帮助来访者处理亲密关系和人际交往上的障碍。"

"听起来有点像'老娘舅'啊。"钱钱皱了皱鼻子。

"老娘舅"在吴语里是有威望的长者的意思，旧时代街坊邻居、家庭内部有什么矛盾，大家都请长者来主持。但长者处理矛盾，往往不讲法理，可能也不怎么讲公道，只讲和气，所以做事情就总和稀泥。比如老婆挨了丈夫的打，哭闹到长者那里，长者就把妻子丈夫叫过来一并数落两句，然后就打发回去让他们继续忍气吞声地过日子了。那是旧时代的事儿，新时代的年轻人提起老娘舅，不再是从前的亲切和敬重，多少带点轻视与不屑。

车在红灯前停下。

"所以，"韩闻逸淡淡地说，"我回来抢'老娘舅'的饭碗。"

钱钱略带诧异地看了他一眼。

"处理人际交往的障碍……"她重复了一遍韩闻逸刚才说的内容，"这也找心理咨询师？感觉怪怪的……真的会有人因为这种事来做这种咨询吗？"

"有。"韩闻逸从后视镜里看了她一眼，"不过，确实不多。心理学的主流是认知神经科学，长期以来应用的方向是治疗、修复心理损伤。很多人把心理咨询师当作医生，都觉得有了心理疾病才需要找心理医生——但又很少有人愿意承认自己有心理疾病。"

钱钱的眼皮突然跳了一下。韩闻逸在看前面的路，并没有注意到她的反应。

他继续说道："所以很多人宁愿在网上发帖吐槽，让只得到片面信息的网友帮忙出主意……其实他们投个骰子做决定，效果也差不多。"

钱钱没说话。

就在这时候，她手机震了一下，她拿出来一看，是吴妮妮发来的消息。

妮妮爱吃土豆泥："你是不是也嫌我烦，不想理我了啊！"

"哎哟！"钱钱看到消息，立刻懊恼地往自己额头上拍了一下。之前在饭店里她正酝酿着怎么回复吴妮妮的消息，结果跟韩闻逸聊了几句，她就把吴妮妮给忘了！

她捧着手机，犹豫该回复吴妮妮点什么。

车渐渐减速，钱钱的住处到了。

车停稳之后，钱钱并没有马上下车。她犹豫了一会儿，开口："哎，大心理学家，我跟你咨询个事儿。"

韩闻逸挑眉："嗯？"

"我有一个朋友，刚才给我发消息说她跟男朋友分手了——我没记错的话这是他们今年第三次分手。"然而今年才刚过了小半年，"说实话，我觉得他们这次也分不了。"

韩闻逸听着她说。

"她经常跟我吐槽她男朋友，一开始她说她男朋友怎么怎么不好，我听着这么寒碜的男人你还跟他纠缠个什么劲儿？就劝她早点分了。可我一说她男朋友不好，她反倒要替她男朋友说话，什么'他也没有那么坏啦，其实他哪里哪里还是很好的'……虽说她不会去跟她男朋友说什么，但我也有种枉做坏人的感觉，挺无语的。"

"有时候我觉得我朋友这个人吧，其实也有点做得不够不地道的地方，就劝她改改。可我要是这么说，她挺不开心的。"

钱钱还记得有一次她跟吴妮妮说一句"这你就真的有点过分了"，当时吴妮妮脸上的表情特惊讶。后来吴妮妮才说，她俩是最好的朋友，她以为就算天崩地裂了钱钱也是站在她这边的，所以被钱钱这么说了，她真心有点难过。

“总之顺着她说也不对，不顺着她说也不对，我现在一听她提到她男朋友的名字就心烦。她是我最好的朋友，我又不可能不理她。”钱钱问韩闻逸，“大心理学家，你帮我分析分析，这种时候我应该说什么才好？”

韩闻逸道：“你说什么，取决于你的目的是什么。”

“我的目的是什么？”钱钱不明白，“她找我吐槽，我能有什么目的？”

“你是希望她从此以后不要再来烦你，还是想要让她不那么难过？”

钱钱稍稍犹豫了一下。说实话，她确实不爱听吴妮妮吐槽她和她男朋友那点破事儿，倒不是她不想搭理吴妮妮，主要是她怎么说怎么错，挺心烦的。可她俩是最好的朋友，这么多年交情，一直无话不说，她平时也没少折腾吴妮妮来着。为这么点事儿弄得大家有间隙实在犯不上。

“我还是想让她开心的。”钱钱想清楚以后回答道。

“那，你觉得她找你说这些，她的目的是什么？”

“她的目的？”钱钱又是一愣。她每次回复吴妮妮，都是从吴妮妮透露的信息中，她觉得是张西不对就说张西不对，她觉得吴妮妮的做法有问题就指出吴妮妮的问题，却从没思考过，吴妮妮有什么目的？

“话说回来，”韩闻逸突然切换了话题，“你这个朋友很自私，不值得你交往，你还是别跟她做朋友了。”

钱钱一惊，骤然一股邪火往上冒。

“你又不知道她是什么样的人，这么随便的下定论不好吧？！”她加重语气，“她是我最好的朋友！”

钱钱还记得上中学的时候，她为了省钱买画册，把家里给的午饭钱都挪用了。吴妮妮知道以后，非但把自己攒的零花钱都拿出来赞助好友，还每天从家里带便当来，一到中午，两个少女就捧着饭盒一起坐在操场边上，一边你一口我一口地吃，一边看操场上的男生们打篮球。即便吴妮妮恋爱的负能量会让钱钱觉得心烦，但她也不容许别人说吴妮妮的坏话。

钱钱进入了战斗状态，韩闻逸却笑了一下，从善如流地道歉：“对不起，我不该这么说你的好朋友，是我考虑得不够周全。”

他说变脸就变脸，认错的态度还这么好，反倒叫钱钱刚起来的火气不上不下，发作也不是，不发作也不是。

“不过如果你想听我的想法的话，我的确有一个建议。”

“什么？”

“如果你想为她做点什么，或许，”韩闻逸提点，“得先理解她。理解她需要什么。”

钱钱怔怔地看着他。理解？

“如果她问，她的男朋友是不是很糟糕？她可能是希望你帮她评个公道；如果她问，她要怎么做才好？她或者是希望你能帮她出出主意；如果她什么都不问，只是说，她不开心，她不快乐……她或许就只是想倾诉，想知道还有人愿意听她说，愿意陪伴她，让她觉得自己并没有那么孤单。”

钱钱半张着嘴，不知道该说些什么。

她突然明白过来，韩闻逸刚才并不是故意攻击吴妮妮，而是在试图让她设身处地地理解吴妮妮的情绪！她也在心烦的时候向韩闻逸吐槽了几句吴妮妮，可她对事不对人，并非要韩闻逸帮她同仇敌忾地谴责好友……

那吴妮妮需要什么？

——她或许就是伤心了，难过了，需要来自好朋友的情感支持而已。

钱钱拿起手机，斟酌着打了几个字，还是有点迟疑。

“如果你不知道自己能为她做什么，”韩闻逸提醒，“不妨试试直接开口问她需要什么？”

这句话点醒了钱钱。钱钱不再犹豫，运指如飞地编辑了几条消息，发送。

“我刚跟家人在外面吃饭呢，忘了回你消息了。你傻啊你，我怎么可能不理你？”

“我知道你心情不好，但不知道该咋安慰你，要不我过来陪你？还是你要我做点什么不？你说呗！”

“没事儿，万事有我呢。”

消息发出去不过几秒后，吴妮妮的回信就来了。她回过来几个号啕大哭的表情。

又几分钟后，吴妮妮发来消息："晚上你陪我去逛街吧，我想大吃一顿！"

钱钱一口答应："我这儿忙完了直接来找你！"

"宝贝儿！"吴妮妮又发来一串大哭的脸，"有你真好！！！"

晚上钱钱陪吴妮妮出去吃了顿大餐，又逛了一晚上，回家已经累得精疲力竭，倒头就睡下了。

第二天早上她一睁眼，就收到了吴妮妮发来的消息。

妮妮爱吃土豆泥："宝贝儿。"

妮妮爱吃土豆泥："我跟你坦白一件事，你别生我气……"

钱钱翻了个身坐起来，回吴妮妮的消息。

钱钱没有钱："干吗？你又背着我干了什么亏心事？"

妮妮爱吃土豆泥："你先答应我不生气。"

钱钱没有钱："你是不是又跟张西和好了？"

妮妮爱吃土豆泥："嘿嘿嘿，不愧是我的钱钱大宝贝，真聪明[捂脸]。"

钱钱没有钱："我就知道！"

钱钱没有钱："所以说，你们俩昨天到底为啥闹分手啊？"

妮妮爱吃土豆泥："我们俩昨天一起玩游戏，为了游戏里哪个角色更好看吵起来了……后来他说我不可理喻，我觉得他根本不爱我，最后话赶话的就……"

钱钱忍不住朝天翻了个白眼。以前她还跟吴妮妮讨论过"恋爱中的人都是笨蛋"这种说法，两人一致觉得这种话是单身狗出于嫉妒而捏造的，那些成天秀智商底线的人八成原本就是笨蛋。而像她们这样英明神武冰雪聪明沉鱼落雁闭月羞花的美少女们是永远不会干出那些蠢事儿的。

——言犹在耳，可现在的吴妮妮蠢起来简直不输给任何一个傻瓜！

钱钱没有钱："你俩真是天上一对笨蛋，地上一双傻瓜。祝你们和和美美，早生贵子。呵呵哒。"

能跟钱钱做朋友，吴妮妮的心理承受能力自然也差不到哪里去。先前她们之所以会不愉快，只不过吴妮妮在情绪低沉的时候多少有点敏感罢了。这会儿她心情好了，钱钱怎么挤对她她也不会生气。

妮妮爱吃土豆泥："哎哟，我也知道我自己很傻啦……不过我跟你说，谈恋爱真的会让人智商骤降。真的！我一面嫌弃自己，一面又控制不了……说不定哪天你遇到喜欢的人，你比我傻得还厉害。"

钱钱没有钱："我谢谢你！"

钱钱没有钱："要是真有那天我一定先找根面条把自己勒死！"

今天上午钱钱有事，她坐在床上跟吴妮妮贫了一会儿，眼见时间不早，就赶紧起床洗漱去了。

上午十点，钱钱捧着导航找到一栋办公大楼。进了楼，一年轻姑娘正在前台对着电脑工作。

"您好，"钱钱走到前台面前，"我是来面试的。"

"哦哦，"前台小姐姐问道，"你叫什么名字？"

"钱钱。"钱钱答道。

前台小姐姐在表格上找到了钱钱的名字。她好奇地问道："你爸妈都姓钱吗？"

"这你都能猜到？"钱钱装出一副吃惊的样子，竖起大拇指，"小姐姐，人才啊！"

"哈哈，"前台小姑娘被她逗乐，"你的名字真可爱。你先去沙发上坐吧，稍等一会儿，我去通知 HR。"

钱钱便到坐到沙发上等着。

没几分钟，负责面试的 HR 就出来了。她把钱钱带进会议室进行面试。

"我看你简历，你是 H 大毕业的？ H 大的艺术设计系很不错啊！"HR 问道，"你是今年应届毕业生吧？毕业证和学位证书带了吗？"

上来第一个问题就问到了她的死穴。

"我是应届毕业生，"她硬着头皮，"但是我有一门课挂科了，延毕，所以还没拿到毕业证……但这不会影响我正常上班的，我明年考过了就能拿到毕业证了！您可以看看我的作品，我水平还是可以的……”

HR 愣了一下。

她虽然没就钱钱延迟毕业的事情发表什么评论，但她的态度有了微妙的转变。接下来的过程里，她例行公事地问了钱钱几个问题，态度显然不怎么热情。

二十分钟后，面试结束，HR 让钱钱回去等通知——这是委婉的拒绝的说法。

钱钱失落地走出办公大楼。

这两个月她已经面试了很多次了。现在遍地都是互联网公司，想找一份 UI 的工作并不难。可没有顺利毕业对她的影响是很大的。大公司不光要看毕业院校，还要看成绩单，还挂着科的她直接就出局了。小公司虽然没有那么严格，但很多公司本身就很不靠谱，有的知道她延毕就故意报出一个极低极低的工资；有的视劳动法为无物，开口就让她实习一年，等她明年拿到毕业证再考虑转正……

眼看这上半年都快过完了，她到现在也没找到一份合意的工作，只能靠自己在网上接的一些小单子勉强挣点生活费。这样下去肯定不是办法。

回家的路上，钱钱心情低落，便拿起手机刷微博打发时间。

前两天韩闻逸在大学演讲的几张照片被网友们疯转上了热搜，两三天过去了，热度并没有减退，甚至还在继续发酵。

钱钱刷到了一条微博。

我根据大家的爆料把 # 最帅哈佛研究生 # 的资料整理出来了，各位老婆党们自己想办法去捕捉老公吧！

姓名：韩闻逸

性别：男

年龄：25 岁

身高：185.6cm

学历：哈佛大学心理学硕士

籍贯：上海

……

发这条微博的博主名叫“花痴本痴”，也不知道她的信息是从来哪儿的，不光连韩闻逸以前在哪儿上过学给扒出来了，就连韩闻逸常去的餐馆都提及了！

钱钱双眉紧锁，立刻给花痴本痴发私信。

钱钱没有钱：“你是韩闻逸的朋友吗？这样随意泄露别人的信息不合适吧？请你把那条微博删了吧！”

没几分钟，对方回复了她。

花痴本痴：“我为什么要删微博？我不认识他，这些消息也不是我泄露的，我只不过把这两天网上曝光的信息整理了一下而已。”

钱钱大惊，连忙在网上搜索了一下。

这两天没有明星出轨，也没有明星公布恋情，所以一直没什么新的网络热点。韩闻逸那几张惊为天人的照片红了数日热度也不见消退。

现在互联网太发达了，有些现实中跟韩闻逸能搭上点关系的人发现自己认识的人竟然突然成了网络热点，就纷纷激动地跑出来凑热闹。这些人透露了不少韩闻逸的信息。

网友A:“这个哈佛小哥名叫韩闻逸，初中是xx学校的。我跟他一个学校，他比我大两届。那时候他就是学校里的风云人物，好多女生喜欢他的！”

网友B：“天啊，这不是我表哥的高中同学吗？！听说他从中学开始就是学霸，而且他爸好像是国内某高校的教授？”

……

那个花痴本痴现实里并不认识韩闻逸，不知是单纯花痴还是别的什么目的，她把网上的爆料信息收集汇总了一下，就有了钱钱看到的那条微博。本来那些七零八落的爆料可能还没什么大的影响，但是花痴本痴这么一汇总，引起了不少人的关注，微博底下转发评论已经不少了。有心的人按照这上面的信息顺藤摸瓜，很可能给韩闻逸的现实生活造成困扰。

钱钱一阵头大，继续给花痴本痴发消息。

钱钱没有钱：“不管怎么说，你这种行为都是侵权的，请立刻删除微博！”

花痴本痴：“关你屁事！我整理出来给想看的人看的，你不想看就滚！”

钱钱看到回复，顿时一阵火大。这个花痴本痴必定是个营销号，想趁此机会蹭一波热度吸引关注，所以拒绝删帖。

钱钱也不再跟她废话，直接举报了她的微博。随后她又找到那些爆料的网友 abc，凡是泄露了韩闻逸个人隐私的内容，她全都一一点了举报。

等钱钱回到家，再次打开微博，居然收到了数条私信提醒。

原来她之前举报成功了，花痴本痴的微博已经被删除了。然而对方知道是被她举报的，所以恼羞成怒地发来一堆脏话骂人。

花痴本痴：“你装什么假清高假正义？要是韩闻逸本人知道了他都会笑话你！你以为他最近为什么在网上那么红？都有营销公司和推手在背后帮他炒作呢！他肯定特想红，我这是在帮他你知不知道！”

这强词夺理的话看得钱钱又好气又好笑。她才不跟花痴本痴浪费口水，她还嫌掉分儿呢。

她摆正键盘，啪啪敲了俩字，按下回车。

钱钱没有钱：“傻帽。”

然后她干脆利落地把花痴本痴拉黑了。

小时候有很多事情钱钱都很羡慕韩闻逸。

她羡慕韩闻逸成绩好，她羡慕韩闻逸零花钱多，她羡慕长辈们都喜欢韩闻逸……她还羡慕韩闻逸自由。

钱钱的父母一个是大学教授，一个是小学老师，每到寒暑假，父母齐齐在家。钱钱多看一会儿电视要被念叨，多玩一会儿电脑要被念叨，整天窝在家里不动弹也要被念叨。她长这么大就没享受过一个自由的寒暑假。

隔壁韩家呢？韩家老爹虽然也是教授，但教经济的跟教哲学的怎么一样？韩爱国教书之余还自己开了一家咨询公司，寒暑假倒比平日更忙些；至于林佩蓉，一直都是大忙人一个，就没有闲的时候。

于是每到放寒暑假，除了跟朋友出去玩之外，钱钱最喜欢做的事情就是捧着书和作业往隔壁韩家跑。

钱为民和钱美文对韩闻逸很放心，只要钱钱打着“我去找闻逸哥给我辅导功课”的幌子去隔壁，父母向来都很支持。等她到了韩家，把书本和作业往桌上一扔，就开开心心看起电视或玩起电脑来。

韩闻逸是不会管她的，一般就自己在书房里看书，偶尔也出来陪她一起看看电视剧。如果他买了新的电脑游戏光盘，也会大大方方分享给钱钱。当然，如果钱钱偶尔良心发现，真让韩闻逸辅导辅导她的功课，韩闻逸也会很耐心地教。若是钱家父母来问钱钱一天下来干了什么，韩闻逸都会非常配合地替钱钱打掩护。

钱钱还记得有一次，那时候她正在念初中，而韩闻逸已经上了高中，那天他们一起在家里看当时正热播的《仙剑奇侠传三》，忽听外面有人敲门。

韩闻逸起身出去开门，钱钱在屋里继续看电视，把音量调小，好奇地探头往外看。

门打开，外面站着的是三个打扮得光鲜漂亮的女高中生。女生们看到韩闻逸出来，又激动又兴奋，你推我我推你，都让对方开口。

“韩同学，你今天有空吗？我们一起去游乐场玩吧！”一个大胆的女生发出邀请。

对着三个碧玉年华的女孩，韩闻逸却一点不懂得怜香惜玉。他冷声问道：“是谁告诉你们我家的地址的？”

女孩们一愣，你看我，我看你，都不说话。

“对不起，我没有时间。请以后也不要再来打扰我。”韩闻逸说完就关上了门。

那会儿钱钱刚上初中，还不太懂男女之情。只是她看了不少青春偶像剧，便觉得像偶像剧里的主角那样被很多人喜欢着、围绕着是件令人艳羡的好事儿。于是等韩闻逸回到客厅里，她便不无羡慕地对韩闻逸说：“好多人喜欢你啊。”

韩闻逸却摇头。

“她们不是真的喜欢我，”他停顿了一会儿，认真地说，“我也不喜欢这样。一点都不喜欢。”

隔天，钱钱又去面试了一家公司。

这是一家新的创业公司，公司规模不大，拢共十几个员工。这种小公司没有大公司那么多规矩，所以钱钱才把简历投到这来了。

这次公司的老总亲自给她面试，那是一个四十来岁的中年男人。

钱钱说明自己没拿到毕业证，对方果然不是很在乎，看了她的作品后对她的能力也表示了充分的肯定。

钱钱感觉这回有戏，然而对方问着问着她感觉就不对了。

老总：“说起来见了你真人，我发现你比简历上的照片还要漂亮。你这么漂亮的小姑娘怎么想到去做设计呢？也太辛苦了。”

钱钱：“您这话说的，哪行哪业不辛苦。”

“对了，”老总和颜悦色地问道，“你家住在哪里啊？上班方便吗？”

钱钱报了个路名。

“巧了，跟我顺路。以后你到我们这儿上班，我可以接送你上下班啊！”

钱钱脸皮一抽：“这多不合适，只有员工替老板卖力的，哪能让老板为我操劳！”

老总：“对了，你有没有男朋友？”

钱钱：“有啊。体校学武术的，今天正好去市里参加拳击比赛去了！”

老总啧啧两声：“找男朋友还是不要找这种四肢发达的。他以后家暴你怎么办？趁年轻另外找一个吧！”

这次这家公司当场就给她发了录用函，通知她明天就可以来上班。反倒是她以“我回家考虑考虑”为借口，屁滚尿流地溜了。

晚上钱钱回家，钱为民也参加完学术研讨会从外地回来了。

上海男人都是烧菜好手，平时家里钱美文收拾屋子，钱为民负责买汰烧[1]。钱为民要是出差，母女两个就只能靠下馆子过活了。所以钱为民每次

1　上海话。买菜、洗菜、烧饭烧菜的意思。

出完远门回来，都要烧一大桌菜好好补偿一下妻女。

一家人在餐桌旁坐定开吃，钱美文忽道："哎对了，女儿，你毕业证放哪儿了？拿出来给我拍张照，我发朋友圈晒晒。今年毕业季，我看我一些朋友也在晒孩子的毕业证。"

钱钱干笑两声："就我这学历，有啥好晒的。您说您要是发了朋友圈，您那些儿子女儿考上清华北大哈佛麻省的朋友给您点个赞，还假惺惺夸句'你女儿真厉害'，您这心里得多硌硬呐？还是别了吧？"

钱美文皱着眉头拍了她一下："这孩子，怎么说话呢！你在我那些朋友的孩子们里算是挺有出息的了！"

"那就更不合适了，您去发个朋友圈，不是伤害了您那些孩子不如我的亲戚朋友么？"钱钱提醒，"您想想林阿姨有事没事儿提一句我儿子在哈佛念书的时候，您多羡慕嫉妒恨呐？咱做人善良点，少干那招人恨的事儿。"

"你这张嘴真的是……跟谁学的你！"钱美文被女儿挤对得哭笑不得，"对了，你今天面试结果怎么样？"

"嗯……"钱钱舔了舔嘴唇，"那个公司感觉不太靠谱，我再看看别家。"

"这都几月份了？你到现在还没找到工作，那些要招人的公司都快招完了，越拖越难找啊！"钱美文很为女儿找工作的事情心急，"要不我托人帮你问问有没有好的工作介绍给你。"

"可千万别！"钱钱忙不迭地拒绝，"我好容易熬了二十二年，就要脱离您的魔爪了，您这给我一安排，我身边都是您的耳目，这日子得多难过啊！"

钱美文瞪眼。

钱钱忙赔笑："开玩笑的。我也不能一辈子躲在您的羽翼下是不是？再说了，现在互联网行业火着呢，找个工作还能找不到么？别急，我就是想挑一份合意的。"开玩笑，要真让老妈帮她介绍工作，那她因为旷考没有顺利毕业的事儿肯定就捂不住了！

"你自己找着，我也托人帮你问问。"钱美文调转枪口，忽然一脚踹向正捧着手机看新闻的钱为民，“你一个大学教授，女儿找工作的事情你也上上心啊！整天就知道搞你那些虚头巴脑的学术论文！”

钱为民很委屈，“我写论文碍着你什么事了？”

“就碍着我事了！”钱美文瞪眼，“苏格拉底给你发钱吗？伊壁鸠鲁给你女儿找工作吗？”

“你这火发得没道理啊。”钱为民为哲学家前辈们叫屈，“苏格拉底抢咱钱了吗？是伊壁鸠鲁让咱女儿找不到工作的吗？”

钱家夫妻俩一吵架，吵架的理由是什么根本不重要，钱美文一定要把那些哲学大牛们都拎出来鞭一次尸，钱为民则奋力为大牛们维护。对此钱钱早已习以为常，双手合十，向替她吸引了火力的大牛们表示感谢，然后淡定地埋头吃饭。

吃完饭回到房间里，钱钱打开电脑，登录招聘网站继续投简历。然而她翻了半天，一份简历都没投出去。

就像钱美文说的，那些今年招聘应届生的公司已经招人招得差不多了，合适的工作岗位越来越少。再这么拖下去，生活费告罄还在其次，失去了应届生的身份，以后她找工作只会更难。她现在只能随便找一份工作，不管干什么，先熬一段时间，好歹有工作经历，然后等拿到毕业证再换工作……如果她真能拿到毕业证的话。

正愁着呢，她的手机铃声响了，是一个陌生号码。

钱钱拿起手机，接通了电话

“您好，找哪位？”

“您好，您是钱钱吗？我是仙境游戏公司的人事主管。”一个女声从电话里传出来，“我们公司收到了你的简历，您是准备应聘 UI 设计师的工作吗？”

钱钱一怔，激动得差点从椅子上蹦起来！

“是是是，是我。您接着说！”

“我们看了您的简历，对您很感兴趣。您明天有时间来面试吗？”

“有的有的！”钱钱高兴得差点没咬了自己的舌头。

她给这么多公司投了简历，其实她最想去的就是仙境游戏公司。但对方是一家业界很有名的游戏公司，她的简历投过去以后一直也没任何回应，估计是没看上她，她也就放弃了。谁想到，这峰回路转，眼看她都要走投无路了，她最想要的工作却给她投出了橄榄枝！这也忒戏剧化了！

然而激动之余，钱钱也没忘了那件事——

“那个，我是今年毕业的，就是我有一门课没通过，所以还没拿到毕业证……”白高兴一场还不如不高兴，有什么话提前说清楚的好。

“啊？您延毕了？”

“嗯。”

“这样啊……”

对方在电话里犹豫起来，钱钱紧张地屏住呼吸，等对方的考虑结果。

“延毕了是有点可惜。您明年通过考试就能拿到毕业证了吧？”HR说，“其实我们总监看了你的作品，他特别喜欢，所以很想让您来面试一下。如果能力强的话，晚一点拿毕业证问题也不大。”

“你们总监太有眼光了！！”钱钱嘴角快咧到耳根，“那，我明天几点到？”

“那明天早上十点吧。具体地址我一会儿发短信给你。”

“好好好，谢谢！”

挂了电话，钱钱先是高兴地原地蹦了几下，随后立刻打开网页搜索仙境游戏公司的详细资料，为明天的面试做准备。

上午十点，豪华的商业区。

钱钱停下脚步，抬头仰望面前的办公大楼。大楼足有三十几层高，玻璃幕墙反射着阳光，闪闪发亮，整个大楼仿佛一块硕大的钻石。

可能是阳光过于刺眼，可能是高大的建筑给了人太强的压迫感，忽然之间，她感到一阵眩晕。

整个天地仿佛转了起来，高楼开始扭曲成诡异的S型，目之所见，光怪陆离。

她踉踉跄跄往后退了两步，眼看要往地上倒，勉强站住脚，赶紧扶住花坛的边缘。她先大喘了几口气，从口袋里掏出一颗糖含在嘴里，然后找了一条长椅坐下歇息。

几分钟后，眩晕感消失了。可眩晕消失之后，越来越强烈的焦虑感又控制了她，她开始觉得心慌气短，腿像是灌了铅一样站不起来。

又来了！熟悉的感觉让她心里咯噔了一下。

时间一分一秒地过，眼看着约定面试的十点已经到了，钱钱还坐在长椅上，面色凝重，腿抖得像筛糠。若是路人仔细观察，还能发现她脸上已经出了一层薄汗，连早上精心化的妆都被汗浸花了。

仙境游戏公司本来就是她很喜欢的一家游戏公司，她小时候就是玩着仙境的游戏长大的。昨天晚上她又为今天的面试做了很长时间的功课，把仙境的各大产品、设计理念、未来发展方向等都研究了一下，可以说已经做好了完全的准备。

“我可以的，我一定可以的！不都说他们总监看中我的作品了么？也亏得他们有眼光！我这么聪明睿智有本事的人，只要我进去面个试，还不得把他们全公司的人都佩服得五体投地！”钱钱不断给自己打气，试图克服自己的焦虑。“走吧，我现在就进去吧！”

然而这些鼓励并没有起作用。手心里渗出的汗把裤腿都浸湿了。

“傻瓜，你到底在干吗？！就算不被录取又有什么关系，都失败这么多次了，还差这一次么？你要不去试试，你就什么也没有！你就是个废物！”她又开始转而唾弃自己。

唾弃非但没有用，甚至起到了反效果。她的双腿好像不那么沉了，她可以站起来了，但她有一种强烈的冲动掉头跑掉，找一棵树撞死也好，反正不想走进那栋可怕的建筑物。

她不知道自己到底怎么了，但她知道自己恐怕是有病。这样的症状已经出现过很多次了。最严重的是大二的时候她准备去补考色彩构成，她已经旷考过一次，她不允许自己旷考第二次，可当她刚走出寝室门口，她低血糖的症状发作，直接晕倒在了地上。

此时此刻，她想要放声大叫，或者想闭上眼睛就在这里睡一觉，又想要竭尽全力地去跑一场马拉松。脑子里有很多莫名其妙的、乱七八糟的想法，但她什么都没有做。她强迫过自己，失败了，于是就开始自暴自弃。

最后，她拿出手机，打开“大富翁”玩了起来。

一玩这个游戏，焦虑感就消失了。她全情投入进游戏里。

“你的是我的，我的还是我的！”钱夫人赚到小钱钱，发出了得意的笑声。

“老娘要玩 18 啦！”

“赚翻了，今夜做梦也会笑——”

……

每走一步，钱钱就保存一次进度。下一次掷骰子，投不到她理想的数字就回档重来；投到她想要的数字就保存继续。别人两三天就能玩一局的游戏，她要两三个礼拜才能玩完；别人艰难险胜甚至不幸惨败，她却每一次都是大获全胜，把其他几个角色惨无人道地蹂躏。

这一玩起游戏来，时间就过得飞快。

等她回过神来的时候，办公楼里成群结队地出来了许多人。她一愣，低头看表——已经中午是十二点，午餐时间到了。

她又在长椅上呆坐了一会儿，懊丧地骂了一句“该死”，然后失魂落魄地起身离开了。

韩闻逸坐在办公室里，放在桌上的手机忽然震了一下。他拿起来看，是钱钱发来的消息。

钱钱没有钱：“哥，您是我的亲哥哟——”

韩闻逸挑眉。钱钱一旦管他叫哥，十有八九是有事相求。

果不其然，钱钱的消息马上接二连三地进来了。

钱钱没有钱：“韩总——”

钱钱没有钱：“韩总回国后适应得可还好呐？”

韩闻逸仿佛能看到钱钱那一脸谄媚的样子，不由得微微一笑。

韩闻逸："挺好的。"

钱钱没有钱："我就知道。咱韩总是什么人？哪还有我们韩总干不好的事儿？"

韩闻逸："是什么人？"

钱钱没有钱："反正不是一般人！"

韩闻逸："哪里不一般？"

钱钱捧着手机，笑容僵在脸上。她就是想恭维几句当成个开场白，没想到韩闻逸这家伙居然蹬鼻子上脸顺杆子往上爬。她咬着手指，开始思考。

这六月的天已经开始热起来了，钱钱坐在窗口，窗户开着，一阵阵热风往脸上扑。她忽然来了灵感，忙抓起手机给韩闻逸发消息。

钱钱没有钱："韩总，我爱戴您就像爱戴窦娥一样！"

韩闻逸："？"为什么对窦娥要用上爱戴这种词？

钱钱没有钱："您想啊，这大夏天的，大家最想要什么？可不就想来阵凉风下会儿小雪么？这窦娥简直是值得放在庙堂里供奉的伟人呐！您在我心目中就跟窦娥似的，专给人雪中送炭。我对您的爱戴那真是有如滔滔江水般述说不尽！"

韩闻逸扑哧一声笑出声来。

这时候韩闻逸的助理刘小木正好走到他办公室门口。韩闻逸的办公室是玻璃门的，站在外面能看到他脸上的表情。他专注地看着手机屏幕，目光温柔，满脸笑意。刘小木正准备抬手敲门，不由愣了两三秒。

韩闻逸待人一向挺温和有礼的，可也有种端着架子的疏离感。好像很少能看见他这么如沐春风的样子。

刘小木回过神来以后，敲了敲门。韩闻逸抬头看见他，示意他进屋。刘小木把整理好的文件交给韩闻逸，提醒："老大，投资人那边刚发了封邮件过来。"

"好，我知道了。"韩闻逸点头，"谢谢。"

刘小木揶揄："老大，跟谁聊天呢？笑这么开心。"

韩闻逸下意识摸了摸自己的嘴角。好像确实翘得很高。

“怎么？”对于刘小木的八卦，韩闻逸抱胸回应，“打算跟我来一场深入心灵沟壑的交谈吗？”

刘小木吐了吐舌头：“我还有事儿，我先出去了。老大您慢慢忙！”

刘小木脚底抹油地跑了，韩闻逸继续给钱钱发消息。

韩闻逸：“什么事，说吧。”

钱钱一开口，他就知道钱钱有事要请他帮忙。现在这么大一顶“窦娥似的”高帽子扣下来，能帮的忙是一定得帮了。

钱钱没有钱：“嘿嘿——”

钱钱没有钱：“韩总，听说您这儿招人？应届毕业生收不收？”

韩闻逸略有些诧异。之前钱钱还表现的坚决要跟他划清界限的样子，这会儿竟然主动求助了。虽说这两年经济形势不太好，但按理说她这个专业找工作应该不难才是。

韩闻逸回复：“你把简历和作品发来我看看。”

钱钱没有钱：“好嘞！”

几分钟后，数份文件就传到了韩闻逸的电脑上。

翌日，钱钱来到一间事务所的门口。她抬头一看，事务所门口的招牌上写着名称——十二心理咨询事务所。

她站在门口犹豫了几秒，深吸一口气，走了进去。

“您好，请问您有预约吗？”前台接待处是个年轻漂亮的姑娘。

“预约？”钱钱愣了一下。

“您没有预约心理咨询师吗？您是第一次来？”

钱钱突然有点心虚。她心道，难道我看起来就像心理有问题需要做心理咨询的人？嘴上解释：“不是不是，我是来面试UI设计师的。”

“啊……”前台小姑娘忙道，“那麻烦您到那边沙发上等一会儿，老大在会议室里跟投资人聊天呢，您得稍等一会儿。”

“行。”钱钱跑到沙发那儿坐下等着。

事务所合伙人和投资人开会不知道要开到什么时候，钱钱百无聊赖，就拿出手机刷。刚一打开微博，她就收到数条未关注人私信。她连点都不点开，正打算退出微博，想了想，又到设置页面，把消息设置改成了不接受未关注人发来的私信。

先前她投诉了花痴本痴侵犯韩闻逸隐私的微博，系统删掉了那条微博。然而花痴本痴居然不肯善罢甘休，被删了还重新发。这人发一次，钱钱就投诉一次，双方就这么较上劲了。不过这较量并没有持续多久就以钱钱的胜利告终——花痴本痴因为多次违规被投诉，微博直接把这人的账号都给封了！

这要是寻常人，打从自己第一次被投诉的时候就该老实了，可花痴本痴能来回反复几次，就说明这家伙不是个正常人，而是个疯子。这人被封号以后，理所当然地把这笔账记到了钱钱的头上，疯狗似的不停给钱钱发私信骂她，怎么难听怎么骂。钱钱把花痴拉黑，花痴又换个小号来继续骂。

脏了两回眼睛，钱钱暗道自己今年流年不利。然而自己成功做了回护草使者，她也不觉得亏。何况她要真能在韩闻逸这儿谋份工作，可以说是提前为老板分忧解难了，改天没准还能邀个功什么的。

钱钱坐在大堂里等了一会儿，会议室的门突然打开了，几个人陆陆续续从会议室里走出来，看来会开完了。

她知道出来的都是大人物，赶紧把手机收起来，把手放在膝盖上端坐，想卖个乖巧。可惜从会议室里走出来的人还在聊着刚才未尽的话题，一时没人注意到她。

“闻逸，我认识的一些营销公司的人都托我问问你有没有兴趣跟他们签经纪约，他们可以给你好好包装运营一下，让你的人气具有变现的能力。”说话的男人肚子上拴着一根 H 牌的皮带，一看就是事务所的投资人了。他停顿了两三秒，又接着说，“你最近在网上简直红破天了。现在网红经济多可观？你这人气一旦变现，机构扩张和 A 轮融资的事儿基本都不用愁了。你考虑考虑呗？”

钱钱听到这话不由一惊，立刻将目光投向韩闻逸。

韩闻逸停下脚步。

“抱歉，马总，”他神色平和，拒绝的语气却很坚定，“很感谢您的好意，但是，不必了。”

马总，也就是投资人马千万闻言露出了遗憾的表情。这个结果他其实已经预料到了。以他对韩闻逸的了解，韩闻逸这人虽然看着温和，骨子里其实挺高傲，不喜欢做应酬的事。让他去卖脸营销，这实在太为难他了。

但这又是个极好的机会，韩闻逸最近在网上正当红，顺势好好炒作，他们事务所还愁不被人踏破门槛、财源广进么？要知道网红经济固然可观，可这互联网时代日新月异的，要是没有专业的营销人才帮他打点维持热度，用不了多久就没人记得他了。

“你也别太抗拒嘛，”马千万不甘心地继续劝，“出来创业，跟什么过不去也别跟钱过不去。”

钱钱听到这里，已经对这个投资人满肚子腹诽了。这位马大爷是投资人还是老鸨啊？有这么办事的吗？

然而韩闻逸说的下一句话却像一道惊雷打在她的天灵盖上，让她大惊失色！

“我已经有合作的营销公司了，经纪约也已经签了。”韩闻逸说，“所以不必麻烦马总介绍了。”

钱钱猛地瞪大了眼睛。韩闻逸说什么？他签了什么约？！他要营销什么？！

“啊？”马千万一愣，旋即恍然大悟，一拍大腿，“怪不得你小子天天挂在微博热搜上，这都一个礼拜了，原来后面有人捧着呢！！连我表妹都看了你在大学里演讲的视频，迷你迷得不行，还想托我给介绍做媒……我说，你找的这个营销公司很厉害啊！”

韩闻逸笑了笑，不置可否。

钱钱死死盯着韩闻逸的脸，试图从他脸上看出点什么。然而韩闻逸没有什么特别的表情——反正她看不出厌恶反感之类的情绪来。

“我还真看错你了，”马千万奇道，“我以为你不喜欢这套东西呢！”

“马总不是说了么，”韩闻逸淡淡道，“跟什么过不去也别跟钱过不去。”

马千万不由哈哈笑了。他本想自己牵线给韩闻逸绑定营销公司，这样以后韩闻逸个人和事务所的宣传运营他都有更大的知情权和话语权。不过韩闻逸既然已经签了，那就算了，反正他这个投资人只要有钱赚就行。

“行吧，那今天就先这样。”他拍了拍韩闻逸的肩膀，豪气地说，“好好干，没钱了就跟我说，我给你想办法！”

韩闻逸把马千万送出事务所，正打算回办公室，路过大厅的时候才看到站在沙发跟前的钱钱，他微微怔了一下。

“你什么时候到的？”韩闻逸问道。

钱钱看着韩闻逸，表情古怪。

“到了有一会儿了。”她昨天还一口一个哥、韩总地叫着，这会儿就又开始没大没小了，“我说朋友，你居然还跟营销公司签约，你这是要出道做明星的节奏啊？你赶紧给我签几个名，哪天你大红大紫了，我就靠卖你的签名发财了！”

韩闻逸看着她。

钱钱下意识回避了他的目光。转念一想，自己有什么好心虚的，就又理直气壮地看回去了。

“你好像……”韩闻逸微微偏头，“不太高兴？”

钱钱没料到他会这么问，几乎是下意识地否认了：“我不高兴？我不高兴什么？哪能啊，你要真成明星红人了，我肯定与有荣焉好不？我长这么大还没见过活的名人呢！”

韩闻逸似乎察觉到了她下意识反应底下藏着的一些东西。

“我不是要做明星名人。”他想了想，说，“事业需要。”

他这一解释，气氛突然就有点诡异。

钱钱心道，干吗要让他跟我解释？他怎么做不都是他的自由么？护草使者是我自己要做的，挨人骂也是我心甘情愿，我自作多情就自作多情了呗，在这儿弄得好像我不痛快似的算怎么回事？不怕丢人吗？

她舔了舔嘴唇，话风转得极快，转眼又一口一个韩总的叫上了。

“韩总，我的面试什么时候能开始啊？”

韩闻逸还在看她。

“别盯着我看，”钱钱半真半假地捂住脸，“你们这些学心理学的一看我我就瘆得慌，心里想什么都被你们看穿了，还有没有个人隐私了？”

韩闻逸失笑：“你说的那不是心理学，那是巫术吧？”

时间已经不早，于是韩闻逸就把钱钱领进了会议室，开始她的面试。

十二事务所创办的时间还不长，所里的人手不多。小创业公司不像大公司那样等级森严，面试的时候除了 HR 主持之外，往往公司的重要领导人甚至老板本人也会参与进来把关。因此这次给钱钱面试的一共有三个人，一个是事务所的人事主管郑佳，另外两位则是事务所的联合创始人——韩闻逸，以及他哈佛时的校友，夏见灵。

面试开始，郑佳问道：“你是在 H 校念的艺术设计？”

“是。”

“今年毕业？”

“是。”

郑佳拿着她的简历，正打算简单核对一下简历上写的基本情况，然而她还没问下一个问题，突然被钱钱插话打断了。

“那个……”钱钱欲言又止。

“怎么了？”郑佳问道，“有什么问题吗？”

钱钱其实之前就想告诉韩闻逸，但她一来有些担心会传到长辈们的耳朵里去，二来也没下定决心真要到韩闻逸手底下谋份工作，犹豫来去就一直没开口。现在不说也不行了。

她深吸一口气，抱歉地说：“对不起啊，我虽然应该是今年毕业的，但我有一门课没通过，所以我……没有拿到毕业证。”

此言一出，三位面试官都愣了一下，尤其是韩闻逸。而郑佳和夏见灵短暂的愣怔之后又都把疑惑的目光投向了韩闻逸——毕竟钱钱是他介绍来的。

对面的这个反应让钱钱颇有些羞愧。她自己丢人也算了，现在好像连累得韩闻逸也跟着她一起丢人了。

然而韩闻逸虽有惊讶，却并无不悦。他问道：“你哪门课没有通过？”

钱钱老老实实地答道：“色彩构成。”

“你明年还要考这门课吗？考过了就可以拿毕业证？”

“嗯。”

“这门课补习会影响工作吗？”

“不影响不影响，”钱钱忙说，“不用重修，到时候去考个试就行了。顶多是考试那天要请一天假。”

韩闻逸点头。

“先看看你的作品吧，”他对延毕的事情没有再问更多，给出了结论，“工作能力比毕业证更重要。”

一直没开口的夏见灵“嗯”了一声，表示认同。

两位创始人这么说，郑佳自然没意见。说实话，H 校是个很有名的艺术院校，钱钱能在那里学成四年，即使有一门课没有通过，她的专业能力也不能仅凭此否定。如果她的工作能力能过关，那晚一点拿毕业证也不是什么大问题。

郑佳问道：“你的作品带来了吗？”

钱钱面试的是 UI 设计师的工作，之前她上大学的时候有实习过相关的工作，也有一些作品可以拿出手。

她把她的几份作品拿出来递给韩闻逸他们传阅，当作品传到三人手里的时候，三人都或多或少露出了惊讶的表情。

钱钱毕竟还是个初出茅庐的应届毕业生，她的作品有青涩的地方，可是瑕不掩瑜，她的设计作品竟然大多都能让人眼前一亮！

而作品里最出彩的，当属她用色的能力。世上颜色千千万，浓一毫，淡一分，便有可能给人不同的感觉。不同颜色的结合、对比更是一门学问。韩闻逸他们虽不是学艺术的，说不出其中的门门道道，可即使是普通人，对美好的事物也是有判断能力的。

这些天事务所招人，有不少人投来简历和作品，有不错的，也有错大发的。就今天上午，他们才审了一份作品，投稿的设计师酷爱用艳红艳绿的颜色，怎么刺激怎么来，审图的人还没看清图片上的内容，就被设计师的用色吓得想甩手逃跑。那设计师怕不太适合来心理咨询事务所上班，但肯定很适合去给鬼屋做海报设计。

反观钱钱，她的每一份作品，有清淡雅致的，也有生动活泼的，她的用色很能调动人们的情绪，色彩的结合和对比也让人觉得无比舒适，凭这一点就可以看出她过人的艺术天赋——可她挂掉的科目却偏偏是色彩构成！

韩闻逸不由好奇地看了钱钱一眼。对理工科生来说挂科乃是家常便饭的事儿，然而艺术系的学生却极少会经历这种磨难。尤其像色彩构成这样的基础课，想要挂科挂到延毕，还真不是个简单的操作……所以，究竟发生了什么？

钱钱的作品得到了三位面试官的一致肯定后，郑佳又问了她一些专业的问题，她一一答了。答得都还不错，足见她的能力的确不受一张毕业证的限制。

于是郑佳又开始了下一个环节的问话。

“你对我们事务所的业务了解吗？”她问道。

“了解了解，咱们事务所是做心理咨询和家庭治疗的，对吧？”钱钱套起近乎来一点不客气，已然咱们事务所地叫上了。

“那你对这一行有什么看法呢？”郑佳继续提问。

“看法？”钱钱想要这份工作，事先当然也是做了一些功课的。她组织了一下语言，旋即侃侃道来，“我觉得这行是很有前景的，毫无疑问的。你们瞧，咱国家的经济一年比一年发达，老百姓物质生活一年比一年好，也是时候关注大家的心理健康问题了。现在整天有人患上抑郁症啊焦虑症什么的，说明社会需要这行业，需要像咱们事务所里这些厉害的专业人才！”

“还有，我在网上查过，家庭治疗这业务在国外已经发展好多年了。通过心理咨询的方式帮助修复改善不健康的家庭人际关系……”钱钱一拍大腿，“多好的业务！怎么不早个二十年兴起呢！早二十年有这业务，我小时候能少挨我爸妈多少顿收拾呀！”

韩闻逸不由一乐。钱钱这一顿连分析带恭维，有几分真心不好说，但最后这一句绝对比钻石还真。

郑佳和夏见灵也没想到钱钱看着文文静静漂漂亮亮的小姑娘嘴这么贫，也被她逗乐了。

“那你对工资待遇方面有什么想法呢？”郑佳问。

钱钱虽然没有正式上过班，对于市场情况还是了解的。她就报了个市场均价。

郑佳收起资料，用询问的目光看了看韩闻逸和夏见灵：“那今天就到这里了，面试的结果我们需要讨论一下。你回去等通知吧。”

钱钱点头。她正准备起身，忽听韩闻逸开了口。

“今天晚上我打电话给你。”韩闻逸说。

钱钱一怔，旋即笑逐颜开。瞧瞧。这就是关系户的好处，不管最后的结果是好是坏，老板直接通知，还给了明确的时间，不必在家里忐忑不安地被吊着胃口。

“谢谢韩总！谢谢夏总！谢谢佳姐！”钱钱机灵得很，面试之前介绍了一次，她就把人都记住了。

夏见灵很温柔地对她笑。

道了别，钱钱就离开了事务所。

钱钱走后，韩闻逸、郑佳、夏见灵便商议起面试的结果来。

夏见灵拿起桌上刚刚打印出来的纸又看了一会儿，率先表态：“我喜欢她的作品。”

“她的作品的确不错。”郑佳却持相反意见，“不过她缺乏经验是一个问题。我们目前不会招很多人手，我觉得如果我们招一个更有经验的设计师会更合适。”

郑佳是事务所里的人事主管，她招人的时候除了看应聘人员的个人素质，更看重的是事务所目前需要什么样的人才。十二事务所刚起步没多久，他们目前只打算招一名 UI 设计师，如果招了个新人，工作上碰到什么问题连个能指点她的前辈都没有，就怕有难度的项目她驾驭不了。

夏见灵点点头。她虽然是事务所的联合创始人，但是招聘这些事郑佳更有发言权，她并不坚持她的看法。

于是两人把目光投向韩闻逸，想听听他的意见。

韩闻逸的手指轻轻叩击着桌面，没有就面试过程给什么评价，而是直接给出了结论——

他淡淡地说："我想要她。"

郑佳和夏见灵面面相觑。

言简意赅的四个字，立场鲜明得不能再鲜明。

郑佳有点为难："这……新人的确可塑性强，但是万一碰到技术难题，我们可能还得临时找外包……"

韩闻逸并不觉得这是问题："她可以学。我相信她有这个能力。"

郑佳倒不是对钱钱有什么意见，而是站在事务所的角度，她确实觉得还有更好的选择。因此她不甘心地继续争取："我们还有几份简历没有审完，不如都看看。如果没有更好的，我们再决定录用她也不迟？"

韩闻逸没再说话，静静地看着她。

郑佳：得，看来韩闻逸是下定决心，不容商榷了。

"好、好吧……"郑佳让步了。没办法，谁让人家是创始人，投资也是人家拉来的呢！

确定面试结果之后，韩闻逸和夏见灵就先回去工作了。郑佳忍不住又拿起钱钱的简历看了看。

韩闻逸虽然是事务所的老大，但他并不是个霸道不讲理的人，大家平时一起工作也没有什么层级观念，如果有大家意见不同的时候，往往都是坐下来心平气和地商量出一个最好的结果。这还是头一回他态度这么"霸道"。

这个钱钱，看来有故事啊……

晚上钱钱吃好晚饭就回了房间，把门一关，打开电脑，开始工作。

她迟迟没找到正式工作，就在网上接点简单的设计工作做外快，好歹挣点儿零花钱。

刚弄完一个图层，桌上的手机响了。她拿起来一看，来电人显示：别人家的金坷垃——这是她给韩闻逸设置的备注。

她忙点下接听键："喂？韩总啊！"

"马屁还没拍够？"韩闻逸的声音听起来懒洋洋的。

"当然没拍够！"钱钱理直气壮地说，"这不还没找到工作呢么？要是韩总大发慈悲赏了我一份工作，那我更得好好拍韩总马屁。还指望韩总以后给我升职加薪呢！"

韩闻逸不领她的情："我可不发这个慈悲。"

钱钱一惊。她还以为韩闻逸给她打这个电话，说明她被录用了呢！难道是来通知她面试没通过的？！这种悲伤的事情有必要打个电话吗？发个短信通知就行了好不！

韩闻逸说："你是凭你的能力得到工作的。怎么样，愿意来我们事务所吗？"

这大喘气的，吓她一跳！

她本打算吐槽两句，结果竟然难得地语塞了——天知道她找了这么久的工作一直不顺利，她都快怀疑人生了！这句"你是凭你的能力"的话，她真的太想太想听到了。当真的有人愿意肯定她的能力，她鼻子都为之一酸。

半晌，她才轻声说了一句"谢谢"。

"你明天直接来，还是下周一来办入职手续？"韩闻逸问。

"下周行不？"钱钱说。她手里还有些零碎的工作，正好这周都结束，就可以去正式工作了。

"好。"

"嗯……"钱钱换了只手拿手机，换上讨好的语气，"哥，我延毕的事儿，别让我爸妈知道行不？要不然我妈能把我念死！"

电话那头没回应。

钱钱咬咬牙："你帮我瞒着，我……我请你吃好吃的！"

韩闻逸秒答："成交。"

钱钱哭笑不得："嘿！您一资产阶级大老板，就这么剥削我一劳苦民工，良心还真是过意得去啊您！"

她还记得小时候，她经常让韩闻逸替她打掩护。譬如她跟同学偷偷跑去游戏机房玩，又不敢让爹妈知道，就说韩闻逸带她去逛博物馆了；譬如她在韩闻逸家玩了一天新出来的电脑游戏，让韩闻逸帮着哄她爸妈说她一天都在认真看书……这样的事情数不胜数。之所以总是挑上韩闻逸，因为钱美文笃信近朱者赤近墨者黑的原则。在钱美文的心目中，韩闻逸三个字就是一块金字招牌，韩闻逸这个孩子就是个散发着金光的圣孩儿。自家女儿跟他在一起，做什么都是有意义的好事儿，仿佛待得时间久了，他那逆天的智商也能让钱钱均上一点儿。

钱钱要拿韩闻逸做哄母亲的幌子，刚开始的时候韩闻逸是不大乐意的。钱钱并不动之以情晓之以理，而是直接行贿——她把韩闻逸拖出去，说是找到一家特别好吃的小吃摊，一定要带韩闻逸去尝尝。

她拉着韩闻逸穿过数条马路，走了足足几公里的路，终于在一个公园门口的小摊边停下，掏出零用钱，买五个巴掌大的葱油饼。

小摊老板现做现炸，生面饼扔到油锅里，煎得滋溜溜响，不一会儿就散发出一股扑鼻的香气，勾得人不断分泌口水。

不一会儿，滚烫的五个葱油饼拿到手，她自己留下两个，递给韩闻逸三个。

那年头上海的街道治理得还没有那么好，大街小巷摊头不少，葱油饼也不是什么稀罕物。钱家和韩家住的校职工楼就在大学对面，这学校所在的地方必然是小吃摊主们重点攻陷的区域。他们这几公里路走下来，沿途少说有六七家卖葱油饼的。

可钱钱偏偏拉着他走那么多路来到这里。

当时韩闻逸并没有直接用言语表达不满，而是微微皱着英气的眉，用质疑的目光看看钱钱，又用怀疑的目光看看手里那几张油呼啦叽的饼。

“你尝尝就知道，真的好吃！我不敢说这是全上海，但这至少是咱们区最好吃的葱油饼，没有之一。”钱钱一个劲儿地撺掇他尝尝。

这小摊看着不怎么卫生，这饼的卖相也不怎么好看，可那香气实在诱人，钱钱小脸上期待的神情也让人不忍辜负。韩闻逸终于还是犹豫着咬了一小口。

然后……他就吃完了整整三张饼，心满意足地跟着钱钱一起长途跋涉走回家。

回到家，钱钱就开始装可怜：“哥，要是我妈问起来，你就说我今天一直在你家背单词好不好？不然要是让我妈知道我带你出去，还吃了小摊上的小吃，我妈又该训我了。”

俗话说得好，吃人嘴短，拿人手软。小时候的韩闻逸脸皮还比较薄，他刚吃了人家三个好吃到恨不能把手指也啃了的葱油饼，实在不好意思说不。可他觉得这样行不通。

“钱阿姨难道不抽查你今天背过的单词？”他指出这个计划中的风险性。

“当然会查啊！不过那也没事！”钱钱抽出单词本，“我现在花二十分钟背三页。回去跟我妈说我一下午就背了这么多，”她自嘲地笑了笑，“反正在我妈心里我也不聪明。”

其实钱钱并不笨。她的成绩纵使不拔尖，好歹也一直是中上游的。她只不过不是天才，而偏偏自家隔壁就住着一个姓韩的天才而已。

于是韩闻逸被钱钱拖下了水。有一有二就有三，两人从此成了共犯。

当两人开始“团伙作案”之后，韩闻逸给钱钱提了些要求：她可以在他家里玩电脑看电视，又或者跟同学溜出去玩，他都不会管她。但在做这些事情之前，她必须先把今天该背的单词背完、该看的书看完、该写的功课写完。要不然玩性上来把正事忘了，她回家就该露馅儿了。

钱钱为了早点开始逍遥，学习的效率大有提高，这倒还托了韩闻逸的福。其实这些事情她原本在家也能做的，可那年代不流行什么科学的教育方法，钱美文又比较喜欢揠苗助长，以为女儿多学一分钟就能多提升一点。所以钱钱在家的时候被允许娱乐的时间少得可怜，也导致了她学习效率的低下——反正学完这个小时，下个小时还得接着学。可一天就只想学、也只学得进那么多。反正时间多得很，那就慢慢来吧！

学习方面没什么天才，可钱钱在发掘美食方面却独有天赋。为了感谢也为了讨好韩闻逸，在没有大众点评的年代，她简直就是个人肉美食搜寻机。她带着韩闻逸吃过最好吃的排骨年糕、最美味的油墩子、最香的烤羊肉串、最爽口的小馄饨……

时隔多年，美食行贿的这一招对韩闻逸依然行得通。

想起那些往事，想起那些年一起吃过的美食，钱钱就忍不住开始咽唾沫。明明晚饭刚吃完没多久，却有些馋了。

电话那头的韩闻逸悠悠地说："你不愿意被剥削？那算了。"

"别别别！被您剥削是我的荣幸！"钱钱忙说。请一两顿饭，荷包再疼也疼不到哪儿去。可万一韩闻逸跟她妈告状，那她的麻烦可就不止钱包出点小血那么简单了。

"真的？"

"真的真的！比钻石都真！我想请您吃饭想得肝脑涂地！"

"那好吧。"韩闻逸轻笑一声："本来想说你要是不愿意被剥削，我请客好了，你只要带我去找美食就行。难得你这么大方，我只能君子成人之美了。"

要不是电话那头的这位是她未来的老板，她顺着电波爬过去掐死他的心都有！

钱钱脑子转得极快，也不是个吃亏的主。她很快就笑逐颜开，豪气冲天地说："这些年上海可新开了不少美食店，我带你一家一家吃过去！——但是！为了请得起您，您看这工资咱是不是可以再商量商量……"

周一上午，钱钱准时到十二事务所报道。

新人报道，郑佳帮她办完入职手续之后的第一件事，就是带着她认识一下新同事们。

十二事务所一共有两层楼，一楼是前台、大堂和会议室，有客人来做心理咨询，就在一楼进行，二楼是员工们的办公室。

事务所刚成立没多久，整个事务所上下包括保洁员在内总共也只有二十来个人。事务所的两位联合创始人，韩闻逸和夏见灵，都是哈佛学心理学的高才生。韩闻逸当然不用郑佳介绍了，郑佳就先带钱钱去跟夏见灵打招呼。

夏见灵正坐在电脑前看文件，见了钱钱，忙起身跟她打招呼，又从抽屉里取出两杯精致小巧的草莓布丁，温温柔柔地递过去："尝尝这个吧。"

"这是灵灵自己做的。"郑佳忙帮忙介绍，"灵灵手特别巧，做什么都好吃！"

钱钱有点惊讶地接过草莓布丁。郑佳要是不说，看这布丁的卖相，一点儿不比昂贵的甜点店里的点心做得差。

夏见灵还很贴心地为她们准备了小勺子。钱钱尝了一口，惊诧地瞪大眼睛：这美味，绝了！

上周钱钱来面试，多少有点紧张，光想着好好发挥了，没太注意观察人。这回来报道，心态稳了，对夏见灵不由得多了些关注。只见夏见灵长发披肩，鹅蛋脸，眼睛弯弯的，天生一张笑脸，那叫一个甜美。

钱钱一口气把布丁吃了个精光，狂竖大拇指："好吃！太好吃了！灵姐，您简直是被哈佛耽误的厨神啊！"

夏见灵被她夸得很开心："你喜欢就好。"

接着郑佳又带钱钱去见别的同事。

包括韩闻逸和夏见灵在内，十二事务所目前有五名心理咨询师，咨询的方向各有不同，专业的东西钱钱也听不太懂；因为事务所人数不多，行政和人事由一个部门掌管，郑佳就是行政人事部门的主管，事务所里的人都亲切地称呼她为大管家；事务所还有个 IT 部门，正在开发事务所的网页和 APP 功能。钱钱入职以后，就要成为 IT 部门的一员了。

“你以后的办公桌就在那里。”郑佳指了指一张空位。

空位在窗户的左边，空位的右边是窗台，左边坐着一个男生。他剃了个板寸头，戴着黑框眼镜，脸圆圆的，长相很亲切。

郑佳给她介绍：“他叫肖巴，我们都叫他八哥。他负责运营工作。”

钱钱还以为是“巴哥”，哥是对肖巴的尊称，没想到郑佳又不留情面地补充了一句：“我们事务所里话最多的人就是他，所以叫他八哥。”

“哇！”肖巴看到钱钱很激动，“咱们事务所来了个大美女啊！还安排在我旁边，大管家你太够意思了！美女听说你是应届生？哪个学校毕业的？有男朋友了没有？”

钱钱眼皮一跳，假装没听到他一连串的问题：“帅哥你好啊。”

空位的对面也有一位年轻男生。他小麦色皮肤，长相英俊，留着贝克汉姆式的莫西干头，身上穿着一件黑色连帽衫，头上挂着一副黑色大耳机，不知道在听些什么。在聒噪的肖巴的对比下，他显得特别的酷。

郑佳继续介绍：“他叫越明宇。是我们事务所的程序员，也是我们事务所里话最少的人。”

钱钱惊讶。这么酷的程序员实在很非典型。

越明宇目光投过来，钱钱忙也跟他打招呼：“你好。”

越明宇连耳机都没摘，嘴唇紧闭，酷酷地对她点了下头，就把目光挪回去继续看电脑了。

这位小帅哥话果然是很少。

以后她边上是话最多的人，对面是话最少的人，这可真是冰火两重天了。

十二事务所有自己的网站，目前已经上线，但功能还比较简单，更多功能正在开发中；事务所在各大社交网站上也注册了自己的官方账号，用于宣传之类的工作；另外事务所也准备做自己的 APP，程序员小哥们正在抓紧写代码，得过段时间才能上线。

这些 PC、M 端、APP、H5 之类的页面都需要 UI 设计事，事务所的运营活动也需要设计师配合做点banner、活动页面和海报，事情多得很。

于是入职的事情办完，钱钱就开始正式工作了。

头一天她基本都在开会，各部门的同事轮番把她轰炸一遍，炸得她头疼不已，但好歹是弄清楚短期的需求和长期的工作方向了。

开完一堆会，天都已经黑了。行政人事部门的同事们已经走了，咨询师们也陆陆续续走得差不多了，倒是IT部门的同事们一个都没走，全在加班呢——搁哪个公司，这都是常态。

钱钱这才刚入职，就算想融入同事们，也得要个时间，犯不上头一天就这么表现。于是她收拾收拾东西，差不多也就准备回家了。

韩闻逸正好从自己的办公室里出来，两人一起下了楼，他晃晃手里的车钥匙："我送你？"

这要是其他老板，钱钱还真不敢随便搭人便车。跟韩闻逸就没什么好客气的了。她爽快地一扬下巴："走！"

上了车，韩闻逸问道："你晚饭回家吃？"

"家里没饭吃。"钱钱说。钱教授今天晚上有事，不回家烧饭。钱美文晚上也出去参加活动，嘱咐女儿头一天上班，有机会就跟同事聚个餐，培养培养感情。

韩闻逸拖长声音"哦"了一声："那资本家剥削劳苦民工的机会来了？"

钱钱一愣，气乐了："工资还没发呢，您就这么心急？"

韩闻逸耸肩："反正都要吃饭。"

钱钱想了想，也是。要是不跟韩闻逸吃，她可能就随便找家兰州拉面之类的打发了，既然有人陪，那去吃顿好的也不错。

"好吧！"于是钱钱拿起手机，找出一家自己收藏过的美味馆子，把地址报给韩闻逸，两人就出发了。

钱钱带韩闻逸去吃的是一家面馆。虽说不是什么苍蝇馆子，但也着实不是什么奢华昂贵的地方——毕竟这顿说好了她做东，她的荷包可不怎么殷实。

面馆在闹市区一条小巷子里。上海夜晚的市区喧嚷鼓噪，韩闻逸颇费了一些工夫才找到停车的地方。

两人找到面馆，面馆里人气旺盛，好不热闹。好在面馆地方够大，倒还有空位可坐。

钱钱点单："来两碗招牌的蟹黄虾仁爆鳝面！"

这面不便宜，五十多块钱一碗，不过在上海这寸土寸金的地方也不算贵了。何况料多味美，性价比十足。

钱钱点了单，服务员却迟迟没下单。

钱钱等得不耐烦，抬头看了一眼，却发现年轻女服务员正两眼发光地盯着韩闻逸看。

"你是不是网上那个哈佛小哥？"女服务员激动地问。

原本喧闹的面馆里大家自顾自吃着自己的饭聊着自己的天，谁也不关注别人。然而这女服务员嗓门颇大，一下就吸引了不少人的注意。

这下可不得了，几桌年轻的客人也注意到了韩闻逸，面馆各处陆陆续续传来几声惊呼，以及数不清目光和指点。

韩闻逸微微皱了一下眉头。然而他比许多年前友善温和了不少，他知道对方没有恶意，他也能理解这些目光是人之常情，最后他微笑着对女服务员点了下头。

女服务员激动得笔都拿不住了："天啊，你长得好帅啊！比网上看到的还要帅！！！"

"谢谢。"韩闻逸微笑着说，"我有点饿了，可以点单吗？"

女服务员这才想起自己的本职工作，连忙说了几声抱歉，给他们下单去了。

钱钱悻悻的："蓝颜祸水啊你！"

很快钱钱就后悔今天带韩闻逸来这接地气的面馆了，这位爷就应该摆在精致的人均五百朝上有单独包间的豪华馆子里供着啊！

边上人对他们指指点点小声议论就没断过，看过网络热点的直接就拿韩闻逸当名人看了。没看过网络热点的，看到这么亮眼的帅哥美女也理直气壮地盯着看。

面还没上来，就有胆子大的女生直接过来搭讪了。

“请问您是韩闻逸吗？我在网上看过您的演讲视频。”女生又激动又紧张地问。

韩闻逸对她笑笑，默认了。

“您真的是哈佛的研究生吗？”女生好奇地问了一句。发现这个问题不妥，又连忙解释，“我没有别的意思，就是，您看起来……比较……比较……”她不知道该怎么措辞，要说一般长得好看的人读书成绩都没那么好，既把读书好的人给得罪了，也把长得好看的给得罪了，打击面太广。

“比较像哈尔滨佛学院毕业的是吧？”钱钱冷不丁给她接了下去。

女生又好笑又不好意思，羞窘得红了脸。

“低调，低调。”韩闻逸微笑，“别让大家都知道我修佛。”

女生被他俩一唱一和逗乐了。

“哈哈，”她把目光投向钱钱，“这是您女朋友吗？”

这个问题韩闻逸没回答，而是看着钱钱，让她自己回答。

钱钱注意到附近有人在偷拍，连忙摆手：“哪儿啊，他是我哥。小时候还给我换过尿布呢！”

韩闻逸也不懂钱钱这是在自黑，还是在黑他。

“哈哈哈哈，”女生笑得更乐了，忙夸道，“好羡慕，你们兄妹长得都好好看，而且长得很像呢。”

瞧这睁眼说瞎话的。这话要让他们两家家长听见了，都不知道该谁更怀疑谁啊！

钱钱和韩闻逸长得像不像，这不好说，不过钱钱的确是美女，虽然像她这么贫的美女很少见。如果这位女生秉持的观点是好看的人都是相似的，那她这句恭维可能是有点道理。

女生又搭讪了几句，钱钱点的两碗虾仁蟹黄爆鳝面上来了。她不好意思影响别人吃饭，总算是走了。

钱钱总算是打起点儿精神：“你尝尝。这个面真的好吃！”

韩闻逸还没拿起筷子，手机铃声突然响了。他拿起看了一眼：“我出去接个电话。”面馆里太吵了，盯着他们的眼睛也太多了。

“哦……”钱钱调侃他，“你现在身价可不一般了，没我保护你，小心别让人套个麻袋拐走了啊！”

韩闻逸好笑地看了她一眼，起身出去了。

几分钟后，钱钱正无聊地拨弄着碗里的虾仁，韩闻逸回来了。

“谁？”她随口问了一句。

“节目组的编导。”韩闻逸拿起筷子，把因为放久了有点黏糊的面团拌开。

“啊？”钱钱吃了一惊，“什么节目组啊？你都红到要上综艺节目了？”她知道很多综艺节目经常会请一些网络红人参加，吸引年轻的观众。

“不是。”韩闻逸把浇头倒进面碗里，“是我自己的专栏。我跟X视频网站谈了一个合作项目，过段时间会在他们网站上一档语言类节目，每周一期，一期四十分钟左右。”

自媒体时代，视频网站的影响力已经赶超各大传统电视台了，而X视频网正是目前国内用户量最大的视频网站之一，已经做红了许多自媒体节目。

韩闻逸说，他要在X视频网开专栏了。韩闻逸说，他要做他自己的节目了……

不管是先前看到韩闻逸在热搜上挂了好多天，还是听韩闻逸说签了家营销公司，钱钱对此都没有什么真实感。或者说，让她觉得更真实的是坐在他面前的韩闻逸这个人。即使他们的人生轨迹已经岔开很多年了，可韩闻逸回来以后，这段时间她对他的熟悉感正在渐渐找回。

然而此时此刻，她看着韩闻逸，忽然之间有什么看不见的东西好像裂开了。这个坐在她对面一臂之隔、抬抬手就能碰到的人，一下变得很不真实。

吊顶的灯打在他身上，他身后一片光晕，仿佛变成了一块硕大的屏幕将他圈在其中。这明明是个幻觉，可幻觉好像是更真实的，而真实的世界却像是幻觉。

韩闻逸拌好了面，迟迟没听对面出声，便抬头看了钱钱一眼。只见钱钱目光失焦，不知在想什么，指尖的筷子已经快滑落了。

韩闻逸微微皱了下眉头：“你有兴趣的话，我慢慢跟你说。”

钱钱怔怔地，扯着嘴角笑了笑：“喔。先吃面吧！”

韩闻逸终于尝了一口面。伴着浇头的面送进嘴里的第一口，他就愣了愣。

——这面很好吃。是真的很好吃，非常好吃！钱钱的口味，从来不出错。或者说，他们的口味是如此契合。

“好吃。”韩闻逸说，“我很喜欢。”

“我就说很好吃啊，又不会骗你。”钱钱笑着说。

她了解韩闻逸的口味，她知道韩闻逸一定会喜欢这间店，她本来也很期待看到韩闻逸被美食惊艳的样子。可是这一刻真的到来的时候，她的心情却并没有那么高兴。

她心里有一些失落，有一些难过。可她说不出来那是什么。

第二章 ______ 你是我特殊的人

楼梯间里。

张珑正在给一个没有保存过的号码打视频电话。然而铃声响了几声就断了——对方拒绝了她的视频电话!

她愣了一下，皱着眉头继续拨打。

一分钟，没人接。

两分钟，没人接。

十分钟，还是没有人接……

张珑开始变得很焦躁。

她一边不断地拨打，一边往楼上走。不一会儿，她上到了天台，走到栏杆边上靠着。

当她拨出第 N 个视频电话的时候，对方终于接听。一个年轻的男人的脸出现在她的手机屏幕上。

两人隔着网络，看着对方，却很久都没有说话——有很长一段时间，他们之间已经无话可说了。

天台上风很大，张珑的头发被吹到脸上，她用手拨开，手往上举了举，身后的背景被摄像头拍到。

视频对面的男人注意到她身在的地方，立刻变得紧张："珑珑，你在哪里？”

“天台啊。”张珑理所当然地回答。

“你到天台干什么？别靠在栏杆上，太危险了，”王明岳急道，“你赶紧回去！”

看着屏幕上那张表情紧张的脸，张珑因为连续被挂电话而变低沉的心情总算稍许明朗了一些。

“我喜欢这里，”她不肯走，“这里的风吹得人很舒服。”

“你回去，赶紧回去。”隔着网络，王明岳一点办法也没有，只能不断劝张珑离开危险的地方。

把他的焦急看在眼里，张珑的内心深处有一种深深的满足感。

“你为什么这么久才接我的视频？”张珑问。

“你先离开这个地方再说。”王明岳坚持。

为了得到王明岳的答案，张珑总算从栏杆边离开，找了个平地坐下。

“你刚才在干什么？”

“没干什么……”王明岳叹了口气，“我……我只是不想看到你，每次看到你我都会很伤心。”

张珑愣了一下，不说话了。两人又开始一起对着镜头沉默。

张珑和王明岳是曾经的恋人，两个人在一个月前就已经分手了。

他们从学生时代开始恋爱，距今已有两三年时间。分手的原因比较复杂，说白了就是两个人不合适。

刚开始谈恋爱的时候，他们感情还是不错的，可到了后来，他们就已经发现两人的性格有很多矛盾，爱好和交集却少得可怜。最重要的是，张珑早就定好了计划要出国发展，并打算长留国外，最近也已经拿到了国外高校的录取通知。她提过希望王明岳能跟她一起出国奋斗，可王明岳是个很传统的人，他不愿意离开亲人离开熟悉的生活环境，只想过简单的生活。于是，未来的人生道路，两人很难一起走下去了。

刚开始，大家坐下来心平气和地长谈了一番，达成共识，算是和平分手，张珑也没觉得有多难受。可等到分了两三天以后，她渐渐觉出难过和不舍来了。某个深夜失眠的晚上，她辗转反侧睡不着觉，忍不住给王明岳打了个电话过去。

那天凌晨三点多，铃声只响了一声，电话就接通了。可是电话通了以后，张珑没说话——她不知道该说什么。

两人就这么彼此听着对方的呼吸声沉默着。过了很久很久，王明岳终于开口。他只说了五个字。

——“我也很想你。”

那一刻，张珑心如刀绞，泪如雨下！

从那天开始，他们又恢复了联系。隔三岔五他们就会打个电话，或者是视频电话，或者也会出来见面，就好像所有正常情侣那样。但是他们谁也没有提过要和好——太多现实的问题摆在他们面前，王明岳不愿意跟张珑出国，张珑也不愿意为他放弃自己多年来的理想。他们没有办法继续走下去。

两个昔日的情侣互相看着对方，互相听着对方的呼吸声，想到他们很快就要彻底分离，想到他们以后再也不能这样，既悲伤又不舍。

几乎每次和王明岳联系之后，张珑都会大哭一场。可能是这种悲伤痛苦的情绪给了她发泄出来的机会。每次跟王明岳互相折磨完，她虽然精疲力竭，却有种异样的满足感。于是下一次，下下一次，她总是会忍不住去找王明岳。即使他们都知道不该这样，即使他们一次又一次互相拉黑了对方的联系方式，一次又一次地添加回来。

他们明明知道这是在彼此折磨，却又乐在其中。

而折磨人的功力，似乎还是王明岳更胜一筹。

“珑珑，我们不能一直这样下去，”视频里，王明岳叹了口气，“以后我不在你身边，你可怎么办啊？”

这句话让张珑的心狠狠地揪了一下，眼眶不可抑制地红了。她嘴硬道：“有什么怎么办？我一个人也能过得很好。”

王明岳的攻势既温柔又残忍：“等你出国以后，一定要好好照顾自己，不要让我担心。你胃不好，一不按时吃饭就犯病，国外又都是生冷的东西，你尽量做熟了再吃。你本来身体就虚弱，以后天冷的时候别总穿那么少了，会生病的……”

张珑一开始还强忍着，很快就忍不住了。她很快就要彻底失去王明岳，失去这一切了。想到这些，她再一次崩溃地大哭起来。

张珑走到一家事务所的门口停了下来。她抬起头，看看事务所的招牌——十二心理咨询事务所。

她在门口犹豫了很久，终于深吸一口气，走了进去。

“您好，”前台小姑娘礼貌地问道，“请问您有预约吗？”

“有的，”张珑说，“昨天我预约过。”

“麻烦您报下您的名字和手机号。”

张珑照实回答。

前台小姑娘一看，张珑预约的是中午十一点，可现在都已经十二点四十五了。再抬头看看张珑的表情，满脸的局促不安。看来最后踏进这心理咨询事务所的决定用掉了她非常大的勇气。

“您先到咨询室等一下吧，我马上通知咨询师。”前台小姑娘问道，“您想喝点什么吗？”

“咖啡有吗？我想喝浓一点的。”

前台小姑娘把张珑领进咨询室，让她先等着，然后打电话上楼通知楼上的人。不一会儿，韩闻逸从楼上下来了。

韩闻逸推开咨询室的门，看见屋里的张珑。这个年轻女孩染了一头棕色的短发，穿着纯黑的 T 恤和短裤，打扮得很潮流也很中性。她脸上化了很浓的妆，但掩盖不了她憔悴的脸色。她脸色煞白，身材非常瘦，仿佛风一吹就会倒。眼底的黑眼圈即使打了很厚的粉也遮不住，想必是很久没有好好休息了。

人明明是个很柔弱的人，却用打扮和妆容撑起一副坚硬的铠甲。

“您好，”韩闻逸说，“您是张小姐吗？我是您的咨询师，韩闻逸。”

张珑本来在沙发上坐着，见有人进来，忙站了起来。她跟韩闻逸打上照面，愣了一愣，盯着韩闻逸看了半天，很不可思议：“你是……你是微博上的……”

韩闻逸微不可见地皱了下眉头，很快舒展开：“是的，最近在网络上的确有一些跟我有关的讨论。”

“啊……”张珑十分惊讶。

她饱受自己最近精神状态的困扰，而十二心理咨询事务所正好离她住的地方很近，她几次路过看到，动了求助心理咨询师的念头。来做心理咨询这件事她也是纠结了很久的，能在这里看到网上的红人，真是意外的收获。

韩闻逸在她对面坐下。

“那个，”张珑好奇地问道，“你真的是哈佛毕业的研究生吗？”

韩闻逸从文件夹里抽出几分文件，推到张珑的面前。那是他毕业证书和资格证、从业证等。

“如果您担心我不能胜任，”韩闻逸认真地说，“我们事务所还有其他的咨询师，他们可以为您服务。”

他说这话并不是气话，而是诚心的建议。心理咨询师想要帮助来访者，他就必须弄明白来访者内心深处矛盾的根源是什么。而要弄明白这一点，他们需要进行很多的交谈，甚至要问及许多涉及隐私的问题。所以心理咨询师要做的第一件事，是和来访者之间建立起信任的关系，让来访者愿意对他敞开心扉，吐露心声。一旦来访者隐瞒甚至欺骗，心理咨询将毫无作用。

而韩闻逸自己也知道，他目前的处境十分尴尬。他虽然是因为一场在学校里做的心理学的演讲走红的，但现在网络上很少人关注他讲了什么，他正在做什么。人们热衷传播的只是他那几张好看的照片，和他的隐私。这其实对他咨询师的身份起到了反作用，人们过于在意他的长相，会忽略甚至不相信他的能力，从而也很难对他产生信任感。他试过找营销公司帮忙控制舆论的影响，但目前很难做到。

因为这个原因，他原本短期内是不打算接受咨询工作的。今天的情况有点特殊。张珑迟到了一个小时四十五分钟，本来准备接受她咨询的咨询师以为她取消了预约，正好家里有事就回去了。现在事务所里能接手的只有他一个，他也只好过来了。

“对不起，”张珑有点惶恐，“我不是怀疑你的意思，你别生气。”

韩闻逸从她的表情里没有看到质疑和抗拒。于是他温和地笑了笑：“张小姐，我也没有责怪您的意思。如果您愿意的话，希望我能为您提供帮助。”

咨询开始之后，韩闻逸希望张珑说出最近让她觉得困扰的事情。而她所困扰的，正是她和王明岳的关系。

理智上她知道他们已经分手，而且没有未来，她应当尽快斩断这段关系，可她控制不了自己的行为。她不断地跟王明岳纠缠，有时候他们互相看着对方流泪，有时候他们会歇斯底里地互相指责，有时候他们又会极尽温柔之能回忆对方的好。每一次纠缠，都会给她带来强烈的情绪波动。

事实上这种彼此折磨的事情已经严重影响到了她的生活状态和精神状态。她会反反复复不断回想她跟王明岳说过的话，从他的残忍里找温柔，又从他的温柔里找陷阱。她工作学习的效率为此大打折扣，她最近甚至都有点神经衰弱了，晚上经常失眠。

“我真的不想这样的！”张珑恨不得指天发誓，“我以前最讨厌的就是那些分手了还跟前任纠缠不清的人。我知道这么做很贱。分手到现在，我至少把他拉黑了五次！我告诉自己不要去找他，不要去联系他，可我……我就是控制不了我自己……”

每一个会走进心理咨询事务所的人，都有一样的问题。他们控制不了自己的行为。又或者说，他们的思想与他们的行为出现了矛盾。

“有一次我甚至把我的手机给我朋友让她帮我收着，就因为我怕我忍不住会去联系他。可是没有了手机，联系不到他，我却更加不安。那天我非常非常焦虑，焦虑到什么事情都没办法做，最后我直接跑到他家楼下去找他，直到见到他本人我才感觉好一点。”

每当她想办法压抑自己，她反而会做出更激烈的行为。

“我不想这样的，我发誓！我知道我不应该这样……”

张珑越说情绪越激动，因为焦虑，她不停地抖腿。她带着哭腔说道：“我该怎么办啊……”

在张珑说的时候，韩闻逸时不时在自己的笔记本上做着记录。他只是认真地听她说话，并不评价她的行为。当她情绪激动的时候，他轻声安慰几句，并教她调整呼吸的节奏，让激动的情绪恢复平静。

“你们分手以后，”韩闻逸问道，“在什么样的情况下，你会忍不住去联系他？”

这个问题让张珑怔了一下。她没能很快答上来，因为在此之前她并没有思考过这个问题。

“那天我被老师骂了一顿，我委屈了一下午，不知道能找谁说。半夜里我就忍不住给他打了个电话……那应该是分手以后我第一次联系他。”

她断断续续地回忆着之前她联系王明岳时的情形：“还有前两天，我的好朋友跟我吵了一架。我心里特别难受，就跑到楼梯间去给他打电话。他不接，我连续打了几十个，一直打到他接……”

韩闻逸眉头一动。连打几十个电话？

他在自己的笔记本上写下了一组看似矛盾的词语：软弱？强势？

在韩闻逸的引导下，张珑尝试着总结每一次她想联系王明岳时的共同之处，有点惊讶地得出了结论：“好像每次都是我伤心难过的时候，我就会忍不住去找他。”——这个结论听起来好像很简单，但在她没有回忆总结之前，她自己的确没有意识到！

韩闻逸更进一步地询问：“你这几次伤心难过的原因，是不是都是跟人发生了矛盾？”

张珑一愣，回想了一会儿，讶然地点点头。的确是这样没错，虽然她平时偶尔也会想想王明岳，想想也就罢了，并没有非联系他不可的冲动。而她每次有强烈的渴望要去做她自认为“犯贱”的事，基本都是因为她在别人那里受到了打击和冷遇。

韩闻逸又在自己的笔记上写下一个词：人际交往受挫。

这个认知令张珑又陷入了烦躁焦虑的自我否定之中：“天呐，我到底在干什么？我简直就是个坏女人！”

“为什么你要说自己是坏女人呢？”韩闻逸问道。

张珑怔了怔：“我不坏吗？我在别人那里受到伤害就去找他安慰，我把他当成了我的情绪垃圾桶……”

她担心韩闻逸会因此瞧不起她，连忙又为自己解释：“我以前跟他谈恋爱的时候也不是这样的，他以前还说过觉得我很独立，觉得我不需要他。我也不知道我自己现在怎么会变得这么软弱……”

韩闻逸又在自己的笔记本上写下了一组矛盾的词汇：独立？依恋？

张珑一再重复她现在的所作所为并非她自己想去做的，她厌恶自己的行为，却无法控制自己的行为。这也正是最近令她焦虑的原因。

韩闻逸则不断地提出一些问题。

“你对你的前男友，是什么样的感觉？”

这个问题让张珑沉默了一会儿。

“我想我可能重新爱上他了。一想到我们已经分手，我心口就特别难受。”她自嘲道，“是不是很可笑？以前在一起的时候，我也没觉得我有这么喜欢他……”

可笑不可笑她不知道，反正韩闻逸没有嘲笑她。这让她稍感安慰。

她停顿了一会儿，露出一个有点绝望的表情：“老师，你说……”

“嗯？”韩闻逸等她说下去。

然而下面的话对于张珑来说显然很难说出口。她欲言又止了很多次，又开始焦虑地抖腿。韩闻逸不催促，耐心地等她自己想清楚。

“老师你说……我要不要……”她终于犹犹豫豫地问了出来，“要不要为了他，放弃我的理想，留在国内？”

从她进入咨询室到现在，这是她第一次问这个问题。从这个问题出口的艰难程度就可看出，她心里是极不情愿放弃理想的，可她也真的放不下王明岳。这种两难的处境快把她折磨疯了。

她鼓足勇气才问出这个问题，满怀期望地看向韩闻逸，希望韩闻逸能给她指条明路。然而韩闻逸竟然没有接她的茬，而是用另一个问题岔开了这个话题。

“你说你觉得分手以后反而更加爱他，”他循循善诱地问道，“能不能具体地描述一下这种‘爱’给你带来的感受？越详细越好，比如愉快、幸福、心跳加速，又或者是焦虑、痛苦……词语或者句子都可以。可以在纸上写下来。”

张珑在他的指引下有点茫然地拿起纸笔。想了半天，她很艰难地在纸上写了两三个词语，又画掉一个。然后她就不知道该怎么往下写了。

韩闻逸看了下她写的东西。

张珑为她所谓的“爱”写下的第一个词语是“胸闷”；第二个词语是“心跳加速”；她还写了个“后悔”，但又被她自己画掉了。

她可怜巴巴地看着韩闻逸，好像担心他会批评她。但是韩闻逸从来不评价更不批判她的任何行为和想法，就只是提问。

韩闻逸又问出了下一个问题：“你回想一下，有没有和你的前男友无关的事情，也会让你产生类似你写出来这些的情绪？难受，胸闷……”

这个问题让张珑有点茫然，但她尽量配合地开始回想。

她回想得很慢，韩闻逸并不催促她，只是认真观察着她的表情和反应。

当张珑在纸上书写的时候，韩闻逸也在自己的笔记本上写下了另一个词语——

吊桥效应。

第一次咨询的时间是一个小时。一个小时的时间过去得非常快，转眼就结束了。

咨询结束的时候，张珑非但没有茅塞顿开的感受，反而彷徨又茫然。她隐约意识到了些她自己之前并没有思考过的问题，但她所看到的只是冰山露出海面的那一个小小的尖角，她知道深海底下还有更多更大看不到的东西藏在里面。

“我不想这么继续下去了，”张珑急切地问道，“韩老师，你觉得我应该怎么做？”

“我觉得……”韩闻逸笑了笑，“你最好能继续接受心理咨询。”

“为什么？”张珑无法理解。如果不是最近的精神状态影响到了她的日常生活，本来她都不愿意来做心理咨询的。来之前，她希望专业人士能给她一些高明的建议，让她照着做就能从糟糕的状态中解脱出来。可一个小时下来，韩闻逸都没有给她哪怕是一个非常简单的建议。

“韩老师，”张珑忽然慌了，“我是不是有心理疾病啊？我有抑郁症吗？我之前在网上做了一些测试，测试的结果显示我已经有抑郁的倾向了，真的是这样吗？”

“不要相信那些片面测试，”韩闻逸否定了她的猜测，“你很正常。就算正常人也会有烦恼。如果谁没有烦恼，你介绍我认识，我把他介绍给科研单位。他写本《快乐宝典》，一定能拿到诺贝尔奖。”

听他这么说，张珑才没有那么紧张了。

“我希望你能继续接受心理咨询，因为我需要更多的时间了解你，能更好地帮助你。”韩闻逸说笑过后变得认真，“如果你想改变，那我们就来改变——心理咨询的目的，仅此而已。放轻松。”

其实如果非要让他立刻拿出一些方法，帮助张珑迅速从这种不健康的关系和状态里解脱出来，他的确可以给出十七八种方法。但问题是，第一，所谓的“正确的事”张珑做不到，如果她能做到她就不会走进心理咨询事务所了；第二，即使她做到了，解决了目前的困境，以后她很可能还会反反复复被类似的情况困扰。因为她自己根本自己不知道哪里出了问题。

“那……我回去以后考虑一下吧。”张珑纠结地说。不管怎么说，对于需要接受长期心理咨询这件事儿，并不是所有人都能泰然接受的。

上午钱钱一到事务所的时候，肖巴就丢给她几个任务。

“小钱钱，”肖巴说，“我给你几段文字，你帮我设计几张匹配文字的图片吧。”

“行，”钱钱一口答应，“你把要求发到我邮箱，我马上给你弄。”

十二事务所自己开发的APP还没上线，网站的功能也很有限，肖巴目前主要负责的是各大社交媒体上十二事务所的公众号的运营工作。他需要定期更新公众号，发些有意思的内容，为事务所做宣传。

不一会儿，肖巴就把需求发给了钱钱。两人沟通了一下，钱钱就开始干活了。

钱钱做事的效率很高，午休结束之后她就打包了一份文件发给肖巴。

肖巴打开的一瞬间就惊了："哇，你怎么做了这么多？！"

"不多不多，就做了三个版本。因为你说想要活泼点的感觉，但我个人感觉温暖的基调会更好，所以我照你的想法做了一套图，又照我自己的想法做了一套图。还有一套是比较居中的感觉，想给你看看效果。"钱钱说，"本来我以为温暖的比较好，不过其实做完以后，我个人更喜欢中性的那个版本。"

肖巴目瞪口呆。

这时候韩闻逸正好结束咨询从楼下上来，肖巴连忙叫住他："老大老大，你真是招到宝了啊！"

韩闻逸本来打算回办公室，闻言拐了个弯朝着肖巴和钱钱走过去："怎么了？"

"老大你看，"肖巴说，"这是钱钱弄的。咱们钱钱不光水平高，做图快，而且工作积极性都特别高！"

肖巴是干运营的，经常要跟 UI 设计师打交道。他提出的需求，UI 设计师不赞同他的想法或者有自己的想法都很正常，碰上性子倔点儿的，或者跟他大吵一架，或者根本不管他给的需求是什么，就按照自己的喜好来设计；碰上脾气软点儿的，勉强照着他的要求做了，做出来的东西的质量就很难说了。

钱钱却是一个实干派。她不硬也不软，按照肖巴的需求、自己的喜好以及两者折中的方案做了三套作品。有了作品，比大家凭空谈想法要直观得多，不管是她说服别人接受自己的观点，还是自己接受别人的观点，都容易多了。而且她给出的这三套图，没有一张是敷衍的。

韩闻逸看了几套图片，露出赞赏的目光："很好。我最喜欢这一版。"他的选择和钱钱自己的选择一样。

“那就用这一版，我也觉得这版最好看最合适。”肖巴附和，“老大，钱钱简直是我工作以来见过最棒的 UI 设计师！”

“我知道，”韩闻逸笑着把目光投向钱钱，“她是最好的。”

肖巴狂拍马屁的时候，钱钱虽然挺受用，但也知道这里面包含了同事爱和对新人的鼓励，所以接受得很坦然。然而韩闻逸这一夸，夸得她的小心脏没来由怦然了一下。

“不愧是学心理学的，这鼓励式教育，”钱钱用冰凉的手摸了摸自己发烫的脸，“你们是不是想诈我为公司鞠躬尽瘁死而后已？我是不会上当的！”

“哈哈哈哈，”肖巴乐道，“小钱钱，你怎么那么逗？”

韩闻逸却既不否认他身为资本家的黑心肠，也不承认他别有用心。他只是目光温柔地看着钱钱，微笑。

这一笑，笑得钱钱眼睛都不知道该往哪瞅了。

幸好这时候刘小木跑出来解围。

“老大老大，”刘小木叫道，“有你电话！”

韩闻逸这才进办公室接电话去了。

韩闻逸接听电话的时候，刘小木帮他整理文件，正好看到了他给张珑做咨询时写的笔记。等韩闻逸打完电话，他就忍不住好奇地提问了。

“老大，这个‘吊桥效应’是什么情况？”刘小木指着韩闻逸的笔记问道。他是事务所的实习生，目前心理学大三在读。学校的课已经很少了，他来事务所给韩闻逸当助手，一边打杂，一边能提前接触一些真实的案例。等他毕业以后，他也打算从事心理咨询师这一行。

韩闻逸作为张珑的心理咨询师，不会对任何人透露张珑详细的个人信息，那属于她的隐私。但是一些大致的、有共性的情况拿出来给自己的助手做案例分析还是没问题的。

“在我自己接触过的，也包括听说过的案例里，有很多‘错过了才知道后悔’‘分手后才发现是真爱’的故事。”他说，“这些故事里，主人公们因为后悔又挽回和好的有很多。但和好之后，发现自己根本没有想象中那么喜欢对方而再次分手的人更是占了绝大多数。”

“很多人甚至陷入了一个怪圈：在一起的时候是白米饭，分开以后却以为是人生挚爱的白玫瑰，和好以后又变成白米饭。他们甚至会不断地分手和好，和好分手，然后不断地重复这个滑稽的过程，却不知道到底是哪里出了差错。”

韩闻逸说的时候，刘小木听得很认真。这种情况，他生活里也见了不少。

“你应该知道，心理学上有一个著名的试验，叫作吊桥效应。让陌生男女一起走吊桥或者闯鬼屋，他们之间互相产生好感的几率远比进行普通约会的男女要高得多。因为走吊桥、闯鬼屋这样惊险刺激的体验很容易让人心跳加快，分泌肾上腺素，产生激动紧张的情绪。而这种情绪和一见钟情的体验十分类似，于是人们容易产生错觉，以为自己遇到了天定之人。”

刘小木点点头。作为学心理学的学生，吊桥效应这么著名的试验他当然听说过。

“说白了，这是一种归因错误。”韩闻逸说，“在处理分手的时候，有很多事情会引发人们强烈的情绪起伏。尤其，人们厌恶‘失去’，不管失去的是什么，哪怕只是一枚硬币。这些情绪很容易被归因错误，让人们误以为这是‘爱’。就像吊桥效应那样——尤其对象是一个自己曾经爱过的人的时候，这种错误更容易犯。”

刘小木恍然大悟：“如果能让来访者明白这一点，他们就能从陷阱里解脱出来了。”

“直接指出来是没有用的。一来我们很难透彻地了解他们，我们给出的结论未必是正确的；二来，我们置身事外的评价很可能会引发他们的抗拒心理。”韩闻逸说，“唯一的办法，就是引导他们自己思考，让他们自己想明白。”

刘小木深受启发，赶紧抱着小本本做笔记去了。

早上钱钱来到事务所，同事们大多已经到了。

“早上好啊，小钱钱。”肖巴热情地跟她打招呼。

“早上好。”钱钱说。她把包放下，对坐她对面的越明宇打招呼，“早上好。”

越明宇戴着耳机，目不转睛地看着电脑，没有回应。

“小明，”肖巴忍不住问道，“你每天戴着耳机听什么呢？不怕把耳朵听聋了？”

越明宇还是没反应。

“孤僻。”肖巴小声嘀咕，“真该让老大给你做做心理辅导。”

说曹操，曹操到。韩闻逸和夏见灵肩并肩有说有笑地进来了。

办公室里的同事们纷纷和两位老大打招呼。

“大家吃过早点了吗？”夏见灵从包里掏出一个大袋子，笑眯眯地说，“今天早上烤了一炉蛋黄酥，都来尝尝吧。”

众人呼啦啦就围过去了。

夏见灵的厨艺十分厉害，凡是她做出来的东西，色香就不用说了，味道更是不输任何一家五星级餐厅。她隔三岔五做些小点心带到事务所来分享给大家，每次都被众人哄抢一空。

“早上时间比较匆忙，”夏见灵不好意思地说，“所以做的数量不多，每个人拿一个尝尝吧。”

钱钱身上装了美食雷达，鼻子特别灵，夏见灵一进来她就闻到香气了，知道今天又有员工福利。所以夏见灵把点心拿出来的时候，她已经比别人更快一步地站到夏见灵面前了。

蛋黄酥小小的，一个也就荔枝那么大。钱钱一口咬掉半个，好吃得想哭。

“灵姐，”她口齿不清地说，“我要是男的，我一定娶你回家！”

“别胡说。”韩闻逸居然小小地瞪了她一眼。

钱钱满脸疑惑，她想娶夏见灵，碍着韩闻逸什么事儿了？

随后赶来的肖巴坏笑着说：“哟，老大吃醋了？老大你怎么连姑娘家的醋都吃啊？”

钱钱怔了一怔。她这才突然反应过来，事务所里一直有传言，说韩闻逸和夏见灵是金童玉女，同是名校高才生，毕业后又一起合伙来开事务所，虽然对外不承认，但他们私下里可能已经在交往了。

她舔了舔嘴唇。两秒后，她垂下眼继续认真地啃手里的蛋黄酥。

“灵姐手艺这么好，咱们老大以后可有福气了。”肖巴一边继续没大没小地继续调侃着，一边伸手去拿一个蛋黄酥。然而他伸出的手捞了个空。

——在他碰到袋子之前，夏见灵撤回了手。

“你没份。”夏见灵说。

“你的嘴太忙了，”韩闻逸凉凉地帮腔，“应该没空吃东西。”

肖巴内心：他到底说错了什么，怎么同时把两位老大都给得罪了啊！

钱钱啃完了一个蛋黄酥，好吃得想舔手指，眼睛忍不住往袋子里瞅，很想再吃一个。

同事们一个接一个地拿，袋子里的蛋黄酥越来越少。就连越明宇都面无表情地过来拿走了一个。众人都拿完，袋子里就剩下最后一个蛋黄酥了。钱钱的目光黏在上面挪不开。

“给你。”夏见灵把最后一个蛋黄酥交到钱钱的手里。

钱钱眼睛一亮：“谢谢灵姐！”

“那是我的……”空手回到座位上的肖巴欲哭无泪。

钱钱捧着最后一个蛋黄酥打算大快朵颐，却感觉后背有一道目光盯着她，看得她背脊发凉。全办公室的人都品尝到了夏见灵的手艺，人人都在称赞好吃得不得了，唯有肖巴连点碎屑都没尝到，幽怨的心情可想而知。

钱钱想了想，放下了手里的蛋黄酥。

夏见灵正准备离开，却听见钱钱小声问她：“灵姐，我可以给别人吃吗？”

夏见灵微微一怔，旋即目光柔和地看着钱钱，同样小声地回答道：“是你的，你做主。”

于是钱钱就捧着最后一个蛋黄酥回到了座位上。

夏见灵先进自己的办公室去了，韩闻逸还在外面，和刘小木说话。

“小木，今天有人预约咨询吗？”韩闻逸问刘小木。

刘小木作为韩闻逸的助手，手里有韩闻逸的咨询安排表。一旦有人预约韩闻逸做心理咨询，他会立刻做好登记，然后通知韩闻逸。然而他连看都没看安排表就回答："没有。"

韩闻逸近期不接咨询工作，所以他手里的咨询者其实只有张珑一个。只要张珑不来预约，那他就没有咨询任务。

韩闻逸摇了摇头，显然有点失望。

"老大，"闲不住的肖巴又开始八卦，"上次找你咨询的是个女孩子吧？你每天早上来都要问问人家有没有约你，那个女生是不是长得特别漂亮啊？"

韩闻逸挑眉，目光转向他："你想说什么？"

肖巴忙吐了下舌头："没有没有，我就开个玩笑。"

事务所里都是年轻人，大家没有上下级观念，平时开玩笑什么的都很随便。

韩闻逸淡淡道："有些玩笑不可以乱开。"

肖巴立刻噤声了。

刘小木问韩闻逸："老大，要不要我给她打个电话，说服她继续来接受心理咨询？"

韩闻逸摇头："不。你记住，每一个来访者必须是自觉自愿踏入事务所的大门的。如果他们是被强迫的、被诱惑的，甚至有一丁点不是心甘情愿的，我们就很难帮助他们。"

只要来访者有那么一点心不甘情不愿，他们就很有可能对心理咨询师有所隐瞒或者欺骗。这样一来心理咨询师非但帮助不了他们，甚至有可能使情况恶化——他们发现心理咨询并没有效果，但他们并不会认为原因出在自己不够坦诚。以后他们很可能会更加抗拒对人吐露心声，并且心理负担也会加重。

刘小木很无奈。他知道韩闻逸最近虽然不接受其他来访者的咨询，但他的工作其实特别忙。事务所里一大堆事情等着他处理，他还要录制网络节目，很难挤出时间接待来访者。但他还是每天早上都问一下，如果有张珑的预约，他会先推掉其他工作，优先接待张珑——毕竟这件事情他已经开始做了，他就希望能做好。

“会不会是因为咨询费太贵了……”钱钱突然开口插了一句。

众人的目光都聚拢到她身上。

“呃，我随便猜的，”钱钱说，“毕竟一个小时的咨询费就大几百上千，不是所有人都舍得花这个钱……”

韩闻逸若有所思地看了她一眼。

“要不下次她再来，我们给她打个折？”刘小木觉得钱钱的说法有道理。作为一个手头很紧的大学生，他也知道咨询费这道门槛会把很多人挡在门外，“就说我们在搞优惠活动？”

可是韩闻逸又一次摇头拒绝了这个提议。

“不行。”他说，“我们可以在合理范围内把价格定得低一点，但是一旦定下了，不管是打折、免单、买几送几，一律都不可以。”

“哎？为什么？”刘小木懵懵懂懂的。

韩闻逸扫视了一圈办公室。外面还有很多同事在工作，他们在这里交谈，会影响其他同事。于是他说：“来我办公室吧，我慢慢讲给你听。”

刘小木赶紧抱起笔记本跟着韩闻逸往他的办公室跑。

等刘小木和韩闻逸离开以后，钱钱拿出了刚才夏见灵给的最后一个蛋黄酥。

“八哥，”她捧着蛋黄酥在肖巴面前晃了晃，“你想吃吗？”

肖巴咽了口唾沫，用力点点头。

钱钱便把蛋黄酥递过去。肖巴一把接过，整个囫囵塞进嘴里，一边吃一边感动地喷屑：“小钱钱，你对我真好。”

钱钱看着他狼吞虎咽的吃法，不禁啧了两声。

“老大和灵姐肯定很喜欢你。”她说。在事务所里她就跟着大家一起管韩闻逸叫老大。

“啊？”肖巴不解。刚才他们还剥夺他吃点心的权利呢，这也叫喜欢他？

“老大很讨厌别人在男女关系这种事上跟他开玩笑的。”钱钱托着腮说，“以前上学的时候，他有个同学经常在他面前说这些，结果他特别严肃地要求别人道歉，把人家给吓坏了。”

肖巴一愣。事务所里的人知道钱钱跟韩闻逸是打小就认识的。

“而且别说灵姐了，像我这样脸皮厚的，大庭广众调侃我的男女关系，我也会有点尴尬的啦。”钱钱又说。

她跟韩闻逸相识多年，她知道韩闻逸从小不喜欢、甚至有些厌恶随便将男女拼凑在一起的低俗玩笑。看韩闻逸刚才的态度就知道，他现在依然不喜欢这样的事情。夏见灵也同样，作为一个女生，想必她不会喜欢别人当众拿她的男女关系打趣。

——假如他们之间没什么，这样的玩笑会让他们尴尬和反感；假如他们真的有什么，既然他们不说出来，就说明他们不想让人知道，不想成为大家的话题。

肖巴咽了口唾沫。蛋黄酥比较干，他有点噎住了。

“所以他们肯定很喜欢你，你看灵姐最后还是让我把蛋黄酥拿给你吃了。肯定是你平时工作表现特出色，”钱钱笑嘻嘻地拍拍他的肩膀，“再接再厉啊兄弟。”

肖巴把蛋黄酥彻底地咽了下去，看向钱钱。这漂亮小姑娘脸上的表情依旧和平时一样嘻嘻哈哈没心没肺的。但他知道，钱钱是好意地在提醒他——他刚才说的话，的确是有点不妥的。他本来没在意，可仔细想想，整个办公室只有他一个人没有拿到点心，韩闻逸和夏见灵的态度已经表现得很明显了。如果不是钱钱帮他讨了个台阶下，他就得承受这份“殊荣”了。

肖巴不好意思摸了摸头：“谢谢你，小钱钱。”

钱钱不以为意地摆摆手:“蛋黄酥是灵姐做的,也是她同意我给你的啦。谢我干吗，谢灵姐去呗。”

她在和肖巴交谈的时候，一直有意地压低了声音。她的位置在靠窗的地方，从距离上来说应该只有肖巴和坐在她对面的越明宇有可能听见——但越明宇整天戴着耳机，就算大声吼他也听不见。

美味的蛋黄酥已经没有了，钱钱回味了一下残留在唇齿之间的香气，伸了个懒腰，开始干活。

对面的越明宇漫不经心地朝她看了一眼，很快又收回了视线。

刘小木跟着韩闻逸进了办公室，在韩闻逸对面坐下，打开笔记本，一脸认真地准备听讲记笔记。心理咨询师不能给来访者打折优惠这件事，他还真不清楚为什么。

韩闻逸清了清嗓子，开口："我们要给来访者做咨询，需要深入他们的内心世界，要让他们对我们坦诚，首先要做到的最关键的一点就是——我们之间必须建立起一种安全的、稳定的、值得信赖的关系。"

"老大你说慢点。"刘小木奋笔疾书。

韩闻逸却抽掉了他手里的笔，点了点太阳穴，又点了点胸口："用脑子记，用心想。"

"啊……"刘小木只好合上笔记本端坐。

"这个关系不能太疏远。也不能太亲近，决不能达到亲密关系的程度。"韩闻逸说，"如果太疏远，他们无法放下对我们的戒心，没有人愿意随便对陌生人敞开心扉；如果太亲近……"

"我知道！"刘小木连忙抢答，"这是心理咨询师的职业道德。咨询师和来访者在五年之内都不应该产生亲密关系！"

心理咨询师和来访者之间很容易产生移情的作用。可能是对权威的向往和畏惧，可能是对被理解的渴望，总之他们会错误地把一些并不属于爱情的内容解读为爱情。然而这种感情一旦两人的关系发生变化，就会迅速变质。所以心理咨询师和来访者如果坠入爱河，很少会有好结局。

"职业道德什么的都是后话了。"韩闻逸想说的却不是这个。他眯了眯眼，不知想到了什么，语气有点意味深长，"一旦关系过了界，人就有了私心。有了私心，就有产生隐瞒和欺骗的可能。"

刘小木一愣，立刻恍然大悟：人一旦有了私心，他们可能不是存心欺骗，但他们会本能地在喜欢的人面前隐藏自己不好的一面，竭尽所能为自己塑造一个更吸引人的形象。这就又回到了心理咨询的原则上——没有坦诚，就很难治疗。

“你们学校有没有教过营销心理学之类的课？”韩闻逸并没有自己一股脑地说到底，而是把思考的机会留给了刘小木，“你自己想想，那些降价、打折、促销之类的活动，会对来访者的心理产生什么样的影响？”

刘小木经过韩闻逸的点拨，已经茅塞顿开。他不再管韩闻逸叫老大，索性改口叫师父：“我明白了师父！所有的促销活动，都有可能会动摇来访者对咨询师的信任——‘便宜的东西，都不是好东西！’”

韩闻逸点头：“还有呢？”

刘小木又想了想：“用打折、优惠吸引顾客，顾客会觉得是自己运气好。但是来访者却有可能会对咨询师产生‘我是特殊的’‘他是不是对我有好感’这样的错觉？”

韩闻逸打了个响指，表示他说到了重点。一个优秀的心理咨询师，必须要把握好和来访者的距离，他们不应该让来访者产生不应该有的错误认知。

刘小木找到了华点，万分欣喜，朝着韩闻逸鞠了个躬：“多谢师父赐教！”

钱钱抱着一份文件朝韩闻逸办公室走去。刘小木进去的时候没有把门关牢，她一靠近就听见里面说话的声音。

刘小木很兴奋，说话的声音格外的响：“用打折、优惠吸引顾客，顾客会觉得是自己运气好。但是来访者却有可能会对咨询师产生‘我是特殊的’‘他是不是对我有好感’这样的错觉？”

这内容听着很新奇，钱钱的脚步不由放慢了一些。

韩闻逸办公室的门是玻璃做的，当她出现在门外，屋里的人就看到了她。正好韩闻逸和刘小木的谈话结束了，刘小木高高兴兴地从里面出来。

“进来吧。”韩闻逸招呼钱钱。

于是钱钱抱着文件走进去。

“这是我做好的 Logo，”她把文件放到韩闻逸桌上，“用显示器看会有色差，所以我打印在纸上给你看看效果。”

由于之前十二事务所没有 UI 设计师，事务所的 Logo 是投资人找设计师朋友临时弄了一个。临时的那个韩闻逸和夏见灵都不是特别满意，所以就让钱钱尝试重新设计一个，作为正式的。

钱钱从大学开始就经常在网上给人做设计，不管是 Logo、各种周边、书籍封面她都做过，她还认识很多字体设计师和画手。接到任务以后，她先在网上找专业的字体设计师约了几个版本的“十二”，又花了几天的时间，用不同的字体设计了几种不同版本的 Logo。

韩闻逸把几张设计稿平摊在桌上，对比着看。

然而他看了半分钟都没有给出什么反应。

“怎么了？”钱钱有点担心，“没有喜欢的吗？”

韩闻逸笑着摇了摇头：“好难选。”

“不是没有满意的，而是……”他挑出了其中的两张稿子，“这两张，我都非常喜欢。所以，不知道选哪个更好。”

他的好评让钱钱原本因为担心而微皱的眉头完全舒展开了。

虽说只是小小的 Logo，但毕竟是代表事务所整体形象的，以后使用的频率会非常高，使用的时间也会非常长。她这些天是真的花了很多心思在做这件事。所有她能找到的跟心理学有关的设计稿她全部看了一遍，总结别人的设计的优缺点。她还把设计心理学的教材拿出来重新恶补了一遍。光她翻看过的素材少说都有几千张。

自己的付出被人肯定，钱钱乐开了花儿：“那，我拿去给灵姐和大管家看看？”

韩闻逸点头：“先给她们看看。等会儿我召集所有人开个会，让大家一起投票表决。”

钱钱竖起大拇指：“够民主！”

不过这个事情本来也应该民主。Logo 设计出来以后是要给大家看的，所以如果能了解更多人的想法，肯定比一两个人凭个人喜好选出来的结果符合群众的口味。

她正打算出去，韩闻逸却叫住了她。

“钱钱。”

“嗯？”

钱钱都已经推门准备出去了，所以只是半侧过身子，漫不经心地回头看了韩闻逸一眼。然而韩闻逸并没有立刻开口。

片刻的僵持后，她意识到韩闻逸还有话要说，不得不重新关上门，转过身面对着韩闻逸。

“你以前是不是有关注过心理咨询这一行？”韩闻逸温和地问道，“刚才我听你说，来访者可能会因为咨询费太贵而打退堂鼓……”一般只有站在咨询者立场上的人才会思考这个问题。

她脸上的表情有些惊讶，又有一些不悦。有些东西是她不想被人知道的，尤其这个人还是韩闻逸。

不过她并没有生气，而是开玩笑地问出了一句她进门之前就想问的话：“我要是真找你做心理咨询，你能给我打折吗？”

韩闻逸错愕了一瞬，不假思索地开口：“不可以的。”

这个答案并不出乎钱钱的意料。一个优秀的心理咨询师，不应该让任何咨询者产生自己是被特殊对待的错觉的。

——对待任何人都一样。

钱钱对他扮了个鬼脸：“韩扒皮。”

韩闻逸有点无语。

钱钱又扮了个鬼脸，丢下哭笑不得的韩扒皮推门出去了。

午休之前，韩闻逸果然召集事务所全体成员开了个会，会议的内容就是从钱钱做的几版 Logo 设计稿里选出一版最合适的。

因为是给心理咨询事务所做 Logo，这个 Logo 给人带来的感觉应该是温暖的、治愈的、有爱的、充满希望的。为了体现这些感觉，钱钱尝试了多个意象：初升的旭日、张开的怀抱、碰撞交汇的心灵，交握的手……不光选择了多个意象，有的意象她还尝试做了不同的版本。最后她一共拿出来六张稿子供大家选择。

钱钱在审美上是有天赋的，再加上多年美术功底和艺术设计的深造，她拿出来的每一张作品最起码都是好看的。在好看的基础上，又各有特点。

于是乎，出乎钱钱意料的，会议才刚开始，大家的争论就已经非常激烈。

“我觉得三号这张最好看。”

“三号是好看，可是二号更好看！一眼就惊艳到我了！二号这张如果不用的话，简直太太太浪费了！”

如果是矮子里拔高个，大家的讨论热情不会很高，最后选一张过得去的也就算了。可正因为大家对钱钱的作品很喜欢，不舍得自己喜欢的作品落选，于是情绪非常高亢。

眼看着会议室乱成了一锅粥，郑佳赶紧出声阻止了混乱的讨论：“大家看完了就投票吧。每个人先在纸上写下两个最喜欢的版本。”

然而在众人投票之前，韩闻逸又提供了一个选择的方向：“最好选择跟‘人’相关的。”

夏见灵表示赞同：“心理学毕竟是研究人的学科。”

两位创始人的言下之意，初升的旭日这样的意象还是不必纳入选项了。

众人了然，选出自己更喜欢的版本后，纷纷在纸上写下来。

等所有人都投完票，郑佳把大家写完的投票收缴上来。收到越明宇那份的时候，她奇怪地“咦”了一声。

在韩闻逸和夏见灵两位大佬表明态度以后，所有人都不约而同地放弃了旭日的Logo，唯有越明宇，他依旧坚持选择了那枚越过地平线的旭日，而且他把自己的两票全投给了旭日。

对于自己奇怪的选择，越明宇面无表情地给出解释：“我不喜欢人类。”

众人内心深深无语。

一旁的肖巴忍不住吐槽：“怪胎啊你……”

郑佳收完所有票，很快就把结果统计出来了。而结果又一次出乎了所有人的意料。

由于每张设计稿都各有特色，大家最喜欢的都不一样，所以一开始争论得非常激烈。但是韩闻逸允许每个人投两票，投票的结果，二号设计稿竟然几乎赢得了全票！也就是说，即使大家心中最好的设计不同，可要选一张大家都不愿意放弃的设计稿，所有人的答案都一样的——二号。

二号设计稿是一张以张开的怀抱为意象的 Logo。而这张设计稿，也正是钱钱设计得最用心、最费力的一个。

想要表现出她想表现的那些感觉，图片的意象只是其中一个因素，另外一个更重要的因素是用色。

暖色调能调动人的积极情绪，像旭日可以选用橙色，几乎不费什么力气就能营造出温暖人心的氛围。但一个拥抱的用色要怎么给人温馨感?

在烧死了很多脑细胞之后，钱钱自己画了一幅画，画得并不复杂，她画出了一双环抱的手，给观看者感觉仿佛有人正在拥抱自己；两条臂膀组成的形状很像一颗心形，这也是她的用心之处；在用色上她实在是下了大功夫的。她选择了温馨淡雅的粉色与橙色，并且她不是用整块的颜色来填充，而是让色彩逐渐过渡。

粉色带着微微的冷，橙色则是温馨的暖。越靠近怀抱中心的地方，橙调越深，颜色越暖——那也正应该是最温暖的地方。

韩闻逸拿起二号设计稿专注地看了一会儿。这张图安宁中带着生机，理性间蕴含希望。

片刻后，他微笑着抖了抖手里的稿子，缓声道：“那么，我们就选这张稿子作为我们的 Logo 了。大家没有意见吧？”

投票的结果一致通过，再无异议。

“钱钱，辛苦了。你很棒！”郑佳对钱钱竖起了大拇指。

一开始韩闻逸一意孤行坚持要用钱钱的时候，郑佳还有点担心。现在钱钱已经入职一段时间了，她的能力和她的努力大家有目共睹，韩闻逸没有看错人。

如今郑佳甚至有点庆幸自己当初没太坚持，作为一个 HR，她知道想从人才市场上招揽到这样的员工并不是件容易的事。

同事们纷纷给钱钱鼓掌，感谢她的辛苦付出。事务所里员工数量不多，就跟个大家庭似的，氛围一直很友好。唯一的异类就属越明宇。

所有同事在鼓掌的时候，他很别扭地举起手，想拍又不知道怎么拍似的，胡乱碰了两下，就立刻把手收回去了。

晚上钱钱完成了手里的工作，用力伸了个懒腰，一看时间——居然都快晚上九点了！

办公室里的人几乎都走光了，就剩下她对面的越明宇还在敲代码。

加班对于程序员来说简直是日常。不过钱钱自从入职以后，几乎也天天都在加班，有时候在公司里加班，有时候回家了继续做。

钱钱把东西收拾了一下，对越明宇挥挥手："小明，我先走啦，拜拜。"

越明宇没反应。

钱钱对他的冷漠已经习以为常。

她拎上包站起来，打算起身往外走。然而脚步还没迈出去，忽然一阵眩晕，她又跌坐回椅子上。她一直有点低血糖，今天晚上太忙了忘记吃晚饭，刚才站起来的时候动作又太快了，大脑里血液没跟上，就犯晕。

钱钱把手伸进口袋里。因为低血糖，她平时习惯随身揣两颗糖，以备不时之需。然而手在兜里摸了一圈，她愣了：口袋里空空如也。

前两天她把家里的糖吃完了，准备出去买来着，结果因为手上还有别的事儿，就把这一茬给忘了！

没奈何，她只能坐在椅子上休息，等待身体恢复。

忽然间，一枚巧克力被推到她面前。

钱钱抬头一看，越明宇还在聚精会神地敲代码，好像这颗巧克力不是从他袋子里摸出来的似的。

"谢谢啊。"钱钱拆了巧克力的包装纸，把巧克力扔进嘴里。

吃了糖，低血糖的症状有所缓解。但她还需要稍微歇一歇再走。电脑已经关了，办公室里就剩下他们两个人，不说点什么感觉气氛怪尴尬的。

"小明同学，"她问出了心中一直以来的困惑，"你每天戴着耳机，都在听什么？有什么好听的歌你推荐我几首呗。"

越明宇看了她一眼，居然直接把放在桌上的耳机递了过去。

钱钱有些惊讶地接过耳机。一戴上，她就吃惊地瞪大了眼睛：这是特殊的降噪耳机！

一戴上这副耳机，外界的杂音就变得很轻、很遥远。办公室里机箱运转的声音、窗外的风声、窗帘的飒飒声……瞬间全部消失了，整个世界变得非常安宁。

越明宇戴着这么一副玩意儿，不是在听什么。恰恰相反，他是什么都不想听。

然而钱钱很快就把耳机摘下来了。生活还是需要点背景音的，适当的白噪音能给人安全感。超乎寻常的安静让她有种被世界排挤了的孤独感。这种感觉她并不喜欢。

她把耳机还给越明宇："这个，是因为办公室里太吵，影响你工作吗？"

小明同学面无表情地说："是因为我不喜欢人类。"

钱钱嘴角一抽，"你为什么不喜欢人类？人类做错了什么？"

小明同学看她一眼："你为什么要讨好人类？"

"哈？"钱钱指了指自己的鼻子，"我讨好人类？"

小明同学冷冷地说："你一直在努力让别人开心。"

这场不知道哪个次元的聊天聊得太诡异了，她有点招架不住。

低血糖的症状已经彻底缓解了，她赶紧提包站起来："那什么，我还有事儿，我先回去了啊。你继续加油，拜拜！"

越明宇没什么表示，拉开抽屉把耳机收进去。钱钱没看到，他的抽屉里还躺着另外一副长得略像的耳机。

钱钱刚出事务所的大门，就在门口撞上了正准备往里走的韩闻逸。两人四目相对，都是一怔。

"你这么晚了才下班？"韩闻逸皱了皱眉头。

"你这么晚了还回去上班？"钱钱也有点不可思议。

韩闻逸事情很多。他经常要跑去跟投资人见面，或者有别的会要开，所以并不经常待在事务所里。

“没有，”韩闻逸说，“我正好开车路过，看到楼上灯还亮着，就想来看看谁还没走。”

“哦……”钱钱说，“就剩下小明同学了，其他人都已经下班了。”

韩闻逸点点头，没再上去了。

他掉头跟钱钱一起往外走：“我送你回去。”

“不用啦……”钱钱拒绝。也就上班第一天她坐过韩闻逸的车回家，这两个礼拜都没再坐过了。

“为什么？”韩闻逸坚持，“这么晚你自己回家即不方便也不安全，我送你。”

“你送我又不顺路。”钱钱说。钱家一家三口还住在 T 大的家属楼，韩家好几年前就搬走了。

“再说了，加班超过八点，打车回家能报销啊！”钱钱笑嘻嘻地说，“不能浪费这种薅资本家羊毛的机会。”

“资本家不光给你薅羊毛，”韩闻逸掏出车钥匙，对着停在对面的车按了一下，“资本家的羊亲自驮你回去。请吧。”

韩闻逸盛情难却，钱钱推脱不过，只能老老实实上车。

韩闻逸发动车子，开始关心下属：“你天天加班到这么晚吗？”他最近整天在外面，没时间关注钱钱的工作状态。但看到钱钱的工作成果，他也能反推出她的工作状态。

“嗯……”

其实钱钱手里的工作并不算很多，可她自我要求高，哪怕是一些不重要的小工作也很注重细节，工作量自然而然就变大了。

韩闻逸摇头叹气。

“晚饭吃了吗？”他问。

钱钱的肚子适时地叫了一声，给了他答案。

“钱是资本家的……”韩闻逸瞥了她一眼，“身体是钱钱的。钱钱比钱更重要。”

钱钱一愣，扑哧一声笑了出来。韩闻逸去了趟美国回来，比以前幽默多了。

“要是让钱叔叔钱阿姨以为我这么压榨你，很影响咱们两家的交情。”韩闻逸前面这句话说半真半假说的，可后面这句话却是认真的，“别太辛苦了。”

钱钱也不知道自己该高兴还是该怎么。入职一个月因为工作太敬业被老板劝说不要太辛苦……看来也不是每个资本家都是黑心的。

车驶近 T 大，这里的路韩闻逸和钱钱都很熟了。

韩闻逸突然想起一些很久远的小事：“我记得你小时候说过以后要考 T 大来着……”

韩教授和钱教授任职的 T 大是一所很不错的高校，在国内排名很靠前。在小孩子心目中，以后能考上 T 大是件挺光荣的事儿。

“哇，”钱钱反应很大，“那绝对是我年少不懂事的时候瞎胡说的！我现在回想起来，我人生中做过的最错误的决定就是念了我妈教书的那所小学——那简直是我童年阴影好不好！所以考大学的时候我就发过誓，打死我都不能考我爸教书的大学！”

“噗……”韩闻逸被她夸张的语气逗笑了。她人生中做过的最错误的决定？那时候还轮不到她来做决定吧？

“自己冒充家长签名，找同学帮忙冒充家长签名，帮同学冒充家长签名……这应该是每个小孩都有的童年好吗？”钱钱回忆起那段人生就倍感悲愤，“那些对我来说都不存在！每次考完试，我妈比我还先知道考试成绩！就因为我妈，我的童年根本就不完整！”

“嗯……”韩闻逸若有所思，“看来我的童年也不完整。”

钱钱无语地看了他一眼，“神仙，请你不要跟我们普通人类比。”

反正在母亲任职的学校念书，童年阴影简直三天三夜都说不完。

钱钱感慨：“幸好我没考 T 大，不然我的大学生活也一定过得很悲惨。”

“要是钱阿姨知道你没有拿到毕业证，”韩闻逸问道，“她会骂你吗？”

“骂我？开玩笑。”钱钱想到这种可能性就起了一身鸡皮疙瘩，“我延毕的事让我妈知道，她绝对会把我绑进考场，然后拿枪顶着我的头逼我考试的。”

其实韩闻逸早就想问了，可惜一直没有找到合适的机会。这会儿好容易让他逮到机会了。

“那你怎么会延毕的？”他问道，“你的成绩应该不差吧？”

钱钱一怔，这才发现韩闻逸一步一步引导着，把她给引到坑里去了。

这个话题她不想谈。她脑子飞快转着，准备嘻嘻哈哈把话题带过去。然而韩闻逸的动作居然比她还快，没等她想好下一个话题呢，韩闻逸突然自己先换了个问题。

“今天上午你是不是听到我跟小木的对话了？”韩闻逸问。

T 校已经近在眼前了，再拐两个弯就是家属楼，他放慢了车速。

“我可没偷听你们谈话啊。”钱钱连忙澄清，“是你们自己门没关好。而且我也没听懂你们在说什么，很专业的样子。”

“嗯，我猜你也没听全。”

钱钱很莫名地看了他一眼。几个意思？他们的谈话跟她有什么关系吗？

“钱钱……”韩闻逸突然开门见山，“你是不是想过要接受心理咨询？”

钱钱眼皮猛地一跳。

“如果你有什么需要帮助的地方，可以告诉我。”韩闻逸说，“如果你现在不愿意，没关系，不着急。但我希望你可以考虑一下这个提议。我只是想让你知道这一点。”

钱钱想起上午他们的对话，不由撇了撇嘴：“就咱俩这关系，你连个优惠折扣都不肯给我。我还给你增加业务？你想得倒挺美啊。”

“早上你走得太快了，我话还没说完呢。”

“啊？”钱钱一惊，“难不成你要直接给我免单？”

“不，我不可能给你折扣，而且，我都不可能接受你的咨询。”韩闻逸笑了笑，“但我可以用别的方式来帮你，如果你愿意的话。”

钱钱惊讶而不解地看着他。这话是什么意思？

车已经开到 T 大家属楼了。

韩闻逸把车停下，侧过身面对着钱钱，目光温柔："我不能帮你做咨询。因为……你对我来说，本来就是特殊的人。"

一句话，把钱钱钉在座位上，好几秒不动也不说话，傻得跟尊佛像似的。

老半天她才回过神来，干笑着舔舔嘴唇："算你还有良心！"

韩闻逸挑眉。

"我要是在你心里连这点儿特殊性都没有，那简直白瞎我们认识二十年。"钱钱解开安全带，"谢谢你送我回家哈，那我先回去了？"

韩闻逸没有挽留。

钱钱打开车门，拎上包就要走，韩闻逸又在后面轻轻叫了她一声："钱钱。"

可能是衣服跟皮座椅套摩擦出了静电，韩闻逸这一声叫得她后脊梁骨跟过电似的一哆嗦。

"啊？"

"我说的话你回去想想。"

钱钱傻眼："你说、说的哪句？"

"如果你有什么需要帮助的，可以告诉我。"韩闻逸想了想，尽量不让自己的措辞给钱钱带来压力，"我值得你信任。"

"哦……"原来是这句，吓她一跳。

韩闻逸吸了口气，又轻轻叹出："嗯。不着急。"

说"不着急"这三个字的时候，他语气有点缥缈。这三个字好像是说给钱钱听的，又好像是说给自己听的。

"回去吧。"

"再见，路上小心。"

"再见。"

钱钱进了楼道，听见外面传来汽车发动的声音。不一会儿，车开远了。

她狠狠松了口气，用力甩甩头。

"清醒点儿清醒点儿清醒点儿。这货肯定是在美利坚学坏了！好话甜话张口就来，什么哈尼北鼻老虎油，那都是人家的口头禅！"她甩着脑袋，扶着栏杆，一步一步朝楼上走去，“你可得清醒点儿……”

很多年前，钱钱的确说过以后要报考 T 大。

比起 T 大的排名、地位等因素，对钱钱来说，T 大食堂里好吃的盖浇面和 T 大校门口美味的冰激凌店才是更吸引她的东西。

在钱家，烧饭做菜是钱教授的责任，但钱教授也不是每天愿意下厨的。有时候他有事要忙，就把饭卡和饭盒丢给钱钱：“你自己去食堂吃，帮我跟你妈打一份回来。”

钱钱高高兴兴地揣上饭卡出门，先去敲隔壁韩家的门。

“哥，去食堂吃面了！”

韩闻逸也是 T 大食堂的常客。韩教授夫妇很少有时间在家做饭，虽然家里有钟点工，但钟点工做菜的手艺远远不如食堂的大师傅。所以韩闻逸经常一日三餐都是在食堂解决的。

出了门，钱钱说：“我想吃大排面，再加一份素三鲜浇头。”

韩闻逸点点头：“我吃焖肉面，加青菜。再加个荷包蛋吧。”

钱钱给他比了个 OK 的手势。

进了食堂，钱钱先去排队。等排到她，她对着食堂打面的大师傅露出一个灿烂的笑容：“刘叔！”

刘师傅今年五十来岁，是个祖籍北方的大汉。钱钱长得可爱又嘴甜，很是讨他喜欢。

“哎，”刘师傅乐呵呵地举起大勺，“小钱姑娘今天想吃点儿啥？”

“焖肉，青菜……”钱钱响亮地说，“再加一个荷包蛋！”

“好嘞！”刘师傅给她盛了一大碗面，从盘子里挑了一块最大的焖肉盖在面上，怕她不够吃，又多送了一块小的。等这碗面递到钱钱手里的时候，已经是满满沉沉的一大碗。

刘师傅目光慈爱，笑得眼角褶子一道又一道：“多吃点，以后可得长得高高的。”

“多谢刘叔！”钱钱高高兴兴捧着面碗走了。

又轮到韩闻逸打面。

“要啥？”刘师傅瞪着眼儿问。

刘师傅喜欢钱钱，却不喜欢韩闻逸。韩闻逸长得唇红齿白，五官精致，因为年纪轻，下巴光溜溜像是剥了皮的鸡蛋。刘大师傅见不得小伙子精致，愣觉得韩闻逸好看得跟姑娘似的，不符合自己粗犷的审美。

“大排，”韩闻逸说，“还有素三鲜。”

刘师傅抄起筷子和大勺，给他盛了点儿面，随手夹了块瘦瘦小小的大排扔进碗里，又铲了一勺素三鲜的浇头，凶巴巴地递给韩闻逸。

韩闻逸淡定地接过面碗走了。

两人端着面到食堂角落里坐下。两碗面放在一起，对比格外地鲜明：钱钱这一碗满得快要溢出来，韩闻逸这一碗才堪堪过半。

钱钱十分自然把自己沉甸甸的那碗面推给韩闻逸，又把韩闻逸那半碗面划拉到自己眼前，高高兴兴地说：“吃吧！”

韩闻逸看看换过来的碗，把刘师傅多给的一块焖肉夹给钱钱，这才开动。

俗话说得好，经济发展自有其规律。凡是想要违背自然规律的人，必然难以得偿所愿。

俗话又说得好，市场调节具有自发性。凡是想要搅乱市场的人，市场会自发调节给他看。

小男生吃得多，小女生吃得少，这就是自然规律。钱钱吃不下怕浪费，韩闻逸吃少了吃不饱，他们必然会自己想办法调节，这就是市场调节的自发性。打面的刘大师傅想以他个人的偏心眼子来改变这一切，既不科学，也不合理。

一开始，钱钱打完面先分给韩闻逸一半，两人才开吃。可这也有些麻烦，面分来分去的，等吃到嘴里都凉了，很影响用餐体验。

于是有一回，钱钱小脑袋瓜子灵机一动，想出了绝妙的好主意。她进食堂前，从韩闻逸手里抽走了韩教授的饭卡，又把钱教授的饭卡塞进他手里，说：“我想吃爆鱼面。”

韩闻逸低头看看手里的卡，又抬头看看一脸狡黠的钱钱。到底是高智商学霸，他只用了不到一秒的时间就领悟了钱钱的计划：“青椒肉丝，加荷包蛋。”

皆大欢喜，皆大欢喜。

吃完面，钱钱往往还想再吃点冰激凌。

韩闻逸就领着她走到校门口，那里有一家卖冰激凌的小店。钱钱在外面等，韩闻逸一个人走进去。

冰激凌店的老板娘王阿姨四十来岁，每回看见韩闻逸她就乐得见牙不见眼，仿佛韩闻逸是她亲儿子似的。韩闻逸掏钱买冰激凌，王阿姨拿把大勺在冰箱里铲啊铲，挖出来的冰激凌球有人半个脑袋大，撒上花生碎，淋上巧克力酱，欢欢喜喜塞进韩闻逸手里。

一出门，韩闻逸就把硕大的冰激凌转手给了钱钱。

皆大欢喜，皆大欢喜。

美滋滋地吃着冰激凌，拍着刚吃饱的肚子，走在微风徐徐的校园小道上，钱钱简直幸福地要起飞。

“哥，”她说，“以后我们一起考 T 大好不好？”

那时候钱钱还在上初中，大学对她来说是一个遥远的符号。韩闻逸已经上了高中，脑海里已有了未来人生规划的雏形。

“为什么？”他问，“你喜欢 T 大吗？”

“喜欢。”钱钱舔掉嘴角沾上的冰激凌，笑得眯起眼睛，“好喜欢，好喜欢。”

翌日一早，韩闻逸走进事务所。

他到的时间比较晚，办公室里的同事基本都到了，大家纷纷跟他打招呼。

韩闻逸回应了一句“大家早上好”，把目光投向钱钱。

钱钱本来也在看他，目光交汇的一瞬间，她迅速把目光避开了。

过一两秒，钱钱觉得自己心虚得没道理，又鼓起勇气把目光投回去。

“老大早上好。”她看起来跟平时一样没心没肺的。

“早上好，”韩闻逸微笑，“钱钱。”

跟众人打过招呼，韩闻逸又惯例去地刘小木那里问了句：“有人找我吗？有来访者预约吗？”

“有，”刘小木赶紧说，“早上投资人那边来了个电话，说今天下午想来找你开个会。”

韩闻逸点点头，以为没有别的消息了，就准备回办公室。

“师父，还有呢，”刘小木连忙叫住他，“上次那个来访者又来预约了！”

韩闻逸一愣。张珑终于又准备来接受心理咨询了？

“她约的什么时候？”

“她想约今天下午的咨询，但我不知道你有没有空，所以还没答复她。师父，你看怎么安排？”

韩闻逸略一思考，就做出了决定：“她想约什么时间，你去跟她确定。先把她的时间定好，再去知会投资人那边。”

把来咨询的客人摆在投资人之前，韩闻逸这个老大当的也是很有性格了。刘小木连忙答应：“好，我这就去联系！”

一个小时后，刘小木来敲韩闻逸办公室的门。

韩闻逸搁下手里的文件：“进来。”

“师父，都约好了！”刘小木说，“咨询者下午一点来。投资人下午三点来找你开会。”

“好。”

“那我先出去了？”刘小木汇报完就没别的事儿了。

韩闻逸看看表，时间还早，上午他已经没什么工作了。

“如果现在不忙的话，”韩闻逸说，“我给你上会儿课吧。”

刘小木眼睛瞬间就亮了，迭声道：“不忙不忙！师父您等我一下！”

他麻利地跑出去拿了笔记本和笔。他知道这大概会是一堂大课，怕来不及记笔记，于是又从抽屉里找出一支录音笔。准备好听课的设备，他火速跑回韩闻逸的办公室，一副好学生的样子在韩闻逸对面坐下。

“你先跟我说说你给来访者做心理咨询的思路。”韩闻逸没有直接扔知识点，反倒是让刘小木自己说。

刘小木啃着笔回想教科书上的内容：“心理咨询，或者说心理治疗吧，主要分两大类，一类是行为疗法，一类是非行为疗法。细分……”

“不用细分。”韩闻逸打断，“要真细分，有人能分出几百种来。”

刘小木尴尬地挠挠头：“啊……不分流派要怎么说啊？”

韩闻逸微微皱眉：“早年心理咨询是分很多流派，每个流派之间壁垒分明。然而研究证明，不同流派的治愈率事实上相差并不多，所以现在大多咨询师都采用综合疗法。”

他顿了顿：“所以，流派并不重要，重要的只是你的思路。用你自己的理解简单点说说看，别背教科书。”

“哦哦，好的师父！”刘小木忙点头。

“首先先建立起跟来访者之间的信任。”刘小木说，“然后，想办法找出来访者的症结所在……”

跑来做心理咨询的人，肯定都能说出自己的问题。比如“我跟我女朋友分手了我心里特难受”“马上要考试了我担心得睡不着觉”。如果不知道自己有什么可愁的人，基本也不会犯愁了。

可问题是，他们自己说的这些都是表征。心理咨询师得想办法透过问题看本质。比如有人一上班就焦虑，换了五六份工作都治不了这毛病。心理咨询师跟他聊了几个月才发现，其实他导致焦虑的真正原因不是工作，是跟家里强权的父亲的矛盾。要是不能弄清楚问题的本质，甭管怎么折腾他跟他的工作，他的毛病也治不好，因为病根就找错了。

“那你说说看，”韩闻逸继续提问，“怎么找出症结所在呢？”

这个问题刘小木不是很敢回答。教科书上那些案例看答案推线索都挺简单，实际生活里，一千个心理医生有一千个哈姆雷特患者。

韩闻逸见他不答，就说了自己的答案：“学会找他们身上的矛盾点。”

刘小木在笔记上写下关键词。

“我接触过的所有需要接受心理咨询的人，都是很矛盾的人。他们或许看起来很坚强，其实内心很脆弱；他们可能看起来很独立，其实内心对亲密关系极其依恋；他们可能看起来很缺爱，却一跟人接近就逃跑……”

刘小木一边听讲一边拼命点头。别说病患了，就是普通人，几乎所有人都有矛盾的一面，或轻或重。

“内心的矛盾一定会在言行上表现出来，所以，仔细观察他们的言行，找出那些矛盾的地方。”

刘小木赶紧记笔记。

“很多人会以为，如果一个人的行为和他的语言不一致，那就说明他在说谎。其实未必如此，虽然不排除他们的确有撒谎的可能性，但在绝大多数的情况下，人们的语言都是在表述他们的观点——是他们自己的确相信着的观点。”

韩闻逸接着说：“但是他们的行为却不一定会跟随着他们的观点行动。因为一个人并不是只有一种思想，而且行为往往更听从本能的指挥。比如说，所有想要减肥的人都知道自己不应该去碰那些油腻的、不健康的食品，他们完全相信这一点。但他们中还是有很多人管不住自己的手和自己的嘴。”

“这是‘认知失调’吗？”刘小木不好意思地吐了吐舌头，“其实我也这样。我知道自己应该要早点睡觉，可是每天晚上都忍不住熬夜……”

“每个人都会。认知失调是一个理论，有很多方法可以去解释它。”韩闻逸说，“言行不一并不是最重要的。重要的是，很多人不能接纳自己的不统一。他们认为自己必须成为他们所认可的那个完美的样子。所以当那些减肥的人控制不了自己伸向薯片的手的时候，他们就会疯狂地责怪自己，逼迫自己用各种形式承诺绝对不会再有下一次。但他们的本能不接受这种压迫，下一次还是要伸手拿薯片。于是他们就更加疯狂地谴责、逼迫自己……长此以往，巨大的心理压力让他们没病也生病了。”

刘小木一边记笔记一边说道：“所以，心理咨询师的任务就是帮助他们学会自我接纳……”

“你漏了一步。接纳之前的那个步骤才是最重要的。”

“什么？”刘小木连忙捏好笔准备记关键词。

“是——理解。”韩闻逸一字一顿地说。

他停了片刻，接着说道：“接纳之前，先要学会理解。当两股力量对峙的时候，不是让东风压倒西风，也不是让西风压倒东风。而是停下来，问一问那只伸向薯片的手，是什么让你非要拿那枚薯片？也让那只伸向薯片的手问一问自己，是什么让自己非要减肥不可？”

韩闻逸说的话完全不同于教科书上那些官方的严谨的语言，他用他自己的话讲述他自己接触过的案例，生动活泼，刘小木听得津津有味，不时会心一笑。

“只要他们能够停下来思考，他们就会有收获。也许那只手会发现它不过是看到高热量的食物就会本能地蠢蠢欲动，其实它好像并没有那么想拿薯片；也许那个人会发现他看到别的小伙伴都在减肥，担心自己不跟着赶一赶潮流担心会被社会淘汰，而并不是真正需要减肥。于是一个愿意放弃薯片，一个不再那么苛刻地对待自己。最终他们互相理解，达成和解，商量出一个彼此都能接受的方案，并且合作地去执行它——自我接纳也就完成了。”

刘小木还是第一次听到有人把自我的矛盾用一个人和一只手的矛盾来比喻。但这个比喻十分的形象，并且有趣。

“无论是跟自己的相处，还是跟别人的相处……”韩闻逸笑了笑，“都是一样的。学会理解，然后，学会接纳。”

刘小木拼命点头：“师父你说得真好。你要是去当老师，学生们肯定都喜欢听你讲课。”

韩闻逸看看他手里那支亮着的录音笔和他面前摊着的笔记本。

“你喜欢记笔记吗？”他问。

“啊？”刘小木一愣。

“交给你一个任务。节目组问我要发言稿，我懒得打这么多字。”韩闻逸摊手，“你按照发言稿的格式整理笔记，整理完了发给我一份。”

“我、我来写你的发言稿？”刘小木惊呆了，“这、这不行吧，我搞砸了怎么办？”

“怕什么，你弄完了给我，我当然会再修改一遍的。”韩闻逸说，“能用的部分我就用，不能用的地方我再重写——为了给我省点事儿，你好好弄。”

有韩闻逸给他兜底，刘小木的压力才小了点。

“好、好的师父！”刘小木捏起拳头，做了个加油鼓劲的动作，“师父，你的节目一旦播出了，肯定会有很多人喜欢的！”

说完他赶紧抱着笔记本和录音笔就出去忙了。

韩闻逸看着他的背影，微微笑了笑。刘小木是个很认真也很好学的孩子，就是胆子小了一点儿。找机会历练历练，将来会是不错的苗子。

下午一点，韩闻逸接到前台通知，说张珑已经进咨询室了。于是他马上就下楼了。

进了咨询室，张珑果然已经在里面坐着等了。和上次相比较，她看起来没有那么憔悴了。

“韩老师。”张珑连忙起身跟韩闻逸打招呼。

“好久不见。”韩闻逸走到沙发上坐下，“最近还好吗？”

“嗯……”张珑有点不好意思，“最近学业比较忙，事情太多，所以很长时间没有来。”

学业忙的确是忙的，她马上就要出国了，一大堆事情要处理。但要说忙到抽一两个小时来做心理咨询的时间都没有，那就是个借口了。

张珑有些担心她这么久不来，韩闻逸会对她有什么不满，但韩闻逸并没有不悦的样子——他完全能够理解来访者的顾虑。不过他对张珑面前的饮料很感兴趣。

“吃过午饭了吗？”韩闻逸问，“你喝的这是黑咖啡？”

“还没吃。中午不太饿，就不想吃了。”张珑说，“是黑咖啡，我喜欢喝很浓的咖啡。”

“我记得你的资料上好像写着，你有胃病？”韩闻逸翻看手里张珑的个人信息。

要知道人的心理和生理是息息相关不可分割的，生理上的症状极有可能对心理造成很大的影响；反过来也一样，心理上的压抑极有可能对生理健康造成影响。所以心理咨询师在给来访者做心理咨询的时候，首先需要确认来访者有的身体状况，是否有长期的、慢性的疾病。这一点张珑在预约的时候就已经全写清楚了。

“啊……”张珑承认，“我胃病有几年时间了。”

韩闻逸提醒：“空腹喝黑咖啡很伤胃。”

“不要紧的，”张珑连忙摆摆手，“我经常忙得没空吃饭就喝一杯咖啡提神，我的胃已经习惯了。”

韩闻逸显然对此并不认同。

自我伤害行为，他心想。再打量打量张珑的表情，他又默默地进行了补充：无意识的自我伤害行为。

“上一次回去之后，”他问道，“你有思考我问你的那些问题吗？”

“有的。”张珑连忙回答。

上一次她原本是指望韩闻逸帮她在两难的境地里做个选择，但是韩闻逸并没有帮她选，反而让她回去以后再思考思考他问过她的那些问题。

说实话，原本张珑对于上一次的咨询并不满意。她就像一个做不出题目请老师帮忙解答的笨学生，可老师非但没有教她怎么做题，反过来又给她布置了几项作业让她去做。她甚至怀疑老师是不是也不知道她那道题的答案。

然而当她真的去做那些作业的时候，她竟然得到了意外的收获！

“韩老师，你上次问我的那些问题，真的很神奇。”张珑说，“前两天我在公交车上因为不小心踩了别人一脚，被人骂了几站路，我当时心里真的特别委屈，特别想去找王明岳。但是在给他打电话之前，我想了你问我的那些问题，我为什么要去找他？我真的爱他吗？其实我自己也不知道答案，但光是想想这些问题，我突然就觉得，我好像也没有那么想去找他……这是我第一次控制住我自己。”

“我以前也不是没有控制过自己。但每压抑一次，过不了多少时间就会更强烈地反弹，我会做出一些更加激烈的事情。只有这一次，我是真的心平气和，觉得放弃也没有关系。”

这一次的成功让她异常惊喜，也意识到心理咨询或许对自己真的有用，所以这才来预约了第二次的咨询。她希望能够通过心理咨询的方式帮助自己完全从困境中挣脱出来。

韩闻逸笑了笑：“有时候问问自己为什么要去做这件事，思考一下自己是不是真的想去做这件事，比强迫自己‘不准去做这件事’，会更有效果。”

如果是以前，张珑听到这么一段话，大抵会觉得莫名其妙。可如今她有了亲身体验，她无比认同。

韩闻逸问道：“那你们最近关系怎么样了？”

问起这个，张珑有点不好意思：“我最近很少主动去找他了……但他来找我，我还是狠不下心拒绝他……”

有些话，张珑很难对朋友或者亲人去倾诉。对她来说痛苦至极的选择，旁人往往很难理解她的痛苦。非但不理解，有时候或许还会居高临下地批判她几句。“为什么连这你都做不到？”“你就是活该，就是自己作死！”……这些批评加剧了她的痛苦，也让她不愿意再对身边的人倾诉。

但是在心理咨询室，韩闻逸从不批评她，这让她有勇气把自己内心深处最阴暗的想法也说出来。

“其实我自己知道自己在犯贱。可是我觉得我好像已经对生活失去热情了，我对身边的人、身边的事情都提不起兴趣，只有每次跟他互相折磨完，虽然很痛苦，但这能让我知道我还活着，还是个有血有肉的人。”张珑纠结地说，“我这种想法，是不是特别奇怪？我还有救吗？”

这番话说得心惊肉跳。可是韩闻逸的反应却异常平淡。

“我不觉得你在犯贱，也不觉得你很奇怪。”韩闻逸温和地说，“这很正常，很多人都有过这样的想法。”

张珑一惊：“这很正常？！”

“是的，”韩闻逸再次肯定，“这很正常。不说远了，我有几个朋友，刚分手的时候都说了跟你刚才说的几乎一模一样的话。”

张珑很吃惊。

韩闻逸用肯定地眼神鼓励她。然而在他的鼓励下，张珑却逐渐露出一个失望而失落的表情。

捕捉到张珑的失望，韩闻逸不动声色地垂下眼。

从上一次咨询开始，张珑就进行过非常多的自我批判。“我很贱”“我活该”“我很坏”……直到刚才的那一段话，她说，她对生活失去了热情，她说，她很奇怪。从她自我批判的话语里，韩闻逸听出了一种强烈的感觉——那是她的“优越感”。

“你家里有哪些亲人呢？”韩闻逸换了一个话题。

“啊？”张珑花了一些时间才从刚才的失落中回过神来，“现在就是我爸，我妈。我是独生子女，没有兄弟姐妹。”

“你父母是做什么职业的？”

“他们自己做生意的。”

“自己做生意？平时会不会比较忙？”韩闻逸问道。上一次咨询的时候他更多的围绕着当下让张珑感觉痛苦的事情。现在他们熟悉一点了，他开始尝试了解张珑的家庭。

“是很忙。”张珑叹气，“我小时候爷爷奶奶带我更多。但前两年爷爷奶奶都已经走了。”

“你小时候父母很少在你身边吗？”

“是啊。我出生那会儿，他们生意才刚起步，什么都要自己来，很忙很忙的。那时候家里也穷，他们舍不得来回的路费。有时候我几个月才能见到他们一次。”

“那你和父母关系好吗？”

“还行吧，”张珑犹豫了一下才回答，“不是特别亲，但也没什么矛盾。我很小的时候就开始独立了。”

韩闻逸了解一下她的家庭状况之后，又开始了解她的成长经历。

“你童年有没有哪些让你印象比较深刻的事情？”

张珑皱着眉头想了一会儿：“好像没有。”

“慢慢想，”韩闻逸鼓励她，“不着急。和父母也好，和爷爷奶奶也好，也同伴也好，都可以聊聊。”

心理咨询师总喜欢问来访者成长的经历，这始自弗洛伊德的精神分析学派。只是当初弗洛伊德喜欢将一切归结都于来访者童年的心理创伤和与性相关的幻想，如今学界已经不再认可那一套理论。不过咨询师却依然喜欢从童年下手——他们想要找出的并不是来访者童年时遭受的创伤，而是想要他们了解来访者解释这个世界的方法。这一点，往往在童年的回忆中就已经可以有所体现。

过了很长时间，张珑才终于开口：“其实我从小身体就不好，我能想到的童年的回忆，很多都跟我生病有关。”

或许是那时候烙下了病根，直到现在，她的身体也不太好，许多慢性病缠身。

她苦笑了一下，“最深刻的回忆，大概就是我躺在病床上的事情吧。”

韩闻逸提问的时候，她最伊始想起的就是这些。可她自觉这些回忆苦涩无味，所以不想多说。整日躺在病榻上的故事，任谁听了也会觉得无聊吧？然而在记忆中检索了一圈，印象深刻的几段，却几乎都与病榻相关，很难绕开。

这一段记忆被她视为无用，韩闻逸却对此极感兴趣：“能详细说说吗？就是你生病的那些回忆，先说一两段印象最深刻的。”

“印象深刻的……”张珑皱着眉头，勉为其难地开口，“我记得我小时候，好像才四五岁，就生过一场大病。那时候整整在医院住了几个月。大家都以为我可能熬不过去了，家里人每天轮流在医院里照顾我，连我爸妈都把生意搁下回来了。”

“我还记得那时候每天吃很多药，那些药都苦得要命……我问我妈要糖吃，我妈不肯给，”她叹气道，“那会儿他们生意还没做起来，家里很穷，医药费又贵，其实是他们小气，舍不得花钱给我买糖吃。我妈就骗我，说她给我唱歌，唱《甜蜜蜜》，说我听了这首歌嘴里就不苦了。”

她顿了顿，又道：“那时候我还在念幼儿园，幼儿园的老师让全班同学每人说一句祝福的话，录了一盘磁带给我。现在想想，让这么小的小朋友经历生离死别多不好，也不知道那些小朋友有没有被吓到。”

“唉……”张珑叹气。回想起那时的经历，她至今觉得后怕，“可能就是那时候落下的病根，我到现在稍微一熬夜，一不好好吃饭，胃病就要发作。”

这番话听得韩闻逸垂下眼，极轻极轻地叹了口气。

张珑解释这个世界的方法，他想，他或许已经有些了解了。

一个小时又是转眼就过。

时间到了以后，韩闻逸合上笔记本：“如果你下周方便的话，我们可以再约个时间。”

这回张珑已经习惯了，不再像上次那么担心抵触。

“好的，”她说，“谢谢你啊韩老师，有些话能在你这里说出来，我就觉得好受多了。”

韩闻逸微笑：“倾诉本来一种很好的解压方式。”

张珑叹气：“就是这个解压方式太昂贵了。”

韩闻逸摊手：“所以以后少给自己一点压力，省大钱了。”

张珑扑哧一声笑了。她能在韩闻逸的面前说笑，她对韩闻逸的信任感已比上一次增进许多了。

韩闻逸准备起身送她出去，临走前又看了一眼桌上她还没喝完的黑咖啡。他把它拿了起来。

两人走到门口，张珑正打算告别，韩闻逸却先开口了。

“负面情绪就像伤口的疼痛感，只不过这道伤口是内心的。”他循循善诱，“伤口之所以会疼，是为了提醒我们那些让我们受伤的事情是有危险的。所以疼痛不是坏事，它给我们预警，让我们避开会让我们受伤的事物。”

张珑怔怔地看着他。

“这才是疼痛的意义。”韩闻逸柔声说道，“如果有人因为我们受了伤，给予我们关爱，那是因为他们本来就爱着我们——不是因为我们受伤了，我们才得到爱。”

他平平淡淡说出来的话，却像一锤子猛地敲在张珑的背上。张珑呼吸一顿，瞳孔猛地收缩。

韩闻逸弯下腰，将那杯她没有喝完的那杯黑咖啡扔进了垃圾桶。

“下周见，张珑。”

张珑半晌没说话。她的目光涣散，不知道在想什么。过了一会儿，她的眼眶竟然情不自禁地泛红了。

良久，她带着鼻音开口：“下周见，韩老师。”

她慢慢往外走了两步，忽又停下来，小声道：“谢谢。”

韩闻逸笑道：“路上小心。”

目送张珑离开事务所，韩闻逸松了口气，转身上楼。

他从张珑的童年回忆里，听出了一些她的表达与她内心真实感受的偏差，也构建了一段故事。

年幼时她的父母在外奋斗，她缺少关爱。只有当她生病的时候，所有的亲人都回到她的身边，给她加倍的爱与关怀。严重的病情甚至让她在同伴中也成为焦点，所有孩子为她录音送祝福。这些特殊的对待都是她健康安好的时候无法体会到的。所以当她说起她年幼时生病的经历，她口口声声说那段经历是痛苦的，可她说话时眼角眉梢带着的明明是满满的柔情与怀念！

一个年仅四五岁的孩子还不懂复杂的道理，他们解释世界的方法简单又蛮不讲理。这样一段经历，给她留下的或许不是一个可以阐述的规则，而是一种经典性条件反射——她或许潜意识地认为，当她受到伤害，她就能得到爱。甚至说，她只有在受伤的时候，她才能被爱！

后来她长大了，她明白了许多道理，她知道女孩子要坚强要独立，她也努力地照着她信奉的价值观去做。可她内心深处根深蒂固的东西却没有改变。每当她渴望爱的时候，她就会无意识地做出许多伤害自己的事情。她伤害自己的身体，也伤害自己的心灵，一遍又一遍不停揭自己的伤口，拒绝让它愈合。

——她分明是如此地渴望着被爱。可坚强独立的那一面又让她拒绝承认自己的渴望。矛盾因此越发加剧。

然而即使韩闻逸已有所觉察，却绝不是三言两语为她指点人生就大功告成的。心理咨询不是修真小说里的境界顿悟，人的改变从来没有那么简单。他需要更多的时间，更多的耐心，去了解张珑，帮助张珑走出将她困住的沼泽地。

他走到楼梯中间，忽听上面传来一个人说话的声音。他停下脚步仔细一听，是钱钱在说话。

“我最近都要加班，实在抽不出时间。明天晚上我就不来了吧，你们吃得开心点。”

钱钱正在跟她大学的班长打电话。今年是他们的毕业季，同学们基本上找工作的都已经找到工作了，继续进修的也都确定了。马上就到离校的最后期限了，所以班长准备组织班上的同学们最后聚餐一顿，就在明天晚上。

班长说：“不是早就说好了吗？你怎么突然就不来了？”

“不好意思啊，”钱钱道歉，“最近是真的很忙。”

“再忙也请个假吧，你哪怕晚点来也没关系。”班长说，“钱钱，明天晚上全班同学都会来，连我们系里的老师都说好来参加，就少你一个人，不太好吧？”

“呃……”钱钱舔了舔嘴唇。

“再说了，我们班很多同学马上去外地的去外地，出国的出国，大家就要各奔前程了，下次有机会再聚就不知道是猴年马月了。”班长耐心规劝，“跟你领导请个假吧，大家四年同学，都是缘分，不要留下遗憾。”

这番话说的钱钱都有些伤感了。她轻轻叹了口气：“我知道了。我来就是了。”

“那就好！”班长这才高兴起来，“那明天见啦！”

“明天见，拜拜。”

“拜拜。”

钱钱挂了电话，听到脚步声，回头一看，韩闻逸已经走到她背后了。

“班级聚餐？”韩闻逸问钱钱。他零星听到几句，猜出了大概的对话。

钱钱点头：“嗯。”

“你不想去？”韩闻逸听到她的拒绝了。

“嗯……”钱钱开玩笑地自嘲，“这不混得不够好，不好意思去嘛。”

“哦，”韩闻逸半真半假地叹气，“在这里工作算混得不好。”

意识到说错话了的钱钱立刻挺起胸膛，义正词严地向韩大老板表忠心：“当然不是！咱事务所天下第一，绝世无双！我是怕我们班那帮小姑娘知道我老板是谁，羡慕得把眼睛都哭肿了！”

韩闻逸哭笑不得，“那你为什么不愿参加同学聚会？”

钱钱顿时整个人泄下气来：“我要是说了，你不准笑话我啊。”

“我笑话过你吗？”

钱钱想想，也对。

“我们班，有个男生对我有好感来着，”她为难地按了按眉心，“我听说，他好像准备在毕业聚餐上再跟我表白一次……”

韩闻逸眉峰顿时挑高了。

“你喜欢他吗？”他问。

钱钱摇头：“他不是我喜欢的类型。其实我已经拒绝过他很多次了，也不知道他怎么就那么死心眼。”

韩闻逸高高挑起的眉毛这才平稳落下。

“我不知道这消息准不准确，告诉我的朋友也是从男生那边听说的。反正就说陆青石……就是那个男生啦，连烛光和鲜花都准备好了，要当众跟我表白。”钱钱愁眉苦脸的，“这消息要是真的，也太尴尬了。他尴尬，我也很尴尬啊。”

“哦……”韩闻逸点点头。陆青石，听名字就知道是个很讨人厌的小兔崽子。

他问钱钱："那你打算怎么办？"

"我不知道啊。"钱钱苦着脸，"我想索性就不要去了，这样就什么事都没有了。可这是我们班最后一次聚餐，全班同学包括系里的老师都来参加，就我一个人缺席，说不过去。而且为了他不能见其他同学，挺可惜的。"

钱钱想起上次韩闻逸帮她出主意的事儿，便把求助的目光投向韩闻逸："哥，你说这种事情我怎么处理比较好？"

韩闻逸笑了笑，说辞跟上一回很像："这取决于你希望事情怎么发展。"

"我希望事情怎么发展？"钱钱双眉紧皱，"我希望他压根就不要做当众表白这种事情。"

"嗯。"韩闻逸跟复读机似的重复了一遍她的话，"那就让他不要向你当众表白。"

"啊？"韩闻逸的话让钱钱呆了三秒。

她不太理解地看着韩闻逸："什么意思？你是说我现在给他打个电话给他，直接跟他说'朋友，你千万不要干当众告白这种傻事'？"

韩闻逸一脸理所当然："为什么不呢？"

钱钱：对喔。为什么不呢？

晚上下班以后，钱钱回到家，没有立刻上楼。她找了个安静无人的小花园，掏出手机，从通讯录里找到陆青石的名字。

犹豫片刻，她咬咬牙，按下了呼叫的按键。

"嘟……嘟……嘟……"

陆青石刚下班到家，正准备开电脑玩会儿游戏，忽听手机铃声响起。最近他下了班以后领导还老打电话跟他说工作上的事儿，他一听铃声响心里就烦躁，很不耐烦地拿起手机，嘴里还在嘟囔："以后下了班就该关机……"

等看到来电显示的名字，他一下就愣了。

钱钱？？？钱钱！！！

大学这么多年了，这好像是钱钱第一次主动给他打电话！！！

怀着狂喜的心情，他立刻按下了接听键："喂？钱钱吗？"

"嗯，是我。"

"你怎么想起给我打电话了？"陆青石激动地说。

钱钱舔舔嘴唇。

说真的，这事儿不是那么好开口的。以前有人跟她表白，她拒绝了也就拒绝了。可问题是，这次陆青石还没开口呢——虽然他以前提过几次，那几次她也都拒绝了——反正这一次，陆青石还什么都没说什么都没干呢，她就先行把人给按回去，显得她特臭美、自我感觉特好似的。

没准她听说的只是谣言，陆青石根本没整这出戏呢？没准陆青石的确整过这出戏，但已经放弃了呢？警察抓小偷也不能在小偷还没动手的时候抓人吧？……总之，压力山大。

陆青石半晌没听钱钱开口，有些迷惑："钱钱？怎么啦？你听得见我说话吗？"

"听得见。"钱钱轻轻叹了口气。

她又想起白天韩闻逸跟她说过的话。

——"真诚永远比逃避管用。"

这句话简直有魔性，一整个下午一直在她耳边萦绕。结果下了班，她一咬牙，就真的来一出"要真诚，不要逃避"的戏码了。

"咳，"钱钱清了清嗓子，终于开口，"陆青石，我听到了一点传闻。嗯……是关于明天聚餐时有可能会发生的事情。"

陆青石愣住。他瞬间明白钱钱说的是什么。

他准备在明天毕业聚餐的时候再一次向钱钱表白，他准备好了道具，玫瑰花、蜡烛还有气球。他为了这一天从几个月前就开始练琴，准备当场用吉他弹唱一首《告白气球》，他还收买了几个关系好的同学，让他们帮忙参与他策划的这场告白大戏。

这四年来，他已经被钱钱拒绝过很多次了。可他不甘心就这么放弃。他想最后再努力一次，面子什么的都不要了，豁出去赌一把，向钱钱献上自己最大的诚意和最大的热情。他想抱得美人归，不管成不成，至少很多年以后想起来不会悔恨地扇自己一巴掌，怪自己不够努力，就这么放走了年轻时的梦中情人……

然而他担心的事情还是发生了。他本来希望当天能给钱钱一个惊喜，找朋友们帮忙的时候也再三叮嘱了让那些人不要说漏嘴。可那帮小兔崽子藏不住话，传来传去，最后到底还是提前传到钱钱耳朵里去了。

见陆青石沉默，钱钱明白自己听到的消息没有错。

她深吸了一口气："是这样的，陆青石，可能以前我表达得不够明确，有让你误会的地方……"

"别！"陆青石高声打断她的话，"别说下去！"

要是搁以前，对方明白她想说啥，她也就点到为止了。人家喜欢她，又不是跟她有仇，犯不着穷追猛打地把别人的自尊心往地底下踩。大多人也都是识趣的，碰壁碰几次就该干吗干吗去了，偏偏就是这个陆青石死心眼。

"你听我说完。"她不顾陆青石的拒绝，坚持说下去，"陆青石，你是个很不错的人，我不是在给你发好人卡……好吧，其实是的。你欣赏我，我很感激，是真的挺感激的。谁不喜欢被别人欣赏啊？但是，我俩不合适，不行，就是不行。"

陆青石有点惊讶地看了眼手机。钱钱不是个不给人面子的人。这么久以来，她一直采取回避的态度来拒绝他，几乎没有这么强势过。

他想说什么，但钱钱没给他说话的机会，一口气接了下去。

"之前我听说了你明天的准备，我就问班长，我能不能明天不去了。我以为只要我不去，就什么事都没有了。可这是最后一次大家团聚的机会，以后大家想再聚就很难了。我不希望有遗憾。"

陆青石一怔。他还真不知道这一茬。钱钱为了躲避他的告白，竟然不想参加毕业聚餐？！

"钱钱，"他语气发涩，"你就这么讨厌我吗？"

"不是讨厌你，是害怕。我害怕这些事情。我不想当着全班同学的面让你难堪——说真的，拒绝别人的时候我心里也挺不好受的，我跟你又没有仇，还有四年同学情谊在呢。我也不想被大家起哄，让我去做我不想做的事情，我也不想被人指指点点说我心肠太硬……明明毕业聚餐应该是一个圆满的结尾，大家开开心心总结过去，展望未来，我不想因为我扫了所有人的兴……可这明明不应该是我承受的东西。你明白我的感受吗？”

这番话说得陆青石非常惊讶。他其实没有什么坏心眼，只是缺乏同理心。如果钱钱不跟他说这些，他的确从来没有考虑过钱钱的感受。

而她说了那么多的她害怕和她不想，却依旧明确地指向一个结局——即使她怕那些事情发生，但如果那些事情真的发生了，她一定还是会那么做。

“我们就真的没有一点可能？”陆青石可怜巴巴地问道。

“嗯。对不起。”

“为什么？你又没有喜欢的人，为什么一个尝试的机会也不给我？”

钱钱脱口而出：“你怎么知道我没有？”

陆青石猛地一怔！就因为钱钱一直没有男朋友，好像也很少跟哪个男生交往过密，所以他一直以为自己还有机会的。可钱钱竟然已经有喜欢的人了？！

他不知道，说出这话的钱钱自己也微微怔了一怔。她脑海里一直盘旋着韩闻逸说的真诚真诚真诚，有些话话赶话地就自己往外飞了。

出口的话就是泼出去的水，她深吸了一口气，索性把话讲到底。

“陆青石，我不想让你难过，我也不想让我自己尴尬。所以，不要做那样的事……拜托了。”

电话的那一头，陆青石久久没有回答。

翌日上午，钱钱正忙着作图呢，忽听旁边的肖巴惊呼了一声：“哇！咱们老大厉害啊！”

办公室里众人的目光都汇聚过来。就连戴着耳机敲代码的越明宇也察觉到了动静，朝他看了他一眼。

“老大的节目已经在网上开始宣传了，说是下周就要开播了！”肖巴盯着电脑屏幕，啧啧称奇，“两个小时前发的微博，现在已经转了五万多条了！”

事务所里的众人忙放下手里的工作，纷纷上网打开微博围观。

钱钱刚一登录微博，就看到热搜榜上多了两个熟悉的关键词——一个是“韩闻逸”，另一个是“十二”。

两个小时前，一个新注册的名为“十二节目组”的官微发布了宣传海报以及一条预告片。之前肖巴叫唤的时候说是转了五万多条，等钱钱点开的时候，发现转发的数字已经超过了六万！

韩闻逸和X视频网合作的节目，和他的事务所的名字一样，叫作《十二》。钱钱看了一下节目组官微的具体介绍——“《十二》是一档由近日在网络爆红的#哈佛最帅心理学研究生#韩闻逸主持的网络脱口秀节目，以心理学为背景，主要讲述人际交往、自我提升与感受幸福的方法。”

介绍词为了起到宣传效果，多少会有点夸张。说白了，这是一档是以心理学为题材，以成功学为噱头的节目。

肖巴不停刷新着转发和评论，啧啧称奇：“咱老大这号召力，简直比一些明星都厉害！”

这话还真不假。韩闻逸在网上红了有一段时间了，但他一直保持着神秘，既没有开通自己的个人微博，也没有接受任何访问，更没有在任何公众平台露过面，可以说把所有对他好奇的人的胃口吊得足足的。网上一直有关于他的争论，比如他的爆红到底是不是营销的结果，比如他的名校高学历身份是否真实。

现在他一出场，直接就是重磅消息——他要做一档自己的网络脱口秀节目！消息一出，微博瞬间就炸锅了。

原本工作室里的大家知道宣传的消息都是很兴奋的，可不一会儿，气氛就不对了。

“这些人在胡说什么！”肖巴突然满脸愤慨，“哪来这么多喷子！”

钱钱凑过去看了一眼，发现肖巴正在看网友的评论。

网友A：“我就知道之前都是在炒作。藏了这么久，狐狸尾巴总算是露出来了！”

网友 B：“之前我朋友跟我说他的爆红是炒作出来的，我还不信。结果打脸居然来得那么快！”

网友 C：“讲真，小哥确实长得挺好看的，想当网红也不是不行。但是脱口秀节目是什么人都能做的吗？我感觉最后会变成一个笑话。”

网友 D：“我真的怀疑这是哪个娱乐公司想出来的推新人的方法。学历是造假的吗？要真是高端的人才为什么不去搞科研？出来卖心灵鸡汤是什么鬼啊？”

网友 E：“这节目不会是做出来骗广告商钱的吧？”

……

转发和评论里，俨然有许多冷嘲热讽的声音。

这年头到处都是营销陷阱，网友们见识得多了，感觉自己的眼力有所提升，就变得更喜欢用批判的眼光看待事物。《十二》还没上线呢，已经让很多人喷得落花流水了。

肖巴义愤填膺的：“这些人是开了天眼还是怎么的？节目都还没开播呢，他们就知道我们老大不行？有本事他们自己上啊！”

他一边抱怨，一边向边上的钱钱寻求认同感：“小钱钱，你说是不是？这些人是不是有毛病？”

钱钱一向伶牙俐齿的，这要搁在平时，她肯定能想出很多有趣的话把这些评论调侃奚落一顿。但今天她很罕见地，皱着眉头看完了那些评论，却没有说什么。

肖巴奇怪地问道：“小钱钱，你没事吧？”

“我没事吧？”钱钱莫名，“我有什么事？”

“你没事怎么不说话？”

“我说什么？”

“骂这些喷子啊！”肖巴指指电脑屏幕，“你不挤对挤对他们？”

钱钱扯了扯嘴唇：“这不也有人夸吗？”

转发评论也不可能都是唱衰的，粉丝花痴的、路人看热闹的也不少，只是那些刺眼的评论数量之多有点超乎大家的想象。

“你真的没事吧？”肖巴上下打量钱钱。

钱钱失笑：“我有什么事啊？”

她摇摇头，索性关掉了微博，打开 PS 软件继续工作。

肖巴困惑地抓了抓头发。

他也说不上钱钱到底哪里不对劲，只是觉得，钱钱今天似乎特别没有兴致。可今天早上明明还挺好的啊？

就在这时候，韩闻逸从办公室里走了出来。

“老大！”肖巴连忙叫住他。

钱钱吓了一跳，连忙瞪他一眼，桌子底下还用脚轻轻踹了他一下。

肖巴莫名其妙。

“什么事？”韩闻逸走了过来。

“老大老大，”肖巴说，“你们节目组那个新开的官微，都快十万粉了。咱事务所的官微到现在才几千粉。你能不能让节目组顺便也帮咱宣传一下？”

这个提议很合理，但韩闻逸拒绝了：“现在不行。”

“啊？”肖巴有些失望，“为什么不行？咱现在都没有宣传的经费，粉丝数量那么少，我写的东西，小钱钱做的图，根本没几个人看，活动都搞不起来啊！”

韩闻逸看了眼钱钱，钱钱正一本正经地对着电脑修图，仿佛并没有在听他们的谈话。

“给我一点时间。”韩闻逸解释道，“我担心现在宣传，会有很多人抱着看热闹的目的过来。”

肖巴一愣，钱钱甩鼠标的手也停住了。的确，如果现在就祭出韩闻逸网红的身份去宣传，恐怕第二天事务所的门槛就会被人踏破。可来的都会是什么样的人呢？真心来做心理咨询的怕没几个，搅浑水的恐怕有不少。这对一个专业的事务所来说绝不是什么好事。

“我想等节目先播出几集。我会尽量通过节目，让大家能对我、对我们事务所都多一点信任，也对心理咨询减少一些偏见。到时候我想会有真正需要帮助的人来这里。我们也就可以加大宣传的力度了。”韩闻逸说，“目前辛苦你们了。”

钱钱怔怔地眨了眨眼睛。所以他去录制节目，是抱着这样的目的吗？

肖巴刚才还垂头丧气的，这会儿一下就来精神了：“老大，还是你考虑得周到！你的节目一定会大火的！”

“等节目火了，”钱钱接茬，“老大记得给涨点奖金。”

韩闻逸比了个噤声的手势：“这话下次偷偷说。要不然听者有份，这么多双耳朵都听见了，我舍不得。”

办公室里顿时一片起哄声。

韩闻逸还有事，聊了两句就离开了。等韩闻逸走之后，肖巴转头问钱钱：“小钱钱，刚才我叫老大过来之前，你瞪我干啥？”

钱钱说：“我还以为你要把网上那些糟心的评论给老大看。”

肖巴也很无语，“我有那么缺心眼？”

“你没有吗？”钱钱认真地反问。

对面突然传来很轻的扑哧一声。肖巴猛地转头，只见越明宇一如往常戴着耳机面无表情地对着电脑敲代码。

肖巴一脸疑惑，刚才自己是幻听了吗？

晚上钱钱要去参加毕业聚餐。下班以后，她难得准时地关掉了电脑，准备离开。

刚走到办公室门口，就看见韩闻逸风尘仆仆地从外面进来。

“咦？你怎么回来了？”跟韩闻逸撞了个正着的钱钱奇怪地问。一般韩闻逸有事出去了就出去了，事务所里的事情有郑佳和夏见灵管着。都这么晚了，他又赶回来干什么？

韩闻逸抿了抿嘴唇：“我忘了样东西，回来拿。”

“噢……”钱钱摆摆手，“我先走啦，拜拜。”

钱钱跟韩闻逸擦身而过，往楼梯下走。不一会儿，她听到身后有脚步声，转头一看，是韩闻逸追出来了。

“去参加同学会？”韩闻逸问道。他手里提了个袋子，看来就是他所谓的忘拿的东西了。

“对啊！”钱钱点头。

韩闻逸从口袋里摸出车钥匙：“我送你过去？”

钱钱眨眨眼：“不太好吧……”

韩闻逸不以为意地问道：“哪里不好？”

楼梯间里没别的人在，钱钱也就没了平时在办公室里的拘束。她双手抱胸，摆出一副人民教师的样子，煞有介事地教育道：“老板要有做老板的样子。整天对手底下的员工接来送去，你老板的威严何在呐？”

她家里双亲都是园丁，模仿起来简直活灵活现。

然而这一套对韩闻逸没有用。韩闻逸同样双手抱胸，气势比钱钱更足。他悠悠道：“看来你对老板的威严了解得还不够深入。”

“哈？”

“所谓老板的威严，就是老板想干什么，老板就干什么。”他松开抱胸的手。车钥匙在他的掌心里转了一圈，又被他一把捏住，“你们聚餐在哪儿？我送你。”

老板就是想送员工，不让送才有损威严。

钱钱选择默默接受。

两人已经走到楼下了，车就停在外面，上车还是自己走，她需要立刻做出决定。

“还是算了吧。”钱钱想了想，摇头，“要是让我同学看见你，估计今天晚上我又要被人问，‘你哥平时需不需要上厕所？会不会抠鼻屎？’之类的问题。”

韩闻逸哭笑不得。

“讲真的，”钱钱严肃地表示这些问题绝对不是自己胡扯出来的，“以前上中学的时候我同学来我家里玩，真的问了我这些问题。”

韩闻逸：那位同学的脑回路真不是一般的清奇。

“好啦好啦，我自己去，地铁几站路就到了，很方便的！”钱钱摆摆手，就朝着地铁站的方向走去，“我先走啦，拜拜！”

韩闻逸只能目送她离开。

“唉……”

他钻进车里，把手里的袋子放到副驾上。袋子里装的只是一瓶再普通不过的运动饮料而已。可惜从头到尾钱钱就没往他的袋子里看一眼。

第三章 ______ 我有一个喜欢的人

毕业聚餐的地点定在学校附近的一家川菜馆，当钱钱赶到饭店的时候，同学们大都已经到了。她一进屋，就看见了已经入座的陆青石。

四目相对，两人俱有些尴尬。前几天晚上钱钱打的那个电话，陆青石到最后也没给出明确的答案是否放弃当众告白的准备。因此钱钱来的路上还是有些微忐忑的。

“钱钱来啦！”班长热情地招呼，“快找个空位坐吧。”

钱钱左右张望寻找空位。她平时在班上人缘挺好的，有几个身边有空位的同学都招呼她过去，她正犹豫该往哪儿坐呢，忽听有人叫她。

“钱钱。”

钱钱扭头一看，发现叫她的是学院里的老师——肖娟。肖娟给她们班上过基础课，但因为不是专业课老师，平时跟这班学生的接触并不多。肖娟会来参加她们班级的毕业聚餐，着实让钱钱有些意外。

肖娟指指自己身旁的座位：“来这里坐吧！”

招呼钱钱的同学们瞬间都把手收回去了。老师都开口了，他们就没啥好争的了。

钱钱有点犹豫。说实话，她不是很想过去，可肖娟毕竟是老师，以前对她也蛮好的，她这么当众拂人面子说不过去。最终她还是走了过去。

人已经差不多到齐了，菜还没有上桌，大家都在兴奋地聊着天。大四下半学期基本就没有课了，所以很多同学早早就搬出学校了，因此很多同学已经有一段时间没见过面了。这时候大家基本都已经定下工作或者定下进修计划了，实在有许多新鲜的见闻和话题可以聊。

“钱钱，你找到工作了吗？”肖娟主动跟她搭话。

钱钱点头：“找到啦。谢谢肖老师关心。”

肖娟点头：“那就好。”

又过了一会儿，肖娟压低声音问道：“毕业补考的时候你为什么又没有来？”

钱钱嘴唇动了动，犹豫该怎么回答。

肖娟凝重地看着她。对钱钱这个学生，她的情感很复杂。

她在系里教色彩构成课，很早就注意到这个叫钱钱的这个学生。钱钱非常有天赋，她每一次交上来的作业都能让人眼前一亮。没有老师不喜欢天才学生，肖娟也从来没有掩饰过对钱钱的喜爱。她曾经很多次在课堂上表扬钱钱，还把钱钱的作品当作范例贴在系里的墙上。

色彩构成这门课，平时分占了百分之五十，考试分数占百分之五十。由于钱钱每次小作业得到的成绩都是A+，期末考试前，肖娟甚至给了钱钱一个最高的平时分——50分满分！她本以为钱钱这门课一定能够拿到最高绩点，也期待着看看钱钱期末考试上的发挥，可让她意想不到的事情发生了——钱钱竟然旷考了！

那时候肖娟还特意去问了钱钱班上的辅导员，钱钱为什么旷考？辅导员说，钱钱那天正好身体不舒服，所以没去参加考试。对此肖娟感到十分惋惜。

到了大二，学院里给了钱钱一个补考的机会。因为是肖娟的课，肖娟自己跑去监考。结果她在考场等了几十分钟，钱钱没有来——她第二次旷考了！

如果说第一次可以原谅，那么第二次，肖娟就十分恼火了。她又去问钱钱班上的指导员，指导员还是说钱钱身体不舒服。可询问到底哪里不舒服？有没有去医院看过？都问不出答案来。而且色彩构成又不是体育课，哪怕带着病来考试也不是什么难事。从这时开始，肖娟便对钱钱十分失望。旷考一次还可以说是意外，连续两次，基本可以认定是态度问题了。

后来肖娟因为不再带这个班上的学生的课，渐渐地也就把钱钱给忘了。直到毕业清考，学校通知她来监考，她才发现大学都快毕业了，钱钱居然还挂着这门课！

俗话说，事不过三。然而就色彩构成这门课，钱钱一个人就完成了旷考三次的壮举。肖娟第三次被放鸽子的时候，满心的愤怒，觉得钱钱不管有什么样的理由她都不能接受，这个学生必须要为自己的行为付出代价。可出了考场回到家，她冷静下来仔细一想，感觉事情没有这么简单。她去学院里打听了钱钱其他课的成绩，钱钱的每门课的绩点都挺高的，如果不是因为挂了色彩构成，她甚至可以拿奖学金的！这样的孩子，为什么偏偏旷考这门课？

于是乎，在肖娟的心里，对钱钱的担心逐渐超过了气愤。

前两天学生们到办公室邀请老师来参加毕业聚餐，系里有个老师随口问了肖娟一句要不要一起去参加。本来她没怎么跟这个班的同学接触过，去了也怪尴尬的。可一听说是钱钱所在的班级，她就一口答应下来了。

这段时间肖娟也进行了一下自我反思。是不是她教课的时候犯了这个学生什么忌讳？现在年轻学生都很有个性，听说有的课上老师讲了一句跟学生价值观有冲突的话，学生当场站起来离开课堂，后来考试也拒绝参加。钱钱会不会也是这种人？

肖娟不理解钱钱的做法，所以她想当场问个清楚。如果真的跟她有关系，下次再有补考机会的时候，她可以避嫌或者想其他的办法。不管怎么说，学生的前途更重要。

“钱钱啊，”肖娟语重心长地开口，“有什么问题，你可以……”

肖娟话还没说完，原本低着头摆弄桌布的钱钱忽然扭头向她看了过来。

“肖老师……”钱钱轻轻叫道。

肖娟以为她要说什么，连忙停下来认真听她说。然而她并没有听到钱钱的解释。数秒后，钱钱用愧疚的语气轻声道：“老师，对不起……真的，对不起。”

肖娟愣住。

钱钱似乎想要摆出一个笑容，但她嘴角的弧度勾得有些勉强。她眼神里流露出来的，是内疚、脆弱，以及难堪。

肖娟心里突然难受得狠狠揪了一下，什么都问不出口了。

不多时，所有人都到齐了，服务员也开始上菜了。

在大家正式开动之前，班长先站起来宣布了今天的规矩。

“大家，今天是我们班在毕业季的最后一次团聚。过了今天，同学们就要各奔东西了，有人离开上海，有人离开祖国。以后我们不知道要什么时候才能再有这样齐聚一堂的机会。所以麻烦大家尽量都把手机调静音吧。我希望大家珍惜最后的时间，好好看一看我们即将分别的同学们，而不是看我们每天都能看到的手机。”

这年头的人都太依赖手机了，每次人手一个手机捧着，什么场合都坏了气氛。

这是最后一顿饭了，大家心里都很感慨。于是系里的老师先带头把手机调静音了，同学们也纷纷配合。

钱钱摸出手机，关掉了手机的铃声，又把手机扔回包里去了。

晚上韩闻逸回到家，打开灯，客厅里空落落的。

他放下包换了鞋，走进屋，叫道：“招财？”

没猫理他。

他在屋里兜了一圈，四处找不到自己的爱猫，又把沙发底下也看了一圈，依旧不见爱猫踪影。

屋里门窗没有被开过的痕迹，招财想必还在屋子里，只是又躲起来了。他悠悠叹了口气，放弃了找猫的行动，直接撸起袖子进厨房。

不一会儿，香气从厨房里飘了出来，很快就填满了整个屋子。

“喵——”

韩闻逸正在灶台边忙着，感觉腿被什么碰了一下。他低头一看，一只雪白漂亮的布偶猫正蹭着他的腿撒娇。

“舍得出来了？”韩闻逸轻哼一声。

布偶猫抬起头，眼巴巴地看着他，等待投喂。

“乖乖等一会儿，”韩闻逸弯下腰，揉了揉布偶猫身上蓬松的毛，“马上做好了。”

韩闻逸平时不跟父母住在一起。韩家有好几套房子，这套离他的工作室最近，平时上下班方便，所以他暂时住在这儿。家里陪伴他的就是他的爱猫。爱猫血统很名贵，名字很朴素，一只名叫招财的布偶猫。

招财大多时候都很温顺，偶尔调皮，喜欢藏在屋子里犄角旮旯的地方跟他玩躲猫猫。假如他实在找不到，只要进厨房忙活一会儿，贪吃的招财闻到香气就会乖乖找过来。

很快韩闻逸就从厨房出来了。他自己的晚餐是煎牛排和一些素菜，他又给招财煎了一块三文鱼，捣碎了放在猫食盘里，招财立马高兴地吃起来。

吃饱喝足，韩闻逸进书房看书。招财跟着他进屋，跳上他的膝头。

布偶猫很黏人，韩闻逸早已习惯，一手翻书，一手撸猫。不一会儿，招财就趴在他腿上睡着了。

看了一会儿书，韩闻逸拿起手机看了一眼。已经是晚上八点半了。钱钱那边的聚餐肯定没有那么早结束，但现在应该吃得差不多，开始其他的环节了。那个叫陆青石的家伙有没有放弃对钱钱的告白？他会不会让钱钱当众为难？

韩闻逸想了想，给钱钱发去一条消息。

“你们吃得怎么样了？”

钱钱没有立刻回消息，可能正在跟人聊天。

韩闻逸放下手机，继续看书。

又过一会儿，他又把手机拿起来。五分钟过去了，钱钱还是没回信。

他又把手机放下。

一段时间后，他怀疑刚才手机震动了但是自己没注意，又拿起来看。

依旧没有消息。

韩闻逸看着手机上的时间显示，有点不敢相信自己的眼睛。距离他上次看手机，竟然只过了十二分钟？！他以为至少过了大半个小时了！

趴在他腿上睡觉的招财似乎感觉到了主人不太平静的情绪，从睡梦中醒过来，打了个哈欠，嫌弃地从韩闻逸腿上跳下去，窝到一旁的地毯上继续睡去了。

韩闻逸内心：没良心的家伙。

在看书这件事上，韩闻逸一直是最有定力的。小时候有一次钱钱到他家来玩电脑游戏，他就在房里看书。钱钱玩一会儿游戏玩腻了，便去看电视，过一会儿又觉得无聊，就跑到他房间里来找他。

那时候钱钱对于他一整天坐在书房里没挪窝这件事表示很难理解，问他："哥，你为什么看书能看这么专注？这都几个小时了，你是怎么坚持下来的？"

韩闻逸没什么秘诀，他做什么都挺专注的。因此他想了想，回答："天生的。"

钱钱瞪了他一会儿，抓起他的胳膊嗷呜一口啃了下去。

她只是装腔作势，韩闻逸被啃得并不怎么疼，另外一只手还在给书翻页："你干什么？"

"我发现我一听你说话就想咬死你。"钱钱愤愤地说，"也是天生的。"

然而这一次，从八点半到现在，他已经拿起手机看了三次，书却只翻了……两页。

韩闻逸自己都对自己无语。他索性把手机扔进抽屉里，准备认认真真看会儿书。

……

钱钱现在到底在干吗？

那个小兔崽子不会还是表白了吧？钱钱会不会架不住群众的起哄而妥协？

她好像不是这种人。

那她到底在干吗？该不会跟人吵起来了吧？

……

五分钟后。

一页都没翻过去的韩闻逸仰天长叹一声，认命地拉开抽屉再次把手机拿了出来。

学了这么多年心理学，并不能帮助他从此就没有烦恼。但他至少学到了一个道理——一味压抑自己的欲望，绝不是什么好主意。

这次他不再发消息，直接拨了个电话过去。

嘟……嘟……嘟……

电话始终没人接听。

钱钱这会儿的确已经吃得差不多了。

桌上的菜虽然已经一片狼藉，可散伙饭这种事情重点从来不是吃饭。餐厅的服务员上了一箱又一箱的酒，所有人都已经喝嗨了，连平时不碰酒的钱钱也受气氛感染，喝了几杯啤的。

眼看聚会结束的时间还早呢，她就出去上厕所。

等她上完厕所出来，正巧看到陆青石站在洗手池边上洗手，她不由一愣。

吃饭的时候，她知道陆青石一直在看她，但她一直无视了他的目光。这会儿她的第一反应也是要不别洗手直接出去算了，不然真有点尴尬。但也就犹豫了两三秒钟，她深吸一口气，还是朝着陆青石走了过去。

陆青石洗手洗得很慢，不知道是不是故意在等她。

钱钱在水池边上站定，拧开水龙头，水哗哗地流出来。

“对不起啊，”她说，“如果我昨天说的话有什么让你不舒服的地方，对不起。”

陆青石原本正在搓手，闻言动作停住了。

过了片刻，他关掉了自己的水龙头，摇头：“该说对不起的人是我。”

钱钱有些惊讶地扭头看向他。昨天最后挂断电话的时候，陆青石没有给她明确的答复，而且她感觉得到，陆青石其实很不开心的——这种事情，换了谁也不会开心吧?

“昨天晚上我没有睡着，一直在想你说的话。”陆青石苦笑了一下，“其实来之前就想跟你说了，但一直不知道该怎么说出口。对不起，很对不起。我没想到我的行为会给你带来这么大的困扰。真的，我真的没想到……”

他解释着解释着有点急了，说话都打磕巴：“我、我没有坏心眼的，你相信我……”

钱钱怔了怔，笑了起来：“嗯。我知道。”

陆青石的表情还是很纠结。

“我知道你没有坏心。”她关掉水龙头，把手擦干，笑道，“我理解你。也谢谢你能理解我。”

这话让陆青石狠狠一怔，眉毛拧成一团，心也紧紧拧住了。

明明是他一直自私地没有考虑到钱钱的感受，却让钱钱一再地对他道歉。自己到底都干了些什么啊……

如果说来之前他还有一点犹豫今晚的行动，那他这一刻是真正发自内心地决定放弃了。喜欢一个人，即使不能为她做什么，可至少也应该不要做让她为难的事情。

陆青石深吸一口气，下定了决心地开口：“谢谢这句话这也应该由我来说。谢谢你昨天晚上肯告诉我你的想法，要不然我真的没意识到自己的做法有多愚蠢。”

他顿了顿，又接着道：“还有，谢谢你今天来了。我本来特别担心，如果你因为躲我而不来，我……我一辈子都会觉得自己是个浑蛋的。”

钱钱默然几秒，摇了摇头，然后笑了。

她突然又想起昨天韩闻逸跟她说过的话。韩闻逸说，真诚永远比逃避有用。有的人暂时不理解我们，但不代表他们没有能力理解。所以，把自己的感受说出来，给他们一个理解的机会。

于是她现在和陆青石站在这里，一笑泯恩仇。

“唉，这么掏心掏肺的说话真不是我的风格，再说下去我鸡皮疙瘩都快起来了。”她又恢复了往日的嬉笑，朝大堂走去，“行啦！咱赶紧回去吧，等会儿估计还有点心呢，别让人给抢光了！”

陆青石看着她的背影，脸上逐渐露出一个释然的笑意，也快步跟了上去。

回到饭桌上以后，钱钱跟人聊着天，偶尔能感觉到陆青石又在看她。她不再无视他的目光，大大方方地回他一个友善的笑容。

她正跟同学交头接耳说着话呢，忽听隔壁桌传来一声响亮的号哭声：“哇……”

众人的目光全被吸引过去。

号哭的是班上的一个女生。她坐在班长的旁边，班长一脸的手足无措，也不晓得拿张纸递给人家擦下眼泪。

女生哭了一会儿，情绪不再那么激动，开始抽抽搭搭地说话：“班长，从开学第一天我注意你。四年了，整整四年了！”

全班同学都很吃惊。那是一个很文静的女生，平时一直不声不响的。今天散伙饭上，她喝酒喝多了，一下把憋在心里的话全吐了出来。

“我可能下个月就要回老家了，”女生抽泣着，泪眼蒙眬地望向班长，“以后我们还有机会再见吗？”

班长不知是否酒力上头，脸已经涨得通红。数秒后，他鼓足勇气，大声道：“我也喜欢你！留下来别回去好吗？我想跟你在一起！”

女生愣住。她没有给出任何回答，她直接扑进了班长的怀里。两人用力抱作一团。

饭店大堂里安静了数秒，众人发出热烈的鼓掌声和欢呼声！

散伙饭上有个不成文的规矩，这四年下来如果有什么藏在心里的话都要讲出来。喜欢也好，讨厌也好，矛盾也好，误会也好。一来大家从此以后很难再见了，埋在心里总是个遗憾；二来散伙饭上大多数的人都会放纵地饮酒，在酒精的驱使下，人会变得比往日更大胆许多。

有班长和那女生的开头，散伙饭也就正式进入了“说心里话”的环节。

人们举着酒杯从座位上离开，朝自己想要说话的人走去。

有一杯浊酒泯恩仇的:“其实我以前不太喜欢你,觉得你这人口无遮拦,特讨人嫌。不过后来跟你熟了，发现你心眼还是挺好的。希望以后你讲话的时候能多考虑下别人的感受。这杯酒敬你！”

有依依不舍的:“我跟你睡了四年的对床,你也是我这四年最好的兄弟。以后有什么事，一定来找兄弟开口。我希望咱的交情一辈子都不变！”

有放下架子的：“那天跟你发脾气是我不对，我当天晚上就后悔了，就是一直搁不下面子跟你道歉。我怕今天再不说我怕没机会说了。对不起，都是我不对。这四年你对我的好我一件都没忘记。这杯酒我干了！”

有人抱在一起嗷嗷大哭，有人交杯换盏笑逐颜开。

然而满堂的热闹一瞬之间安静了下来——饭店大堂的灯突然熄灭了！原本明亮的饭店里变得一团漆黑。

黑暗只持续了短短的两三秒，有人高声道：“开灯！”——是陆青石的声音。

又过数秒，灯全都打开了。

满屋子的人，有人心知肚明，有人一脸茫然。

“刚才什么情况？停电了吗？”

“大家对不起啊，”陆青石一脸愧疚地站起来，“是我跟这里服务员沟通的时候出了点问题，所以他们刚才把灯关了。没事了没事了，大家继续。”

他前几天就安排好了，饭店的服务员到点了会帮他关灯，然后几个同学一起帮他点蜡烛，他会趁机向钱钱表白。但是这个计划他已经放弃了，刚才也去通知服务员取消了，可能服务员之间没互相通知到位，还是有人把灯关了。

“怎么回事？”他的好哥们儿小声问他，“为什么让开灯？你又改主意了？”

陆青石没回答。他径直朝着服务台走去，不一会儿拿回来一大他事先买好了寄存在这里的玫瑰花。满满的大一束，足有九十九朵。

“哇！”事先不知情的同学们发出了惊叹声。

陆青石喜欢钱钱从来不是个秘密，许多双看热闹的眼睛已经开始往钱钱身上瞟了。

然而陆青石并没有把玫瑰送给钱钱。他刚才数了下人头，全班二十几个同学，加上来今天的老师，正好三十三个人。

他抽出三朵玫瑰花，先递给了离他最近的哥们儿："送你。"

他哥们儿本来还等着看热闹呢，哪想到热闹朝着自己来了，不由吓了一跳，惊恐地护住自己的菊花："你小子想干吗？"

"去你的，瞎想什么呢！"陆青石踹了他一脚，"给你三朵玫瑰花，代表咱的友谊生生世世。"

哥们儿一脸茫然地接下他的花。

他不断地从大花束里抽出三朵花，送到每一个同学和老师的手里。绕了一圈之后，他来到钱钱面前。

和对待所有人一样，他递了三支玫瑰给钱钱。

钱钱坦然接过："谢谢你，陆青石。"

前面有不少人在接花以后跟陆青石拥抱了。她想了想，主动张开双臂："哎，咱也抱一个吧。友谊万岁。"

陆青石红了眼眶。他走上前，轻轻抱了抱钱钱："钱钱，谢谢你出现在我生命里。这大学四年有你我很高兴。"

短暂的拥抱后，两人分开。

"认识你我也挺高兴的。"钱钱笑嘻嘻地说，"最后关头不都该说点祝福的话么？我就祝你早日当上CEO，迎娶白富美，走上人生巅峰哈哈哈哈……"

陆青石看着她，微笑，目光满是柔情："祝你幸福。"

过了今晚，走出这扇门，他们就要天各一方，各自为自己的人生继续奋斗了。

接近晚上十二点的时候，散伙饭终于彻底结束了。

许多人已经喝得醉醺醺的了，大家相扶相搀走出饭店。钱钱虽然也喝了一些，但没到神志不清的地步，拎起包跟众人打了招呼就准备走。

“钱钱。”肖娟追了上来。

钱钱回头看到肖娟，一愣，停下脚步：“肖老师。”

酒席开始之后，肖娟就没再接着问钱钱为什么旷考的理由。她从钱钱的眼神里看得出来，钱钱必定有她自己的难处，而且她不想说。

“九月份学校开学，到十月左右，学校应该还会给上学期挂科的人安排一次补考的机会。如果你想补考的话，我可以帮你去系里申请，十月给你开一场考试。”肖娟问道，“你会来吗？”

钱钱很想说我会来，可她有点不敢说了。她也不知道到了十月份，她的怪毛病会不会再发作。以前她以为凭自己的意志力能够克服这个毛病，但一而再，再而三，她现在对自己已经没信心了。

肖娟看出她的犹豫，觉得自己应该给她鼓鼓劲儿。

“钱钱，你是我这几年来教过的最喜欢也最有天赋的学生。我虽然不知道你到底出了什么事，但你在我心里始终是最棒的！”肖娟诚恳地说，“所以，来考试吧。我相信你！”

钱钱忽然没来由地有点胸闷。可能是酒精的作用，她感觉头有点晕，额头开始冒汗。

“嗯……”她低声道，“谢谢肖老师。我要赶末班车，快来不及了。”她想快点结束这场谈话了。

“哎，那你回去吧。”肖娟关切地说，“路上小心啊。”

钱钱跑到车站，所幸赶上了末班车。坐上车以后，她头晕的感觉缓解了许多。她打开车窗吹风透气。

然后她拿出手机，想要玩一会儿大富翁。然而游戏还没打开，她就看到了一晚上韩闻逸发来的消息和打来的电话。

三个半小时前。

别人家的金坷垃：“你们吃得怎么样了？”

两个小时前。

别人家的金坷垃：“距离你没有回我上条消息已经过去了一个半小时。[雪姨瞪眼 .gif]”

半小时前。

别人家的金坷垃：“距离你没有回我上上条消息已经过去了三个小时。[雪姨砸门（傅文佩，你有本事开门啊，开门开门开门啊）.gif]”

十五分钟前。

别人家的金坷垃:“快十二点了,还有车吗？资本家的羊毛薅不薅？ [雪姨痛哭 .gif]”

钱钱差点喷饭！

小时候他俩一起看过几集《情深深雨蒙蒙》，她还问过韩闻逸，最喜欢剧里哪个女生。她本来是想知道韩闻逸喜欢如萍这一款的还是依萍这一款的，再不济选个方瑜或者可云。结果韩闻逸想了一会儿，居然正儿八经地回答说，雪姨吧。

那会儿钱钱还是个主角是谁就喜欢谁，反派是谁就讨厌谁的纯情少女。韩闻逸这个不走寻常路的答案给少女的内心带来了巨大的冲击。她不可思议地问韩闻逸：为什么？雪姨不是反派吗？

韩闻逸又想了一会儿，说，不知道，就觉得这个角色比其他人有意思。

很多年以后钱钱再回想起来，有点明白了韩闻逸说的话是什么意思。她再看雪姨，当年觉得又恨又怕的角色，现在看着倒觉得怪可爱的。

雪姨的表情包太搞笑了，她又看了几遍，在公交车上跟个傻子一样笑出声来。然后她给韩闻逸回信。

钱钱没有钱：“我已经坐上末班车啦！”

发完一条消息，她的手指悬在手机键盘上，犹豫。她又想起刚才肖娟追出来鼓励她说的话。

韩闻逸的洗脑包又开始在她耳边回荡：真诚永远比逃避有用。真诚永远比逃避有用。真诚永远比逃避有用……

“哥，我有一件事……”

钱钱打了几个字，又全部删掉，重新打。

“哥，我好像……”

删掉。

“哥……”

她锁掉手机屏幕，深呼吸。

“哥，帮帮我好吗？”

好容易打完一句话，她的手指悬在发送键上，半天没按下去，又朝着删除键挪去。

就在这时候，手机屏幕上跳出了一个来电的画面。来电人备注名：别人家的金坷垃。

钱钱呆了一秒，连忙按下接听键。

“喂？”

韩闻逸的声音从电话那头传来：“刚才怎么一直不接电话，也不回我消息？”

“班长说都吃散伙饭了，让大家别老盯着手机看，我就把手机静音扔包里了。”

韩闻逸猜到了这种可能性：“好吧。这是我第一次觉得，吃饭不看手机不见得是好事。你怎么样，还顺利吗？”

“嗯，挺顺利的。”钱钱知道他问的是什么。“散伙饭算是圆满了。”

“那就好。”

两人短暂地沉默了，电话里只能听见彼此的呼吸声。

过了一会儿，钱钱又开口了。

“哥。”

“嗯？”

酒精的余力烧得钱钱头脑发热，她捏着手机，有很多问题想问。

你干吗给我打电话?

你干吗这么关心我?

你干吗要说我是特殊的？！

你到底想干吗想干吗想干吗！！！

酒精的作用让她的理智和她的突如其来的情绪天人交战。她开始后悔自己今天晚上喝了太多的酒。

这么长时间了，装傻充愣也好，安守本分也好，不是一直都挺好的吗？怎么就明知不可为的事偏要去为，明知应该为的事情却偏偏不为！

韩闻逸等了一会儿，没有等到钱钱开口，却听到电话的那边呼吸声好像变得有点急促。

“你是不是喝酒了？”韩闻逸皱着眉头问道，“还好吗？”

“嗯……”钱钱深深吸了口气，情绪逐渐平复了一些。过了片刻，她终于开口，“哥，我真的很羡慕你。”

韩闻逸一怔。羡慕他？

“你从小就什么都好，家境好，学习好，长得好，脾气也好。”她的语气不知不觉有点发酸，“这个世界上就没有你做不到的事情。”

韩闻逸眉头的结越拧越深。

不好。一点都不好。他也有很多做不到的事情。比如刚才，钱钱不回他消息也不接他的电话，他就一点办法都没有。

更不好的是，他不想再被人这么看待了。

“钱钱。”

“嗯？”钱钱突然清醒了。韩闻逸的语气听起来有点严肃。

须臾，韩闻逸淡淡地开口：“每个人都有很多明知道应该做，却做不到的事情。不管是你，是我，只要是人，就都有无能为力的时候。”

钱钱怔怔地握着手机。韩闻逸也有做不到的事吗？

韩闻逸好像在组织语言，又过了一会儿他才开口。

“你记不记得我刚上大学的时候，头两年都没有回来过。第三年的假期我也没有回国，但后来我回来了一趟。”

钱钱想了想，点头：“记得。”

韩闻逸出国以后，整整两年的时间他一次都没有回来过。不过他刚上大学，课业忙，在国外事情应该也多，不回来也是人之常情。直到第三年，他假期依然没有回国，却在之后的一个周末专程赶回来了一趟，待了两天又匆匆忙忙走了。

打那以后的每一年，逢年过节只要他有时间他都会回国来看看。

“第三年的假期我一直在打工，”韩闻逸说，“为了赚钱。”

“啊？韩叔叔林阿姨给你的生活费不够多吗？”

“生活费够用。但美国的重修费非常贵，几千美元一学分。而我挂了科。和你一样，我不想让家人知道，所以整个假期我不得不一直打工，把重修费赚出来。”

“什么？！”钱钱不可思议地惊呼出声。韩闻逸也挂过科？！

韩闻逸停顿了一会儿，并没有详细讲他挂科的原因。

片刻后，他接着道：“也许有些人做得很轻松的事情，我们却无论如何也做不到。也许我们轻而易举能做到的事，对有些人来说却难于登天。如果谁苛责你，强求你，那是因为他们没有理解你，而不是因为你不好。”

他顿了顿：“可至少，我们能试着理解自己。那些做不到的事情，可以不要做，没关系。”

钱钱没有说话。她只是怔怔地捏着手机。

公交车开始报站名，很快就要到站停靠了，她却根本听不见喇叭里机械的声音在念些什么。

她脑海里盘旋着的，是一张又一张熟悉的脸；她耳朵里回响着的，是一句又一句熟悉的话语。

你应该去做。

你一定做得到。

只要你去做，你一定是最好的。

那么多双眼睛注视着她，那么多张嘴在动着。

一瞬间，这些人的声音都消失了，这些人的身影也渐渐淡了。

韩闻逸从一片迷雾里走出来，站在她面前。

他跟她说，做不到的事情，你可以不用做。没有关系。

……

韩闻逸等了半天，没有等到钱钱的回话，有点担心地把手机拿开看了一眼。还好，通话没有断，那边只是没开口。

但愿他没有说错话。

过了一会儿，他听到那边传来一些轻轻的响动。好像是吸鼻子的声音。

他正要开口说点什么，却忽听话筒里传来了钱钱的声音。

“哥，”她声音轻轻的，哑哑的，有点像招财撒娇时候样子，“你帮帮我吧。”

韩闻逸怔住。

他并没有立刻回答，他屏住呼吸，认真聆听电话那头传来的声音。通过钱钱的呼吸声，他想象着此时此刻钱钱的表情和她的感受。

等他回过神来的时候，他才发现自己竟然微微笑着。

“当然。”他一字一顿地答道，“我帮你。当然！”

第二天是周六，钱钱本来打算睡个大懒觉，奈何上班以后生活作息已被调整得十分健康，一大清早她就醒了。

刚醒的时候她还有点困，躺在床上迷迷糊糊地想事情。

她隐约想起，好像有什么大事发生了。

昨天晚上她回到家已经是凌晨了，因为喝了点酒，又发泄了一场，一躺上床就睡着了来着。到底是什么大事来着？

……

几分钟后，她猛地睁开眼睛，从床上蹦了起来！

她想起来了！她昨天晚上好像跟韩闻逸打了一个很长很长的电话！

她手忙脚乱跳下床，翻出自己的手机，打开一看，果不其然，昨天晚上她跟韩闻逸有一个时长长达半小时的通话记录……

她木着脸回忆了一会儿自己到底都在这半小时里说了什么，片刻后她一声哀号，跌回床上，用被子蒙住脸！

她讲出来了！她居然讲出来了！！什么叫酒壮怂人胆，古人诚不欺她啊！

都怪韩闻逸！讲话总是那么戳人心窝干什么？要命啊！

然而她虽然一会儿怪酒精，一会儿怪韩闻逸，可想起昨天晚上的电话，她的心情并不是后悔。讲出来就讲出来了，事实上终于能把求助的话说出来，对她来说，心里的负担减轻了不少。她只是后知后觉有些不好意思罢了。

假如可以的话，她是真的不想把脆弱的那一面暴露给韩闻逸看。

过了一会儿，钱钱又拿起手机，开始查阅社交软件。

一打开微信，她就看到一条来自韩闻逸的未读消息。

别人家的金坷垃："早点休息吧。明天早上八点我来找你。"

发送时间，凌晨十二点半。

现在时间，早上七点四十五分。

她猛地把手机往床上一扔，风风火火冲出去洗漱。

钱美文刚从卫生间出来，就跟闷头冲进来的女儿撞了个满怀。她吓一大跳："哎哟，你干吗啊？"

钱钱没空理她，一把抓起牙刷就往嘴里捅。

钱美文莫名其妙："周末起这么早干吗，你要出门啊？"

钱钱呜呜嗯嗯地回应。

"早饭要吃啥？我给你出去买。"

"八七了，来八及了（不吃了，来不及了）。"钱钱一边吐泡沫一边口齿不清地回答。

钱美文还想再问详细的，钱钱漱了漱口，又匆匆忙忙冲回房间去了。

不多时，韩闻逸的消息来了。

别人家的金坷垃："我在你家楼下了。"

钱钱手忙脚乱地扎了个马尾辫，拎起包冲下楼去。

韩闻逸的车就在楼下停着。见她下来，韩闻逸摇下车窗，一扬下巴："上车。"

钱钱稀里糊涂地钻进车里，刚系好安全带，韩闻逸就发车了。

"我们这是回公司吗？"钱钱茫然地问。

"回公司干吗？"韩闻逸反问。

"你给我做心理咨询？"

"你的记性还好吗？"韩闻逸好笑地看了她一眼。

"啊？"钱钱一脸茫然。难道她昨天晚上喝醉记错什么了？韩闻逸不是答应帮她解决她的心理问题吗？

“我不是说过，我不能给你咨询吗？你都忘了？”要不是正在开车，韩闻逸真想用手拍拍钱钱的小脑袋瓜子，听听里面有没有水的声音。

钱钱这才想起那天晚上的那句“特殊”，心跳顿时漏了一拍。她早上连妆都来不及化，一点温度的变化就能在脸上显出色来。她连忙摇下车窗，让风吹进来。

“那是要让事务所里其他咨询师给我做咨询吗？”她又问。

“咨询的事先不急。”韩闻逸摇摇头，“今天是员工福利。前两个月事务所给全体员工都安排了例行体检，因为你入职最晚，所以没享受到。今天带你去补上。”

“啊？”钱钱一脸不解。去医院，做体检？

她有点摸不透韩闻逸的套路，但既然韩闻逸说了会帮她，她相信他自然有他的安排，也就不多问了。

很快，韩闻逸载着钱钱到了医院。

周末一大早医院就已经有很多人了，好在韩闻逸跟这家医院有商业合作的关系。昨天晚上跟钱钱打完电话他马上就预约了医院的体检项目，因此他们不必把大好的周末时光都耗费在医院排队上。

钱钱把需要做的检查项目单拿到手，吓一跳：“嚯！这么多要查的项目？咱事务所够豪的啊！”

很多单位都会给员工安排例行体检，不过一般检查的都是些基础项。韩闻逸给她安排的可以说是非常全面的检查了。

这年头医疗费用连番上涨，随便一套检查下来怕就得好几千，普通人还真没几个舍得自个儿经常来做体检的。

韩闻逸说：“快去查吧，过会儿医院里人该更多了。”

钱钱就颠颠捧着单子去各个科室做检查去了。

这一查就是一个上午的时间。

到了中午，钱钱从最后一个科室里走出来，瘫倒在韩闻逸身边的座椅上，有气无力地问道：“有吃的没？我快饿死了……”

韩闻逸早有准备，掏出一个三明治递给她：“先垫垫肚子，等会儿回去吃点热的。”

因为体检有些项目是要空腹做的，一整个上午钱钱一口东西都没吃。她软绵绵地接过三明治，半天没往嘴里送——她饿得都没力气吃了。

韩闻逸皱眉：“你怎么了？脸色怎么那么难看？”

钱钱摆摆手，哑声说：“我没事，老毛病。缓一会儿就好了。”

韩闻逸的眉头却拧得更厉害。钱钱体质不好，从小就有低血糖的毛病，这他是知道的。但以前明明没有那么厉害，这几年她到底是怎么回事？

钱钱坐了一会儿，气力有所恢复，举起三明治小口小口地啃了起来。

吃过东西，又休息了一会儿，她嘴唇总算恢复了点血色。

韩闻逸始终坐在旁边，目光沉沉地看着她。钱钱小时候就苗条，现在好似比以前更瘦了几分，胳膊腿儿都细细的，唯一还有点肉乎的地方大概就是她的脸了……不能再放任她继续瘦下去了。

两人等了一会儿，护士叫钱钱的名字，让她去拿检查报告。钱钱摇摇晃晃准备站起来，被韩闻逸摁了回去。

“你再休息会儿，我去拿。”

钱钱仰起头。她小脸白白的，因为虚弱，显得格外乖巧：“喔。”

韩闻逸跑过去，从护士手里接过体检报告。他拿到报告纸，先自己从头到尾仔细看了一遍。有一些指数没有达标，医生给出的结论是，低血糖、营养不良。

不怎么好，但好在，也不算特别坏。

韩闻逸拿着报告单走回去。

钱钱正低着头，手指揪着衣摆打结。韩闻逸注意到她的小动作，脚步不由得放慢了一些。

钱钱听到脚步声，连忙抬起头，见韩闻逸回来，她好奇地问道：“怎么样？”

“你是怎么把自己搞成营养不良的？”韩闻逸抖抖手里的纸，“你不是美食小雷达吗？”

“什么？我营养不良？”美食小雷达本人也很震惊，“我吃这么多，还能营养不良？！”

她从韩闻逸手里接过体检报纸。乱七八糟的指标分析她看不懂，直接看医生给的结论。除了她低血糖的老毛病，还真多了一条营养不良。

韩闻逸皱着眉问道：“你是不是平时饮食不规律？”

钱钱不好意思地摸了摸耳朵：“大学的时候会有吧。”

以前在家住着的时候有爹妈盯着，作息再不健康也糟糕不到哪儿去。进了大学以后，她住进学生宿舍，又接了很多兼职的工作，经常给人做各种设计的活儿。一旦开始干活，她总是很投入，经常忙到半夜三更才想起来自己已经一天没吃饭了，就随便扒两颗糖丢嘴里把血糖稳住，然后手头有什么啃什么，有时候吃两块饼干，有时候泡碗泡面……

这么一想，的确是挺不健康的。

韩闻逸张了张嘴，又闭上了，无奈地摇摇头。他很想数落钱钱两句，然而事情已经这样了，营养都已经不良了，数落又有什么用？

——他还是以后花点时间和心思，盯着她好好吃饭好好休息才行。

钱钱又捧着报告看了一会儿，点头表示肯定：“不错不错，我还是蛮健康的嘛。”

韩闻逸内心：营养不良了还健康？你对健康的定义到底是什么？

钱钱吃了点东西，又休息了一会儿，身体恢复过来了，心情也轻快了不少。她伸着懒腰站起来：“总算都查完了，我们走吧！”

“哎，我刚才忘记说了。”护士台那边的小护士叫住了他们，“刚才给你们的是常规检查报告，还有很多化验项，十天左右所有的结果都会出来。你们不用再过来取报告，到时候自己上网查就行了。”

“还有报告啊？”钱钱问道，“护士小姐姐，我应该没什么大毛病吧？”

护士小姐姐看着她的细胳膊细腿儿，不知道该怎么回答这个问题。

钱钱对于自己的身体状况倒还挺乐观的。学校每年都有安排体检，虽然没有这么细致，总之应该没有什么大问题。

她拎起包对韩闻逸说：“走吧！”

出了医院，韩闻逸就准备送钱钱回去了。

上车以后。两个人系好安全带，韩闻逸随口问道：“对了，你第一次出现类似的症状是什么时候的事？”

钱钱眨了眨眼睛，歪着头思考。

约莫考虑了十几秒钟以后她才回答道：“应该就是大一那时候吧，色彩构成的期末考，我第一次旷考。”

她说话的时候，韩闻逸从后视镜里观察着她的表情。

很显然，她在开口的时候犹豫了，而且她在回答里用上了“应该”这样模棱两可的词。她心里似乎还有别的答案，也许是她不想说，也许是她不知道该不该说，也许……

然而韩闻逸只是点头“嗯”了一声，没有再问下去了。

虽然他很迫切地想要知道钱钱的症结之所在……但是他不能。不仅是钱钱在面对他的时候，很难把他当成一个正常的心理咨询师看待；当他面对钱钱的时候，他也不可能把钱钱当成一个普通的来访者看待。因此无论从什么角度来说，他都不适合做钱钱的心理咨询师。

他必须得暂时忘掉自己心理咨询师的身份，只把自己当成一个懂点心理学知识的……老板也好，朋友也好，什么都好，总之，他唯一能做的，就是陪她渡过这个难关。

刚才的那个问题让车里的气氛变得有点沉重。车在一个红灯前停下，钱钱突然开口。

“哥，我给你讲个笑话吧。”

没等韩闻逸回答，她就自顾自说下去了。她讲了一个很老套的冷笑话，讲完以后，车里的气氛凝固了几秒钟。

“哈哈。”韩闻逸笑。不是因为笑话好笑，而是因为他发现自己应该捧场。

“不好笑吗？”钱钱不服气，“那我再换个笑话讲。”

“有一个姑娘去修电脑，修电脑的小哥问她，‘你电脑哪里坏了？’”

“小姑娘很不爽地说：我早上不小心把回收站给清空了，回收站里的文件都找不到了！这个回收站的设计一点都不合理，造电脑的人怎么不改进一下？”

“修电脑的小哥冷冷地说，”钱钱模仿起冷酷吐槽的口吻，“‘你还想怎么改进？回收站后面再设一个垃圾场，垃圾场以后再设一个焚烧站？焚烧站后面要不要再给你放一个时空旅行机？’”

“哈哈哈哈哈哈哈……”

钱钱自己又笑得前仰后合，韩闻逸又弯起嘴角笑了一下——这一次倒不是单纯捧场，而是他在笑钱钱笑得很好笑。

然后？就没有然后了。

“这个也不好笑？”钱钱仿佛被激发起了斗志。她开始绞尽脑汁地搜刮自己脑海里的段子，誓不韩闻逸逗乐就不放弃。

然而韩闻逸却减慢车速，最终在路边把车停下了。

“哎？你停车干吗？”

韩闻逸解开安全带，半侧过身看着她。

钱钱一开始还笑嘻嘻地回应他的目光。看着看着，她绷不住了，目光开始躲闪。

这家伙是对视狂魔吗？有事没事盯人眼睛看。都说眼睛是心灵的窗户了，还给不给人心灵留点隐私了？！

韩闻逸想了想，举起手，温暖的手掌落在钱钱的头顶上。钱钱没有反抗。

“你担心害怕什么就说出来，”韩闻逸柔声道，“我不会笑话你的。”

钱钱脸上的笑容瞬间僵住了。

韩闻逸也不催促，用温柔的目光看着她，静静地等她开口。

昨天晚上，钱钱说羡慕他，羡慕他样样都好，人人都喜欢他。其实不是的。如果要说的话，从小时候起，分明是喜欢钱钱的人更多。院子里的长辈小孩也好，学校里的同学也好，食堂里打饭的大爷大妈也好……因为她一直都是一个乐观而快乐的人。她也总是毫不吝啬地想把快乐分享给别人。

可是没有一个人永远都是快乐的。她也会有难过的、脆弱的时候，只是她不想说而已。

甚至于，当她自己心情低落的时候，她的处理方式是说几个笑话。安慰自己也好，逗乐别人也好。她不想让别人察觉她的难过，也不想让别人陪着她一起难过。

“你这人怎么这么烦人！”僵持数秒以后，钱钱绷不住了。一开口，她鼻尖就开始发酸，她连忙鼓起腮帮子吹两口气，把往上涌的眼泪给憋回去。“不是说好心理学不是巫术的吗？为什么我每一次想什么，你都看得出来？！”

韩闻逸淡淡地摇摇头，抽出几张纸巾纸递给她。

有些东西，她早就该发泄出来了。

钱钱一开始还不肯接那几张纸巾，然而韩闻逸的手也不收回去。

两人僵持着，时间一秒一秒地过，钱钱的防线也在一秒一秒地瓦解。终于，她被击溃了。

她一把夺过餐巾纸，打开纸巾将脸盖住。

她一开始只是无声地流眼泪，很快，瘦弱的肩膀也开始颤抖。

“哥，”她哽咽着问道，“我是不是很差劲？”

韩闻逸没有立刻回答，只是温柔地摸着她的头发。

她现在需要的不是一个答案，而是一个发泄的过程。他等她说完。

“都说事不过三，我整整旷考了三次！我都走到考场门口了，我就是进不去，就是进不去！我到底在干吗啊？！”

“我知道他们对我很失望，我知道所有人都对我很失望。连我都讨厌我自己！”

“我每一次都以为，下一次，下一次我一定可以！可是下一次，又下一次……为什么我就是做不到？！我到底是有什么毛病！”

韩闻逸没有打断她的发泄，只是不断地给她递纸巾。直到她情绪都发泄出来，肩膀抖动得没有那么厉害了，他才终于开口。

他问道："钱钱，知道我今天为什么带你做来体检吗？"

钱钱从纸巾的缝隙里露出红红肿肿像兔子一样的眼睛，好奇地看了韩闻逸一眼。她很快意识到自己现在的眼睛应该很丑，又用纸巾挡住了。

她摇了摇头。本来她以为韩闻逸今天会带她去看心理医生的，韩闻逸却带她来医院看内科外科的医生，这举动的确让她不太明白。

韩闻逸缓缓解释道："人的心理和生理是不可分割的。我们的情绪是受到身体里的各种激素调节的。身体不健康，我们的心理状态就会受到影响。哪怕只是疲劳和饥饿，就有可能让我们的脾气变得非常暴躁。"

钱钱闷闷地点点头。她平时脾气还挺好的，但有时候饿急了，的确容易看谁都不顺眼。

"所以在给你做心理疏导之前，我希望先弄清楚你身体的健康状况。有时候看起来似乎很严重的心理问题，可能只是生理上的一个小毛病导致的。只要把身体上的毛病治好了，也许心理上的毛病马上就能迎刃而解。"

钱钱猛地从纸巾里抬起头，连自己哭毁的形象也顾不上了，惊讶地看着韩闻逸。

韩闻逸以为她被吓到了，连忙解释道："别太担心，我不是说你有什么很严重的疾病，哪怕只是营养不良，都有可能导致抑郁症。"

事实上他其实有点担心钱钱的心理疾病会是由器质性病变引起的——并不是没有这个可能——但是这种杞人忧天的话还是不要在没拿到详细的检查报告之前说了，要不然自己吓唬自己，情况反而更糟糕。

然而钱钱却并没有因为韩闻逸说她可能有病而害怕。她只是很惊讶地问道："你是说，我的问题可能是因为我生病了？我是说——真的生病了？"

她的反应让韩闻逸失笑。

他突然弄明白钱钱心理压力剧增的其中一个原因了——她可以接受自己生理上有疾病，但她不愿接受自己心理有疾病。

这并不是钱钱一个人的问题。自从学了心理学，韩闻逸才发现，有时候人们对别人、也对自己，实在是太过残忍和严苛。也许是传统的教育让人们太相信主观意志可以控制一切，于是任何错误都被归结于主观问题，仿佛只有一个人品德败坏，他才会犯错。于是心理疾病也被视为糟糕品质的代名词，代表着懦弱、胆怯、无能……

可事实却绝非如此！！

韩闻逸深深吸了一口气。他必须要解开钱钱的这个心结。

于是他忽然换了一个有些突兀的话题:“你有没有听说过‘陈述性记忆’和‘程序性记忆’？”

“啊？”钱钱一脸茫然地摇头，“那是什么东西？”

“是心理学上的两个名词。人的记忆有很多种分法，其中有一种分法就是‘陈述性记忆’和‘程序性记忆’。这两种记忆是由人大脑里不同的区块控制的——就好像我们的左脑控制意识和语言，右脑控制思维和创造力。不同记忆功能也是由大脑里不同的区块控制的，我这么说你能理解吗？”

钱钱点点头。左右脑分工的理论初中生物课就学过。

“所谓的‘陈述性记忆’，就是指我们的思想和思考。我们脑海里的每一件事情，我们学会了勇敢，学会了坚强，学会了美好的品德，这些都是‘陈述性记忆’。”

钱钱认真听着，继续点头。

“而所谓的‘程序性记忆’……我们的身体就像一台精妙的仪器，它会记住很多曾经输入过的指令，然后自动地去执行它。比如我们学会了走路，学会了划水，从此以后我们张开腿就能迈步，跳进水池就能游泳。这些都是我们的身体略过了我们的思想和思考，自发记忆的行为。”

“‘程序性记忆’给我们节省了很多的时间，大大提高了做事的效率——要不然我们每迈出一只脚，都要思考下一条腿应该怎么抬起来，我们做事的效率就太低太低了。”

钱钱不停点头。韩闻逸讲的还是很清楚的。

“但是……这种节省效率的程序有的时候也会出错。如果有人在第一次游泳的时候溺了水，他的身体记住了对水的恐惧感，从此以后他每次看见水就看怕。”韩闻逸耸了耸肩，“即使他明明知道，很浅的水池淹不死他;

即使他明明知道，只要他去学，他总有一天能够学会游泳。可他一看见水就全身发抖，连下水的那一步都迈不出去。他的思想和他的‘程序性记忆’发生了冲突。”

钱钱怔住。她开始明白韩闻逸想说的是什么了。

“这不是因为他胆怯，也不是因为他懦弱，”韩闻逸注视着钱钱的眼睛，一字一顿地说道，“更不是因为他不负责任。只是他的程序为了保护他，出了一点小差错……或许都算不上是差错。总之，仅此而已。”

他的每一个字都像一把小榔头，一下一下敲在钱钱的心墙上。

不是因为她胆怯，不是因为她懦弱。更不是因为她不负责任。

“哪里出了问题，纠正过来，就好了。”韩闻逸说，“如果程序发生Bug，就找到出错的编码，修改它。”

身体上的疾病也好，心理上的疾病也好。好好地治疗，会有愈合的那一天。

“但就算出了问题，也不是你的错。我知道，我明白，你比谁都不想这样。”韩闻逸字字如箭，戳人心窝。

数秒后。

钱钱挺起胸膛，深深吸气。

韩闻逸愣了零点零一秒，立刻反应过来，手忙脚乱抽纸巾。然而他还是慢了一步。他的纸巾还没递出去，钱钱已经“哇”地一下放声哭了出来！

诛心可杀人，解意可救人。

她是真的，真的，比谁都不想这样。

“哇……”压在她心里的门也随着这一声大哭打开了。

这一回跟刚才闷在纸巾里压抑的哭声完全不同，钱钱已经丝毫不顾及形象了，豆大的泪珠一颗一颗往下掉，嘴张得圆圆的，好像漫画里的小人一样。

她哭得太喜感了，韩闻逸忍了一下，没忍住，居然扑哧一声笑出来了。

情绪在号出声的瞬间已经释放了，现在的眼泪只是收不住的后劲。她一面哭，一面气愤地用拳头砸韩闻逸：“笑什么笑！笑什么笑！你还有没有人性了！”

韩闻逸捏住自己的脸，拒不承认：“没有，我没笑。”

又过一会儿，等钱钱哭声小了下去，韩闻逸揉着刚被她砸过的地方，忍不住感慨道：“哎……不过好像还是第一次看你哭。”

钱钱恨恨地擤鼻涕，嗡声道：“都怪你！”

韩闻逸很冤枉，“我怎么了？”

“谁让你去哈佛学什么巫术！”

他又好气又好笑，钱钱这小白眼狼正红着眼睛瞪着他，好像他敢反驳他学的不是巫术她就要扑过来咬他一样。最后他只能举手投降：“好好好，怪我怪我。”

钱钱斜睨着他，不敢相信他这么容易认输。

“你说什么都是对的。”韩闻逸一本正经地说，“如果你说错了，参考上一条。”

她一脸嫌弃地把擦过眼泪鼻涕的纸巾揉成一团：“这么冷的陈年老笑话你也讲。”

“呵呵。”韩闻逸不甘示弱地回敬：“你以为你刚才讲的笑话不冷不老套？”

钱钱哭了两场，哭完都有点脱力了，心里却轻松了很多。

韩闻逸终于发动车子，继续开车送她回家。

路上，钱钱吸着鼻子问道：“哎，哥，我记得你昨天晚上跟我说，你大学的时候也挂过科？”

“嗯。”

“怎么挂的？”钱钱问。以韩闻逸的智商，她很难想象有什么课能把他难倒，总觉得是有什么别的理由。

韩闻逸打着方向盘向右转弯，顺便瞟了她一眼：“你想知道？”

“嗯。”

“真想知道？”

“嗯。”

韩闻逸微微一笑："我不告诉你。"

钱钱瞬间就无语了。不告诉你是什么鬼？这是什么欠打的台词？他们难道不是刚刚才敞开心扉吗？！人与人之间最基本的信任呢？

"你说什么？"她把手握成筒状贴在耳朵上，"风太大我没有听清楚。"

"哈哈。"韩闻逸被她的反应逗笑了，"什么时候我知道你挂科的原因，我就告诉你我挂科的原因。"

很好，很公平。这么不肯吃亏的个性，难怪能当上资本家……没良心的资本家！万恶的资本家！

透过后视镜，韩闻逸看见钱钱撇了撇嘴，脑袋耷拉下去。有点像翻箱倒柜却没找到零食后沮丧的招财。

他心里有点小小的恶劣的高兴，嘴角不由得勾了起来。

很快，T 大就到了。韩闻逸没有把车开回钱钱家楼下，而是在校门口停了下来。

"去教学楼冲把脸再回去吧。"他说，"不然你爸妈看你哭过，还以为我欺负你了。"

"哦，"钱钱打开车门跳下去，"我在学校里逛会儿再回去。你走吧，今天谢谢你啦！"

韩闻逸耸耸肩。

钱钱关好车门，朝着 T 大校园里跑去。韩闻逸没有立刻把车开走，而是停在那里，看着钱钱的背影越跑越远，逐渐消失在他的视野里。

他的思绪也渐渐飘远了。

韩闻逸刚去美国的时候，学的并不是心理学，而是袭承父母的衣钵，学了金融学。

即使是名校，即使是含金量很高的专业，对他来说课程其实并没有什么难度。他原本的目标，甚至是要将四年的课程压缩至两三年就学完，剩下时间继续深造。

原本一切都很顺利，他每一门课都拿到了很好的成绩，他还申请到了学校的奖学金，可突然之间一件出乎他自己、也出乎大多人的意料的事情改变了这一切——他被人举报违反了期末考试的规定。学院调查之后，发现举报内容属实，取消了他的成绩。

那一门课和钱钱挂掉的色彩构成有些相似，课程并不难，学校开课多年以来几乎从来没出现过有人挂科的情况。而在被人举报之前，他也拿到了教授给的最高成绩。

他被人举报的原因是——这门课期末考试的内容是三人小组合力完成一份大作业。但他独自一个人做完了整组人的任务，并没有和另外两位同学合作。

因为挂了科，韩闻逸不得不在来年重修一次，需要负担高额的重修费用，而且还被取消了学校的奖学金，提前毕业的愿望也泡汤了。这对他的影响不可谓不大。

那时候有同学为韩闻逸鸣不平，劝他去学院里申诉，要回他的成绩。毕竟是他一个人完成了三个人的作业，取消另外两人的成绩也就算了，为什么要连他一起罚？

但韩闻逸没有去申诉。他心里很清楚，他的责任无论如何也推脱不了。

带这门课的教授名叫 Andy Wu，也是一位亚裔。他在了解事情的经过以后，把韩闻逸一个人叫去谈话。

Wu 教授问韩闻逸："我听你的同学说，并不是他们把工作推给你，而是你主动承担了他们的工作。是真的吗？"

韩闻逸说："是的。"

Wu 教授："你确定你不是在为他们开罪？"

韩闻逸说："是的。"

Wu 教授又问："那你为什么要这么做？"

韩闻逸说："我想多学一点东西，所以想多做一点。"

Wu 教授说："我觉得不是这个原因。我看你的作业，这门功课你明明早就掌握了，并不需要通过抢别人的任务来学习。"

韩闻逸说："我需要。"

Wu 教授说："你不需要。"

韩闻逸说："我需要。"

Wu 教授说："你不需要。"

韩闻逸觉得很奇怪。他是来承认错误的，但是这位教授好像不需要他承认错误，却想跟他抬杠。

韩闻逸说："我不明白您是什么意思。"

Wu 教授问他："除了期末考试，这整个学期里每一次的小组作业也全都是你一个人完成了三个人的任务，是不是？之前两年你上过的课里，需要小组合作完成的工作也全都是你一个人完成的对不对？"

韩闻逸犹豫了一下，没回答。Wu 教授说的很接近事实了，但他不知道承认的话，学校会不会把他前两年的成绩也取消。

Wu 教授说："其实这门课并不难，不光是你，我相信班里的任何一个学生都可以独自一个人完成作业，包括你的两位组员。而且他们也能做得很出色。你觉得对吗？"

韩闻逸说："对。"

能进入名校的，没有一个人的能力是糟糕的。这门课也确实不难。

Wu 教授说："除了你和你的组员，所有人都按照我的要求做了。因为他们知道，学习这门课程，知识只是收获之一。学校开设这门课程的最主要的目的，不光是让学生学到多少知识，更重要的是培养学生们与人合作的能力。"

韩闻逸没说话。按照这个说法，他挂了这门课确实不冤枉。

Wu 教授继续说："如果说你和你的组员谁需要负更大的责任，我猜是你。当初分配小组的时候是自由组合，其他人都尽可能地选择成绩好能力强的同学组队，只有你，你一上来就去找了你的那两位组员，不是因为他们优秀，而是因为他们平时表现得比别人更懒散，更缺乏责任心。"

能进名校的都是聪明人，但聪明人里也有懒惰的。他们或许是不喜欢繁琐的作业，或许是想把时间省下来泡妞。

韩闻逸还是没说话。因为他无话可说。

当初他们第一次一起完成大作业的时候，其中一位组员随口抱怨了一句作业太麻烦。于是韩闻逸就很顺水推舟地把他的任务接了过来。

有一就有二。有二就有三。很快韩闻逸就接手了小组的所有工作。每一次的小作业都是他一人独立完成。到了期末的大作业，也是他完成了全部。

他抢工作，却不抢功劳，东西做完以后，给他的组员人手发一份，该谁讲的东西就谁来讲。他也绝不向外炫耀谁的东西是由他来代劳。可惜他的一位组员酒后跟人吹牛的时候多说了几句，还是把消息泄露出去了，也导致了他们集体被取消成绩。

Wu 教授说：“一切都是你的计划。从选择他们成为你的组员，到最后你独立完成作业。你是个很聪明的学生，但是你不愿意跟人合作。”

Wu 教授说：“你这样的孩子我见过很多，而且不少是中国人，虽然他们可能没有你做得那么极端。我不是想说中国人怎么样，只是可能是因为年代的关系，可能是因为生活环境的关系，你们中的一些人没有兄弟姐妹，又在一个压力很大的环境中长大。你们太懂得怎么跟人竞争，却不太清楚怎么跟人合作。”

韩闻逸愣了愣。

然后他说：“是的，您说得很对。”

Wu 教授说：“我说得对，但你并不打算改。”

韩闻逸说：“为了顺利毕业，为了拿到学分，我会改的。”

的确，从一开始这一切就全部都是韩闻逸的计划。他知道有的课需要小组合力完成作业，所以从一开始他就观察出了谁是班上最懒惰的学生。然后他主动找他们组队，主动惯着他们，主动揽过了所有的工作。

他不是为了学到更多知识，也不是为了讨好同学，恰恰相反，他只是不想跟别人合作而已。

年少时期的韩闻逸性格和后来不大一样。他虽然一直待人都彬彬有礼的，但有礼只是他的一种习惯。年少的时候，他的内心更加淡漠，也更加孤傲。

在他的心目中，跟别人合作是一件非常麻烦而且浪费时间的事。他一个人花三天时间就可以完成的任务，如果两个人一起，可能要花上五天；如果三个人甚至更多人一起，可能因为意见不统一光花在吵架上的时间都不止五天。

所以他什么事情都喜欢自己完成。

他会参加赛跑，但他从来不参加接力赛；他会参加竞赛，但他从不参加团体赛。他不喜欢自己不能掌控自己命运的感觉。

Wu 教授说："你说你会改，但你看起来并不是心甘情愿的。"

韩闻逸对 Wu 教授笑了一笑。他只想拿到学分，并不想跟教授抬杠。

Wu 教授说："你可以坚持你自己，也很好，我没有权利强迫你改变。但我只想问你一个问题。你快乐吗？或者说，你幸福吗？"

几年以后，韩闻逸在心理学上取得了一定的造诣，他再回想当时 Wu 教授当时问他的一个或者应该说两个问题，他已经明白那是一个巨大的陷阱。但当时他真的被这个陷阱给困住了。

他愣了半天没回答。不回答就已经是一种回答——他不快乐。他也不幸福。

从小到大，谁都以为他过得很好。他家境好，成绩好，长相好，性格也好。长相好他自己承认，成绩好他没法否认，但他的家庭和他的性格，他一点儿也不觉得好。

Wu 教授说："如果你学有余力的话，不如试试多学一门专业或者技能。比起抢走你组员的作业，那样不是更有意义吗？"

韩闻逸回去以后考虑了几个星期，在下一个学期开学之后，他选修了一门跨专业的课程——积极心理学。这是一门听名字就知道很快乐的课程。

结果开学第一堂课，上课教授问满座的学生说，你们谁觉得自己有过抑郁的症状？举起手来我看看。

教室里稀稀拉拉举起几只手；过一会儿，多了几只手；又过一会儿，更多手举起来了。

韩闻逸扭头一看，得，偌大一个阶梯教室，能有一半人都举手了。他没了心理负担，也跟着把手一举。

这门课的名字叫积极心理学，结果却是最抑郁的一门课。不过想想也是，来上课的学生们正是因为不快乐，他们才想知道自己为什么不快乐。他们才想知道，究竟要怎样自己才能快乐起来。

下课以后，韩闻逸打算走，结果被教授给叫住了。

教积极心理学的教授是意大利裔，名叫阿莫尔。他跟 Wu 教授认识，听说了韩闻逸的情况。

阿莫尔说："韩，我单独给你布置一项作业。你回去以后找一张纸，把你愿意跟他们合作的人的名字都写下来；把你愿意跟他们合作的事情也写下来。然而选出其中你最想合作的人和最想合作的事，去完成它。至少和一个人完成一件，如果能和多个人完成多件，那更好。写完之后，你交给我看一下。"

韩闻逸听了以后心情很复杂。

阿莫尔说："我并不是想强迫你改变。但是科学研究证明，善于合作的人比善于竞争的人更容易感到快乐，并且也更健康，他们更不容易患上心血管疾病。如果你对此感兴趣，那就尝试一下吧。"

韩闻逸的确感兴趣。

回到住处以后，他就拿了纸笔出来。

然后……然后他在写字台边上坐了半个小时，一个字都没写出来。

他到美国已经两年，两年里他一直潜心学业——以前的十八年他也是这么过来的——除非很难推掉的邀请，不然他几乎不参加别人的派对和聚会。他的人缘并不能算差，如果有人主动找他帮忙，只要他做得到他还是会帮的；如果有人想跟他交朋友，他就跟人兄弟相称；如果别人要跟他绝交，他微笑着挥挥手，好聚好散。

他只是不主动也不热情。所以他似乎有一些朋友，实际上却没有一个深交的。

最后他在纸上勉为其难地写了几个名字。

一个礼拜后，他去上课，把写好的纸条交给阿莫尔教授。

阿莫尔接过来一看，想要合作的对象，韩闻逸写了几个同学的名字。想要合作的事情……阿莫尔教授被他气笑了。

他抖抖拿张纸条，问韩闻逸：“一起吃饭？一起上课？一起游泳？这叫跟人合作吗？合作吃饭是指你们一人一口互相喂饭？合作游泳的是指你们要一起跳个双人水上芭蕾？你哪怕写个橄榄球啊！”

韩闻逸想象了一下他跟他写在名单上的黑人大兄弟一人一口互相喂饭、一起跳水上芭蕾的情景，吓出一身鸡皮疙瘩。

阿莫尔把他的纸条打回去：“重写！”

于是下课以后，韩闻逸又坐到写字台的边上，抽出一张新的空白的纸张，继续想。

国外的人找不到，他就只能往国内去想。

当他还没有尝试去想的时候，他以为他依旧会一个都想不出来。他出国以后整整两年，一次都没有回去过。不是因为他的课业太忙，也不是因为他需要时间跟新的朋友相处，而是他觉得待在哪里都一样，没有什么特别需要回去的理由。

他念中学时就是一个优秀且淡漠的人。大学的时候身边的人好歹都势均力敌，可中学时他简直是曲高和寡，他和别人的关系，只有他帮助别人，而不存在他与别人合作。至于跟家里人，他们长期以来已经在合作一件事，那就是在外人面前伪装成一个完美的、令人羡慕的家庭。除此之外，似乎没有更多可以合作的事情了。

于是他以为，这件事会很难。

然而这个世界上有很多的事，人们以为它很难，可它真正的难点只有一个——那就是在做这件事之前，人们总是想出无数千奇百怪的理由拒绝去做它。假如能暂时忘却那些理由，事情的容易程度往往会让人惊奇。

他不是没有想要合作的人，而是他不想尝试与人合作这件事，于是他也拒绝想起那些人。

但念头一旦在脑海里生根发芽了，压抑就已无法将它剿灭。越是尝试克制，那念头就反扑得越厉害。

于是接下来一周的时间里，韩闻逸常常会在梦里梦见一张年轻的、充满朝气的笑脸。

那张脸这两年他从来没有去想过。但也从来没有忘记过。

一周后，他又交给阿莫尔一张纸条。这一次阿莫尔看完之后，表情促狭地吹了声口哨，然后爽快地通过了。

阿莫尔问他："韩，你脸色不太好，黑眼圈很重，是不是最近想这些想得太兴奋，晚上睡不着觉？希望这张纸条上的内容能为你的内心打开一扇窗户。"

韩闻逸面无表情地说："希望您打开的不是潘多拉魔盒的盖子。"

阿莫尔哈哈大笑。

几天以后，韩闻逸买了回国和返程的机票。

虽然重修费他不得不自己打工挣，那不是因为父母没有给够他钱，而是因为林佩蓉给了他一张很高额度的卡，但林佩蓉可以通过那张卡查他的消费都花在了什么地方。他不想让父母知道自己挂科的事情，所以不能从那张卡里划钱，但是买机票就无所谓了。

他飞了十几个小时从美利坚回到上海，下了飞机打辆的士，目的地 T 大。

他出国以后，韩爱国和林佩蓉就不住 T 大家属楼了，那里毕竟条件不怎么好，他们有更大的豪宅。但韩闻逸还是回 T 大，因为他不是去找父母的。

到了 T 大门口，钱钱已经站在那里迎接他了。

两人一见面，钱钱抡起小粉拳往他肩膀上砸了一下，抱怨道："你还知道回来啊？是不是纸醉金迷的美帝已经腐朽了你革命意志不够坚定的内心？"

韩闻逸揉揉被小姑娘捶的地方，居然嘴角一个劲地往上翘。

钱钱都被他吓到了："你怎么去了趟美国回来，变得爱笑了？"

韩闻逸也不知道自己为啥这么高兴……都怪阿莫尔。

他想了想，问钱钱："我以前不爱笑吗？"

钱钱回答："你以前不爱笑。"

钱钱又说："而且你以前不会问，你以前爱不爱笑。"

韩闻逸：他并不觉得他自己以前……好吧，他虽然不是不笑，但他的确没有爱笑。

都怪阿莫尔。

当后来韩闻逸学完积极心理学所有的课程，他才明白一个道理。所谓的积极，最重要的并不是做了多少事情使自己更积极更健康——真正最重要、也最无可取代的那一步，是一个人终于意识到自己的不快乐，于是他走进积极心理学的课堂，他翻开课本，真心诚意地愿意去改变。在他心态转变、愿意改变的那一刻，即使他还什么都没有学到，世界在他眼中已然变成了一个全新的世界了。

再再后来，当他开始给人做心理咨询，他明白心理咨询中最重要、最无可取代的绝不是哪一种先进的治疗方法。而是一个来访者真心实意地寻求帮助，并且愿意向心理咨询师敞开自己的心怀。当他们能够说出"请帮助我"，当他们相信自己是能够被救赎的时候，他们距离得到救赎就已经成功了一大半。

当然，这些都是后话。那时候的韩闻逸还不明白这些。他只是觉得家乡的天格外的蓝，家乡的云格外的白，面前的姑娘格外的漂亮，而他的心情也格外的好。

钱钱问韩闻逸："哥，你这趟回来准备待多久？"

"两天，"韩闻逸回答，"过完周末我就回去。"

钱钱啧了一声，不太开心："你从美国这一来一回也得三四十个小时了吧？才待两天啊？那你回来干吗来了？"

韩闻逸耸肩："来完成教授布置的作业。"

那会儿钱钱已经高三了，也是快要考大学的人了。她被这答案惊着了："美利坚的大学有这么高端？做个作业就随随便便派学生出国？！我爹当了一辈子教授，也从来没被学校派出国过呢！"

转脸又一笑："哎，我明年也上大学了，我去美国找你怎么样？我想考 A 学院，过段时间我就去参加他们的考试，初试我已经通过了！”

韩闻逸有点吃惊。A 学院是在全世界都很有名的一个艺术学院，从那个学院里出来了非常多的艺术家。能考进去的学生都本来就有过人的天赋。钱钱虽然还没被录取，但她能通过初试，说明她的水平已经很高了。

两人穿过 T 大的校园，往家属楼走。

一路上钱钱都在抱怨韩闻逸太冷漠。

韩闻逸出国两年多，一次都没回来看过。两人在网上倒是有联系，可毕竟十三个小时的时差摆在那里，两人的白天黑夜完全颠倒过来，钱钱要高考的人了作息必须得规律，韩闻逸则本身就是个规律的人，所以两人想凑在一起聊上几句实在很难。常常一个话题说几天还没说完，久而久之联系就变得很少。

她还跟韩闻逸撒娇：“你一点儿都不想我，也不知道给我寄点明信片小礼物什么的，是不是一出国就把咱的革命友谊全忘了？”

没等韩闻逸解释，她自己又乐呵起来：“没关系，等我也去了美国，咱俩就又能在一起了。到时候我去帮你开发那里的美食！”

到了 T 大的家属楼，韩闻逸先去钱钱家坐。

家属楼是老式的民房，建得早，墙壁隔音不太好。两人刚到门口，就听见里面传来钱家夫妻两个吵架的声音。

“又买书，又买书！家里就这么点地方，被你的破书堆得走路的地方都没有了！”钱美文的吼声中气十足，“买这么多书浪费钱，你就不会去图书馆借啊？！”

钱为民心疼地哎哟哎哟叫唤：“老婆你轻一点儿，别把书皮弄皱了。”

钱美文的吼声顿时更有穿透力了：“书皮弄皱？睁大你的眼睛瞧瞧，你老婆的脸皮和手皮都皱成啥样了？！都是让你给气皱的！你这么心疼冯友兰，心疼钱穆，你去跟他们过日子啊！”

“好好好，有气你就跟我撒。”钱为民无奈地哄，“咱先把书放下，冯老爷子和钱老爷子又没得罪你。”

这夫妻俩的拌嘴吵架是钱家的日常了。钱钱早就听习惯了，她的贫嘴一大半都是从老爸那儿学来的。然而这回边上站了个韩闻逸，家里那些家长里短鸡毛蒜皮全进了韩闻逸的耳朵，这就让她的小脸不太挂得住。

她在门口用力咳嗽两声。

屋里马上就噤声了。

不一会儿，钱美文出来开门，脸上带着热情的笑意，招呼韩闻逸赶紧进屋坐。都说女人变脸变得快，这要换个人，绝不能信刚才屋里河东狮吼的就是这位美貌的阿姨。

韩闻逸一进屋，就看见堆在墙边的几摞书。

钱家面积不大，六十来平的二室户，钱教授夫妇占一间，钱钱自己占一间。夫妻俩的卧房里已经安了个书柜。客厅就那么点大，也硬挤进去一个书柜，就这样还是装不下钱教授的藏书，书多得得往地上放，也难怪钱美文每次收拾房间都要发飙了。

韩闻逸跟钱钱进了她的屋，屋里也是十分拥挤。单人床可怜巴巴地挤在角落里，墙上挂满了油画、水彩画、剪纸、拼图。靠窗摆了一张书桌，书桌上也堆满了各种模型和工艺品，只留出一小块可怜巴巴的地方，那是给钱钱写作业用的。这不像个姑娘的香闺，倒像个百货超市。不过话说回来，拥挤归拥挤，并不怎么凌乱，看久了还是别有一番滋味的。

韩闻逸站在墙边一幅幅画和一幅幅作品看过去。他问钱钱："这都是你的作品？"

钱钱特骄傲，小下巴翘得高高的："怎么样？我是不是很厉害？"

那时候的钱钱，还是一个明媚的少女，浑身上下充满了自信。

钱钱是从小学开始学美术的。那时候钱美文见隔壁韩家的儿子从小就报一堆的兴趣班，她也不甘示弱，用各种舞蹈绘画音乐的课把钱钱的周末塞得满满的。

后来其他的那些高雅的兴趣班钱钱都没学下去。唯独美术，她自己是真的感兴趣，就一路坚持了下来，即使有段时日因为学业压力过大，钱美文想让她暂时放弃美术，把精力全放在所谓正课上，她也不肯，并且告诉父母她以后要考艺校，艺术才是她的正课。

她不仅喜欢绘画，她还喜欢做各种各样的设计。剪纸拼图、做手工艺品……

她在这方面的确是有天赋的。

钱钱的小房间就十来平大，一眼就尽收眼底，韩闻逸却打量了半天。每一幅作品，他都喜欢。

钱钱一屁股在床边坐下，问道："你还没说呢，你的作业到底是什么？"

韩闻逸从口袋里抽出一张纸条递给她。

钱钱一看就惊了。

"哥，你确定这是你们学校布置的作业啊？哪门课啊？大学里居然有这种有趣的课？"

"这算……"韩闻逸想了想，"算社会实践活动。"

他写在纸条上的内容有三个。第一个，玩组队游戏；第二个，乒乓球双打；第三个，合作一顿大餐。其实他有挺多事想做的，可惜时间不够，他只能留一个周末就得赶回美国上课了，所以就写了两个比较好实现的。

社会实践钱钱知道，中学里偶尔也会有。

她还是觉得不可思议："这些活动你在美国找不到人陪你玩？特意要回国？你们学校给你报销机票钱吗？"

韩闻逸没有回答这个问题。这些活动的确都很普通，他在美国想找人合作起码能找到几十个愿意陪他的人。然而他把那些人的名单在脑海里过了一遍，假如说学校要求他为了完成任务必须跟那些人合作，他会同意的，但让他自发主动地去找那些人合作，他并不是很提得起兴致——这样就不符合阿莫尔布置的作业里对他自主性的要求了。

唯独把钱钱列为合作对象考虑的时候，他竟然发自内心地对于这些事情有了期待，倒三十六小时的飞机也不能扑灭他的兴致。

韩闻逸说："你什么时候有空就开始吧。"

钱钱虽然已经高三了，因为是艺考生，文化课的压力没有那么大，空出一个周末来陪韩闻逸还是没什么问题的。她说："那现在就去呗。"

于是钱钱就带着韩闻逸去附近的网吧玩游戏。T 大附近的网吧整天接待网瘾少年，因此网吧里的游戏格外得全，几乎所有时下流行的游戏全都有。

钱钱指着屏幕上的 A 游戏问他："这个会吗？"

韩闻逸答曰："不会。"

钱钱又指着屏幕上的 B 游戏问他："那这个会吗？"

韩闻逸答曰："不会。"

钱钱连问几个，全都得到了一样的答案。她给气乐了："那你平时都玩什么游戏？"

韩闻逸答曰："数独。"

"还有呢？"

"围棋。"

"没有别的了？"

"嗯……偶尔会下国际象棋。"

"那我以前去你家，你家里不也有些游戏光盘吗？"

韩闻逸看看她："你喜欢玩，那是买给你玩的。"

在此之前，韩闻逸从来没玩过网游。他有太多东西想学，没有时间玩那个。可是总看到别人沉迷其中无法自拔，他有些好奇，因此才在纸条上写了这个。

钱钱沉默两秒，由衷敬佩地对他竖起两个大拇指："佩服，佩服！"

最后钱钱做主，挑了个没有太大上手难度的枪战游戏，跟韩闻逸组了队就开始玩了。事实证明，韩闻逸一双又修长又好看的手长着完全就是个摆设，打起游戏来简直手残得不能再手残。

开盘第一局，刚过十五秒，韩闻逸就把鼠标和键盘一推。

开盘第二局，不到半分钟，韩闻逸的电脑屏幕又灰了。

开盘第三局，勉勉强强坚持了一分钟。

连输好几把，他总算有那么一点上手了，钱钱就开始跟他打配合了。

"咱得转移到对岸去。附近估计有人埋伏，我先跑出去吸引火力，一旦有人打我，你马上找出他们埋伏的地方，把他们全突突了。做得到不？”

韩闻逸点点头。

于是钱钱就跑出去了。没过两三秒，附近的草丛里果然传来枪声。韩闻逸猛一甩鼠标，朝着枪声传来的方向转视角。这一转转得太猛了，视角转了三百六十度，屏幕上出现一人，他本能地朝着人背心开枪。

砰砰两枪，奇准无比。

钱钱的屏幕瞬间就灰了——来自猪队友的背后黑枪干掉了她。韩大神不光自己送人头，还勇取了友军的人头。

钱钱惊呆了，韩闻逸也惊呆了。气氛凝滞了三秒钟。

“哈哈哈哈哈哈哈哈哈哈哈哈！你是对方派来的奸细吗？！”

韩闻逸有点内疚，他以为钱钱会生气，但钱钱没有。钱钱笑得眼泪都快出来了，她一边笑一边说，再来！

两人在网吧玩了一上午的游戏，事实证明上帝给人开了一扇门，就有可能关掉一扇窗。韩闻逸在游戏上实在没什么天赋，把钱钱坑得飞起，积分很快就掉光了。

韩闻逸冲上去送人头了！

韩闻逸又冲上去送人头了！

韩闻逸错把友军当敌军了！

韩闻逸从楼上掉下去摔死了！

钱钱被他一系列的骚操作逗得笑到脸酸。她说：“哥，你是来打游戏的还是来搞笑的？你们学校搞的社会实践其实是慈善活动是吧？来给咱们对手送温暖献爱心的是吧？”

虽然一直输，韩闻逸觉得游戏还是很好玩的。当然对于害得钱钱输到掉级这种事，他还是有点内疚的。

他问钱钱：“你不生气吗？”

钱钱一脸莫名：“这有什么好生气的？”

“我害你一直输。”

“打游戏嘛，”钱钱摆摆手，“输赢又不重要。”

韩闻逸有点意外：“那什么重要？”

钱钱伸了个懒腰，活动了一下玩得发僵的肢体：“好玩才重要啊！跟谁玩才重要啊！哎，肚子饿了，咱们吃饭去吧！”

韩闻逸愣在原地。直到钱钱已经关机起身，叫了他好几声他才回过神来。

下午两个人又去打球。

乒乓球是韩闻逸的诸多强项之一，曾一度驰骋校园无对手，但他从来没有打过双打。

而钱钱打球的水平用两个字就可以概括：随缘。随缘地接球，随缘地发球。接不接得到全凭缘分，发不发得出去老天爷说了算。

既然是双打，他们就得找两个对手。好在 T 大球房里到处都是打球的大学生，韩闻逸和钱钱两个往那儿一站，就有许多人注意他们。他们随便邀请了一对人，人家马上就答应了。

第一局韩闻逸发球。他起手一个转得又急又快的削球发出去，对方的球拍一碰到球，球就飞远了。

第二局韩闻逸又是一个削球，对手索性连球都没碰着，眼睁睁看着球飞远了。

就这么打了没几局，大家都觉得索然无味，尤其是钱钱。只要球是从韩闻逸手里出去的，对方五成可能接不着球；要是对方运气好把球打回来了，下一个该钱钱接球。可这旋球打回来的速度也不容小觑，就凭她那随缘板法，基本只能对着飞走的球念一声阿弥陀佛善哉善哉了。

就这么着，两个对手的水平明明比韩闻逸差了一大截，比分却咬得死死的，甚至于对方还高出一两分来。

韩闻逸这才意识到，双打这种事儿，讲究的并不是一个人有多厉害。只要双方配合不上，再厉害也是白搭。

而且，纵使凭他一人的能力能赢下来……这游戏也一点都不好玩。

眼看大家都不想玩下去了，韩闻逸把球递给钱钱说：“你来发。”

钱钱接过球，高高扬起拍子，一个老太婆发球打了过去。

对手已经被韩闻逸的刁钻发球打得生无可恋了，忽然见到这么一个有灵性的球打过来，简直喜出望外，抡圆了胳膊就是一个重重的扣杀！

韩闻逸不慌不忙，退后两步，起拍就要削回去，出手的时候硬生生憋住了，一个直板把球推了回去，不旋不转，速度刚好。他的角度控制得很好，对手再想抽也抽不到，只能中规中矩地把球推回来。

钱钱终于接到了自己的第一个随缘球，简直感动得热泪盈眶！

磨合了几个回合，韩闻逸和钱钱终于渐渐磨出点默契来了。

钱钱发出去的球高，人家还回来的球也高，韩闻逸一个扣杀就能杀得人家磕头叫爸爸；韩闻逸打过去的球压得好，对方回过来的球就没脾气，没脾气的球钱钱高高地打过去，人家高高地还回来，又被韩闻逸杀得磕头叫爸爸。

刚开始的时候两个大学生见韩闻逸收敛了自己的打法，还以为韩闻逸有意放水，也很有默契地给钱钱放点水；打着打着两人感觉不对了，赶紧认真起来打。可他们很快就泪流满地发现：不管他们认真不认真，他们被爸爸暴揍的局面根本没办法改变啊！！

五局五胜以后，大家都打不动了。

钱钱意犹未尽地抹了把汗："哎，我第一次发现乒乓球原来这么好玩的。"

韩闻逸笑了笑，"嗯"了一声："我也第一次发现，原来乒乓球那么好玩的。"

两个被虐到没脾气的大学生气得把拍一扔："没见过这么难玩的球！不玩了，再也不玩了！"

出了乒乓球房，钱钱热得直用手给自己扇风。她扭头看向韩闻逸："哥，我想吃冰激凌了！"

韩闻逸就带着她去校门口的冰激凌店。钱钱照例在店外等着，韩闻逸进去买冰激凌。

韩闻逸走进店门，没见着眼熟的王阿姨，倒看见一位穿着背心裤衩的大爷。大爷挥着冰激凌勺问他：“小伙子，要哪个口味？”

这位大爷是王阿姨的老公，偶尔过来帮忙看看店。

韩闻逸掏出两倍的钱递给大爷：“香草味。麻烦您给我弄个大一点的。”

出了冰激凌店，韩闻逸把硕大的冰激凌球塞进钱钱手里，两个人高高兴兴地回去了。说好了晚上钱教授教他们两个做一顿晚饭，把韩闻逸的最后一项“作业”给完成。

韩闻逸想学这个，也是有点其他算盘的。他在美国待了两年多了，其实并不怎么吃得习惯，老出去吃也麻烦，就想借着“作业”的名义跟国内的大厨偷偷师。韩家父母都不会烧菜，也没空烧菜，这事儿还得指望钱教授。而且，想想跟钱钱一起做饭的情形，他就觉得这事儿会很有趣。

到了钱家门口，韩闻逸正要去敲门，被钱钱一把拉住。她比了个嘘声的手势，指指自己手里还没吃完的冰激凌。她打算把这个吃完再进去，不然让她爸妈看到她吃饭之前乱吃零食，又要唠叨她了。

两人就静静地在门外站着，等钱钱一点一点将冰激凌球舔完。

屋子里闷，钱家夫妻把门开了道缝，只关上了外面的纱门。不一会儿，韩闻逸和钱钱就听见屋里传来隐约的对话声。

钱美文语气担心：“天都快黑了，他们怎么还没回来？要不你去找找吧。”

钱为民不以为意：“你急什么，肚子饿了自然会回来的。”

钱美文不高兴：“晚上他们两个单独在外面，我不放心啊。”

钱为民不理解：“有什么好不放心的？学校里治安那么好，还能有人把他们拐了？再说，钱钱都快十八了，小韩都二十了，两个都是成年人了。”

“啪”的一声响，应该是钱美文往老公身上拍了一巴掌。

“就是因为因为他们俩都长大了，我更不放心！我刚才给林佩蓉打了个电话，跟她提到她儿子来找钱钱玩，他们夫妻都不知道小韩居然回国了！他两年多不回来，好容易回来一趟，爹妈都不去看，就来找我们钱钱，你说这算怎么回事？”

钱为民过了一会儿才犹豫着开口：“他们两个不会是……不过他们都

长大了，也不算早恋了……”

“早什么恋！”钱美文声音高了八度，“这是早恋的问题吗？小韩这孩子，家里条件这么好，长得也帅，从小一堆女孩子围着他，他花不花心啊？我们家钱钱长这么大恋爱都没谈过，被他玩弄感情怎么办？”

钱为民讷讷地：“她没谈过恋爱，这不是咱们不准她早恋么？”

钱美文又拍了老公一下：“我认真跟你说呢，你乱打什么岔？我先不说小韩这个孩子怎么样，韩爱民和林佩蓉什么人你知道的吧？他们会同意以后小韩娶我们家钱钱吗？他们看得起我们吗？”

钱为民不说话了。

门外，钱钱手里的冰激凌已经化了，流了她一手。

韩闻逸伸手想把融化的冰激凌从她手里拿掉，却被钱钱反手抓住了他的手，冰激凌落在地上。

钱钱低声说：“走！”

韩闻逸感觉到握着他的那只小手，冰冰的，有点哆嗦。

两人跑下楼，钱钱回头对韩闻逸笑：“哎，咱们还是去吃食堂吧。这两年刘师傅退休了，新来的师傅没准喜欢你。”

话刚说完，她脚下踉跄了一下，身体往边上的扶手靠。韩闻逸连忙扶住她。

钱钱撑住自己的额头，过了一会儿才说话，声音低低的：“对不起，刚跑太快了，我低血糖有点犯，头晕。你自己去吃吧，我先回家了。”

韩闻逸很想说点什么，但他不知道能说什么。他只能沉默地目送钱钱回去。

他坐了十八个小时的飞机回国，想完成三项作业，最后只完成了两项。

第二天他准备出发去机场，钱钱又来送他。

睡了一觉，钱钱的心情似乎又完全恢复了。她陪着韩闻逸在车站等机场大巴，车来之前，她塞了一幅画给韩闻逸。

那是她自己设计的一幅画，画的底色是淡蓝色，画中央是一个粉色头发的小女孩，白白的皮肤，一脸粉色小雀斑，一张灿烂的笑脸。小女孩的头上长出了几朵小粉花，和她的发色结合在一起，像是花朵洋葱辫。

小女孩的笑脸很温馨，可浅浅的蓝却为这幅画增加了一丝忧郁的感觉。

钱钱像画上的小女孩一样没心没肺地笑着："这是我最近弄着好玩的作品，送给你了。好好收着啊！就算上厕所没有纸，也不许拿来擦屁股！"

韩闻逸心想，他上厕所绝对不会忘带纸的。

机场大巴开过来了。钱钱拍拍他的肩膀。

"去吧，在那儿等我。过段时间我考上 A 学院，我就来投奔你了。"

韩闻逸捧着画看了一会儿，认真地抬起头："你一定能考上的。"

钱钱笑着一扬下巴："那是！我是天才美少女钱钱，他们要是不收我，是他们的损失！"

车在他们面前停下，韩闻逸犹犹豫豫站着没动。大巴司机打开车门，看看韩闻逸手上的行李箱，问道："是去机场的不？快上车！"

钱钱也催："去吧去吧。"

韩闻逸却还是站在原地。

"小伙子你走不走？不走我开车了！"大巴司机不耐烦了。

"走的走的！"钱钱怕车真走了，忙替韩闻逸答应，"这就来了！"

她惊讶地看着韩闻逸，推了推他："你快去啊，错过这班车误机怎么办？"

韩闻逸欲言又止。

车上的乘客都等得不耐烦了，催促司机赶紧开车，不上车的人就别接了。

"我……"

韩闻逸好似也不明白自己要讲些什么似的，憋了半天就憋出一个字来。眼看司机真的要关门了，钱钱急得要给他跪了。

她不管三七二十一，推墙似的把韩闻逸推上车，站在车下对韩闻逸笑着挥手："再见。"

车门关上的一瞬间，韩闻逸嘴里终于蹦出一句完整的话来。

他说："我在美国等你。"

车门关牢了，他也不知道钱钱有没有听到他说的话，就看见钱钱笑着对他不停地挥手。

背后传来司机师傅充满嫌弃的N连啧：“啧啧啧，现在的小情侣，啧啧啧。”

二十几个小时以后，疲惫不堪的韩闻逸回到学校，去找阿莫尔交差。

韩闻逸敲门走进办公室，阿莫尔被他的样子吓了一跳。他把风尘仆仆的韩闻逸上下打量了一番，从他的脸色看来他的心情似乎并不是很好。

阿莫尔有点担心地问：“难道你的作业完成得不太成功？”

当初韩闻逸把第二张小纸条交给他的时候，他有预感这一次的作业会带给韩闻逸很大的改变。韩闻逸写出来的那些都是小事，但正因为是小事，他明明找谁都能做，却不惜写了一个远在千里之外的人名——这足以说明，对这一次的作业，他绝不是敷衍的，他是认真地想要完成。冲着这份态度，冲着这份迫切，阿莫尔相信哪怕是平凡的事情也能给韩闻逸带来不平凡的体验。

韩闻逸想了想，答曰，“挺成功的。只是发生了一些意外。”

阿莫尔问：“什么意外？”

韩闻逸又想了一会儿，想起钱钱最后的笑脸以及送给他的画，脸上不由露出几分笑意，他摇摇头：“算了，不重要的意外。总之，还是挺成功的。”

阿莫尔见他高兴起来，也跟着笑了：“那就好。”

“教授。”韩闻逸问阿莫尔，“你为什么给我布置这样一个作业？”

其实他隐约能察觉阿莫尔的用意，也的确从这次的作业中感受到了自己的一些转变。不过出于理工男严谨求实的态度，他想弄明白这个作业有没有科学依据的支持。

“这算是一次系统脱敏疗法。”阿莫尔说。

“系统脱敏疗法？”韩闻逸没听说过这个。

“你抗拒跟人合作，也许是因为你曾经和别人合作的经历都是不愉快的经历。”阿莫尔解释道，“于是你就会认为跟人合作这件事情是令人反感的。”

韩闻逸一怔。他试着回想，发现他能够回忆起来的经历确实都有点糟糕。可能是因为这个缘故，一提起跟人合作，他本能地觉得这种事情既无效率也无意义，还很破坏心情。

“可是只要能够成功几次，多几次愉快的经历，哪怕只成功一次也好。你就会知道，即使再有不愉快的事情发生，也只是你碰上的人恰巧让你不愉快，而不是跟人合作这件事是糟糕的。”阿莫尔笑着拍拍他的肩膀，“不要全盘否定任何事情。世界很大，人生的各种体验都有可能很美好。”

“敞开心扉，孩子，”阿莫尔又道，“你的前途会不可限量的。”

韩闻逸怔了一会儿，很诚恳地给阿莫尔提了个建议。

“教授，”他说，“你应该去写书，你写成功营销学一定能卖很好。”

阿莫尔嘿嘿一笑，指了指书柜：“这一排全是我写的，的确卖得很好。感兴趣的话要不要买几本？可以给你打折。”

韩闻逸转身就走，一只脚踏出办公室的时候，他又停了下来，扭头轻轻地对阿莫尔说了一句话。

“谢谢，教授。”

第二周，韩闻逸的新节目《十二》上线了。

上线的那天中午，事务所的员工们没有一个跑出去吃饭，也没有人睡午觉。他们全都打开网页，欣赏自家老大的屏幕首秀。

因为是第一期节目，韩闻逸没有讲太深的东西，只是给自己的节目主题定了个基调。他把自己走上心理学这条路的故事拿出来分享。

“以前刚上大学的时候，我念的并不是心理学的，而是金融学。之所以会对心理学产生兴趣，是因为当时我的人际关系出了些问题，我的教授找我去谈话。那场谈话的过程中，他问了我一个问题。”

“他问我，你觉得你快乐吗？而我当时竟然答不上来。”

钱钱坐在电脑前，一边啃着午饭后的水果一边看视频。

因为这是第一期节目，韩闻逸在节目里穿得还是比较正式的。他一身藏青色的休闲西装，内搭一件英伦风的白衬衫，领口的扣子解开两颗，袖子随意地向上挽了一点。

俗话说得好，人靠衣装佛靠金装。韩闻逸本身的条件就是极好的了，只不过看习惯了，钱钱有时候也能免疫。然而他被专业的造型师整理一番，再加上打得恰到好处的灯光……视频都已经播了好几分钟了，钱钱压根没听进去他都讲了什么，光盯着他的人看了。

边上的肖巴看视频的时候也不安分，一边看视频一边还嘀嘀咕咕地发表评论。

“什么？老大还不快乐？老大长这么帅还这么有钱，他不快乐，还给不给别人活路了？”

多亏了肖巴，把钱钱的注意力拉回了韩闻逸说的话上。

“那时候我也不明白，我的生活里似乎什么都挺好的，可当教授问我，是否觉得快乐，是否觉得幸福的时候，我却觉得，我好像并不快乐，也并不幸福。到底是哪里出了问题？”

“我想弄明白这是为什么。于是后来我开始学习心理学。”

钱钱本来以为韩闻逸要剖析他自己身上有什么问题，却不料韩闻逸话锋一转。

“学了心理学以后，我才发现，当初我的教授给我挖了一个坑，而我就这样直直地跳下去了。”

坑？钱钱有点不明白。为什么这么说？

“‘你幸福吗？’这个问题本身给了我们两个心理暗示。”韩闻逸竖起两个手指，“第一，幸福感是两极化的，我们要么幸福，要么不幸。第二，幸福感是有终点的，是可以用某个标准来衡量的，达不到标准即为不幸——然而这两个暗示都是错误的。”

钱钱一怔。

“因为错误的心理暗示，无论在我们多开心的时候，只要停下来问问自己这个问题，‘我真的幸福吗’？我们很容易会觉得头顶一凉，满心空虚。因为我们不相信幸福的标准可以这么低。”

肖巴在一旁轻轻地骂了一句。他中枪了。

“糟糕的心理暗示会破坏我们的心情。但只要把它们反过来用，也能给我们提供很多帮助。在我们失落的时候，我们也可以停下来问问自己，‘我真的不幸吗？’‘我有那么差劲吗？’‘事情真的那么糟糕吗？’……其实，也没有吧。”

办公室里鸦雀无声。

就连越明宇也认真地看着电脑，时不时垂下眼睛思考一会儿。

当大家都在看自家老大的屏幕首秀的时候，韩闻逸本人则坐在办公室里，对着电脑查自家事务所的竞争对手们的信息——他得给钱钱找一个心理咨询师。

不光他自己不能给钱钱做心理咨询，事务所里的其他咨询师也都不合适。并不是只有亲密的人才需要回避，即使是普通同事也足以达到回避原则。毕竟有时候心理咨询会问及一些非常隐私的问题，甚至可能会问到有无性生活，一周性生活几次之类的……问的人，被问的人，都一样尴尬。

也许到时候……那个什么……他也跟着一起尴尬……

于是乎，韩闻逸花了一整个上午加中午的时间，对多位竞争对手进行了背景调查，直到刘小木来敲他办公室的门。

“老大，张珑来了。”

韩闻逸从电脑里抬起头：“知道了。我这就下去。”

张珑的精神状态明显比前几次好了点儿，显然她最近的日子过得还不错。

韩闻逸跟她聊了一个小时，快到结束的时候，韩闻逸问道：“对了，你不是要出国吗？具体什么时候走？”

张珑摸了摸鼻子：“那个……我可能不出去了。”

“嗯？”韩闻逸诧异地看了她一眼。

“还有……我以后可能也不再来了。”张珑低着头把玩杯子。这个决定让她觉得有点愧对韩闻逸，因此不敢看韩闻逸的眼睛。

韩闻逸只是微微怔了怔。他倒不觉得张珑的这个决定有什么不对的。来访者觉得自己需要帮助，他就提供帮助；当来访者觉得不再需要帮助……如果他们真的已经不再需要帮助，那是一件大好事。

“你有新的生活规划了？”韩闻逸问道。

张珑动了动嘴唇，欲言又止。她不太好意思讲出来，但一直以来韩闻逸给她提供了不少帮助，她对韩闻逸也十分信任，最终她还是说了实话。

“我……”她横下心，说，“我决定跟王明岳复合了。”

韩闻逸又是一怔。这事情的变化可真是有点戏剧性。

“韩老师，这几次跟您聊完以后我回去想了很多。我发现以前我自己坚持的东西，可能并不是我真正想要的。我一直想要出国去追求理想，其实我想学的专业国内并不是没有，只是我太想证明自己的坚强和独立。我想通了以后发现，其实爱情和理想并不是不可兼得的。”

韩闻逸并没有给过张珑明确的选择建议和有倾向性的暗示，这些都是张珑自己得出的结论，他不评价。

“还有就是，我跟王明岳的感情有了点变化。”一说起这个话题，张珑就露出几分小女生的娇羞，“他最近经常吃我的醋，我觉得他又重新爱上我了。”

“吃醋？”

“对，他吃醋还不肯承认，有点可爱。”她羞涩地说，“前几天我在朋友圈里发了一张跟几个朋友的合照，合照里有男生。他就来问我是不是交新的男朋友了。”

“我想刺激刺激他，就问他我要是交了新的男朋友，他会嫉妒吗？他哼哼唧唧了半天，不肯回答，还说让我如果真的交了新的男朋友，告诉他一声，他才不会生气呢。”

“我朋友送了我一支新的口红，他也问我，是不是男生送的，是不是有男生在追我。”

“他最近突然很害怕我会被别人抢走，连我微博上加了新的朋友，他都会来问我是不是有了新的交往对象。”被人在乎的感觉显然很爽，张珑说起这些，嘴已经快要咧到耳根。她甜蜜地埋怨道，“以前他不会这样的，就连我们谈恋爱的时候，我跟男生出去玩，有时候我希望他能吃点小醋，表现一下他在乎我，但他都很无所谓。”

“我想可能是分开以后，他终于发现其实我也是很抢手的。”张珑捂着嘴笑，“但他又死要面子，打死不肯承认他在吃醋。不过我还是挺开心的。什么时候他来找我表白，我就答应他和好。”

心理咨询师有不评断原则。张珑刚来的时候曾经为选择爱情和选择理想出国而苦恼，当时她请求韩闻逸帮她做出选择，韩闻逸是不能帮她选的，只能通过开导帮她认清她自己真正想要的是什么。

现在张珑已经做出选择了，按理说韩闻逸只要祝福她任务也就完成了。然而张珑的描述却给了他一种不太好的感觉。

他问道：“你放弃出国的决定他还不知道？”

张珑点点头：“我自己告诉他，也太掉分了。等他什么时候自己想明白了来找我坦白，我再告诉他我的决定，给他一个惊喜。”

韩闻逸用委婉的语气建议道：“我不知道你是不是已经下定决心了。不过在做决定之前，最好还是能跟身边的人沟通一下。”

张珑愣愣地看着他。不明白他为什么要这样建议。

韩闻逸靠在咨询室的门口。

咨询室的隔音效果是很好的，若是正常的说话外面人什么也听不见。然而如果有人在里面大吼大叫，外面还是能察觉到一些动静。

现在他就能隐约听到里面隐约传来张珑愤怒的指责。过了一会儿，他又听到张珑崩溃的哭声。

几分钟前，在他的建议下，张珑最终还是决定跟王明岳正面聊一下她最近的想法。于是韩闻逸就把咨询室留给她，到外面等着。

又过了几分钟，张珑的哭声小下去一点了。

咨询室的门终于被打开，张珑站在里面，妆都哭花了，满脸的憔悴相。

“韩老师，”张珑到现在还有点不可置信，“他居然告诉我说，他已经喜欢上别人了？！”

韩闻逸看着她，慢慢点了下头。

这个故事的走向他隐约有点猜测，没想到真的被证实了。

“他居然说不知道该怎么跟我开口。还说我们已经分手了，他以为我不会介意的！”张珑愤怒到发抖，“他明明每天还都发消息关心我！既然我们已经分手了，他为什么还要这么做！！”

韩闻逸能理解她的激动。分手却不断联的情侣之间的关系暧昧而微妙，他们经常互相传达着错误的信息，也互相接收着错误的信息。有时候分手本身是友好的，可分手之后的纠缠却足以让昔日的恩爱眷侣反目成仇。

“对不起，韩老师。”张珑哆嗦得厉害，“我得找个地方冷静一下，我现在很混乱。”

今天的心理咨询本来也差不多结束了，而且她现在满脑子糨糊，不知道该说点什么。

她低着头向外跑去。

韩闻逸目送她离开，叹了口气。

下班之前，钱钱做好了一份文件，印出来去韩闻逸的办公室给他看。

韩闻逸看完以后，钱钱正要离开，却发现他桌上摊着一本本子，上面认真地写了很多字，像是学生做的笔记一样。

出于好奇，钱钱多看了两眼，韩闻逸没有阻止她。

笔记上面密密麻麻写满了心理咨询事务所和心理咨询师的名字，每个名字的旁边都有各种颜色的笔做的备注，有的名字上被打了叉。

“欸，这是什么？”钱钱随口说，“你还调查竞争对手？难道你怕抢生意抢不过人家啊？”

韩闻逸好笑地看着这个没良心的家伙。

钱钱讲完之后愣了一愣，忽然间自己明白过来了——韩闻逸这是在帮她找靠谱的咨询师。

她吐了下舌头，抱起文件夹：“我先出去了！”

一溜烟就跑了。

回到座位上，闲着没事儿的刘小木正站在他们桌子边上跟肖巴聊天。见她回来，肖巴吃惊道："出什么事儿了，你怎么笑这么开心？老大不会真偷偷摸摸给你涨奖金了吧？"

钱钱扭头看着他："想知道吗？"

肖巴点点头。

钱钱露出八颗洁白整齐的牙："就不告诉你。"

肖巴恨恨得说不出话。

钱钱心情很好地哼着小曲儿开始继续干活，边上肖巴和刘小木则继续他们刚才没聊完的话题。

肖巴问刘小木："你给我讲点好玩的案例或者专业术语呗，我写公众号的时候用。"

"我今天刚听老大讲了个很有意思的事儿。"刘小木问他，"'欺骗者猜疑心理'，听说过没有？"

肖巴立马来了兴致："没听过。你给我讲讲。"

"就是说，一个说谎的人，会倾向于认为被他骗的人也在骗他。"

"嗯？"肖巴感兴趣地看着他。

"造成这种心理有两个原因，第一个是说谎的人会想当然地认为别人跟自己一样，有同样的欺骗动机；第二个，当他们相信其他人有跟他们一样的缺点的时候，他们自我感觉会好很多，减少愧疚和自责感的折磨。所以说，一个出轨的人总是会怀疑自己的对象也是不忠诚的。"

肖巴觉得很有意思，赶紧打字记下来，到时候可以给公众号增加点有趣的内容。

"不过这个心态也不光适用于说谎的人吧，"刘小木现在已经很会举一反三了，"仔细想想，很多时候都是这样的。我讨厌一个人的时候，就很容易怀疑他是不是也看我不顺眼；我喜欢一个人的时候，她随便做点小事儿我就很容易怀疑她是不是也喜欢我……结果闹到最后其实都是我自作多情。"

钱钱哼的小曲儿停下了。

“唉！”说到这个，刘小木像是想起什么伤心的往事，摇摇头，“不跟你闲扯了，我先走了，晚上学校里还有活动呢！”

“拜拜。”肖巴跟他告别。

“钱钱，再见。”刘小木也朝着钱钱挥挥手。

钱钱过了两秒才回过神来，对他笑笑：“明天见。”

早上钱钱起晚了，来不及在家里吃早饭，于是下了地铁跑到附近的早餐摊去买包子吃。

早餐摊边上排着一串人，钱钱刚走到队伍末尾，就听见后面有人叫她的名字，她回头一看，是夏见灵。

“灵姐？”

夏见灵笑眯眯地对她招招手，晃了晃手里的袋子，示意她过去。

钱钱顿时眼睛一亮，知道今天自己又有口福了，麻利地放弃了队伍朝夏见灵跑去。

“你没吃早饭？”夏见灵问道。

钱钱点头。

果不其然，夏见灵把袋子里的饭盒拿出来：“我自己做的，给你当早饭吧。”

钱钱把饭盒的盖子打开一看，里面装的是一盒五花八门的寿司。有鱼子酱的，有生鱼片的，有鳗鱼的。鱼子酱一颗颗圆润饱满，生鱼片新鲜肥厚，鳗鱼上的酱汁亮闪闪泛着光，像一颗棕色的宝石。

这盒寿司的卖相一点不比日料店里的差，钱钱当下就忍不住咽了一口唾沫。

“灵姐，你的手怎么可以这么巧？”她抓了一枚寿司塞进嘴里，顿时好吃到迎风流泪，“我太喜欢吃你做的东西了！”

“我也喜欢看你吃，”夏见灵眼睛弯弯的，好似月牙，“你吃什么都很香。”

“那是因为你做的东西本来就都很香啊！！”

夏见灵很高兴："那我以后经常给你做。你喜欢吃什么就告诉我。"

"真的吗？"钱钱惊道，"你是好心肠的仙女姐姐下凡的吗？"

夏见灵被她逗得扑哧一下笑了。

两人一起往事务所的方向走。

不一会儿，夏见灵手机响了。她把手机拿出来，钱钱站在旁边，正好瞥到她手机屏幕上的来电显示，备注名字是——钢铁直男。

钱钱一边美滋滋地啃寿司，一边心想，这是哪个不解风情的傻男人？让我们仙女姐姐给起了这么一个蠢备注名。

夏见灵按下了接听键。由于距离站得近，钱钱在一旁也隐约听到了话筒里传出来的声音。很耳熟的声音。

"我今天上午有事，下午才来。你记得早上把弄好的东西发给投资人。"

"知道了。"

钱钱差点被寿司噎住。

——那是韩闻逸的声音。

中午午休的时候，钱钱正啃着水果刷着微博，旁边的肖巴突然凑过来，小声跟她聊八卦。

"小钱钱，"肖巴说，"我怀疑老大跟夏姐已经隐婚了。"

钱钱"噗"地一下，直接把水果渣喷在了电脑上。

肖巴吓一跳，赶紧抽了两张餐巾纸递给她。

"嘘，"肖巴示意她噤声，"你反应别这么大，待会儿大家就都知道了。"

钱钱无语。但凡有什么秘密被肖巴知道了，那离全办公室人都知道的确已经不远了。

"你为什么这么说？"她一边擦着电脑和键盘一边问道。

"你不是跟老大从小就认识吗？"肖巴好听地打听，"你真的一点风声都没听到过？"

钱钱摇头。

肖巴左右看看，压低声音，神秘兮兮地说："刚才我去找灵姐，她东西掉了，弯腰去捡的时候，脖子里的项链滑出来了。你猜她项链上的吊坠是什么？”

“是什么？”

“是一枚钻戒。”肖巴比了个套手指的动作，“起码有一克拉呢！”

“我严重怀疑，老大的脖子里也挂着一枚婚戒。”肖巴说，“这要不是结婚了，没有人会随便买钻戒的吧？”

钱钱不知道该说什么。的确，如果只是喜欢钻石，完全可以买钻石项链，但是把钻石戒指挂在脖子上就有点奇怪了。

韩闻逸……和夏见灵？

这时候钱钱的手机响了，她拿起来一看，是个陌生号码来电。

“喂，您好，”她漫不经心地问道，“请问找谁？”

“这里是 x 医院，请问您是钱钱小姐吗？”

钱钱立刻站起来，跑楼道里去听电话了。

下班之前，韩闻逸把钱钱叫到办公室。

“今天你的所有检查结果都出来了，”韩闻逸问，“医院给你打电话了吗？”

钱钱点头。

韩闻逸观察着她的脸色。她的表情说不上沉重，当然也不可能轻松，只是有点茫然。

体检是他带钱去做的，医院里有他的熟人，所以钱钱的检查结果出来以后，医院也通知了他。值得庆幸的是，她身上并没有出现器质性病变的症状，小毛小病倒是有不少。

而最大的毛病是，她被确诊——她患上了焦虑障碍症。

在此之前，钱钱对于心理疾病并不怎么了解。也因此，她把很多问题归咎于自己的品德和能力有缺陷。当听韩闻逸说，她的问题可能是因为她生病导致的，她是松了口气的。但当她真的被确诊患上心理疾病的时候，当她真的得知自己是一个心理有病的病人的时候，这种感觉又有些奇怪了。

韩闻逸知道她心情不好。但他也没办法，人都需要有个消化的过程。这种时候强行不让她失落反而不是件好事。

人得学会和自己的情绪相处。

他走上前，揉了揉钱钱的头顶："走吧，我送你回去。"

钱钱上了韩闻逸的车，一路上都没怎么说话，直到车快开到的时候，她终于说话了。

"哥……"她问道，"我这个病，严重吗？"

自从中午她知道了"焦虑障碍"这个病，一下午她都在网上查各种各样的信息和病例。打开百度百科第一句话就给她吓一跳，什么神经症、精神障碍之类的。脑子里随之而来的就是一大堆很糟糕的东西，那都是平时大家用来调侃骂人的话，谁能想到有一天真正出现在她的身上。

她知道不应该胡思乱想，也知道生病的时候应该听医生的，而不是听网上的人胡说八道。但真轮到自己身上了，就没有想象的那么豁达了。

韩闻逸在红灯前停下车，扭过头看着她。

钱钱的目光期期艾艾的，想从他这里寻求安慰和支持。

然而韩闻逸并没有选择用轻松的语气告诉她，这不算什么大事，不严重——即使这样能暂时让钱钱得到安慰，但从长远来说，"严重"或者"不严重"都不是正确的答案。

焦虑症的确不是什么大病，韩闻逸看过数据，根据卫生局的调查，焦虑症在国内的发病率是 2%。事实上还可能更高一点，因为大多人得了病不会去医院就诊治疗，这一部分的数据也就统计不到。这种病算是常见的心理疾病，只要好好治疗，完全可以治愈并不再复发。

但要说不严重，也不对。它毕竟是一种疾病，如果回答不严重，很有可能加重钱钱的心理负担，如果不能马上治愈，她又会开始自责是否自己不够坚强勇敢，或者因此轻视了病情。

最终，韩闻逸看着她的眼睛，温和地说道："生了病，就治疗。我会陪你治好它的。"

钱钱怔住。

生了病，就治疗……是啊，想那些乱七八糟的又有什么用呢？严重不严重又怎么样？她唯一能做的，也就是好好治病呗！

绿灯亮了，韩闻逸收回视线，继续开车。

又过了一会儿，钱钱吸了口气，认真地问道："哥，我应该怎么做？"

"过两天去复诊，医生会给你一些抗焦虑的药物，"韩闻逸说。心理疾病也是需要吃药调节的。"另外我最近在帮你挑选心理咨询师，下周开始，我会带你去做咨询。心理咨询师会帮你找到所有令你焦虑的源头，克服它。"

钱钱点头。说实话，连她自己都不知道她自己究竟在焦虑什么。这就像是她身体里设定的一个程序，她不清楚按钮在哪里。假如她自己清楚的话，她早就把按钮关掉了。

"还有，从现在开始，健康生活。早睡早起，规律饮食，保持运动。"韩闻逸瞥一眼她纤细的胳膊，"把身体调养好，对你的心理健康有非常、非常、非——常大的帮助。"重要的事情必须加重语气说三遍。

钱钱：看来她马上就要过上清心寡欲的地狱生活了。

车开到T校家属楼，韩闻逸把车熄火，但是两人都没有下车。

"钱钱。"韩闻逸叫她的名字。

"嗯？"

"你准备……"韩闻逸仰起头，看了眼楼上的某一户窗口。那是钱钱的家。他问道，"什么都不告诉钱阿姨和钱叔叔吗？"

钱钱目光闪了闪，沉默。

过了片刻，她低声回答："我不想让他们知道。"

"我理解。"如果是韩闻逸自己得了这个病，他也不会告诉父母的。虽然他不告诉父母的理由应该和钱钱不一样。他说，"你记不记得你问过我，家庭治疗是什么？"

"嗯？记得。"

"家庭治疗的目的有很多，有时候是为了改善不良的家庭人际关系；有时候某个家庭成员出现了心理问题，整个家庭一起来接受咨询，咨询师帮助他们改变日常的相处模式，对生病的成员的治疗效果也会事半功倍。"

钱钱惊讶地看着他。还有这种事情?

“我们心理咨询师有一句话，人生所有的问题，都是关系的问题。很多时候心理咨询师已经治愈了一个来访者，但当来访者回到过去的生活环境的时候，情况立刻又复发了。”韩闻逸看着她，“我说的你明白吗？”

再厉害的心理咨询师和来访者接触的时间也不过是每周的几个小时，而家庭才是一个人待得最久的地方，家人才是一个人相处最多的人。如果能够让家人一起参与进治疗的过程，治疗就会事半功倍。相反，治疗的效果很可能大打折扣。

钱钱迟疑了一会儿，点了下头，表示听明白了。但她没有任何其他的表示了。

韩闻逸没再说下去。人对于自己不了解的事情总是要花一些时间来接受的，而且最终的决定必须是钱钱自己做。

“回去吧。”韩闻逸说。现在正好是饭点，居民楼里飘出的香气他们坐在车里也能闻到。“早点吃饭，别饿着了。”

然而钱钱还是没有下车。

韩闻逸不解地看看她。

“哥……”钱钱摸了摸耳朵，“你觉得灵姐这人怎么样啊？”

韩闻逸怔了一怔，竟然摆出了戒备的架势：“为什么问这个？”

钱钱的眼睛往他领口瞟。韩闻逸穿着一件衬衫，领口欲遮还休的，看不出里面有没有戴东西。

“早上灵姐把她做的寿司给我吃，她什么都会做，还什么都做得特别好。”钱钱继续摸耳朵，眼神开始有点飘，“你们大学里就认识？好多年了喔。”

韩闻逸微微皱着眉头，不大高兴地说：“你不要跟她走得太近……我是说，稍微，稍微保持一点距离。”

“啊？”钱钱惊讶，“为什么？”

韩闻逸竟然欲言又止。最后他说：“总之，你不要跟她说什么奇怪的话就对了。”

什么叫奇怪的话？是你小时候被多少女生追着跑？还是连小男生都有偷偷给你写情书的喔？

车里的气氛尴尬了几秒，钱钱解开安全带。

“不说就不说嘛。”她撇撇嘴，“饿了，我先回去吃饭了哈！你也早点吃。”

“嗯。”韩闻逸说，“从下周开始我会监督你锻炼身体的。”

钱钱已经打开车门下车了，莫名地回头看了他一眼。监督？怎么监督哦？你要在我家装探头吗？

“拜拜，明天见。”她挥挥手，关上了车门。

当天晚上十点，钱钱就关灯上床睡觉了。

钱美文路过钱钱的房间门口，看见女儿已经躺下了，无比震惊地跑回房间，把正在看书的钱为民的书一合。

钱为民吓一跳：“你干吗？”

“你女儿已经睡觉了！”

“睡觉了？多新鲜，谁晚上不睡觉？”钱为民一边嘀咕一边转头看了眼墙上的挂钟。这一看他也吃惊了。这才晚上十点？

“真新鲜了。她这么早就睡了？！”

“她是不是生病了？”钱美文担心地问。

“我不知道啊。”钱为民茫然地挠挠头，“晚上吃饭的时候还好好的呢。”

夫妻俩你看我，我看你，大眼瞪小眼。

钱钱正在床上干躺着呢，突然门口一个黑影闪过，有人蹑手蹑脚地走进来，在她床边坐下。不一会儿，一只又温暖又粗糙的手搭在她额头上，左摸右摸。手摸不出感觉来，于是一张热乎乎的脸凑上来，跟她额头顶额头。

“妈……”钱钱无语地开口，“你干吗呢？”

钱美文吓一跳：“你没睡着啊？”

“您这么折腾我睡得着吗？”钱钱顿了顿，好笑道，“我没生病。就是想调整一下生活作息。”

也不能怪钱家爹妈大惊小怪，主要是钱钱自打上了大学以后，就没早于凌晨十二点睡过觉。她经常接点绘画、设计的兼职，白天拖延着不肯干，半夜三更却打了鸡血似的灵感迸发，修仙修到天亮才躺下都是常有的事。

“哦哦哦。”钱美文还以为自己把女儿吵醒了，忙给她掖掖被角，“赶紧睡，赶紧睡。”

她起身一面往外走，一边嘴里还忍不住唠叨：“是要调整生活作息了，早该调整生活作息了！天天跟你说，早点睡觉早点睡觉，就是不听话……”

“您还让不让我睡了？”钱钱说。

钱美文这才停止了唠叨，轻手轻脚地帮她把房门给关上了。

第二天早上六点，闹铃准时在钱钱的床头边响起。

闹钟响到第二个回合，钱钱才懒洋洋地把手从被窝里伸出来，按掉闹铃声。

她昨晚虽然上床早，但她平时睡觉都晚，生物钟没调过来。再加上心里有事，一直翻来覆去的，天知道最后是几点才睡着了。这会儿简直困得连根手指都不想动弹。

然而这才是健康生活的第一天，不把头开好了，她自己都瞧不起自己的意志力。

一咬牙，钱钱翻身从床上下来，刷牙洗脸换衣服，出门跑步去了。

她来到T大的操场，大清早的，操场上已经有不少出来晨跑的学生了。有正铆着劲儿比赛的运动健将们，有打打闹闹的小情侣们。晨曦洒在沾着露水的青草上，空气格外的清醒。

“啊，阳光！”

“啊，朝气！”

“啊，青春！”

钱钱站在操场边情不自禁地感叹了几句，然后斗志满满地加入了晨跑的队伍中。

几分钟后。

已经像条咸鱼一样的少女喘着粗气坐在微湿的草地上，两眼放空，生无可恋。

以前念大学的时候学校也有晨跑的任务，但因为有空子可以钻，所以她压根没去跑过。体育考试的时候长跑项也是能放弃就放弃。可以说，她都几年没跑过步了。

心是大的，力是小的。

梦想是美好的，现实是残忍的。

钱钱跑步都没跑到五分钟，坐着休息了五分多钟才把气喘匀了。因为很少跑步，她也不知道跑步需要带什么装备，天真地空着手就出来了。大夏天，气温三十几度，她的汗已经顺着下巴往下淌，却连块擦汗的毛巾都没有。

就在这时候，一张带着香气的纸巾递到了她面前。

“同学，你还好吧？要不要擦擦汗？”

钱钱扭头一看，一个穿着格子衬衫的姑娘蹲在她身旁，满脸关切。

“谢谢。”钱钱接过纸巾，把脸上的汗擦掉点，感觉清爽了不少。

递纸巾的姑娘应该是T大出来晨跑的学生，已经跑够圈数了，就在她身边坐下休息。

“要喝点水吗？”姑娘又拧开矿泉水瓶。

钱钱用力地点头：“要！！！”

她出来连水也忘了带，正口渴得感觉嗓子快烧起来了，没想到居然能碰上了雪中送炭的好心人。

啊！这真是一个满了爱的美好世界啊！

钱钱接过水瓶，高高举起瓶子，不碰嘴地往下倒。冰冰凉凉的矿泉水灌进身体里，又给她注入了一些力量。

“谢谢！太感谢了！”钱钱把水瓶还回去，跟好心的姑娘搭起讪来，“恩人，你是T大的吗？”

姑娘很内向，被她这么重称呼吓了一跳，羞涩地摆摆手：“不要叫我恩人啦，叫我吕彤彤就好了。”

钱钱见她害羞，蔫坏地逗她：“好的恩人，是的恩人。”

吕彤彤是T大大二的学生。她问钱钱：“你不是T大的？”

“嗯，我住这附近。”

“哦……”吕彤彤说，“你刚开始晨练吧？慢慢来，一开始不要太着急。”

两人有一搭没一搭地聊着。钱钱刚跑完步，实在没什么力气，很快就说不动话了，两人就这么沉默地坐着休息。

“她是不是……”

片刻后，钱钱听见吕彤彤小声说了句话。她正走神，没听清，恍然回神，问道：“嗯？你刚说什么？”

吕彤彤摇摇头：“没什么。”

钱钱顺着吕彤彤的目光看过去，发现她一直盯着操场上一个穿运动装的女孩儿看。过了一会儿，钱钱依稀回忆起来，刚才吕彤彤说的话好像是——“她是不是很漂亮？”

钱钱不由得对着那被吕彤彤盯着的女孩多打量了几眼。那女孩儿腰细腿长，肌肉匀称，气质很阳光，的确挺好看的。

钱钱又扭头看了看吕彤彤。吕彤彤脸盘圆圆的，鼻头也圆圆的，是可爱卦的长相。但她的打扮太淳朴了，身上的衣服不知道是哪个地摊上买的，头发毛毛糙糙的，鼻梁上戴一副又厚又重的眼镜。看起来是个完全不懂得怎么收拾自己的姑娘。

不过吕彤彤于她有送纸授水之恩，她眼里自带滤镜，看到了吕彤彤璞玉的本质。

“你也挺好看的呀。”钱钱笑眯眯地说。

吕彤彤猛地扭过头来，一脸受惊的样子。她好像很少被人夸奖长相，钱钱的一句夸奖居然让她紧张到磕巴：“真、真的吗？”

她这么受宠若惊的表现让钱钱也吓了一跳，不禁有那么一点儿心疼。看吕彤彤那缩脖子拱肩的仪态就知道，这姑娘心里应该挺缺乏自信的。

钱钱想了想，看着她的眼睛，认真地说：“真的。而且还人美心善。

要没你那口水，我刚才就该渴死在这儿了。”

吕彤彤被她夸得脸红，讷讷了半天，竟然一句话都说不出来。

过了一会儿，不远处有人叫吕彤彤的名字。

“彤彤，我们回去吧！”

钱钱回头一看，竟然正是那个一直被吕彤彤盯着看的运动装女孩。原来她俩认识。

吕彤彤从草地上爬起来，拍拍屁股上沾的灰，小声跟钱钱道别：“我先走啦，再见。”

钱钱笑着对她挥挥手：“今天谢谢你啦。拜拜。”

吕彤彤跑到运动装女孩的身边，两个女孩儿手挽手走了。

钱钱又坐了一会儿，休息够了，也起身回去了。

为了能把身体养好，钱钱真的咬牙开启了健康生活模式。

第二天早上六点，她又爬起来晨跑了。

第三天早上六点十分，在赖了十分钟的床之后，在良心的拷问下，她还是爬起来跑步去了。

第四天六点二十，脑海中的天使小人和恶魔小人大战五百回合，天使小人取得胜利，起床跑步。

钱钱每天早上去T大学校操场跑步，时间凑巧的话，就能碰到吕彤彤，还有那个穿运动装的漂亮女孩。听吕彤彤说，那是她寝室的室友，所以两个人总是去哪儿都一起行动。

转眼到了周五。

早上钱钱跑完步，回家冲了把热水澡，换了身衣服去上班。

她进办公室的时候，肖巴已经到了。钱钱跟他打招呼：“早上好啊。”

肖巴漫不经心地看了她一眼，随后一愣。

“小钱钱，”肖巴惊讶地问道，“你这几天怎么一天气色比一天好？”

钱钱摸摸自己的脸：“有吗？”

肖巴用力点头："真有！你该不会是谈恋爱了吧？脸色这么红润！"

还真别说，以前钱钱经常熬夜到一两点才睡，早上七八点爬起来上班，一到下午人就萎靡得不行了，还时不时头疼。这几天改成早睡早起加上运动，她自己都觉得自己精神了挺多。

"恋爱？"她自己的座位上坐下，不屑道，"谈什么恋爱？我现在吸收的可是天地之灵气，日月之精华。"

"啊？"肖巴蒙了。钱钱这是练了什么邪门功夫吗？

早上他们来得早，上班时间还没到。大清早的也没心思干活儿，就上上网喝喝茶。

不一会儿，钱钱听到旁边的肖巴啧了两声。

"怎么了？"钱钱问。

"刚刷到一条新微博。有个人给一个树洞微博投稿，请网友骂醒她。结果网友真的骂了她好几千条。"肖巴费解地说，"怎么会有人在网上求别人骂她啊？脑回路怎么长的？"

钱钱很奇怪："这人干了什么坏事了，想被骂醒？"

"说是她自己有个好闺密，平日里关系挺好的，但私底下她其实特嫉妒她闺密，觉得她闺密什么都比她好。她内心其实很希望有一天她闺密突然家道中落，或者她自己能突然飞黄腾达。她也知道她自己心里特阴暗，不应该这么想，所以就上网投稿，让网友把她骂骂醒。"

钱钱听完很无语："何必呢。"

肖巴耸肩："是啊。何必呢。"

过了一会儿，同事们都来了，上班时间也到了，大家就开始干活了。

周五一整天，韩闻逸都没有在事务所出现。

快到下班的时间，肖巴看刘小木在那儿收拾东西，好奇地问道："小木，今天老大去哪儿了？怎么没来？"

刘小木头也不抬："老大这两天好像要搬家，所以挺忙的。"

"搬家？"肖巴小声嘀咕，"我记得老大就住这儿附近啊，还往哪儿搬去？"

转眼下班时间就到了。

钱钱把手里的工作都忙完，就收拾东西回家去了。

到了家楼下，进了楼，她低头往上走，余光瞥见上方有什么白色的影子在晃动。她猛一抬头，看清楼梯台阶上的东西，吓了一大跳。

“哇！！布偶！！”

一只美丽的布偶猫蹲在上方，矜持地看着她。

布偶猫天生自带贵气，雪白的毛，湛蓝的眼睛，优雅的外形，简直漂亮得不得了。作为一个艺术生，钱钱对一切好看的东西都没有抵抗力。

她怕把猫吓到，轻手轻脚地走上去。布偶猫就蹲在那儿，很乖地看着她，不逃走，也不乱动。

来到布偶猫身边，钱钱忍不住弯下腰伸手揉了揉猫身上的毛。

非常柔软温暖的手感，简直让人爱不释手。天知道她一直梦想着能养一只这样的仙女猫，可惜布偶猫实在太贵了，几万块一只，养猫的开销也不小，她才刚开始工作，还舍不得买。

布偶猫的脖子上挂了块金属牌，看来是猫的主人给挂的，上面写着猫的名字。

钱钱看了看上面的字，喷了。

“招财？你叫招财？”

这主人是得有多缺心眼，才能给这么贵气的猫起这么一土气的名字啊？

招财很黏人，听到钱钱叫自己的名字，拿脑袋蹭了蹭她的手心。

钱钱心都快化了，恨不得把这猫抱回家去。不知道是楼里哪户人家养的，以后冲着这猫，她也得时常上门去蹭蹭。

刚才钱钱到楼下的时候钱美文从窗户里看到她回来了。等了半天不见女儿上来，就打开门冲下面喊：“钱钱呢？”

钱钱听到母亲叫自己的名字，只好依依不舍地站起来跟招财告别。

“我先回去啦，”她挠挠猫下巴，“下次见。”

招财好像听懂了，轻轻喵了一声。

第四章 ______ 利益共同体

这几天晚上钱钱都十点就上床睡觉了，好容易熬到了周五，她自制力一个薄弱，晚上又多上了会儿网，眼见着又过了半夜十二点才躺下。

第二天早上六点，闹铃声照旧响起。

天使小人和恶魔小人又经历了五百场大战，这一回恶魔小人取得了胜利。她把闹铃一按，翻个身继续睡——好容易有个周末，偷一天懒吧。就偷一天懒！

钱钱正睡得迷迷糊糊，手机铃声又响了，她不爽地拿起来一看，来电显示——

别人家的金坷垃。

钱钱愣了。

韩闻逸站在院子里打电话，铃声响了好半天，电话终于接通了，有点熟悉又有点陌生的声音传进他的耳朵。

“喂——”

钱钱显然没睡醒，因此声音有点哑、有点倦，带着鼻音，还有点……嗲。这是她平时清醒的时候绝对不会用的语气。

韩闻逸心里痒痒的，嘴角忍不住地往上翘。他稳了稳心神，用正儿八经的语气开口：“不是说好了每天早上六点钟起来跑步吗？你人呢？”

还没睡醒的钱钱脑子转得很慢，好半天才明白他刚说的话是什么意思。然后他就一下惊醒了。

“啊……你在哪？？”

“楼下。”

“哪个楼下？？”

“你家楼下。你可以伸头往窗外看一眼。”

她跌跌撞撞跳下床，走到窗户口，探头往外看，果不其然，一身运动打扮的韩闻逸就站在大院子里，仰着头，捏着手机，笑眯眯地冲她挥手。

她刺溜一下就把脑袋缩回去了。啊啊啊啊！她眼屎还没抠掉，头发还没梳呢！

“下楼！”手机里传来韩闻逸不容拒绝的声音，“出来跑步了！”

钱钱欲哭无泪，睡意也彻底被吓没了，赶紧去洗漱。

十分钟后，钱钱下楼了。

“你怎么会在这里？你早上几点出门的？”钱钱上下打量着韩闻逸，不可思议地问道。现在才六点半，难不成韩闻逸早上五点多就出来了？为了监督她锻炼也不用这么拼吧？！

然而韩闻逸并没有回答她的问题。他检查了一下钱钱的装备，经过这几天的跑步，钱钱的准备已经很到位了。他满意地点点头：“走吧！”

到了操场边，因为钱钱来得比平时晚了一点，正好撞上已经跑完步的吕彤彤准备离开。

钱钱忙跟她打招呼：“彤彤，早上好啊！”

然而吕彤彤低着头，像是没听到她说话似的，快步走开了。

钱钱皱眉。吕彤彤今天的精神状态好像不太好，而且经常跟他在一起的那个漂亮女孩今天也没跟她一起。

韩闻逸问：“那是你朋友？”

“啊……”钱钱看了眼已经走远的吕彤彤的背影，耸耸肩，“不管她了，跑步吧。”

两人进入操场，开始并肩跑圈。

韩闻逸始终保持领先钱钱一两步，在她斜前方的位置领着她跑。当他察觉钱钱累了，就放慢一些速度，让她调整；当他察觉钱钱恢复了，又加快速度。

经过这一个礼拜的锻炼，钱钱的体力已经有所上升。再加上有了韩闻逸的陪伴和引领，跑步这件事变得不再无聊。于是等她跑不动停下来休息的时候，她发现自己竟然比昨天足足多跑了三圈！

韩闻逸低头看了眼表。他们一共跑了二十三分钟，距离接近三公里。这对一个刚开始跑步的新人来说已经算是一个很好的成绩了，可见上个礼拜钱钱的确没有偷懒。

钱钱弯下腰，撑着膝盖喘粗气："实在跑不动了，我们休息吧。"

"别停下来。"韩闻逸说，"慢慢走走，不然对心脏不好。"

然而钱钱累得根本迈不开腿了，赖在原地不肯走。

韩闻逸无奈地围着她转圈，想推她继续走。然而他的目光突然被钱钱纤细修长的脖颈吸引了过去。也许是平日跟招财相处多了，让他对后颈这地方多了一些关注。脖颈是猫的软肋，有时候招财顽皮不听话，他就捏住招财的后颈肉。只要他一捏，招财立刻就会无比乖巧。

此刻钱钱弯着腰，长长的马尾辫从她耳边滑落，背后脖颈全然地露出。她的脖子细细的，皮肤白白的，让韩闻逸突然很有捏一下试试的冲动。

他这么想，没忍住也的确这么做了。

钱钱正喘气呢，忽然一只温热的手搭在她的后颈上。指尖划过她的耳垂。她的身体瞬间就僵硬了。

这个动作，太亲密了。她心跳疯狂加速。

于是下一秒，钱钱猛地向前跑了两步，躲开了那只让她无措的手。

韩闻逸的手在半空中停了一会儿，收回去了。他心跳也有点快，手心有点出汗。他心想：还是太快了吗……

气氛尴尬了片刻，钱钱打起了圆场："我本来就快热死了，你手还那么烫，别瞎碰我。"

韩闻逸没说话。

“走啦走啦！”钱钱摇摇手，“去吃早饭吧，我都饿了。”

钱钱率先朝操场外走去，韩闻逸快步跟上。

“你吃完早饭休息一会儿。”他说，“我们九点出发，上午我带你去做心理咨询。”

钱钱点点头。昨天韩闻逸就已经通知过她做好准备了。

两人往回走的路上，钱钱好奇地问道：“哥，你带我去看的咨询师，你认识吗？”

“不认识。”

“那，那个咨询师靠得住吗？”一想到要去见一个陌生人并且对那人敞开心扉，钱钱多少有点不安。

“没发现我最近经常翘班吗？”韩闻逸说，“放心吧，我都上门踢过馆了。”

“哎？踢馆？？？”钱钱吃惊地扭头看了他一眼。最近韩闻逸的确很少在办公室出现。

“嘘。”韩闻逸眨眨眼，“不许跟投资人告状。”

钱钱一怔，小心脏被韩闻逸的那下眨眼狠狠被撩了一下，痒痒的，酸酸的。

这段时间韩闻逸花了很多时间和心思帮钱钱找靠谱的心理咨询师。这可不是个容易的活儿。目前国内这一块市场鱼龙混杂的，咨询师资格证的水分也比较大，有不少所谓的咨询师其实就上了个培训班就出来上岗了，除了套话之外一概不会。

韩闻逸先用背景调查的方法筛掉了一批，这还不够，简历包装得很出彩的也有可能是个水货。于是他用了最简单也最直白的方法——自己以来访者的身份上门，找人去聊天。

他现在大小算半个公众人物，尤其他做心理咨询这块的，同行大多对他颇多关注。因此他去见的心理咨询师，几乎个个都认识他。这也给了他一个很好的测试对方的机会。

对于他突然上门的举动，同行们都有颇多猜测。有人对他同行相轻，有人对他心怀憧憬。要知道心理咨询师和来访者就像相互的镜子，来访者对咨询师的感觉会影响来访者倾诉的内容。反过来，咨询师对来访者的感觉，也会影响咨询师引导的过程。

于是在咨询的过程中，有咨询师对他小心翼翼颇多提防，有咨询师对他表现出了带有敌意的引导——无疑，这都是职业素养不够的表现。

花了这么些天，韩闻逸总算甄选出了他认为不错的咨询师。之所以选择完全陌生的人，虽然初始信任会比较难以建立，但也同样很少会留下后顾之忧。钱钱不用担心对陌生人说出的话会影响她的人际关系圈，这对她敞开心扉是有帮助的。

吃完早饭以后，韩闻逸就开车送钱钱去另一家事务所。

韩闻逸为钱钱选的咨询师是一个四十出头的中年女人，名叫金意申。

金意申从长相到气质到声音和语气，都十分温和，没有一点攻击性，像是小学里教音乐或是美术的老师，温温柔柔，与世无争，听任语数英老师欺负的那种。初次见面，钱钱对她印象不错。

“进去吧。”韩闻逸说，“一个小时以后我来接你。”

钱钱点头。因为是韩闻逸帮她选的人，她有一种没来由的信任感，韩闻逸又叮嘱了两句，就转身离开了。

金意申给钱钱做心理咨询。一开始她先打听钱钱的健康状况，在看了钱钱的病例、得知钱钱患上了焦虑障碍之后，她说了和韩闻逸类似的话，让钱钱好好调整作息，规律饮食。如果身体健康的话，对心理健康也大有好处。

她又询问钱钱的家庭情况，让她描述她的父母。

在大致了解了钱钱的个人情况之后，她开始切入正题。她问钱钱：“是什么让你感到焦虑？”

这个问题钱钱答不上来。

金意申见状又换了个一个问法：“那能不能详细描述一下那几次让你感到焦虑的场景和你的感受呢？”

钱钱还是没有立刻开口。

这一次并不是她答不上来，而是她需要时间来整理思绪。

在此之前，已经有很多人都问过钱钱为什么要旷考色彩构成这门课了。钱钱的答案统一都是：身体不适。

说实话，这并不是一个借口。从第一次旷考开始，她就真的是身体不适。

“第一次考色彩构成之前，我在画室里画画。当时画得太认真了，整幅画画完以后我一看时间，离开考只有不到十分钟了，我赶紧收拾东西准备去考试。”钱钱回忆道，“结果我站起来的时候动作太快了，眼前唰一下就白了，头特别晕，跌回椅子上。”

金意申听到她的描述，又翻了翻她的病例。

“是低血糖犯了。”钱钱说，“可能因为那之前的两天我都没休息好，所以那次低血糖发作特别严重。考试周画室人很少，那天画室里除了我之外没有其他人，所以也没有人能帮我。等我缓过来的时候，已经过了几十分钟。我们学校有规定，考试开始超过十五分钟就不能再入场。”

她还记得那天她坐在画室的椅子上，眼前所有的东西都泛着白光，耳朵里什么也听不见，只能听见自己的心跳声。那种感觉很诡异，她仿佛身处在异元空间里，整个空间里只有她一个人，她察觉不到任何其他人的存在，只能强烈地感受到自己。她身上好像每一条神经都在随着心悸而颤抖，鼓膜都要被心跳声击穿。

她描述的时候，金意申没有打断她，直到她说完，金意申才把刚才自己注意到的疑点问了出来：“你刚说，你考试前两天没有休息好？为什么？”

这个问题让钱钱沉默了一下。

“我大学的时候，一直在网上接各种各样的兼职。”她深吸了一口气，“那之前的两天，我熬夜做完了一份设计稿。”

金意申有点吃惊：“你考试期间也要工作吗？是因为缺钱还是什么？”

“钱什么时候不缺啊？”钱钱自嘲了一下，“不是的，是我自己作死吧。本来考试周我是想专心备考的，我也跟下单的人说好了，要考试，晚几天交稿，人家也同意了。但色彩构成是周一考的，前两天周末休息，我想着这种基础课也不需要复习什么的，就想早点把活干完。”

金意申皱眉。有些时候听起来好似是巧合的事情，背后也许另有深意。钱钱说她考前去做兼职是因为基础课不用复习——这当然是理由之一，但未必是全部的理由。

金意申小心翼翼地问道：“那你觉得，你会不会有一点考前焦虑，想做点别的缓解焦虑，所以才去做兼职？有吗？”

这个问题让钱钱再次沉默了一会儿。然后她抬起头，看着金意申的眼神，认真地回答。

“有的。”她说，“是的，我从那时候开始，就已经焦虑了。”

她的坦率让金意申微微怔了一怔。

有一阵子，钱钱其实并不承认，也不知道自己其实正在焦虑，因为她不明白自己有什么好焦虑的。要是考个思修马哲之类的焦虑焦虑也就凑合了，可她天生对色彩很敏感，有天赋，色彩构成这种基础课，她闭着眼睛上色都能拿好成绩，岂不是手到擒来的事儿？

她在考前赶兼职的活儿的时候，理智告诉她考试前不该做这些事，但另外一种更强烈的冲动驱使她让自己忙碌起来。当时她也没有意识到，这种冲动其实就是焦虑。

后来旷考之后，辅导员找她谈话，也说到了她发病是因为考试前两天没有休息好的情况。当时辅导员问她考前为什么不好好休息？她只说自己高估了自己的身体状况，没想到会发生这样的意外。

“我也想了很久，这门考试对我来说明明很容易，我到底为什么要焦虑？”钱钱深吸一口气，“我不是怕考砸，我是怕自己做不到最好……我是指，完美的那一种。”

她的坦率，真的让金意申感到意外了。

金意申做了这么多年的心理咨询师，对她来说，心理咨询是一场持久战，很多来访者内心的阻抗往往非常严重。因此来访者每说一句话，她得先判断，这人是不是在说谎。如果没有说谎，也未必是真实的，她还得判断这人是不是连自己都骗了，不肯正视自己的内心。在最后一次承认之前，他们很可能会先进行一百次的否认。

而钱钱的身上，阻抗非常小。虽然这并不代表她所说的东西已经是全部，虽然她的内心或许也隐藏着一些连她自己都不愿意承认的东西……但她能有现在这份诚恳的态度，足见她在很长一段时间里，尝试过一遍又一遍地自省，一遍又一遍地反思。

——这个孩子，是真的在努力着，想快点从阴霾中走出来。

金意申定了定心神，继续顺藤摸瓜地提问："你为什么想做到最完美呢？"

钱钱拨弄着自己的手指，目光盯着桌上的茶杯出神。

过了一会儿，她笑了一下："可能……可能是我不服输吧。"

"不服输？"金意申重复了一遍。

钱钱终于抬起眼。她对着金意申笑，可她的笑容令人难过。

"是啊。"她做了个深呼吸，将手脚舒展开，摆出一个轻松低姿态。她问金意申，"金老师，我朋友告诉我，把心理压抑的东西都说出来，对我的病情会有好处，对吗？"

金意申点头："对。"

"我跟你说了，您保证不会告诉任何人，对吗？"

金意申继续点头："我保证。"

钱钱笑了一下，说："我从来没有谈过恋爱。因为我有一个喜欢的人。"

金意申微微一怔。她脑海中有了一个猜测，但她没有打断钱钱。

"我喜欢他很久了。但我知道，我们不合适。"

她知道自己平凡，她知道自己并不完美，她都知道；喜欢的东西，喜欢的人，她没有能力匹配，她也都知道。

可是……还是会不服输。

"我不想去争。输掉的话，还不如不要争。"她轻声地，不像在对金意申说话，却像是在跟自己说话，"可如果就这样了，我还是，会不甘心啊……"

一个小时转眼就过。

咨询结束以后，钱钱从事务所里出来，韩闻逸的车已经停在外面了。她开门上车。

韩闻逸观察着钱钱，发现她脸上竟然挂着笑容，看起来心情很不错。

“感觉怎么样？”韩闻逸问道。

“不知道哎，”钱钱说，“一个小时好快，感觉没聊多少就结束了。”

“那你怎么看起来心情那么好？”

“走的时候我问金老师，我的病能治好吗？”钱钱有点小骄傲，“金老师特别肯定地说，她觉得可以，我是她见过最配合的来访者！”

韩闻逸挑眉。他并不清楚两人谈话的过程，不过金意申的这句话听起来有点像一个心理暗示。

心理学上有一个“自我实现预言”的理论，意思是一个人从别人那里得到的评价会影响他的行为，并最终影响他对自己评价。比方说，如果一个人总是被夸奖勇敢，逐渐他会相信自己是勇敢的，并最终真正成长为一个勇敢的人；而一个人如果做什么都被批评，那他很快会相信自己什么事都做不好，并且真的把所有事都搞得一团糟。

然而无论金意申是否在给钱钱施加心理暗示，鼓励她继续配合下去，韩闻逸都可以想见，钱钱在这第一次的咨询中应该是表现得不错的。要是她遮遮掩掩拒绝配合，就算金意申这么夸她，她自己也不会相信的。

韩闻逸笑了笑：“做得很好。”

做完心理咨询，时间已经快中午了，钱钱说：“哎，哥，你都陪我一上午了，我请你吃午饭吧？”

“吃什么？”

“你想吃什么？”

“我想吃什么就能吃什么？”韩闻逸的眼睛若有似无地瞟瞟她。

他的眼神让钱钱有把钱包藏起来的冲动。

“反正我的工资你最清楚，”她摊手，“你要不介意留下刷盘子的话，想吃什么就吃什么。”

韩闻逸扑哧一乐，把导航的地址设成 T 大。

钱钱惊讶地看着他。回 T 大干什么，不出去吃饭了？

“走吧，去食堂吃面。”韩闻逸说。打从出国以后，他就很久没尝过 T 大的食堂了，还真是有点想念。

开到 T 大，韩闻逸把车停好，两人走路去食堂。

“你也太给我省钱了吧，你这样我的良心会有一点点不安的。”钱钱说。然而从她的表情上，一点都看不出她的良心不安。非但没有，还很美滋滋。

韩闻逸好笑地看她：“原来你还有良心？”

“我怎么没有？”

“那我们去吃牛排好了。”韩闻逸托着下巴说，“回来的路上我好像看到街对面就新开了一家牛排馆。”

“那家牛排馆的老板良心简直大大的坏！”钱钱马上换上一脸义正词严，“这种人均三百多的牛排馆开在大学门口，严重提高了 T 大男生追求女朋友的成本。像这种无良商家，我们给他贡献的每一分钱，都是在 T 大男生心间的一滴泪。为了祖国花朵的身心健康，我们还是支持T大食堂吧。”

“哈哈。”韩闻逸被她逗笑了。

当然，钱钱也就说说而已。她以为韩闻逸真想吃牛排，于是就往校园门口走。没走两步就被韩闻逸拉住了。

“你去哪儿？”

“不是你说去吃牛排？”

“不是你说要保护祖国花朵的身心健康？”

“哎？”

“吃面吧。”韩闻逸眼角眉梢都是笑意，“我是真的想吃 T 大食堂的面了。”

两人走进食堂。这么多年过去了，当年那偏心眼子的刘大师傅早已退休了，掌勺的换成了一个年轻小伙子。

小伙子一边打面，一边漫不经心地往后面排队的长龙扫了一眼。扫到人群中钱钱所在的方位，他突然怔了一下，眼睛就盯住不放了，手里正打着的一勺菜差点盖自己手上。

韩闻逸皱眉，不动声色地挪了下位置，把钱钱挡到身后。钱钱此刻正低着头玩手机，没注意到小伙子的眼神，也没注意到韩闻逸的举动。

韩闻逸心中略略地不爽：这家伙，一直不知道自己到底有多招人。

等快排到他们，韩闻逸发现那打面的小伙子隔三岔五总往钱钱的方向看，看得太多了，他受不了了，就问钱钱："你要吃什么？你先去找位置坐，我来打。"

"啊？"钱钱茫然地抬起头。中午食堂人还挺多的，一人排队，一人先去占位倒也合理。她想了想，说，"那就素三鲜加块大排吧。"

钱钱走开了，韩闻逸继续排队。没一会儿，排到他了，他把饭卡递过去："一碗素三鲜加大排。还有一碗焖肉加青菜。"

小伙子看他一眼，垂下眼；又看他一眼，垂下眼。再看他一眼，脸红了。

韩闻逸略感疑惑。

小伙子颠起勺，盛了满满两大碗，放到他的餐盘上。脸红成了煮熟的螃蟹，眼睛还在偷偷瞟他。

韩闻逸端起餐盘，一阵风似的走了。

等他把面端到钱钱面前，钱钱也被酬宾大派送似的两大碗惊到了："哇，今天怎么回事，量这么大？"

韩闻逸感受到从打菜的地方传来一道炙热的目光，烧得他头皮发麻。

"赶紧吃，吃完赶紧走。"他把筷子分给钱钱。早知道，刚才就去吃牛排了……

两人吃得饱饱地离开食堂，一起往家属楼的方向走。

"哎，你都送我到这儿了，别继续送了吧。"钱钱说，"你都陪我一上午了，真的太够意思了！"

韩闻逸还没来得及开口，一只野猫从边上的草丛里蹿出来，从他们面前"咻"一下跑过去。

"啊对了，我们楼里也有人养了只布偶猫！"钱钱一看到猫就激动了，"不知道是哪位老师养的，我昨天在楼道里看到的。你知道那猫叫什么名字吗？”

又没等韩闻逸开口，钱钱自己接下去了：“叫招财！哈哈哈哈，这谁啊，养这么洋气的猫，却起这么接地气的名儿。我怀疑是农学院的王教授养的，上次他养了一只母鸡，给起名叫翠花。不过也有可能是土木学院的李教授，他们家不已经有只狗叫旺财了吗？”

韩闻逸默默听着。

“反正招财的主人跟我爸妈一定很聊得来，尤其在起名的偏好这方面。”钱钱说，“你说我爸一教哲学的，我妈一教语文的，怎么就没给我起个高大上点儿的名字？叫什么钱钱，害得我从小到大一天到晚被老师点名。”

说着话，两人已经快走到家属楼了。

“你还送啊？”钱钱说，“你都送到我楼底下了。干吗，想上楼跟各位教授打个招呼？”

韩闻逸不急不忙地从口袋里掏出一串钥匙。

钱钱一看就傻眼了。都是同一幢楼的，大家钥匙长得差不多，她一看就知道，这是 T 大家属楼的钥匙。

“不是送你。”韩闻逸微微一笑，“我搬回来了。”

钱钱坐在椅子上，两眼无神，对着天花板发呆。

今天早上跑步的时候她留神看过了，韩闻逸的脖子上没戴任何项链之类的饰品。以及，韩闻逸突然搬回来的举动给了她很大的冲击。

于是从下午到晚上，她已经这样陆陆续续发呆了几个小时了。

突然，她的手机震动了一下。

她回过神，缓慢而呆滞地拿起放在桌上的手机看了一眼。是肖巴发来的消息。

八哥：“小钱钱，我记得你爸好像在 T 大教书？”

钱钱漫不经心地给他回信。

钱钱没有钱：“干吗？”

八哥："我昨天不是给你看了个树洞微博嘛，就是那个说自己心理阴暗，嫉妒自己闺密，然后求网友把她骂醒的。我刚才刷微博，发现这条微博居然出后续了！那个发树洞的当事人被网友给人肉了！"

钱钱没有钱："啊？"

八哥："当事人被人肉出来是T大的学生来着。你爸是哪个学院的？会不会是你爸的学生啊？"

八哥："啧啧啧，所以说没事不要上网树洞。树洞也千万别透露自己的任何真实信息。现在网上的人这么神通广大，真的是一个不小心就被人扒皮扒个底掉儿啊。"

钱钱不再瘫在椅子上，立刻坐了起来。她皱着眉想了想，给肖巴回信。

钱钱没有钱："你再把那条微博发给我看看。"

不一会儿，肖巴就把地址发了过来。

钱钱点进去看。树洞微博的内容还挺长的。

"我们从高中就认识了，大学又成了室友。我每天跟她同进同出，形影不离，所有人都以为我们关系特别好，她也总说，我是她最好的朋友。可是只有我自己知道，我内心很阴暗，我嫉妒她，我疯狂地嫉妒她。"

"她长得比我漂亮，她的家境比我好，就连学习成绩也比我好！我已经很努力了，整天泡图书馆学习，她却经常宅在寝室里打游戏。就这样，她期末总分的绩点居然还比我高出0.3分，难道我连智力都不如她吗？为什么老天爷这么不公平！"

"我不止一次做梦，梦到她家里破产了，梦到我自己飞黄腾达了。梦里我有多开心，醒来我就有多难过。"

"我知道我很阴暗，我知道我不应该这样，我好痛苦。求求你们，骂醒我吧。"

这是那篇树洞的内容。也许因为是在网上匿名投稿，投稿人把内心最阴暗的一面淋漓尽致地展现了出来，负能量简直穿透屏幕，任谁看了都觉得怪不舒服的。

钱钱往下一拉，拉到热门评论。

“高中同学，又是大学室友？期末绩点高0.3？博主不会是T大的吧？怎么感觉跟我同学有点像？”

这是第一条猜测投稿人身份的回复，虽然没有指名道姓地把人点出来，但透露的一点线索激发了好事群众的八卦欲。

“居然是T大的？我有个好友也是T大的，我去问问她知不知道是谁投的稿。”

总有看热闹不嫌事儿的人，有人得到线索，发现这事儿似乎跟自己能沾上点边，立刻兴冲冲地去顺藤摸瓜查找真相，仿佛这是什么极有趣的事儿。一来二去，竟然真的有人把符合条件的投稿人给挖了出来。

“我找到了。投稿人是T大英语系大二的吕彤彤，嗯……贴张她的照片，大家自己感受吧。”

一张硕大的照片出现在钱钱的手机屏幕上，她看到那张眼熟的脸，不可思议地“啊”了一声，从椅子上跳了起来！

竟然会是吕彤彤？！

她赶紧继续翻底下的评论。

阴暗的东西被人从水里捞出来，大白于天下，人们毫不掩饰对它的厌弃，并且争先恐后地要跑上去踩两脚。

“哈哈哈哈哈哈果然不出我所料，长得真鸡儿丑。丑人多作怪！”

“博主，你爹妈辛辛苦苦花钱供你上大学，是让你好好念书，不是让你来演甄嬛传的。我要是你爹，我当初就该把你射墙上！”

“哇，我看到已经有人把这条微博转到他们学校的贴吧去了。这博主怕是要在他们学校里出名了！”

“真可怕。想想如果我身边也有博主这样表面一套背地一套的人，真是汗毛都竖起来了。希望有认识她室友的人赶紧通知她室友，离这个恶毒的女人远一点。”

“有没有T大的？把这帖子发给博主的老师啊，这种学生肯定需要好好教育一下！”

这些评论看得钱钱简直头皮发麻。她不由得回想起她和吕彤彤第一次相见的时候，她们并肩坐在草地上，吕彤彤看着那位漂亮的室友，问她她是不是很漂亮的情形。她努力地尝试回忆，吕彤彤当时的语气和神情究竟是什么样的？

她不知道这个树洞的投稿人是否真的就是吕彤彤，假如是的话，她也觉得这样的言行非常不妥。可大概是吕彤彤曾在她难受的时候给她递过纸巾和水，她相信那个姑娘的内心世界里还是存在美好善良的一面的，并不真的如此阴暗。

她很想去问问吕彤彤到底发生了什么事，然而她跟吕彤彤只不过是晨跑时的点头之交，她连吕彤彤的联系方式也没有。

她不敢想象吕彤彤看到这些攻击她的评论会是什么样的感受……

这该怎么办啊……

她正捧着手机犯愁，有一条新的消息进来了。是韩闻逸发的。

别人家的金坷垃：“明早六点半出发晨跑，我在楼下等你。”

钱钱心烦意乱，把头发抓得乱得像鸟窝。

片刻后。

钱钱没有钱：“六点一刻吧。”平时她能在操场上碰到吕彤彤的时间差不多都是这个点，去晚了吕彤彤很可能已经跑完了。

别人家的金坷垃：“……”

别人家的金坷垃：“这么积极？”

别人家的金坷垃：“好，那就六点一刻见。早点休息。”

钱钱跟韩闻逸发完消息，一看时间已经晚上九点多了，为了明早能爬得起来，她赶紧洗漱睡觉去了。

翌日清晨六点一刻，两人准时在楼下会合。

韩闻逸上下打量钱钱：“昨晚没休息好？怎么黑眼圈这么重？”

钱钱确实没休息好，昨晚那条微博给她的冲击还挺大的。这种事情如果只是在网上看看热闹，感慨几句也就罢了，然而发生在自己认识的人身上，她难免会想很多。

“哎，快走吧。”钱钱看了看表，再不去她怕来不及了。“我赶着去见一朋友。”

韩闻逸忙跟她往操场的方向跑：“朋友？是之前你跟她打招呼，她没理你那个吗？”

“嗯……先过去，我慢慢跟你说。”

两人跑到操场上，钱钱满操场眺望一圈。然而令她失望的是，吕彤彤并不在操场上。

她跟韩闻逸开始慢跑，两人放慢了跑步的速度，跑完之后还慢走了几圈。然而过去了整整半个多小时，吕彤彤还是没有出现。

韩闻逸停下脚步，看着钱钱，等钱钱做决定。

钱钱又看了几次表。这都快七点了，吕彤彤今天应该是不会再来晨跑了……想也是，如果网上的东西她已经看到了的话，别说晨跑，恐怕她连吃饭睡觉的心情都没有了。

“走吧。”钱钱失落地说，“不等了，我们去吃早饭吧。”

晨跑的时候她已经把事情的大致经过告诉了韩闻逸，她又拿出手机，翻到那条微博给韩闻逸看。

“这条树洞微博确实写得挺硌硬人的……但她可能是发帖的时候正好心情很差？就写得稍微夸张了点？哎……谁还没点见不得人的心思了！她上网树洞一下，也不算干了啥伤天害理的事儿吧？”钱钱把吕彤彤当朋友，忍不住找理由为她开脱，“就这么把她人肉出来，到处贴她照片，我觉得做得过火了。”

韩闻逸慢慢翻完了整条微博的内容，把手机还给钱钱。

“哥，你说，她应该，不算是一个坏人吧？”钱钱期期艾艾地看着韩闻逸，想要得到他的支持。如果他也能为她的朋友辩解两句，这会让她好受很多。

然而韩闻逸并没有针对吕彤彤究竟算个好人还是坏人发表评论。他的切入点让钱钱感到意外。

“不知道她的家庭情况如何……”韩闻逸摇了摇头，面色凝重，“当她觉得自己做错事情的时候，她的处理方式不是自己做出改变，而是找人骂醒她，用这种方法来解决她的内疚感……我怀疑她可能是在一个充斥了批评和否定的环境中长大的。”

钱钱愣住。到底是心理咨询师，她还在思考对和错的时候，韩闻逸已经在思考对和错是如何形成的了。

韩闻逸看出了钱钱内心的纠结，不由抬起手，轻轻拍了拍她的头顶。这个动作带有安慰的性质。

钱钱茫然地抬起头看他。

“这个世界上很少有真正邪恶的灵魂。”韩闻逸温和地说，“更多的，只是因为不知道正确的路该怎么走，而暂时迷茫的灵魂罢了。”

钱钱的瞳孔猛地收缩了一下。韩闻逸的这句话，击中了她内心深处某一个小小的角落。

“走吧，”韩闻逸拉起她的胳膊，“再晚食堂的梅干菜肉包就卖完了。”

T 大食堂美食不少，梅干菜肉包是他们两人都最喜欢吃的早点，也同样深受 T 大广大学子的热爱，一旦去晚了，就被别人抢光了。

两人赶到食堂，卖梅干菜肉包的窗口已经排起长队了。两人正要过去排队，钱钱忽然在人群中看到一道眼熟的身影。她立刻撇下韩闻逸，三步并两步冲了过去。

“等、等一下。”钱钱拉住一个扎马尾辫的女孩的胳膊。女孩回过头，看见钱钱，也愣了一愣。

钱钱没认错，这女孩是吕彤彤那个漂亮的室友，她们在操场上也见过几次，吕彤彤说过这姑娘名叫柳献。柳献似乎这两天也没休息好，脸色很是憔悴。

“柳同学，”钱钱自我介绍，“我是吕彤彤的朋友。”

“啊，我知道，我们见过。”

钱钱犹豫了一下，没有提及网上发生的事。她问柳献：“吕彤彤没跟你一起吗？我几天没见到她了，有点事情想跟她说。”

柳献双眉紧锁，咬住嘴唇。她的表情很纠结。过了很久，她才为难地开口："彤彤她……她在医院……"

医院？！钱钱猛地一怔。她心里顿时有了一个很糟糕的猜想……

第二天是周一，大清早，韩闻逸和钱钱又一起去晨跑。

钱钱的精神有点萎靡，昨天晚上听说了吕彤彤的事情，她没能休息好。于是到操场上跑了没几圈，她就跑不动了，走到一旁休息。

韩闻逸知道她心里有事，便没再督促她多跑，陪她一起坐在草丛上休息。

韩闻逸问她："你们关系很好吗？"

钱钱不知道该怎么回答。吕彤彤的事情对她确实触动很大，原因倒不在于她跟吕彤彤的关系有多好，而在于……她能对她感同身受。

她犹豫着想要请韩闻逸帮忙做点什么，却又想起韩闻逸曾经跟她说过，如果想要从心理咨询中获益，来访者需要是自觉自愿求助的，被逼迫或是被瞒骗的都将很难有效果……

她轻轻地叹了口气，最终什么也没说。

片刻后，她甩甩头站起来，说："走吧！回去吃早餐吧！"

韩闻逸起身拍了拍身上的青草，跟在她后面回去了。

吃完早饭，眼看时间差不多了，韩闻逸给钱钱发消息，叫钱钱一起去上班。

没一会儿钱钱的回信来了。

钱钱没有钱："我已经出门啦，都上地铁了！"

紧接着她发过来一张照片，拍的就是地铁车厢里的画面。

韩闻逸一惊。他都已经搬回来了，本以为一起上下班是无须多说的，万没想到钱钱竟然会丢下他先走。

无奈何，他也只能自己开车上班去了。

钱钱来到办公室，办公室里不少同事已经到了。他们一个个满脸苦大仇深地盯着电脑，手指噼里啪啦地敲键盘，好像跟键盘有仇似的。

钱钱莫名其妙地在自己的座位上坐下，问肖巴："出什么事儿了？"

肖巴一脸不爽地说："我们老大被人黑了！"

"啊？"

肖巴把电脑屏幕转过来给他看。

韩闻逸的节目已经播出两三期了，因为他前期受到的关注就已经很高，所以节目一开播，讨论度也非常高。但是粉丝多，黑也多，大批人盯着他的一言一行，就等着看他出错。他不出错，也有人强行按头要他错。

有一个营销号就从他上一期节目里断章取义地截了几张字幕出来，强行扭曲他的话。

被他截出来的韩闻逸的话是这样说的——

"我最近上网，经常能在网上看到'三观不合'这个词。好像三观不合已经成了情侣分手，朋友闹掰，亲子决裂的一个最大的原因。"

"可有的时候我在想，三观到底是什么？世界上真的有那么多三观不合吗？我们是不是在用一个简单的借口，来逃避我们没有足够的处理人际关系矛盾的能力呢？"

韩闻逸说这段话只是指出一个社会现象。他看过很多为了牙膏到底该从中间挤还是从头挤就闹到反目成仇的例子，好像人与人之间所有的矛盾无论大小都可以用一句"三观不和"作总结。而他这一期节目的主题想谈的是人与人之间的相互理解，后面明明也讲了一些更有智慧的处理矛盾的方法，却完全被那个营销号无视了。

营销号说："什么最帅哈佛研究生，整天就知道炒作。看了他两期节目，要么就是心灵毒鸡汤，要么价值观扭曲到不行。三观不合还不分，留着过年啊？！就知道各种劝人忍气吞声，简直行走的直男癌！你爱忍你忍，反正我不忍！"

钱钱一看这条微博都气乐了。

这人要么压根就没明白韩闻逸在说什么，要么揣着明白装糊涂，居心叵测。韩闻逸想说的明明是人际交往的能力可以提升，而且节目的受众可谓男女老少咸宜。这人居然能硬给他扣上一顶直男癌的帽子？显然是想扯出政治正确的大旗，为自己招纳战友，占领道德高地。

按理说这种断章取义的东西，有点判断力的人就不会上当，可令钱钱没想到的是，跟风的竟然还不少。

“呵呵，谢谢博主帮忙避雷。当初这节目的宣传一出来，我就知道肯定是个毒鸡汤节目，我没看果然是正确的。”

“节目还没来得及看。本来还蛮期待的，没想到小哥长得这么帅，却是个直男癌。太让我失望了！”

“转发扩散，望首页周知。以后我首页上再看到谁粉他的，立刻双向不解释！”

“人家爱分手分手，爱决裂决裂，轮得到他指手画脚？以为自己是上帝啊？真有病。”

当然，也不可能人人都瞎，评论里还是有些替韩闻逸说话的。

“我去，到底谁是上帝？一帮节目都没看的人被营销号带个节奏就开始瞎哔哔，有本事先看完节目再来讨论好吗？”

“我都服了，逸逸哪句话说得不对？别无脑黑行不？”

兴许是因为这条微博是营销号发的，转发评论的人里更多的是营销号自己的粉丝，而韩闻逸的粉丝大军没能到达战场；又或许是这个营销号有在删评控场。因此虽然有为韩闻逸说话的人，在转评里却显得十分势单力薄，对黑粉大军难以招架。

事务所里的同事们看到了大多气不过，撸起袖子上场帮忙。

钱钱也很快加入了战局之中。

越明宇起身倒水，从钱钱和肖巴身后路过，看见他们两个不断复制黏贴韩闻逸节目中完整的演讲内容，发送给那些看起来还有理智但只是被营销号带跑了节奏的网友。

越明宇停下脚步，站在他们背后，皱着眉头看他们做这些笨拙的操作。

肖巴感觉到背后有人站着，一回头，看到越明宇，眼前一亮：“小明，要是让你写一个能快速回复所有人的小程序，费事不？”

别说写程序了，对于这种去找人解释的行为越明宇都很看不上眼。

他冷冷地从牙缝里挤出三个字来：“无用功。”然后就捧着水杯回座位上去了。

肖巴顿时气不打一处来：“嘁，不帮就不帮，泼什么冷水！”

钱钱也从屏幕中抬起头来。她看着越明宇，问道：“为什么说无用呢？”

越明宇微微一怔。肖巴会怼他他不意外，然而连钱钱也加入进来，有点出乎他的意料。而且，钱钱会一个个去回应网友评论这件事也让他觉得意外。

他不明白。为什么要去对误解的人解释？何必呢？何苦呢？有什么用呢？

钱钱叹了口气。

如果放在以前，她可能的确不会做这样的事。这次的营销号不像上次的花痴本痴，虽然故意断章取义了韩闻逸说的话，但至少没有违反法律法规。人家爱怎么说是人家的自由。而且很多偏听偏信的人都是屁股决定立场，很难用语言说服。越明宇说这是无用功，从某种程度上来说，并没有错……

然而这两天发生的事情，却让钱钱改变了想法。她不厌其烦地一个一个去解释，即使这些行为费力又低效，可是——她就是有解释的欲望！她就是有表达的欲望！

即使不能阻止别人说什么，即使无法说服别人改变立场……

“我不觉得这无用。”钱钱的目光落回电脑屏幕上，“至少我们可以让更多人看见，还有不同的声音。在不明是非的人选择立场之前，我们的话也许能给他们提供其他的参考项。”

如果那一天，吕彤彤被人肉出来，被网友群起而攻之的时候，能多几个人站出来说一说她的好，多给她一点鼓励和安慰，奚落她嘲笑她的声音会不会小一点？故事的发展会不会不一样呢？

钱钱不知道。她只能不厌其烦地继续回复那些网友。不管有用没用，至少这会让她心里好受一点。

越明宇愣愣地看着钱钱。片刻后，他低下头去，没有再说话了。

转眼到了下班时间。

钱钱正在作图，公司内部的聊天工具突然弹出一条新的对话提示。她点开一看，是韩闻逸发来的。

韩闻逸：“你什么时候结束？”

钱钱回复：“我得加会儿班，你不用等我，先回去吧。”

韩闻逸：“我等你。”

钱钱：“真的不用啦，而且我下班以后还要去见朋友。你忙完就先回去呗。”

办公室里，韩闻逸坐在办公椅上，看着电脑屏幕，微微皱眉。

周末他搬回T大家属楼以后，钱钱的反应有点奇怪。最奇怪的就是，她绝口不谈他突然搬回来这件事，仿佛这是一件很寻常的事情，也继续跟他平常地相处。他试过由这件事切入，引出更进一步的话题，然而却被钱钱打太极打掉了。接着就是今天早上，钱钱竟然一声不吭撇下他先来上班了……

没过多久，对话框又弹出了新的消息。

钱钱：“哥，以后你别接送我了。”

韩闻逸正要问她为什么，钱钱就自己把理由发过来了。

钱钱：“让同事看见影响多不好啊。”

钱钱：“咱虽然是裙带关系，但也不能做得太明显了。不公平的待遇会影响同事团结，更会影响办公室风气。为了良好的工作环境，为了同事的身心健康，咱得以身作则，以身作则哈。”

又来了，又在用插科打诨的方式拉开跟他的距离了。

他给气笑了，噼里啪啦打下一行字：“是老板的身心健康更重要，还是同事的身心健康更重要？”

然而打完以后他犹豫了一会儿，又全删了，没发出去。他还真有点懊恼自己学的只是心理学，而不是巫术了，要不然他得好好看看钱钱那颗脑袋瓜子里到底在想什么。

可他不敢做出太冒失的举动。钱钱才刚开始接受心理咨询，还是他帮忙找的咨询师。万一有个什么不妥，刺激到她，她的心理状态恶化可怎么办？

韩闻逸烦躁地在办公室里踩了一圈，仰天长叹。

这世上最难的不是数学分析，也不是量子物理，而是怎么追求心仪的姑娘。为什么课堂里就没有一门课教人怎么追女孩的？

……也幸好没有。要不他挂科重修的课可能就不止一门了。

钱钱加班到晚上七八点才下班。下班以后，她没有立刻回家，而是去了趟医院。

T大的校医院就在校门口，还是一家三甲大医院，平时学生们生病都会来这里看。钱钱进了医院，根据柳献提供的信息，找到住院部的科室。

“您好，”钱钱在科室的咨询台找到坐班的护士，“我朋友住院了，我能进去看看她吗？”

“你朋友叫什么名字？”护士问道。

“吕彤彤。”

护士翻了翻手上的纸，摇头拒绝：“很抱歉，这位病人拒绝任何人的探视。”

昨天她听柳献说，吕彤彤半夜从五楼跳下去了。幸好寝室楼底下很多树，她掉下去的时候被树枝挂了下，没出人命，只是把腿摔骨折了。现在就在医院里住着。

吕彤彤不想见人的心情她理解。可她真的有话想跟吕彤彤说。

“小姐姐，你能不能帮忙去问问她？”钱钱请求，“你就跟她说，我叫钱钱，我有事找她。”

护士无奈地拒绝：“现在病人情绪不是很稳定，她说过不见任何人。谁都不行，真的不行。”

钱钱很无奈。

其实原本她找上门来的这个举动就有点冒失。毕竟她跟吕彤彤也不是特别熟，萍水相逢，聊过几次而已。如果现在躺在医院里的人是她，护士跟她说有个叫吕彤彤的找上门来看她，她八成觉得这人是不是闲得慌，上门看热闹来了。这事儿哪轮得到她来操心？

可韩闻逸那天说的“邪恶的灵魂很少，迷茫的灵魂很多”这句话特别触动她。她很能想为吕彤彤做点什么。

于是她还是厚着脸皮找上门来了。

被人拒之门外，她左思右想，灵光一现，从包里摸出一支笔来：“小姐姐，你这儿有白纸吗？”

护士怔了怔，虽然不太明白她想做什么，还是找了一张白纸递给她。

钱钱立刻趴在咨询台上画了起来。她从小学画画，手快得很，没几下就勾勒出一个漫画版的男生。为了体现她画的是个超级大帅哥，她在人物的背后画上了几道光和星星。然后她又在纸张的角落里画上了一个笑眯眯的女孩，代表她自己。

画完之后，她一会儿咬笔思考，一会儿在纸上写字。最后她写了几行字，留下了自己的联系方式。

她把纸条折起来，交给护士：“小姐姐，您能把这张纸条交给吕彤彤吗？”

护士从刚才她画画的时候就在一旁看着。她被钱钱可爱的画感染了，微笑着接过纸条，点头：“可以。”

“谢谢小姐姐！”钱钱用双手把纸条递给护士，然后快步离开了医院。

晚上钱钱回到家，正低着头往楼上爬，听到上方传来脚步声，抬头一看，一个中年男人从楼上走了下来。

两人四目相对，俱是一愣。

钱钱忙打招呼：“韩叔叔。”

“钱钱啊。”韩爱国在钱钱面前停下。

时值夏日，韩爱国依旧穿着笔挺的衬衫和西裤，胡须刮得干干净净，皮带的金属扣低调而奢华，一看就是个社会精英。钱钱看着他，不禁想起自家那位钱教授。只要不上课，钱教授总是穿着一件破了几个洞的老头衫到处跑，胡须经常好几天都不刮，还老要贱用刺拉拉的胡须刮她脸，差点没把她嫩嫩的小脸给磨糙了。

“好久不见，现在念大几了？”韩爱国上下打量钱钱。

“韩叔叔，我今年已经大学毕业了。”

韩爱国点点头：“哦，毕业了啊……找工作了没有？”

钱钱微微一怔。看来韩闻逸还没跟他父母说自己入职他事务所的事儿。

“找到了。”

好在韩爱国并没有详细问她的工作情况。他话题一转：“都这么大了，男朋友有了吗？”

“还没呢。”

“理解，理解。现在年轻人工作都忙，没时间找对象。”韩爱国挺热情，“喜欢什么样的，跟韩叔叔说，叔叔认识很多投行的年轻帅小伙，改天给你介绍。”

钱钱笑眯眯地道谢：“好呀，那就先谢谢韩叔叔了。”

韩爱国今天在学校里有课，听说儿子搬回来了，上完课以后就回来看看。他随便跟钱钱寒暄了几句就离开了。

钱钱甜甜地跟他道别：“韩叔叔再见！”

“再见。”韩教授下楼离开了。

钱钱看着他的背影离开，自己站在楼道里没有动。不一会儿，楼道里的声控灯熄灭了。

黑暗中，她忽然想起一件小时候的事。

那好像是她刚刚上高中的时候，有一天钱美文在客厅里看电视，忽然把她和钱为民一起叫过去，让他们看电视购物频道里正在推荐的一条珍珠项链。

“你们说这项链好看不？”

那会儿钱钱还不太能欣赏这种成熟气质的首饰，啧啧摇头。钱为民也欣赏不来这些，反问：“这白得惨了吧唧的东西，好看在哪儿？”

“你们懂什么？”即使被老公和女儿都泼冷水，钱美文很坚持，“我就是觉得好看！隔壁家林佩蓉好几条珍珠项链，我看她一个礼拜换了三条了都！”

“你老跟人隔壁比个啥劲儿呀？”钱教授挤对她，“人家乐意跟咱比吗？你说你要是真买了这条项链，结果戴十天半个月的，人家愣没发现你买新项链了，你这心里是不是更亏得慌？”

“就是啊！”钱钱一听隔壁家三个字就头大，出声支持老爸，“妈，咱自己过得好不就行了，你老眼红别人有啥意思？”

钱美文被父女两个联手围攻，气得她先对老公一顿捶，又把女儿轰走：“去去去，你们都豁达，就我是小人，就我红眼病行了吧！我懒得跟你们说了！”

钱钱甩甩头就回房间去了。

结果钱美文还是赌气把那条项链买下来了。

过了几天，钱钱去韩闻逸家里做作业。韩闻逸父母都不在家。

背了一会儿单词，钱钱背不下去。韩闻逸在她对面写作业，没有要陪她聊天的意思。

钱钱说：“哥，我能去你房间看会儿书吗？”

韩闻逸点点头。

钱钱就跑进韩闻逸的房间里。韩闻逸有很多乱七八糟的藏书，从文学名著到科普读物，也有一些关于艺术的书。钱钱随便抽了一本看了起来。

不一会儿。她听到外面传来开门声。是韩家父母回来了。

她连忙放下书，准备出去打个招呼。然而韩家父母还没进门就已经在玄关处聊起天来了。

“钱美文戴了一串新的珍珠项链。”林佩蓉口气淡淡的，“不知道哪里买的，成色真差。”

钱钱正要迈出房门的脚僵在半空中。

“哈！”韩爱国好像听到一个笑话，语气很不可思议，“你跟她比？你没毛病吧？”

“谁跟她比了？”林佩蓉冷冷地微恼，“我就随便一说而已。”

简简单单两句对话，让钱钱的头脑一片空白。

她不太能回想得起来那天后来发生了什么事。好像是韩闻逸出声喝止了他的父母。她也不记得那天韩爱国和林佩蓉有没有发现她的存在，她一直待在房间里没有出去，韩爱国和林佩蓉回来拿个东西又走了，然后她也回去了。

这件事她跟谁也没提过，包括跟韩闻逸也没有再讨论过这件事。

然而韩家夫妻那么简单的两句对话，在那一年的夏天，让她忽然想明白了很多事。

第一，原来韩家也会跟他们比。而在妈妈比的时候，两家爸爸的回应一样都是让妈妈不要做无谓的比较。只不过钱爸爸说这句话的时候，是阿Q式的自我嘲解；而韩爸爸说这句话的时候，是真心实意的不屑。

第二，她开始理解自己母亲的感受。

林佩蓉和韩国爱并没有说什么过分的话，他们也没有对钱家人进行贬低，唯一贬低的只是钱美文从电视购物上买回来的那条珍珠项链。可当她听到韩爱国那个充满优越感的“哈”，那句带着轻蔑的“你跟她比？你没毛病吧？”的时候，她的豁达忽然破碎了，她心里的阿Q突然被掐死了。

那一瞬间，她开始疯狂地眼红。

她想要成为这世界上最有钱的人，她想给母亲买一百条、一千条珍珠项链，林佩蓉能一个礼拜换三条，她想让母亲一天就能换三条；她想把父亲那辆老破车扔进水沟里，韩爱国能风风光光地开名车在院子里开进开出，她想给父亲买辆豪华敞篷跑车，让他开着车带他们一家人在T大开十个来回。

她知道韩家父母或许并没有恶意。他们只是没有必要隐藏他们的优越感而已。

她知道谁都没有做错，唯一错的是她自己。是她自己不够好，她能做到的事情太少。

她都知道。

钱钱在黑暗中发了很久的呆，直到她的手机铃声让楼道里的声控灯再次响起。她摸出手机，是韩闻逸给她发了条消息。

别人家的金坷垃：“你到家了吗？”

钱钱深吸一口气，揉了揉脸，调整自己的心情。

钱钱没有钱：“正上楼呢。”

她把手机揣回兜里，三步并两步朝楼上跑去。

钱钱回家吃了饭就钻卧室里去了。

这两天发生的事情有点多，她心里的事儿也多。每次心情低落的时候，她就喜欢创作。她打开柜子取出绘板，连上电脑，准备画点东西抒发一下情绪。

然而她在电脑前坐着等了一会儿，电脑竟然没有正常启动，而是跳到了一个蓝屏的页面。她看不懂那些乱七八糟的代码是什么意思，就按了重启键。然而重启了几次电脑都没办法正常开机，最后直接卡死了。

这下钱钱有点慌了。

正好钱教授从她房间门口走过，她叫道：“爸，我电脑坏了！”

“啊？”钱教授走进女儿房间。

然而他比钱钱还不懂电脑，发现电脑没法启动以后，他的处理方式是先给了显示器几个头挞[2]，发现不起作用，他又转而扇了主机几个耳光。

钱钱目瞪口呆。

这电脑可重要得很，钱钱平时干啥事儿都离不开它。但父女俩对它都束手无策了。

钱教授一看时间，发现这会儿商场还没关门，两人就赶紧扛上电脑送修去了。

商场修电脑的伙计拿到钱钱的机器看了一会儿，发现问题有点棘手，就让他们把电脑留下修理，过两天再去取。

晚上钱钱回到家，画也画不成了，眼看时间也不早了，明天又要早起晨跑，只好洗洗睡了。

2　上海方言，此处意为“打了几下”。

翌日上午，韩闻逸正在办公室看文件，外面传来敲门声，他抬头一看，是刘小木。

“进来。”

刘小木抱着几份文件走进来：“师父。”刚说两个字就开始咳嗽。

韩闻逸见他脸色潮红，听他说话鼻音很重，好像是生病了：“你感冒了？”

“嗯……”刘小木可怜巴巴地点头。

韩闻逸很爽快地摆摆手：“生病了就回去休息吧，放你一天病假。”

“我没事，”刘小木很敬业地表忠心，“师父，我可以坚持！”

“可千万别坚持，赶紧回去休息吧。”韩闻逸一点面子都不给他留，立刻站起来把办公室的窗户打开，“我是怕你把病毒传染给大家。”

被嫌弃了的刘小木默默捂住胸口：老大，扎心了啊！

然而回家休息以前，该干完的事情还是得干完的。他把弄好的文件交给韩闻逸，跟他汇报了一下自己的工作。

韩闻逸看他脸色很差，眼下两圈青黑，问道：“最近一段时间看你精神都不好，是不是太累了？学校事情很多？跟工作有冲突？”

刘小木连忙摇头：“没有没有，怪我自己……”

韩闻逸挑眉。

刘小木摸摸头，有点不太好意思开口。

犹豫再三，他觉得这事儿也许韩闻逸能给他出出主意，还是照实说了：“师父，你说有没有什么办法，能治我的晚睡强迫症？”

“晚睡强迫症？”

“对。就是我晚上上床以后老是忍不住刷手机，其实也没啥可刷的，就是停不下来，跟强迫症似的。一刷刷到凌晨两三点，早上又得七八点就起床。我也知道这样不好，睡眠不足免疫力就下降，咳咳……”刘小木又忍不住咳了两声，“但就是控制不了。”

他每天都想着明天一定得早点睡，再也不碰该死的手机了。可一到晚上就精神抖擞，愣是管不住自己这双手。想了好些方法，调整了一两天就又回去了。

“方法当然有。”韩闻逸悠悠地开口。在刘小木殷切期盼的目光注视下，他微微一笑，“不过方法简单，做起来却不简单。”

“什么方法？”刘小木忙道，“师父你说说看呗，我是真想改。”

韩闻逸说：“我说过，人的本能厌恶‘失去’。晚上舍不得睡，就是担心自己一闭眼睛，就要失去这一天了。而早上起不来，是因为对新到来的一天没有什么期待。”

刘小木仔细回想了一下，发现好像的确是这么回事。每天晚上他在床上捧着手机东刷刷西刷刷，就是想抓住一天的最后一点时间，随便再有些什么收获都好，要不然这一天就这么碌碌无为地过去了真挺不甘心的。至于对第二天的期待？除了对“又要早起了”感到恐惧之外，好像没有任何期待。

“所以方法很简单。”韩闻逸打了个响指，“只要反过来，对迎接新一天的期待能超过对失去旧一天的沮丧，晚上你就会准时去睡觉，以免影响了第二天的状态——想象一下，如果每天早上六点天上都掉钱，你是不是就会早早上床休息？会不会怕睡晚了第二天精力不够抢钱抢不过别人？”

刘小木眨巴着眼睛盯着韩闻逸看。道理他懂了，可是天上并不会掉钱，所以他应该怎么做？

“你可以培养一些早晨的兴趣。比如找一家美味的早餐店，或者养成晨跑、晨练的习惯……总之，找到一些只能在早上做，而且你又的确感兴趣的事情，这会让你对第二天心怀期待。”

刘小木目光茫然，嘴微微张开。计划很美好，听起来很心动，但是作为一个死宅，他还真想不出什么只能在早上做的兴趣爱好。就算能找到，以他这性子，怕是坚持不了几天就放弃了。

韩闻逸看他呆滞的表情就知道他在想什么，不由笑着叹了口气。

他突然换了个话题：“小木，你知道这世上最简单也最难的一件事是什么？”

刘小木从善如流：“什么？”

韩闻逸公布答案：“与人合作。”

这个答案让刘小木一头雾水。与人合作？什么鬼？

“之所以说最难，因为要找到一个你乐意与她合作，她也乐意跟你合作的人很难。”说起这个，韩闻逸眼角眉梢尽是笑意，“之所以说最简单……因为只要找到了这么一个人，你会发现这个世界上每一件事都变得非常简单。就拿早起来举例，你们可以一起吃早餐，一起晨跑，一起做很多你感兴趣的事……即使是本来不感兴趣的事，你也会因为和她一起做而感兴趣。你会对每一个明天充满期待。”

刘小木有点无语。

虽然他认同如果有人能陪他早起晨跑的话他会更有动力坚持下去，但韩闻逸这个描述……他觉得自家师父可能是对“合作”这个词有什么误会，这两个字的读音约莫是“恋爱”。

“师父，”刘小木慢慢后退了一步，“你现在的表情让我想到一个成语。”

“什么？”

“少女怀春。”

韩闻逸开始反思自己是不是平时没有树立起一个师父应有的威严形象，竟然让徒弟敢把这种词往他身上套。

在被师父扣掉实习工资之前，刘小木脚底抹油，赶紧溜了。

出了韩闻逸的办公室，刘小木回座位收拾东西，准备回家休息。他一边收拾，一边回味着刚才韩闻逸说的那些话。越回味，越伤心。

世界上有这么没人性的师父吗？！他都已经病成这样了，还硬往他嘴里塞一嘴的狗粮……这日子还让不让人过了？！

“啊啊啊啊啊啊啊啊！”刘小木内心已经泪流满面，“好想谈恋爱啊！”

与此同时。

Boss 办公室里的“少女”韩师父靠在皮质的办公椅上，心情一会儿是甜蜜的，一会儿又是忧伤的。

“唉！”师徒俩的脑电波难得同步了。

韩闻逸心想：“好想谈恋爱啊……”

下班以前，办公室里接二连三地传来手机震动和响铃声。每个人拿起手机一看，脸上都露出了喜悦的神色。

今天是发工资的日子，十二事务所里每一位员工都收到了工资进账的通知短信。

“晚上大家要不要一起聚个餐啊？”肖巴兴高采烈地在办公室里发出邀请。

有人响应，有人拒绝。

“小钱钱，你去不去？”肖巴用胳膊肘顶了顶钱钱，问道。

“我就不去啦，”钱钱摇头，“我已经约了闺密晚上去逛街。”

“好吧……”肖巴失落地找其他同事去了。

钱钱知道今天是发工资的日子，所以早就约好了吴妮妮下班以后一起去逛街。

下班以后，闺密两个碰上头，先去吃晚饭。

“最近工作怎么样啊？”吴妮妮问钱钱。

“同事还挺好相处的，”钱钱拿起菜单翻看，“就是经常要加班，唉！”

“我真没想到你居然会去金坷垃那里上班。”吴妮妮初中就跟钱钱认识了，对韩闻逸的事儿还是挺清楚的。“连我们办公室都有同事在看他的节目，你们家金坷垃现在可真厉害！”

“是别人家的金坷垃谢谢。”钱钱看完把菜单递过去。

吴妮妮暧昧地挑眉：“那你就把他拐回去，让他成为你们家的嘛！金坷垃现在有女朋友没有？”

钱钱耸肩，表示不太清楚：“你当他是傻吗，说拐就能拐？”

“唉！”吴妮妮对好友怒其不争，“我家隔壁要是有个跟金坷垃一样帅的小哥哥，我肯定先下手为强了，哪还轮得到张西啊？”

钱钱撇撇嘴："算了吧！你也就是站着说话不腰疼。真给你一个金坷垃，我看你敢不敢收。"

两人点完菜，把菜单交给服务员，吴妮妮的八卦欲还没熄灭，继续刚才的话题。

"我记得你初中那会儿还说过你喜欢金坷垃来着，后来又说不喜欢了，可是这么多年你一个男朋友都不交，是不是没走出他的阴影啊？"吴妮妮摸着下巴，"不过也是，初恋长这么帅，以后眼界肯定高啊！"

钱钱无言以对。吴妮妮这话的确是事实来着。

吴妮妮问她："所以你现在对金坷垃到底什么态度啊？"

"什么态度？"钱钱用筷子戳着盘子，"你想听实话？"

"废话！"

钱钱又戳了两下盘子，忽然阴恻恻一笑："实话就是，我想蹂躏他、欺压他、差遣他，当他的老板，用小皮鞭抽打他！"

数秒后。

"哈哈哈哈哈哈哈！"吴妮妮想象了一下那个画面，笑趴在桌上，"天呐，好带感啊！"

钱钱也笑了。

她以前做过一个梦，梦里韩闻逸围着一条粉色 Hello kitty 围裙，头上戴着兔女郎耳朵，屁股后面还夹条尾巴，整一个巨乖巧无比的女仆形象。她自己跷个二郎腿坐在沙发上，女王般的颐指气使。

"我想吃苹果。"她说。

韩闻逸麻利地拿起小刀唰唰两下把苹果削了皮，切成片装在盘子里，一根根插好牙签端给她。

"我口渴了。"她说。

韩闻逸马上跳起来，屁颠屁颠接了杯温开水，先自己试好水温再递到她手里。

"我腿酸。"她说。

韩闻逸马上搬了个小板凳在她脚边坐下，把她的腿搁到自己膝盖上，帮她敲打揉捏。

她邪魅一笑，弯腰勾起一脸小媳妇儿样的韩闻逸的下巴："说，谁是这世界上最美的女人？"

韩闻逸满面娇羞，两鬓飞红："是您。我的女王大人。"

……

从这个梦里醒过来的时候她自己也很惊奇自己竟然能做这么鬼畜[3]的梦。然而做梦的权利人人有，还不稀得人梦里意淫一下怎么的？

清醒以后再回忆，这个梦的内容虽然很羞耻，但也异常带感，以至于她至今印象还很深刻。

用钱夫人的话来形容就是："今夜做梦也会笑！"

"加油！我看好你！"吴妮妮捏起小拳头，给好友鼓劲，"总有一天，梦想会实现的！哪天你用小皮鞭抽打他的时候，记得拍张照片给我看……"

钱钱抓起一块点心往她嘴里塞："吃你的吧！"

吃完饭，两人又一起去逛商场。钱钱拉着吴妮妮往首饰店走。

"这条项链怎么样？"钱钱指着柜台里一条珍珠项链，询问吴妮妮的意见。

吴妮妮奇道："你什么时候喜欢珍珠了？"

柜员忙把珍珠项链取出来，递给钱钱让她看得更清楚，并开始口若悬河地推销："这条是紫光珍珠，每一颗都是精挑细选的，成色非常好，在外面很难买到的。小姐你可以戴上试试。"

"我是给我妈买的。"钱钱摆手，表示自己不试。

两人在柜台看了一圈，最终钱钱选中了一条看起来跟钱美文当年从电视购物里买回来的款式差不多的、但光泽亮很多的澳白珍珠项链。价格也比当年钱美文买的那条贵很多，一条项链就要大几千块。

吴妮妮谈恋爱的人当然比钱钱爱打扮，对于各种珠宝首饰的研究也多一点。她跟钱钱确认了这条珍珠项链成色确实很好，价格虽然贵，但性价

3　鬼畜一词代指通过视频（或音频）剪辑，用频率极高的重复画面（或声音）组合而成的一段节奏配合音画同步率极高的一类视频。

比也算合理。于是钱钱就刷卡把项链买了下来。

晚上回到小区，钱钱心情极好，一路哼着小曲儿，走路都一蹦一跳的。

她特意在回来的路上拐弯去了趟菜市场，买了把芹菜，然后把装珍珠项链的首饰盒藏在芹菜里了。她打算进门的时候先把芹菜藏身后，跟老妈说发工资给她买了件礼物，等把老妈胃口吊起来，再把芹菜送出去。到时候钱美文保准被她气得嗷嗷叫，再发现藏在里头的珍珠项链，更是惊喜加倍。

钱钱为自己能设计出这么一波三折的操作而洋洋得意，爬楼梯的脚步也轻快了很多，两格两格一跨，朝楼上跑去。

到了家门口，用钥匙打开门，她就开始嚷嚷："妈，我给你买了……"

话还没说完呢，她发现钱美文和钱为民两人竟然在客厅里正襟危坐，那表情虎的，跟家里要办白事儿似的。

钱钱的笑容僵在脸上，莫名地看着他们。这是出什么事儿了？

"钱钱。"钱美文盯着她的眼睛，一字一顿地开口，"今天你们辅导员给我打了个电话。"

钱钱的笑容褪去了。

"你，毕业补考没有去？"钱美文的声音抖了一下，不可思议地提高音量，"你没有顺利毕业？！"

钱钱没有回答。

她用力攥紧了藏在背后的手。片刻后又无力地松开，装芹菜的袋子垂了下去。

此时此刻，韩闻逸还不知道隔壁发生了什么事。

今天是发工资的日子，原本他打算下了班带钱钱出去吃顿大餐，好好享受一下。奈何钱钱约了闺密，留他孤苦伶仃一人，他也只好自己老老实实地回家了。

一进家门，招财立刻冲出来迎接，用毛茸茸的脑袋亲热地蹭他的腿。

韩闻逸弯腰把招财抱起来："还是你有良心。"

招财是他刚回国的时候养的，那会儿还是个刚出生的小猫，一只手就能抓着。然而招财胃口极好，长得极快，养了几个月，现在已经是一只胖乎乎的大猫了。

韩闻逸抱着它摸了一会儿，手有点酸，又把它放回地上去："你说，每天喂你吃那么多粮食，你什么时候才能把'财'给招回来？"

招财一脸无辜地看着他，表示自己是一只只会卖萌的猫，无法担当如此大任。

韩闻逸悠悠叹了口气，去厨房给自己和招财准备晚饭。

吃饱喝足，他回卧室休息。打开房门，正对门的墙上挂着一幅粉蓝色的画，画上是一个小女孩的笑脸——就是那次他回国找钱钱"合作"，临走的时候钱钱送他的那一幅。

韩闻逸走到挂画前站定，第无数次打量这幅画作。

这幅画的线条没有什么复杂的地方，颜色也很简单，一共就用了两个颜色——粉色和蓝色。但是钱钱在色彩的层次上下了一些功夫，从浅到深，从浓至淡，使得这幅画虽然只有两个颜色，看起来却很丰富。

粉色和蓝色，一个是最冷的暖色，一个是最暖的冷色，或许是因为颜色的关系，画上雀斑小女孩的笑脸时而看起来天真烂漫，时而看起来又带着些许忧愁。

一件优秀的艺术作品是能够调动观者的情绪的。这幅画，每次韩闻逸心情低落的时候看它，总能感到温暖；可每次心情激荡的时候看它，又会很快平静下来。不可谓不神奇。他在美国的时候，曾有一段时间他把这张画扫描进电脑当作自己的屏幕保护，被同学和老师看见，几乎没有人相信这是一个十几岁的默默无名的中国女高中生画的。

韩闻逸不由得想，当初钱钱是抱着什么样的情绪在画这幅画的呢？是明朗的，还是忧愁的？又或者兼而有之？她现在还在画画吗？

他对着画发了一会儿呆。此时此刻，这幅画带给他的既不是温暖也不是宁静，而是忧伤——画上可爱的小女孩在提醒着他，时至今日，他依然是一条可怜的单身狗。

他无奈地叹了口气，走到书桌旁打开电脑上网。

刚一登录微博，他就被热搜上排名第一的标题吸引了注意力——“T大树洞女生自杀未遂”！

他不由一惊，连忙点开详情查看。

这年头网络太发达了，人一旦受到外界关注，隐私就近乎于无。之前吕彤彤匿名给树洞微博投了个稿，都因为透露的细节被身边人发现，最后公布到互联网上。而她跳楼自杀的事情可比她发一条阴暗的树洞微博要劲爆得多，消息立刻就传开了！短短一两天，竟然已经有多家媒体就此事进行了报道，俨然成了一桩焦点新闻。

网络暴力是这些年来颇受人热议的一个话题，可以说网络暴力几乎充斥着互联网的各个角落。假若网络暴力没有造成什么后果也还罢了，如今闹到了有人自杀的地步，马上引起了轰动，舆论的风向也迅速改变了。

韩闻逸点进去看网友的评论，然而热门评论一路看下来，看得他惊心动魄，眉头快要拧成死结。

“原博主不就是发了条树洞吗？又不是做了什么坏事，谁心里还没点阴暗面了？！希望那些落井下石的浑蛋全部原地爆炸！！”

“最无耻的就是这帮键盘侠！”

“Emmmm……键盘侠虽然恶心，但是这个女大学生自己也有问题吧？这么点事儿就自杀？恕我直言，心理承受能力这么差，上了社会也混不下去。”

这则新闻底下的评论已经有几万条了，评论里的戾气丝毫不比当初吕彤彤树洞的那条微博少。每一条热门微博底下都有数不清的回复，各派人马掐成一团。其中谴责网络暴力键盘侠的是多数，依旧把矛头对准吕彤彤的有一部分，谴责经营树洞号的营销公司的也有些许。虽然这些人立场不同，但他们有着同样的目的——找出一个或者几个责任人，让责任人为这件造成恶劣后果的事情负责！

很快韩闻逸就看到了一条最让他心惊肉跳的热门评论。

“原博主底下评论已经删了，但我截图了。第一个提到T大的人是@网友A，第一个贴照片的人@网友B，这两个贱人就是元凶！严重怀疑他们是吕彤彤身边的人，恶意策划这出戏，逼迫吕彤彤跳楼自杀。建议把他们揪出来严惩！”

这条评论也已经被近千人点赞了。

韩闻逸不敢点开看那两个“元凶”有没有也被义愤填膺的网名扒皮拆骨。他也不敢想象，假若这两位“元凶”也去跳个楼割个腕，下一位“元凶”又该轮到谁呢？

……真是一出荒诞的滑稽戏。

他摇着头，长叹一口气，陷入思考。

就在这时候，他隐约听到外面传来争执声。老房子的隔音效果不怎么好，他屏息凝神听了一会儿，发现声音有点耳熟……好像是钱妈妈的声音！

他立刻起身朝外走去。

韩闻逸一打开房门，就看见钱钱正拖着行李箱往楼下走，钱美文在后面拉她，钱为民则一脸无措地跟在不远不近的地方。一家人拉拉扯扯的，连房门都没关。

“你要去哪儿啊？”钱美文焦急地想拦住钱钱。

“我去朋友家住两天。”钱钱无力地挣扎。

她低着头，垂下的长发遮住了脸，韩闻逸没法看清她的表情，但能听出她的声音有很重的鼻音……

他不由大惊：钱钱哭了？！

“你去朋友家干什么？”钱美文因为着急，也带了几分哭腔，“我们怎么你了？啊？你说啊！”

钱为民平时特能说一教授，伶牙俐齿能把百来个学生忽悠得一愣一愣的，这会儿竟然犯结巴：“是、是啊，有什么话一起回、回家说。闺女，你这算什么？”

钱美文想把钱钱拉回去，钱钱不想回去，但也不好跟妈妈角力。她叹气：“妈……”

钱美文瞪着她，看她想说什么。

钱钱说话的声音很轻，语气竟是哀求的："别拉了……"

她那带着绝望的表情让钱美文瞬间僵住了。

"求你们了，"钱钱的声音依旧很轻，很弱。她把头低得更低了，尽量让头发挡住自己的脸，不让人看见她一颗一颗往下掉的眼泪。"就让我去朋友家住两天吧，好吗？"

钱美文脸上的血色一下就褪去了。

数秒后，钱美文缓缓松开了手。

钱钱提起箱子，转身要走。脚步停了一下，没有回头。

"对不起。"她轻声说。

然后她提起箱子快步跑下楼去。

韩闻逸震惊不已，立刻动身去追。他从钱美文面前跑过，钱美文求助地拽了他一下。

"小韩……"

韩闻逸猛地回头："你们骂她了？！"话一出口，他发现自己的语气过于严厉，但也顾不上了。

"没、没有啊……"钱美文受到惊吓，无措地看着他。

今天白天的时候，钱美文收到了钱钱班上辅导员打来的电话，告诉她H大的选课网已经开放下学期补考的报名了，让她督促钱钱赶紧报名，要不然下学期开学的时候学校就没有办法为她安排补考。

辅导员打这个电话也是出于好心。补考报名一个礼拜前就开始了，他当时就通知了钱钱，但是钱钱一直没有报名。他知道钱钱出了点状况，他以为这种时候有父母的督促能够帮助钱钱改善状况，于是才把电话打到钱美文这里来。

于是钱美文这才知道钱钱旷考的事情。她之前问钱钱要过几次毕业证，想拍照收藏，然而钱钱以找工作入职办手续需要用之类的理由一直推诿，时间久了她就忘了。哪想到钱钱竟然根本就没有拿到毕业证！！

刚知道这个消息的时候钱美文非常愤怒，立刻就想打电话给钱钱问个清楚。然而她稍稍一冷静，意识到这个事情怕是不那么简单，于是改拨老公的号，把钱为民叫回来商量。

钱为民知道消息，也吓了一大跳。

夫妻俩都是搞教育的。以前老师只管把知识教给学生，这几年开始搞思想教育素质教育，老师们也渐渐对心理学和心理疾病有了些了解。他们虽然不清楚具体的情况，但他们能隐约意识到：女儿出问题了。

钱钱回家之前，他们本来说好了，先耐心地问清楚详细的情况，再决定下一步的对策。计划是很好的，可执行起来却是失策的。真到了谈话的时候，谁也没能控制住情绪。

他们问了钱钱几句，钱钱始终沉默以对。钱美文着急了，语气也重了点，事情就开始失控。

钱钱突然就哭了。

她既不知道怎么说，也不想说。她不想哭，又控制不住眼泪。于是她便把自己关进房间里。

钱美文和钱为民问了半天什么都没问出来，又觉得自己不能什么都不做，于是他们改变对策。开始跟钱钱讲道理。

钱美文在门外说，女儿，我知道你可能有压力，可能有你的苦衷，不要紧，妈不问了。但不管怎么说，考试还是要去考的，毕竟这是关系你前途的大事。你先把补考名报了。人生有什么困难，总是要面对的。

钱为民在门外说，闺女，没事儿，别难过。谁还没跌倒过？爬起来就行了。

他们在门外小心翼翼地劝着，开导着，讲着道理。几分钟以后，钱钱开门出来了，手里提着行李箱。她想走，她想先从这里逃开。

“我们只是想跟她讲道理啊，她就……”钱美文也带了哭腔，声音打着颤，“她为什么要这样啊？”

韩闻逸脑海中回荡着刚才钱钱带着哭腔的声音和离去的背影，满心烦躁。讲道理？道理有用的话，还要心理医生干什么！

“叔叔阿姨，”他很突兀地开口，“你们还年轻，现在努力一点都不晚。只要拼搏，你们也有当上世界首富的可能。加油！”

钱美文和钱为民惊讶而茫然地看着他。

“你们瞧，”韩闻逸讽刺地笑了一下，“如果人听道理就能过好这一生，世界上哪里还有烦恼呢？”

他原本还想继续往下说，可话到嘴边又泄了气，颓然地闭上嘴。

他已经很久很久没有这么刻薄而充满攻击性了。他不知道刚才钱家究竟发生了什么，他也不知道钱父钱母钱钱各说了什么。他绝不该如此狂妄地加以评判。今天晚上所有人都在失态，连他也跟着崩盘。

片刻后，韩闻逸抹了把脸，弯腰向钱美文和钱为民道歉：“叔叔阿姨，对不起。”

钱美文和钱为民面面相觑。

韩闻逸没再说什么，一扭身，快步跑下楼，朝钱钱离开的方向追了出去。

钱钱拎着箱子走出小区，准备去外面打车。她哆嗦着掏出手机，给吴妮妮发消息，想让吴妮妮暂时收留她两天。

忽然身后传来脚步声，她紧张地回头一看，发现追出来的人是韩闻逸。她立刻抹了抹脸上的眼泪，把头发拨下来遮住更多脸。

韩闻逸跑到钱钱身边停下。

他没有劝钱钱回去，也没有劝钱钱别哭——他知道劝的人或许是出于好心，不忍看人难过。可人需要时间处理自己的情绪。每一句“别哭了”“开心点”，对于正处在情绪爆发中的人来说，都是额外增加的一份压力。因为他们会以为他们不应该也不能哭。

韩闻逸扯出一个微笑，试图从钱钱手里接过她的行李箱：“你去哪儿？我送你吧。”

然而钱钱抓着行李箱的提手没有松开。

两人就这样静静地僵持。

片刻后，钱钱去拨韩闻逸的手：“不用了，哥，你回去吧。”

“不，天太晚了，你自己走不安全，我送你。”

“不用。”

“我想送你！”韩闻逸的声音拔高。

钱钱僵住。她原本拉着韩闻逸的手腕，想把韩闻逸的手从她箱子上扯开。此刻她那只手微微发抖。

她的情绪又一次到了濒临爆发的地方，而她拼命忍耐。

她声音很轻，颤抖着，哀求：“韩闻逸，别这样好吗？求你了。”

别这样。求你了，别再靠近了。

然而韩闻逸依旧没有松手，甚至是寸步不让。

“你才别这样！”他更加大声地吼了回去。

钱钱怔住。她感受到了韩闻逸的愤怒，可她不知道韩闻逸为什么要愤怒？

韩闻逸仰起头，克制着，压抑着，深呼吸着，怒气渐渐消去。

“别迁怒我，钱钱。”他露出一个苦笑，一样地哀求着，“求你了……”

数分钟后，钱钱坐上了韩闻逸的车。他送她去吴妮妮家。

韩闻逸发动车子，朝着目的地开去，很长一段时间里，他们并没有交流——他得给钱钱一点时间平复情绪。这是只有她自己能够做到的事，谁也帮不上忙。

行程过半，钱钱吸了吸鼻子，终于小声地开口：“哥，对不起。”

韩闻逸听她的语气，知道她情绪最激烈的时候已经过去了。

他问她：“为什么跟我说对不起？”

钱钱咬了咬下唇。当韩闻逸跟她说，别迁怒于他的时候，那一瞬间，她极度惊讶，原来韩闻逸都知道！紧接着，她便非常难过。她也说不清她在难过什么，但她知道一点——她希望难过都是她一个人的，不要牵连到别人。而显然，她已经影响到韩闻逸了。

她低着头，很小声地重复了一遍，对不起。

韩闻逸用力皱了下眉。他见不得钱钱这样。于是他不再追问下去了。

片刻后，他再次开口：“自从我学了心理学以后，我发现这个世界上所有的大道理都是伪科学。”

他知道钱钱或许被父母讲的道理困扰住了。每一个讲道理的人往往都置身事外，他们用轻松的口吻指点江山，从他们口中说出来的道理是多么的轻而易举。然而听道理的人却没有那么轻松。别人口中越是轻松的道理，在他们听来就越是沉重。因为这会加重他们对自己无能的愤怒。

这种时候，他们最需要其实是理解。仅此而已。可惜人与人之间很少有真正的感同身受。

为了解开钱钱的心结，韩闻逸想了想，换上了一个更加犀利的词："或者说，这世界上所有的大道理都是——迷信！"

"什么？"钱钱惊讶地转过头看他。迷信？

韩闻逸问她："你知道科学和伪科学之间有什么区别吗？"

钱钱茫然地摇头。作为一个艺术生，这么高大上的问题还真把她问住了。

"所有不能够被证'伪'的全部都是伪科学。比如牛顿告诉我们作用力是相互的，只要你能够找出一个反例，你就能够理直气壮地推翻地他的这条定律。因为这是科学。"韩闻逸顿了顿，接着道，"而伪科学却可以用一套滴水不漏的流氓逻辑来解释这世界上的所有事，并且不可被推翻。比如说，最常见的例子是——宗教。"

钱钱一脸疑惑地看着他。

"宗教告诉我们，只要虔诚地信仰神，神就会给我们带来好运。而且我们找不出一个反例！假如我们得到了好运，那是神的眷顾；假如我们没有得到好运，那是因为我们对神还不够虔诚。无论结果是好是坏，它都有它的说法，只要遵循它的逻辑，它就永远无法被证'伪'！"

钱钱更加蒙了。

韩闻逸又道："从某种程度上来说，大道理和宗教是一样的。绝大多数的道理都在告诉我们一件事：只要我们努力，我们就会变好。如果我们没有变得足够好，那就是因为我们还不够努力。我们应该再努力，更努力，拼命努力，就像我们应该对神虔诚虔诚更虔诚一样……你看，这和宗教有什么区别？照着这一套逻辑，它就是永远都不会出错的真理！"

钱钱听懂了他的意思，但却不能认同：“你这才是歪理吧？大道理怎么能跟迷信相提并论？难道做人可以不需要努力吗？”

“不，我不是说我们不需要努力。”韩闻逸通过后视镜看了她一眼，认真地说，“而是说，我们可以不用被所谓的‘真理’绑架。”

钱钱又是一怔。不用被真理绑架？

“就好像当我们交了好运的时候，我们可以感谢神明的恩赐。”韩闻逸笑了笑，“但当我们交了厄运的时候，我们大可不必归咎于我们对神明还不够虔诚。因为……这就是人生，不是吗？”

钱钱半天没吭声，韩闻逸这套哲学辩证法绕得她脑子里晕晕乎乎的。她思考了半天，好容易把逻辑给理顺了之后……心里的某一个角落忽然被触动了。

韩闻逸是在告诉她，努力可以让人变好。可人不够好，未必是还不够努力。

韩闻逸是在告诉她，不必过于自责。

好半天，她终于露出了晚上出门以来的第一个笑容。

“哥，”她忍不住问道，“你以前有没有参加过辩论队？”

“没有。”韩闻逸说。他没转去学心理学那会儿还是个挺高冷挺寡言少语的人，也是后来才渐渐变得豁达的。

“喔……那你们学校辩论队真是错失了一个人才。”钱钱摸摸耳朵，“这么简单一个道理，你居然能掰扯出一篇论文来。”但不得不承认，这篇论文给这个观点进行了充分的润色，并且打动了她。她现在是真的感觉比刚才轻松了很多。

“为什么这么问？”韩闻逸问她。

“因为我爸以前带过学校的辩论队，”钱钱感慨，“而你比我爸带的所有队员……不，你比我爸本人还能说！”

钱为民一哲学教授，别的大本事没有，就是特别能贫。一张嘴就古今中外各种引经据典，辩证思维用的溜溜的。整个 T 大家属区里，每次吵架都能吵赢老婆的估计也就独他钱大教授一个了。

韩闻逸笑了："这叫严谨求实。我是一个信奉科学的人。"

"这跟我爸说的话也很像。我爸老爱说他是一个辩证的人，他每次能辩证到我妈放弃文斗，直接跟他进行武斗。"钱钱忍不住起了身鸡皮疙瘩，"以后谁当了你老婆，会不会也让你给忽悠瘸了？"

韩闻逸斜她一眼："你瘸了没？"

钱钱：韩闻逸这是在耍流氓吗？

韩闻逸看她吃瘪的样子，忍不住轻笑出声。他这一晚上阴郁的心情也总算是好转了不少。

他也是看人下菜的。倘若换成一个整天在家好吃懒做的死宅，他绝不会和他说人生可以不用拼命努力这样的话。而钱钱，她对她自己的要求和期望都太高了，能帮她卸下一点担子，是件好事。

过了一会儿，韩闻逸小心地开口："钱叔叔和钱阿姨那里……"他并不是想当和事佬，但是如果能够解开和家人之间的心结，对钱钱减轻心理压力是有好处的。

钱钱默然片刻，苦笑："我不是……我只是，暂时不知道该怎么面对他们。"

她说的语焉不详的，但韩闻逸听明白了。她不是责怪她的父母，她只是需要一点空间和时间。他明白了，于是便不再说了。

在韩闻逸的开导下，当车开到吴妮妮家楼下的时候，钱钱的心情已经好了很多。

两人下车，韩闻逸打开后备厢，准备帮钱钱把她的箱子取出来。钱钱忙上前："我自己来我自己来。"

为了争抢行李箱，钱钱挤到韩闻逸身边，两人贴得极近。她正要弯腰去搬箱子，韩闻逸突然一只手拉住她的胳膊，将她轻轻一带，她就一头撞进了一个温暖结实的胸膛。

韩闻逸抱住了她。他不是蓄意而为，只是今天晚上理智崩坏了，到现在还没能修复好。当她靠近的时候，他很想这么做，于是就这么做了。

他这个突如其来的举动让钱钱全身僵硬，心脏的血哗啦啦往上涌，心如擂鼓，头脑发涨。

好几秒之后，钱钱才意识到发生了什么。她的理智告诉她应该远离这个怀抱，应该跟这个人保持距离。可是她的理智和情绪发生了冲突。而今天晚上，她和韩闻逸一样，在冲突中理智总是被它的对手压倒性地打败。

片刻后，她抬起手，反搂住了韩闻逸的腰，把脸更深地埋进韩闻逸的胸口。

腰上传来的力度让韩闻逸也僵了一下。钱钱会回应，出乎他的意料！他立刻更用力地收紧胳膊，闭上眼睛，感受彼此的心跳。

两人就这样静静地拥抱了一会儿，钱钱松开手，想从韩闻逸怀里离开。韩闻逸一开始不舍得放，可钱钱推了他两下，去意已决，他只能不情不愿地松开。

钱钱从后备厢取出自己的行李箱，后退几步，对着韩闻逸笑："哥，谢谢你的拥抱。我感觉好多了。"

韩闻逸看着她哭肿的眼睛，欲言又止，最后只是"嗯"了一声。

"那我先上去了，你也早点回去休息吧。"钱钱一边说，一边不断地后退。

韩闻逸目光沉沉地看着她，没说话。

钱钱眼神闪烁了一下，拎着箱子转身离开。

韩闻逸目送她的背影进入居民楼，无奈地叹了口气。他倒是想趁热打铁，不过今天这种情况他要是真做了什么，恐怕不能叫趁热打铁，而要叫乘人之危。

人在不顺心的时候总会发扬一下阿Q精神自我安慰，要不然这日子为免过得太苦了。这一点韩闻逸也不例外。他心想，现在越是压抑，以后爆发起来就越是厉害。躲吧躲吧，你就躲吧！总有一天，全都让你补上！

这样自我宽慰一番以后，韩闻逸心情明朗了很多，上车回家了。

韩闻逸回到小区，只见大晚上钱为民身上穿着那件破洞的老头衫，踩着一双居家拖鞋，在花坛边上坐着发呆。刚才他追着钱钱从家里出来以后大概就没回去过了。这盛夏时节，外面固然凉快，可蚊虫也多，他穿成这样，不定被叮了多少口，他却毫无知觉似的。

韩闻逸迟疑片刻，朝他走了过去。

“钱叔叔。”

钱为民心事沉沉，反应有点慢，直到韩闻逸叫到他第二声的时候，他才反应过来。

“啊……小韩。”钱为民恍惚地看着他，“你回来了啊。”

“我送钱钱去她吴妮妮家了。她安全到了。”

钱为民点点头。吴妮妮跟钱钱的交情差不多有十年了，钱家父母认得她，对她也是放心的。

韩闻逸在钱为民身边坐下。事情已然到了这个地步，隐瞒只会使隔阂增大。

“钱叔叔，”他说，“钱钱被医院查出患有焦虑障碍症。这是一种心理疾病。”

“啊？”钱为民震惊地看着他。他对这种病不是很了解。但心理疾病是什么他还是知道的。“焦虑障碍？！”

“我还不是很清楚是哪些原因导致了她的焦虑……”韩闻逸有些迟疑，但还是说了下去，“但我现在已经能够知道的是，别人太高的期待会使她焦虑。她害怕她自己做得不够好，会让别人失望。”

刚才他在车上跟钱钱交谈，听她的话，他明白了她离家出走的原因并不是和父母有难以调和的矛盾。而是她太害怕令别人对她失望。所以延毕的事情她瞒到现在，所以她在被发现之后情绪失控。双亲失望的眼神和话语像是千斤的重担，压得她喘不上气，所以她只能逃走。

钱为民睁圆了眼睛，半晌不知道该说什么。这些事情钱钱从来都没跟他提过。

韩闻逸就默默地坐在他身边。他知道钱为民需要时间来消化这些。

钱为民还在发怔。

他作为一个教书匠，教师之间经常会讨论的一个话题就是现在的小孩子心理承受能力越来越差，一点挫折就扛不住，完全不像他们那个年代的人。早几年他也支持这个说法。想当初他年轻的时候，身边的人好似一个个都血气方刚，皮糙肉厚，跟现在的孩子不一样。

可年纪越长，见的人越多，他已经不再认同这个说法。难道人性会随着时代而改变吗？普天之下哪有这样的道理呢？无论古今，无论中外，人性是恒常的，改变的明明是环境和观测者。

他年轻的时候看身边的同龄人，和他年长之后以教师、家长的身份看待年轻人，得出不同的结论，是因为他改变了看人的角度和期望值。兴许这些年轻人之间互相审视，也和他当年一样觉得同伴们都血气方刚，皮糙肉厚。

而所谓的孩子们抗压的能力越来越差了……难道不是时代和环境给予孩子们的压力确实越来越大了吗？当初他们那一代人，兄弟姐妹一大家子，没有一个孩子需要肩负父母的……甚至是整个家族的全部期望。他们输得起，他们有后路可退。可现在的孩子未必敢输。

良久，他回过神，长长叹了口气："我知道了……谢谢你能告诉我这些。"

韩闻逸起身，歉然地向钱为民鞠了个躬："叔叔，今天晚上我对您和阿姨不礼貌，真的很抱歉。是我当时情绪太激动了。"

钱为民摆摆手："没事。我知道，你是个好孩子。"

韩闻逸对钱为民笑了笑。时间已经很晚了，眼见钱为民还没有上楼的打算，他向叔叔道了别，自己先回去了。

钱为民目送他的背影进楼，心里有点纳闷。这小子今晚情绪为什么这么激动？不知道的还以为家庭矛盾的主角是他呢。

想着想着，他忽觉身上奇痒无比，低头一看，胳膊腿上竟然已被蚊子叮了无数红包。刚一直想心事，居然都没察觉！

他赶紧跳起来，挠着蚊子包回家去了。

钱钱虽然离家出走了，但是心理咨询还是要继续的。

周末她要去金意申那里做咨询。她跟韩闻逸说了她会自己过去，可是等她从吴妮妮家里出来的时候，韩闻逸的车又已经停在下面了。

“上车吧。”韩闻逸摇下车窗对着她笑。他不光是一个信奉科学的人，他也是一个信奉烈女怕缠郎的人。

他都特意过来了，钱钱总不能让他打道回府，也只好老老实实上车。

刚一上车，韩闻逸还没来得及说话，钱钱的手机铃声响了。她拿出来一看，是那天电脑送修的时候维修小哥给的号码，她赶忙接起来。

对面说了没两句，钱钱猛地坐直了身体，又被系好安全带给压了回去。

“什么？！硬盘坏了？”钱钱震惊地问，“那我电脑里的文件呢？”

“文件都没了。”维修小哥说。

“重装C盘也不可以？！D、E、F盘里的东西呢？还能找回来吗？”

“硬盘坏了，电脑里的所有东西全部没有了。”维修小哥特意加重了所有俩字的语气。“你同意的话我们现在给你换一个新的硬盘，这样你的电脑就能用了。”

“不不不！”钱钱话都说不利索了，“电脑我不要了都行，我要电脑里的文件啊！你们再帮忙想想办法行不行？我可以加钱的！”

韩闻逸忍不住扭头看了钱钱一眼。想必她电脑的文件对她来说很重要，她的表情非常焦急。

然而电话那头的维修小哥依旧冷漠地对她的电脑宣判了死刑：“这不是加不加钱的问题。硬盘坏了，就真的没办法了。”

双方又纠缠了一阵，维修小哥话把说得很死，没有办法就是没有办法，电脑里的文件一个都找不回来。

钱钱绝望地挂断电话。

她电脑里有她多年以来的画稿和设计稿，也有她接单为甲方做的图。虽然很多成品她有在网上备份，但是原稿和过程稿都只有她的电脑里有。何况还有很多未完成的作品以及零碎的灵感记录，这些连备份都没有！这些稿子虽然不值什么钱，对她的意义却绝非金钱能衡量的。

“怎么了？”韩闻逸问她，“你电脑硬盘坏了？”

钱钱六神无主地点头。

硬盘坏了的确是一件很棘手的事，韩闻逸也经历过这样的困境。他劝道："别着急。要不你找越明宇问问。"

"越明宇？他会修电脑？"钱钱震惊地看向韩闻逸。IT 工程师和修电脑不是一回事吧？

"他在进我们事务所之前是一个很厉害的独立开发者，"韩闻逸说，"听说他认识很多业界牛人，无论软件还是硬件方面的人脉他都有。找他问问，也许会有办法的。"

"独立开发者？"钱钱茫然。那是什么？

"他能够独立开发软件或者游戏，"韩闻逸解释道，"《无聊的人类》你玩过吗？就是他开发的。"

钱钱大惊！《无聊的人类》是前几年曾经很火的一款小游戏，游戏操作不复杂，但是特别有魔性，当时她跟很多朋友都玩过。那居然是越明宇开发的？！还是独立开发的？！

深藏不露啊！！

她当机立断，马上找到通讯录里越明宇的号码拨了过去。数秒后，电话接通了。

越明宇不走寻常路，连接人电话都懒得开口。钱钱等了好几秒，连声"喂"和"你好"都没听见。她不由拿远手机看了一眼，确保电话是接通了没错，才小心翼翼地开口："小明？我是钱钱，你听得到我说话吗？"

那头的越明宇这才懒洋洋地抛出一个字："说。"

钱钱连忙把刚才维修小哥的判断和结论转述给越明宇听。说完之后，她紧张地问道："我电脑里的文件还有可能找回来吗？"

她很害怕越明宇也会像维修小哥那样斩钉截铁地告诉他不行。幸好越明宇没有。他冷冷淡淡地扔出八个字："电脑拿来，我找人修。"

钱钱倒吸一口冷气。虽然电脑还没修，甚至越明宇都没见过她那台破电脑受损到了什么程度，但他轻描淡写的态度，让她刚才几乎已经绝望的心瞬间就充满了希望。

"明哥！！！"她感激涕零，"你是我亲哥！！！"

边上的韩闻逸手一抖，差点压实线变了根道。

挂了电话，韩闻逸见钱钱脸上的愁容散了，问道："他有办法？"

钱钱用力点点头，内心已然对越明宇肃然起敬。原来小明同学这么厉害，以前也太深藏不露了！

"他既然能做独立开发者，他做游戏赚的钱不够花吗？"钱钱好奇，"我还以为这年头游戏行业很赚钱呢。"

"除非他把买房当作兴趣爱好……"韩闻逸皱眉，"不然我很难想象他赚的钱会不够花。"

钱钱惊道："他一年能赚多少钱？"

"具体的数字我不清楚，"韩闻逸想了想，"七位数？八位数？总之，游戏行业的确很赚钱没错。"

钱钱掰着手指数七位数八位数到底是什么概念，数完一遍不敢相信，又重数一遍，还是不敢相信，再重数一遍，数得自己两眼发黑。

"那他为什么还要来我们事务所上班？"钱钱不敢置信地问。她要是一年有这个收入，她一定会把所有甲方都打包扔到索马里海沟去，并从此投入自由女神的怀抱。

"谁知道呢？"韩闻逸耸耸肩，脑海中不由浮现出越明宇那张拒人于千里之外的面瘫脸。

为什么？

这个问题的答案，也许连越明宇自己也在找吧。

这一次的心理咨询，金意申又和钱钱聊了一些关于她焦虑时的感受。

每一次在心理咨询师的帮助下重新整理记忆，她都能从回忆中找出一些曾经被自己遗忘或忽略的细节。

焦虑的症状是一次又一次加重的。上一次的失败会导致她下一次对自己有更高的要求。第一次，她想的或许只是完成一幅能得优的作品；第二次，她开始期望自己能够完成一幅完美的作品；第三次，她甚至开始期望自己的作品一鸣惊人，名声大噪……

不这样的话，她不知道要怎样才能给那些对她一次又一次失望的人一个交代。

跟金意申聊完以后，钱钱靠在沙发上闭目休息了一会儿。她感觉十分疲惫。

有些想法说出来之后觉得十分幼稚可笑，可这样的念头埋在心里的时候，越幼稚，越可笑，反而越顽固。越隐而不发，就越强烈渴望。

“谢谢你，金老师。”钱钱说，“每次跟您聊完都很有收获。”

金意申递给她一张擦汗的纸：“因为你自己每一次都会对自己有更深的了解。”

说实话，钱钱取得的进展之快连金意申都有些吃惊。心理咨询的过程是一个帮助来访者更了解也更接纳自己的过程，但聊了几十次一无所获的也大有人在。现在的进展跟钱钱自己的努力和配合是分不开的。

“我给你布置一个功课。”金意申说，“能帮你更快地了解自己。”

“什么？”钱钱连忙问道。

“不断问自己为什么，问到答不出来的时候可以休息一下，休息完了再继续。”金意申给她举了个例子，“比如你在考试之前觉得焦虑，问自己，为什么焦虑？是因为你怕自己不能够做到完美？那为什么你想要做到完美？是因为你不想让别人对你失望？那为什么你这么在乎别人的看法？”

这是一个没有终极答案的过程，就像俄罗斯套娃，一层一层往里剥。而且答案是什么，并不重要。重要的是，在这个不断提问的过程里，人会对自己有一个更全面更深入的了解。

金意申说：“我期待你下次再来的时候，能够跟我分享一些你的收获。”

钱钱点头：“好。”

钱钱做完心理咨询回到吴妮妮家，家里没有人。

大周末的，吴妮妮不知道她出去以后什么时候会回来，就和张西约会去了。钱钱的电脑又报废了，无事可做，她便取出一份纸笔，照着金意申的要求开始尝试对自己提问。

她咬着笔想了一会儿，在纸上写下了第一个问题。

“我为什么要离家出走？”

“因为我不知道怎么面对他们。”

“为什么我不敢面对他们？”

“因为我害怕他们对我失望。”

“为什么我害怕他们对我失望？”

每往下写一行都是很艰难的，有的时候一个为什么后面跟了好几个不同的答案，她得认真想想，哪些是她给自己找的借口，哪些是真实的感受，又有哪一个是诸多理由中最重要的一个。

想着想着，她忽然想起以前的一件往事来。

钱美文和钱为民是三天两头就要吵架的，大多时候只是一些小小的拌嘴，偶尔也会大吵大闹。至于钱钱，也经常会跟母亲有一些争执。

有一天钱美文不知道是吃了炸药还是怎么的，大清早先跟钱为民狠狠吵了一架，中午又跟钱钱吵了一架。

钱钱非常生气地从家里跑出来，在院子里碰上了被老妈赶出家门只能在外乘凉的老爸。

她在钱为民身边坐下，气鼓鼓地问他：“爸，你当初为什么会跟我妈结婚？”

钱为民往她脑门上不轻不重地拍了下：“怎么说话的？”

钱钱不服气地捂着脑门：“我妈脾气那么大！而且她又不喜欢你写的东西、你看的书、你做的研究，你们俩到底怎么凑一起去的？”

钱为民瞥了女儿一眼：“你怎么知道你妈不喜欢？你妈可喜欢！”

钱钱大惊！

从小带大，钱家夫妻吵架，钱美文总是要骂丈夫，整天就知道研究劳什子狗屁哲学，哲学能吃能喝吗？哲学能赚钱吗？哲学能变成漂亮衣服吗？腐儒！

钱钱以为母亲和那些和哲学家们简直有血海深仇。就算没有仇，那也无论如何跟“喜欢”两个字沾不上边的吧？

钱为民笑了笑，眼角挤出好几道褶子："你妈要是不喜欢，你以为我当年是怎么把她追回来的？在没有你以前，她比我还喜欢尼采，喜欢黑格尔。"

钱钱这下不光大惊，还失色了！老妈比老爸喜欢哲学？！

钱为民说："你妈以前吧，也是个天不怕地不怕的人。我们俩背上几本书，几件衣服，揣上几百块钱，就去西藏待了一个月……"

他说到一半，发现跟女儿说这些似乎不太合适，便戛然而止。

父女俩并肩在花坛边上坐了一会儿，钱为民又说："你还小，你不懂。人长大以后，拥有的东西越多，在乎的也就越多。人可能会追求一些以前觉得不重要的东西，也可能会……唉，我跟你说这些乱七八糟的干什么，你最好永远都不要懂。"

那天他们父女俩的谈话很奇怪。钱为民欲言又止的，既想说，又不想说，最后说了些乱七八糟的话。

当时钱钱确实不懂父亲在说什么，只觉得莫名其妙。可有一些话还是印在了她的脑海里。

直到后来的有一天，她在书上看到一段话。

书上说，母兽养了小兽以后，激素会让母兽变得很有攻击性。因为它们必须保护自己的孩子。

她也逐渐开始明白父亲那天的欲言又止是因为什么。

那天钱为民觉得自己不该说这些。可他又想让年幼的女儿也能稍稍理解一下父母……

理解一下父母的不完美。

……

钱钱写不下去了。她把纸笔推到一旁，趴在桌上，把头埋在臂弯里。

不知道趴了多久，她爬起来，找出手机，登录选课网，打开补考报名的页面。她对着色彩构成四个字发呆。

犹豫良久，她眼睛一闭，按下了"确认"选项。

韩闻逸回到家，在楼下碰到了也正准备上楼的钱美文。

“小韩啊。”钱美文叫住他。

“钱阿姨。”韩闻逸向她问好。

那天晚上韩闻逸跟钱为民说的话，钱为民回去已经转告钱美文了。钱美文担心地问韩闻逸：“小韩，是你在帮钱钱做治疗吗？”

韩闻逸摇头。

“啊……”钱美文不知道该说什么。片刻后，她问，“那，你是专业的人，你告诉阿姨，阿姨跟叔叔应该怎么做？”

韩闻逸犹豫。要不要家人帮忙，那应该是钱钱做决定的事。他想了一会儿，开口：“理解……阿姨，多给她一点理解吧。”

钱美文呆了好一会儿，才慢慢地点了下头。

回家以后，钱美文一看时钟，已经到饭点了。今天钱为民不在家，没人烧菜。她跑到厨房，想看看冰箱里有没有食物，一打开冰箱，就看见了一把芹菜。

是那天钱钱带回来的，这两天钱为民没心情烧菜，就把菜扔冰箱了。

钱美文把芹菜拿了出来。

忽听“啪”的一声，有东西从芹菜束里滑落，掉在了地上。她忙弯下腰去捡，却发现掉在地上的东西竟然是一个首饰盒。

“这什么东西？”钱美文莫名其妙地放下芹菜，捡起首饰盒，“谁把这东西放冰箱里的？”

她捧着盒子左右打量了一会儿，打开了首饰盒。

里面静静地躺着一串光泽油亮的珍珠项链。

钱美文先是一惊，随后怔怔地对着珍珠项链发了很久的呆。直到视线模糊了，她看不清珍珠项链的样子。

她一开始压着声音，后来想起家里没有人在，终于放声大哭起来。

周一，钱钱把电脑搬去公司，交给了越明宇。

“真的能修好吗？”她担心地问越明宇。

越明宇看了钱钱一眼。

物理性的硬盘损坏确实很难修复，修的话只能用物理性的手段修，把损坏的元件去除，拼上好的元件，如此一来能保住硬盘里的大部分文件。越明宇本想说修多少算多少，可看到钱钱忐忑的表情，他鬼使神差地问道："你的文件很重要？"

钱钱认真地点点头："很重要。"

越明宇"哦"了一声："那就能修好。"

钱钱怔了一怔，顿时喜上眉梢："明哥！！谢谢！！"

越明宇"嗯"了一声，收回视线继续看自己的代码，余光却依然停留在钱钱的身上。

钱钱来的时候还有些搭眉丧眼的，在听到越明宇的保证之后，她简直乐开了花。这时候谁要是在办公室里放首背景音乐，她怕是能当场跳一曲。

快乐是能够传染的。越明宇也跟着高兴起来，脸上情不自禁地多了一分笑意。

于是肖巴回到座位上坐下的时候，就看见对面的小明同学一边敲着代码，一边诡异地笑了起来……

肖巴脸上顿时露出了惊恐的表情。这人到底什么毛病？代码使他快乐？

察觉到肖巴的目光，越明宇往他的方向瞥了一眼。四目相对，两人很有默契地互相摆出鄙夷和嫌弃的神色，目光一接就走，内心同时发出吐槽——

越明宇：神经病！

肖巴：怪胎！

然后……然后他们就开始各自干活了。

韩闻逸快中午的时候才到事务所，一上楼，就听见钱钱欢快的声音。

"明哥明哥，你中午吃什么？我请你啊！"求人办事，这点诚意还是要有的。现在钱钱已然完全抛弃了"小明"这个称呼，每每开口，都是满怀敬意的“明哥”。

越明宇面无表情地回答：“蛋炒饭。”马路对面的苍蝇馆子，蛋炒饭八块钱一份，他常吃那个，方便快捷。

“明哥怎么能吃这么简陋的午餐！”钱钱马屁拍的那叫一个响，“三文鱼刺身好不好？隔壁商场的日料店，我吃过，挺新鲜的。我来叫外卖！”

越明宇没反对。

韩闻逸听钱钱对越明宇语气谄媚，心里不由有些酸溜溜的。他心想：怎么请人家吃饭，就吃三文鱼，请我吃饭，就去学校食堂吃面？这种差别对待好吗？——这时候他倒忘了，去食堂吃面明明是他自己提出来的。

过了一会儿，他又开始发扬阿Q精神，心想：自己人跟外人当然不一样。生鱼片有什么好吃的？T大食堂别人想吃还吃不到呢！

他就这么自我宽慰着回办公室去了。

过了一会儿，刘小木去他的办公室找他。

刘小木走到他办公室的玻璃门外，正要敲门，却发现屋里的师父样子很反常。韩闻逸仰靠在皮椅上，盯着天花板出神，不知道在想什么心事，时而双眉微蹙，时而目光柔和。嘴角一会儿往下撇，一会儿又勾了起来。

刘小木：真的不是他想损人，韩闻逸现在的样子，让他又一次忍不住想到一个四字成语——少女思春。

韩闻逸完全不知道，他用渊博学识在徒儿心目中辛苦建立起来的那点威严形象，已经被他一半明媚一半忧伤的气质给毁干净了。

刘小木推门进去，韩闻逸这才回过神来。

“师父，”刘小木说，“刚刚有人来电话，想预约你的咨询。我跟她说了，你现在不接咨询。我推荐她找我们事务所别的咨询师。”

“嗯。”韩闻逸点点头。他最近事情很多，没有时间接咨询工作。所以但凡有人冲着他找上门来，就推荐给其他的咨询师。如果是真心想求助的人，其他咨询师也能接待。如果只是想趁机跟他接触的粉丝，这就是一种变相的拒绝。

“可她不想找别人，只想找你。”刘小木为难地说，“我本来以为她是你的粉丝，但是她又说，她最近因为腿骨折了不能走动，想问你能不能去医院给她做咨询……我感觉她好像是真的需要帮助。”

如果只是粉丝，刘小木直接把人挡下就结束了。可是刚才他接的那个电话，打电话的女孩的语气畏畏缩缩的……他知道人们来求助心理咨询不是件容易的事，他担心把真正需要的人拒之门外，会害了人家，所以还是忍不住来找韩闻逸了。

“医院？”韩闻逸奇道，“哪个医院？”

“T 大的校医院。”刘小木说。

“什么？”韩闻逸一惊，“她叫什么名字？”

刘小木忙翻了翻自己登记的记录：“叫吕彤彤……哎，这个名字怎么感觉有点熟？好像在哪里见过？”吕彤彤自杀未遂的事情上了新闻，他也看过那条新闻，只是一时半刻没把人对上号。

韩闻逸眉头一跳，只思考了两三秒就当机立断做了决定：“这个咨询工作我接了。你去跟她约时间吧。”

“啊？哦！”刘小木没想到韩闻逸会答应得那么爽快，赶紧出去跟人联系了。

下午韩闻逸就离开了事务所，去 T 大校医院里找人。

他到了医院，跟护士说明来意，护士便将他领进病房去。

在此之前，韩闻逸跟吕彤彤并没有打过照面。只是那天早上在操场上，韩闻逸见过吕彤彤的一个背影。他推开病房门进去，只见病床上躺着一个面容憔悴的女孩，腿上绑着厚重的石膏，被高高吊起来。

“你好，我是韩闻逸，是十二心理咨询事务所的心理咨询师。”韩闻逸和颜悦色地跟吕彤彤进行自我介绍。

吕彤彤见到他，有些慌乱和拘谨。虽然是她把韩闻逸约过来的，但见到了真人，她还是放不开。

“我听说你每天都在操场上晨跑？”韩闻逸夸奖道，“真有毅力。”

他从日常生活话题切入，渐渐地让吕彤彤不再那么紧张。

等吕彤彤放下了戒备，两人才开始正式切入话题。

吕彤彤说起她的好朋友，她说她住院以后柳献来看过她几次，但她一直没让她进来。不是因为柳献哪里不好，而是她无颜面对柳献。她说她知道自己阴暗又恶心。

“医生。”吕彤彤低着头，小声道，“你骂我吧。”

“我不是医生。”韩闻逸微微皱了下眉头，“我也不会骂你。”

心理咨询师跟心理医生不一样，心理医生接触的更多的是精神病患者，而心理咨询师接触的则大多是受到困扰的普通人。别人有叫他韩老师、韩先生，也有叫他小韩的，倒是吕彤彤，一开口就管他叫医生。

——从这个称呼就能看出，她把他放在了一个权威的审判者的位置上，而她自己则是受审的人，她太习惯这种跟人相处的模式了。

而韩闻逸首要做的就是打破她的这种心理模式。

韩闻逸的回答让吕彤彤有些惊讶：“你、你不骂我？”

韩闻逸笑了笑：“你一个小时给我这么多钱，我为什么要骂你？你放心，什么都可以说，我绝不会说你一个‘不’字。”

吕彤彤呆呆地看着韩闻逸。她以为她被人批评以后心里会好受，她以为被人骂了之后她心里就可以不用那么内疚，所以当她做错事的时候，在别人开口骂她之前她就自觉主动地做好挨骂的准备。这还是第一次有人跟她说，无论她讲什么，绝不会批评她。她有点无措，但内心竟然感到雀跃。原来不会被人批评，是一件这么值得高兴的事？！

韩闻逸没有问太多关于她和柳献的事。即使吕彤彤说让她感到困扰的是她对柳献的阴暗心理，但在韩闻逸看来，这根本不是什么问题，或者说，这不是问题的本源。吕彤彤最大的问题在于，她根本不懂得如何面对和处理问题。于是她做错事便去求人骂，恶毒的谩骂和对生活造成的影响她又承受不了，她又用自我伤害来逃避。

韩闻逸问吕彤彤：“你住院以后，你父母来看过你吗？”

吕彤彤惊恐地摇头：“我求学校的老师不要告诉他们。如果他们知道了，他们真的有可能会打死我！”幸而他的父母不大会上网，因此也没有从网上看到消息。

韩闻逸皱眉。他相信吕彤彤的父母不会真的打死女儿，但他们在女儿内心刻下的恐惧也是真实的。

当他看了吕彤彤发的树洞帖后，他就对吕彤彤的家庭成长环境有些许猜测。接下来的谈话完全印证了她的猜测。谈起家庭和家人，吕彤彤脸上的畏惧表情就没有消失过。

吕彤彤说，她的父母都十分严厉。

韩闻逸想让她聊聊童年时的朋友，她说她小时候如果跟同伴吵架或者打架，不管是谁的错，回到家里都被母亲狠狠责骂。

韩闻逸想让她聊聊她对美的看法，她说她上中学的时候瞒着家里偷偷去打了个耳洞，回家以后被发现，父亲狠狠打了她几个耳光。

韩闻逸听得直皱眉。这似乎是一个坚信棍棒底下出孝子的家庭，这似乎是一对认为对孩子不严厉管教就会走上歪路的父母。

韩闻逸想了想，问道："彤彤，有没有可能让你的父母一起来做心理咨询？"

吕彤彤目光惊恐地看着他，仿佛他的计划是要准备恐怖袭击。

"不行吗？"

"你疯了吗？！"吕彤彤吓到破音。她还以为韩闻逸是在跟她开玩笑。来真的？！

韩闻逸失笑："好吧，那算了。我们继续聊。"

话是这么说，他心里却忍不住暗暗叹了口气。

韩闻逸知道，严厉的父母或许是想通过管教和打骂让女儿不要再犯错。但是世界上哪有不会犯错的人？粗暴的管教方式反而损害了孩子的责任感，反而会让孩子变得不能独立自主。他们在犯下错误的时候，本能地以为自己应当挨骂甚至挨打。然后？还有什么然后？不够要不您再骂一顿？

这样的家庭是最适合也最应当接受家庭治疗的。但这又存在一个悖论。因为这样妄图树立权威的父母，往往又是最不愿意改变的，让他们跟子女一起平等地坐在咨询室里接受平等的裁决，简直能要他们的命。

韩闻逸在确定了吕彤彤无论如何也不可能接受家庭治疗之后，只能改变了自己的咨询思路。他要尝试在咨询中培养起吕彤彤的独立感和责任感，反正她已经成年了，她有能力摆脱家庭的影响。

经过一个小时的倾诉和韩闻逸的开导，吕彤彤轻松了不少。

韩闻逸跟她约好了下次咨询的时间，收拾东西准备离开。离开前忽然又想起一件事儿。

“你是怎么想到来找我咨询的？”韩闻逸问。以他的经验，像吕彤彤这样性格的人，能够迈出求助咨询的这一步并不容易。

吕彤彤有些惊讶：“钱钱没有告诉你吗？”

韩闻逸摇头。

于是吕彤彤伸长胳膊想去够床头柜。她的腿打石膏吊着，行动很不方便，韩闻逸忙上前：“我来。你找什么？”

“在第一个抽屉里。”

韩闻逸拉开床头柜的第一个抽屉。那里面有一张叠起来的纸。他把纸拿出来，展开。

这是那天钱钱托护士转交给吕彤彤的信，韩闻逸一眼便认出了钱钱的笔迹和画迹。

韩闻逸知道钱钱给吕彤彤写这封信应当是想劝吕彤彤接受心理咨询，但出乎他意料的，简短的信上没有一句话是苦头婆心的劝说，也没有一句提到接受心理咨询能给吕彤彤带去什么样的好处。

这封信更像是十二事务所，或者说是韩闻逸本人的宣传单，信上每一个字都在夸奖韩闻逸。

“他真的超级聪明，超级厉害，超级会说话。最重要的是，他还超——级帅！本人比视频里还要帅一万倍！相信我，我绝对没骗你！！！”

“讲真，彤彤，你要不要找他聊聊看？不说别的，看看帅哥也好啊！”

钱钱在纸上画了一个男人，虽然是简笔画，可竟然很传神的跟韩闻逸真有几分相似。因为她要向吕彤彤介绍韩闻逸。而右下角钱钱画了一个星星眼花痴脸的小女孩，那代表她自己。

钱钱比谁都明白，想要劝一个人接受心理咨询绝不是一件容易的事，任何一句话都有可能给内心敏感造成心理压力。所以她不自以为是地揣度吕彤彤的心理，也不居高临下地对吕彤彤提出建议。她就只是介绍，用轻松愉快的方式告诉吕彤彤她可以有这样一个求助心理咨询的选择。甚至最后她也想尽办法地给吕彤彤找台阶下。她说，看看帅哥也好啊。她不是真的建议吕彤彤来围观帅哥，她是怕她心里有压力，所以帮她找一个求助的借口。

韩闻逸把纸上夸他的那几句话来回看了好几遍，不住地傻笑。假如他现在的样子被人拍下照片传到网上，不知要有多少少女心碎了——她们心中英俊完美的白马王子竟然也有笑得这么傻气的时候！

韩闻逸又仔细端详钱钱画的他的画像，心想：她练习过吗？要练习多少次才能这样寥寥数笔就将他的特征勾勒出来？

他想忍住笑，却怎么也忍不住，嘴角几乎咧到耳根。他问吕彤彤："这张纸能给我吗？"

说实话，吕彤彤舍不得。钱钱的用心韩闻逸能看得出来，她难道看不出来？这些天这封信她来回看了很多遍，在她伤心难过的时候给了她不少安慰，她很感激有这样一个萍水相逢的朋友能对她如此温柔用心，也让她最终鼓起勇气给十二事务所打电话求助。但韩闻逸那笑得几乎要融化了的表情也让她很难拒绝。

最终，她勉为其难地点了下头。

"谢谢。"韩闻逸珍而重之地把那封信叠好，塞进钱包里。

"下次见。"韩闻逸跟她告别。

吕彤彤躺在病床上，笑容有些苍白，但至少不再是那么了无生气的样子。

"韩老师，麻烦您帮我跟钱钱转达一声，谢谢她。"吕彤彤说，"下次见。"

晚上下班以后，钱钱拉着吴妮妮去喝酒。

她已经跟父母通过电话了，钱美文答应她不会再逼她，也不会再给她施加压力，让她早点回去。钱钱也想回家了。可回去之前她心里总有些忐忑，于是打算搬回去之前再逍遥两天。

闺密两个找了家静吧，点了些食物，又叫了两瓶酒，一边吃，一边谈心。

吴妮妮知道钱钱最近很不顺，先是被确诊焦虑障碍症，电脑又坏了，还跟家里人吵架。她也帮不上什么忙，只好不断地安慰好友。

“哎，钱钱。”吴妮妮突然问道，“你有没有想过谈个恋爱？”

“啊？”钱钱吓一跳，“怎么突然扯到这个？”

“谈个男朋友多好啊，”吴妮妮嘿嘿一笑，“心情不好了还能找他吵一架撒撒气。”

钱钱无语：“你这是用外部矛盾解决内部矛盾吗？外部很冤好不好？”

“哈哈，开玩笑的啦。”吴妮妮正色说，“你别看我跟张西整天吵吵闹闹的，其实谈了恋爱以后，感觉就完全都不一样了……怎么说呢，有归属感了。”

“归属感？”钱钱不解。

“嗯。就是即使碰到不顺心的事情，也觉得身后有支撑，所以不会太难过。”吴妮妮说，“其实张西嘴挺笨的，不太会哄人。但是每次不开心的时候，我想到还有这么一个人，我随时随地可以找他烦他，而他一定会站在我这边，我就觉得碰到的事情也没什么大不了的。”

钱钱目光闪了闪，有些出神。她虽然没有谈过恋爱，但是吴妮妮形容的那种感觉她竟能够体会。

她不由自主地想起一件她念初中时候的事。

她念初中的时候，韩闻逸已经念高中了，两人的学校挨得很近，离家有两三站路的距离。平时高中部都比初中部晚一个小时放学，唯独周五，所有学校都是下午三点放学，于是韩闻逸每个周五会骑自行车来接她一起回去。

周五的最后一节课是班会课，每个月学校会在班会课上安排全校的学生进行一次校园大扫除。

有一回大扫除，她被安排到打扫一楼的走廊，眼见她负责的区域都打扫完了，她正准备回教室，一个执勤老师走了过来。

“这是谁负责的区域啊？怎么这么多垃圾不扫掉？”执勤老师指着地上说。

钱钱回头一看，傻眼了。她刚刚打扫完的地方，居然莫名其妙多出来很多垃圾。

一整条走廊很长，并不全由她一个人打扫，大家是按照瓷砖的格子来划分负责区域的。此时此刻，距离那堆垃圾不远处，负责打扫旁边区域的一个女生正手持扫把，一脸无辜地站着。钱钱脑子一转，立刻明白了：她们打扫的是一楼，簸箕要去三楼拿，这女生从没上过楼，还一直神情古怪地在中间地带晃来晃去。原来是懒得上楼拿簸箕，就把她的垃圾往别人的区域扫！

执勤老师又问了一遍：“谁负责的？怎么没人来扫掉啊！”

那位女生怕执勤老师怪罪她，手一抬，指向钱钱：“她负责的！”

钱钱顿时就气着了。这女生要是不吭声也还罢了，她扫了也就扫了。偏偏这女生做事太不地道，非要指她这么一手指，这就把她惹毛了。

执勤老师信了那女生的话，对着钱钱责怪道：“你这就准备走了？扫得也太不仔细了吧？快过来扫干净啊。”

扫个地其实没多大的事儿，但钱钱不肯吃这个哑巴亏。她抱胸看向那嫁祸的女生，毫不留情地讥讽：“同学，大家各扫门前雪挺好的，但往人家门口扫雪就是你的不对了吧？”

那女生顿时脸一红：“你胡说什么！”

“我胡说什么？我就没见你去拿过簸箕，你扫出来的垃圾都去哪儿了？”

那女生嘴硬不肯承认，还想拉拢执勤老师：“你别诬赖我！我早就打扫干净了，是你自己没扫完。老师，你别听她胡说！”

那会儿钱钱也年少气盛，就要弄个是非对错出来。她说：“我胡说？行，操场上那么多人，我就不信刚才没人看见！我们现在就去找人问个明白！”

此刻操场上已经有一帮男生在打篮球了，围观的也有不少。走廊离操场的距离不是很远，她相信那么多人里总有一两个看见的。

钱钱拉着那女生要去找目击证人，那女生死活不肯去，执勤老师也急了。要真去找目击证人，这事儿一时半会儿就收场不了了。执勤老师并不想弄明白谁对谁错，她只想赶紧把任务完成。她拉住钱钱：“哎呀，多大点事儿，有什么好争的！你既然手里拿着簸箕，你给扫了不就完了吗？”

执勤老师的态度让钱钱觉得很委屈。她不喜欢被人冤枉，所以她气那女生把垃圾扫给她还污蔑她，她也气执勤老师一上来就不分青红皂白地指责她打扫得不仔细，现在又拉偏架，于是她也不肯让步。

就在三人僵持的时候，放学的铃声响了。

很神奇的，在铃声响起之前，她心里委屈难受极了，甚至打定主意今天不管花多少时间，就算把操场上每一个同学都抓住问一遍，她都要揭穿那女同学的虚伪。可是铃声响起之后，她满腔的火气瞬间就消散了。

她忽然觉得，不值得。

一堆垃圾？扫掉也就是个一两分钟的事儿。执勤老师的冤枉？反正老师又不知道事情的经过，难道老师帮谁谁就是对的了？至于那女生？得了吧，为了这种讨人厌的家伙让韩闻逸在外面苦苦等她也太不值了！

于是钱钱忽然就转变了态度，放弃拉那女生去找人证的打算，提着扫帚簸箕过去，唰唰几下就把地扫干净了。

她和颜悦色地说：“同学，懒得拿簸箕可以跟我说一声，举手之劳，我不介意帮你。但是下次请不要一声不吭地做这种事情了，我不喜欢被人冤枉。”说完也不管那女生和执勤老师什么态度，就回去倒垃圾去了。

等钱钱都收拾完，背着书包下楼，又在楼梯口撞见了那位执勤老师。

执勤老师叫住了她：“同学……”

其实当钱钱执意要区分对错的时候，执勤老师已经明白这是怎么一回事了。只是当时她觉得这不重要，也不明白学生们为了一点垃圾有什么可争的。然而钱钱最后说的那段话，让她理解了这个孩子。她也很感激钱钱能做出让步。

执勤老师不知该说点什么，最后拍了拍钱钱的肩膀：“好孩子，你做得很好。回去吧！”

钱钱向执勤老师鞠了个躬就跑了。她跑到校门口，韩闻逸已经在校门口等着了。高中时他已经长得很高了，长腿一跨，骑在自行车上，唇红齿白，俊生生的，路过的所有女生都盯着他看。

钱钱一看到他，脸上的笑意就止不住，快步向他跑去。然而快跑到的时候，她却突然停了下来——她看到那个刚才嫁祸她的女生正朝着韩闻逸靠近。

那女生没有倒垃圾，也没有做收尾的工作，因此比钱钱更早出校门。她和她的朋友在一起，几个姑娘兴奋地对着韩闻逸指指点点，不知说了什么，另外几个人便把那女生朝着韩闻逸推过去。

那女生含羞带怯、欲拒还迎地被朋友们推到韩闻逸的面前，红着脸看着他笑。

那时候的韩闻逸还比较孤傲，他知道周围很多人在看他，他却只盯着自己的车把手出神。等人凑到他面前了，他终于不得已把目光从车把手上挪开，投向面前的女生。

那女生很是害羞，低头掰扯着衣角，支支吾吾开不了口。

韩闻逸淡淡地看了她几秒，垂下眼，抓着车把手向上一提——他带着自行车头换了个方向，不再面对那个女孩。

那女孩顿时愣在原地。韩闻逸一个字没有说，一个别车头的动作，拒绝之意便已昭然。

围观了这一幕的钱钱咧开嘴，快步朝着韩闻逸跑了过去：“哥！”

韩闻逸转头看见她，目光终于不再流连于车把手。

钱钱跑到韩闻逸面前，脱下自己的粉色小熊书包，手一伸：“呐！”

韩闻逸愣了愣。钱钱平时都是自己背书包的。不过他没有拒绝，接过钱钱的小熊书包，挂到胸前。

钱钱顿时笑得见牙不见眼的。

她跳上韩闻逸的车后座。那女孩认出她，先是一惊，旋即立刻羞愤地把头扭开。钱钱倒还乐呵呵地冲那女孩招招手，然后环住韩闻逸的腰：“哥，我们走吧！”

那时候的韩闻逸傲管傲，内心还是细腻的。他把胸前的粉色小熊书包挂好，长腿一蹬，自行车便驶了出去。他问钱钱：“你跟那女生有仇？”

“没有啊！哪有！我这么与人为善的像是会跟人结仇的吗？”想起韩闻逸刚才别车头的动作，她嘿嘿一笑，把韩闻逸的腰环得更紧。

每周五，韩闻逸都会来接她。周五的班会课上有时老师会公布月考成绩，有时会批评最近表现不佳的学生，钱钱也没少在班会课上挨批。挨了批心情自然不会好，可是心情也烂不了多久，放学铃声响起的那一刻，她就会立刻多云转晴。

她知道校门口有个人刮风下雨也等着她，他会听她倾诉，他肯定会在那里。于是那些损坏心情的事全变成了渺小的事，一眨眼就过去了。

韩闻逸把事情全部忙完的时候已经很晚了，他开车回家，开到了一个十分拥挤的路口。红灯前排着长长的车队，交通灯每变换一次只能通行几辆。

他等了一会儿，突然没耐心等下去了。他拿起手机给钱钱发了条消息，然后打方向盘变道，驶向车辆稀少的转弯车道，朝着另一个目的地开去。

钱钱此刻还在跟吴妮妮喝酒。她们喝得并不多，但钱钱从小酒量就不好，喝了几杯脸色就已潮红，目光也迷离了。

“差不多了，我们回去吧。”吴妮妮说。

钱钱点头。

两人出了门，叫了一辆车坐上。上车之后钱钱感觉手机震动，拿出来一看，有条韩闻逸发来的消息。

别人家的金坷垃：“我今天去见过吕彤彤了。”

钱钱倒没有醉到神志不清的地步，只是每次喝了酒她的思维就会变得很跳跃，胆子也会变大。

她不知道吕彤彤的问题出在哪里，还以为她只是因为嫉妒好友而迷茫。进而她又想起她和韩闻逸。

于是韩闻逸很快就收到了钱钱的回信。

钱钱没有钱："讨厌你！"

韩闻逸吓一大跳："？？？"

又过了一会儿，钱钱发来一条语音。

钱钱没有钱："你为什么什么都比我好？成绩比我好，脑袋比我聪明，家里也比我有钱……你现在还当我老板！啊啊啊啊啊……"

韩闻逸先是皱眉，听完就笑了。他心想：这是又喝酒了？喝了多少啊？

钱钱靠在出租车后座上喘着气，边上的吴妮妮一脸惊恐地看着她。

"你你你，你刚才是在跟金坷垃发语音吗？"

钱钱气闷地回答："是啊！"

吴妮妮不敢想象钱钱明天酒劲过去以后会怎么样，只好委婉地劝道："你是不是喝多了？要不，你还是先别玩手机了……"

这时候钱钱的手机又震了一下，她拿起来一看，又是韩闻逸的消息。

别人家的金坷垃："为什么要跟我比？"

钱钱顿时又气不打一处来，按下语音键，气势汹汹地冲着手机吼："我为什么不能跟你比？你是不是觉得我连跟你比都不配？聪明了不起喔？有钱了不起喔？长得帅了不起喔？你就是个黑心的资本家！我要打倒资本家！！"

吴妮妮一脸的惨不忍睹，拼命拉钱钱胳膊，却拉不住。

"你真的喝多了，别说了啊啊啊啊！"她抢过钱钱的手机，准备帮她撤回发出去的消息。结果钱钱还不乐意，两人在车后座争来抢去。钱钱喝了酒反而力气很大，死拽着自己的手机不放。

"快点撤回消息啊！不然明天你会拉着我一起去跳楼的！"吴妮妮欲哭无泪。

她好不容易从钱钱手指缝里抠出手机，正要点撤回，忽然手机在她手里又震了一下。

吴妮妮猛地一哆嗦。她感觉自己捧着的不是钱钱的手机，而是一个炸药包。完了完了完了，金坷垃回消息了！说明他已经把语音听完了！明天钱钱真的要杀人了！

吴妮妮花了两秒鼓起勇气，才敢去看金坷垃回了什么消息。

别人家的金坷垃："我不是你的竞争对手。我们可以成为利益共同体。"

吴妮妮惊呆了。

数秒后，她放弃了撤回消息的操作，把手机丢回给钱钱。

她一脸嫌弃地吐槽："你们家金坷垃肯定是个直男，钢铁直的那种。"

钱钱拿回手机，对着韩闻逸发来的消息发呆。

出租车行驶到了目的地，吴妮妮把钱钱拉下车。钱钱还在走神，好像没明白韩闻逸那条消息是什么意思。

吴妮妮拉着她的手往小区里走，一路走一路吐槽："以前还说我谈恋爱就智商掉线，你自己好到哪里去？"

钱钱好像突然想明白了。她解锁手机，按住语音键，对着话筒大吼一声——

"去——死——吧！！！"

吼完以后，她猛地撞上了吴妮妮的后背。

钱钱倒退两步，晕乎乎地问道："你干吗突然停下？"

吴妮妮没吭声，只是傻站在原地。钱钱顺着她面对的方向看去，看见了前方的树下站着一个高挑的男人，很眼熟。

钱钱拽了拽吴妮妮的衣服后摆，小声问道："妮妮，我是不是喝醉了？"

你现在才发现？！吴妮妮内心山呼海啸，表面却保持沉默。

树下的那个男人拿起手机，按了一下，钱钱便从他的手机里听到了自己刚才那中气十足的吼声——

"去——死——吧！！！"

韩闻逸含笑收起手机："不去。"

"你们慢聊，我，我先走一步。"吴妮妮立刻拔腿溜了。

钱钱傻愣愣地站在原地。夜里风很大，呼啦啦的风把她的头发都吹乱了，也把她的酒劲吹去几分。

韩闻逸一步一步向她走过来，她想逃，却迈不动腿。终于，韩闻逸在她面前站定。

他抬起手，帮钱钱拨开风吹到她脸上的长发。

“我来接你回家。”韩闻逸说。

钱钱目光茫然，呆滞地半张着嘴。

兴许是她呆呆的样子太有趣了，韩闻逸扑哧一声笑了出来。他突然很想很想乘人之危。

于是他又向前一步，张开双臂，环住钱钱。

钱钱没有挣扎。她靠在韩闻逸的胸口，感觉到他的心跳和他说话时胸腔的震动。

“我喜欢你。”他温柔地问道，“做我的利益共同体，好不好？”

十分钟后，吴妮妮刚洗了把脸，就听到外面响起敲门声。她跑出去打开门，看见站在门外的钱钱，震惊了：“你怎么回来了？！”

钱钱梦游一般进屋。她眼睛和鼻头都红红的，像是刚哭过一场。

吴妮妮大惊：“你怎么了？！为什么哭了？金坷垃欺负你了？！”

钱钱反应迟钝地摸了摸自己的脸。很热。

“没有……我自己哭的……”她慢吞吞地说。

吴妮妮看钱钱的样子不像是伤心难过的样子，才松了口气。

她跟在钱钱身后追问：“金坷垃到底跟你说什么了？你怎么这么快就回来了？！”这金坷垃也太不争气了，她甚至都做好钱钱今晚不回来的准备了，结果这才过了多久就把人放回来了？！

“他说……来接我回家……”钱钱摸了摸耳朵，“所以我来收拾行李……”

“啊？！”吴妮妮大惊！不愧是金坷垃，一出手就知有没有。这不是把人放回来了，这是让人以后都别回来了啊！

钱钱晕晕乎乎收拾行李，吴妮妮来帮忙。刚叠了两件衣服，她脾气上来了：“说好了今天陪我泡玫瑰花浴，说好了晚上一起刷综艺呢？！被人钩钩手指就走了！重色轻友！”

钱钱这醉酒的反应很有意思。她刚才特别嚣张，叫嚣着要打倒资本家。

哭了一场以后她突然变得特别乖巧，别人说什么她都听。

“啊……”她慢吞吞放下手里的衣服，“那我，那我不回去了。”

“别别别！你还是回去吧！”吴妮妮赶紧帮她把衣服折好，“要不金坷垃得恨死我！”

钱钱半醉不醉的，吴妮妮却很清醒，手脚特别快，五分钟不到就帮钱钱把行李打包好了——毕竟钱钱本来也没带多少东西过来。

东西都收拾完，她把钱钱送出门。两人进了电梯，钱钱还是那副脸色潮红、目光迷离的样子，靠在墙上不说话。

吴妮妮好奇地问道：“你到底醉了没啊？”

钱钱过了几秒才抬起头看她，一脸茫然：“不、不知道……”

看样子神志是有的，只是跟清醒的时候肯定不太一样就是了。

电梯停下，两人出了居民楼，韩闻逸果然就在不远处等着。吴妮妮没再往外送，问钱钱：“你自己过去？”

钱钱点点头，乖巧拖着行李箱走了。

吴妮妮看着她的背影，心里半是欢喜半是愁。摇摇头，叹口气，转身回去了。

韩闻逸见钱钱出来，没有迎过去，还是站在原地。他默默观察钱钱的脚步。

动作比平时慢点，路走得虽然不是很直，但脚步还是扎实的。他在美国念书的时候写过一篇跟醉酒相关的论文，为此观察了不少酒鬼，已经练成了根据别人走路脚步的稳健程度来判断醉酒程度的本事。

钱钱上楼之前，大概有五六分醉。现在这样，约莫还有四五分醉意。等明天她清醒以后，后悔大抵会有，断片是绝不可能——除非她妄图装傻！

他不由又想起刚才的情形。

他跟钱钱表白，钱钱起先是呆滞了数秒，然后就把头埋进他怀里不动了。他以为钱钱是在害羞，便没有催，谁知过了一会儿他感觉自己胸口似乎有些湿。

钱钱哭了。她先是无声地流眼泪，渐渐地，她开始放肆地大哭！

韩闻逸当时被吓到了。他有些手足无措，只能不停轻抚钱钱的后背。他问钱钱："是不是我有什么做得让你不开心的地方，你一直没有告诉我？"

钱钱一边用他的衣服擦鼻涕一边摇头。摇头归摇头，嘴上却说："讨厌你！"

韩闻逸很无奈："你真的讨厌我吗？"

钱钱低着头认真想了一会儿，又摇摇头："不讨厌。喜欢。"

韩闻逸心脏猛地快了一拍，还没来得及高兴，钱钱忽然又换上一副凶巴巴的表情，指着他的鼻子质问："什么叫利益共同体？谁要跟你当利益共同体！你是不是找借口不想上交工资卡？你说！"

钱钱这胡话八成是平日里跟着老妈耳濡目染的。韩闻逸不由在内心为可怜的钱教授默哀一秒。一秒不能再多了，因为他已经开始为自己未来的家庭地位而担忧了，自顾不暇，无力他顾。

韩闻逸说："交交交，都给你！"

钱钱的怒气立刻烟消云散，重新羞涩起来，把脸埋进他的怀里。

韩闻逸曾经看过一份研究报告，这份研究报告可以给究竟是"酒后吐真言"还是"酒后说胡话"这个问题一个答案。

人的思维并不是单线的，每个决策都是头脑中的各种情绪情感多方势力角逐之后才作出的。而在酒精的刺激下，大脑中的某个区块会变得比清醒时更活跃，于是某一方势力异军突起，把其他势力全部给打趴下了。所以酒后说的话，既不能算真话，也不能算胡话。

——以钱钱醉酒的程度来看，酒精恐怕是激活了她头脑中情感的区块，而把理智按在地上摩擦摩擦了。

等钱钱从吴妮妮家里出来，走到韩闻逸的面前，韩闻逸伸手接过她的箱子，想了想，另一只手牵起她的手。

钱钱呆了一下，很乖顺地没反抗。

"走吧。"韩闻逸握紧她的手，"我们回家。"

吴妮妮家离 T 大有些距离，韩闻逸不想把钱钱醉醺醺地送回去，因此刻意开得比较慢，也绕了点路。

一个小时后，他终于在把车开进 T 大。停好车，他解开安全带，转身看钱钱。

吹了一路的风，钱钱脸上的潮红已经退去了，眼神也比方才清明不少。韩闻逸本想说点什么，想了想，又什么都没说，把手伸过去，捉起她一只手，放在手心里轻轻摩挲。

钱钱目光濡湿地看着他，依旧没拒绝。

韩闻逸笑了。他今天给吕彤彤做完心理咨询，从吕彤彤那里讨来了钱钱写的那封信，他就特别特别想来找钱钱。想把话都说出来，即使有什么麻烦，他们可以一起面对。钱钱会喝醉酒并不在他的计划之内，但却给他提供了便利。

行为心理学的很多研究已经表明，在大多情况下，并不是人的思维在控制行为，正相反，是人的行为决定了思维。所以不要说，直接做，反而能够解开思维上的纠结。乘人之危就乘人之危了，明天钱钱再想后悔就来不及了。

韩闻逸捉着她的手，像是找到一件有趣的玩具，把玩了很久。他很少和女孩握手，这是第一次这么认真地牵一个人的手。钱钱的手指细细长长的，指甲修得很平，手心软软的，手指上却有一些因为常年作画留下的茧。他反复摩挲那些茧子。

钱钱的手往后退了一下。她不是想把手抽走，只是她不想让韩闻逸摸那些茧子。她担心韩闻逸不喜欢。

然而韩闻逸又把她的手拉了回来："别躲。"

钱钱就不躲了。

韩闻逸笑着夸奖："真乖。"他很喜欢钱钱手上的那些茧子，虽然摸起来会有些粗糙，但那是属于钱钱的独特痕迹。

片刻后，他分开钱钱的手指，与她交握。

这一路过来，随着酒劲的消退，钱钱已经从口无遮拦的泼辣少女变成了一个安静的美少女。对于韩闻逸的要求和举动，她是不拒绝但也不主动。直到此刻，韩闻逸跟她十指交握，她本来也只是僵硬地由着他握。过了一会儿，她终于渐渐放松下来，反握住了韩闻逸的手。

路灯照进车里，两人的脸上都带着几分笑意。

韩闻逸将她的手握得更紧。

假如可以的话，他很想就这样一直在车里坐下去，握着的手永远不要松开。然而时间已经很晚了，他们明天还要上班，钱钱的父母还在等他回家。

当车载仪表盘上的时间显示逼近十二点的时候，韩闻逸终于依依不舍地放手："走吧，回去了。"

他们下车，一起朝楼上走去。

"回去早点休息。"

钱钱乖巧地点头。

"今天太晚了，你又喝了酒，明天多睡一会儿吧，七点起床晨跑。七点一刻我在楼下等你，跑完我们一起去上班。"

钱钱继续乖巧地点头。

韩闻逸先到了家门口，他停下脚步："明天不许装失忆。"

钱钱眼珠心虚地转了一圈。

韩闻逸："点头。"

钱钱可怜兮兮地点了下头。

"很好。"韩闻逸满意地说，"回去吧，明早见。"

韩闻逸先回屋了。钱钱走到家门口，在门口站了一会儿，做了几个深呼吸，这才掏出钥匙打开房门。

时间已经很晚了，平常这个时间钱美文和钱为民应该早已睡下了，然而屋里的灯还亮着——在路上的时候韩闻逸已经给他们打了电话，告诉他们今晚他会接钱钱回来。

钱钱进门的脚步走得很慢也很沉重，她不知道迎接她的会是什么。然而进了客厅，她才发现父母并非她想象中那样正襟危坐地等着她回来。

片刻后，钱美文打着哈欠从卧室里走出来："回来了啊？下次别那么晚回家，赶紧去洗澡睡觉。跟你说多少遍了，超过十二点睡觉很伤肾的！"她的态度是如此寻常，就好像前几天的事情从没发生过一样。

对于母亲的日常唠叨，钱钱几乎是下意识地回答：“哎哟，我知道了！”话出口，她微微一怔。片刻后，她脸上渐渐绽开一个笑容。

钱钱跑回自己的房间，钱美文也退回卧室。钱为民就躲在门边上，只是刚才没出去探头。钱美文仰起头做了个深呼吸，钱为民在一旁轻轻拍拍老婆的肩膀。夫妻两人欣慰地对视了一眼，这才上床休息去了。

第二天清晨，闹钟声响起，将睡得迷迷糊糊的钱钱吵醒。

她翻了个身，伸手在床头柜上摸了摸，摸到自己的手机，按掉闹钟提醒，勉强把眼睛睁开一条缝，看了看时间。

07:00am。

因为昨晚喝了酒，钱钱有点头疼，大脑也很混沌。她重新合上眼睛，迷迷糊糊地想：七点？奇怪，我不是每天早上六点起来吗？为什么今天早上七点闹钟才响？

为什么呢？

为什么呢？

……

钱钱猛地睁开眼睛，倒吸一口冷气！她的瞌睡虫瞬间消失得无影无踪，神志无比清醒，哆哆嗦嗦解锁手机，去找她跟韩闻逸的聊天记录。

做梦，那一定都是做梦！老天爷啊，她肯定是最近鬼畜专区刷太多了，不然怎么会做这么可怕的梦？

然而她打开聊天记录的页面，自己发出去的一串串语音呈现在她眼前，跟她的“梦境”完美契合着。她眼前一黑，差点没昏过去。

不不不不不，这一定是梦里套梦！她现在一定还没睡醒，再睡一会儿彻底清醒了再说！

钱钱闭上眼睛，准备再睡一觉。

一分钟后。

“啊啊啊啊啊啊啊啊！”

她暴躁地从床上坐起来，抓乱自己的头发，重新拿起手机。她想点开语音听一听，或许她昨晚喝醉了，记忆出了点差错，她应该没有讲过那么羞耻的话。然而她的手指悬在屏幕上，半天点不下去。

她不敢听……

就在这时候，她的手机突然震动了一下，她被吓了一跳，手一哆嗦，手机掉到床上。她手忙脚乱地捡起来，发现是韩闻逸给她发了新消息。

别人家的金坷垃：“起床没？我已经在楼下等你了。”

比起语音，毫无疑问她昨天晚上还说了更羞耻的话，还做了更羞耻的事。

“啊——！”

她惨叫一声，用被子蒙住脸跌回床上。她只恨自己为什么不是美国总统，如果现在发射核弹的按钮在她手里，她一定毫不犹豫就按下去了。让全世界一起爆炸吧！！！

十五分钟后。

洗漱完的钱钱慢吞吞地下楼。她刚走出楼道，就看见神清气爽、穿着一身运动装的韩闻逸已经在楼下等着了。看到韩闻逸的刹那，她的大脑开始疯狂运作：要不要当作昨天晚上的事她全部都不记得了？如果要假装不记得的话怎么样态度才会比较自然？韩闻逸会怎么说？

韩闻逸见她一双大眼珠子溜来转去，一脸心虚的样子，就猜到她在想什么了。他好笑地摇摇头，走上前，直接牵住了钱钱的手。

钱钱的大脑瞬间宕机了，什么思考都随风消散。她只能听见自己的心在怦怦乱跳，她只能感受到握住她的那只手是多么宽厚温暖。

“走吧。”韩闻逸很自然地跟她十指交握，“去跑步了。”

他牵着钱钱往操场的方向走，钱钱老老实实地没有反抗。韩闻逸偷偷瞥了她一眼，她的样子既柔顺，又有些不知所措。

他不由勾了勾嘴角。

果然“不要说，直接做”才是真理。行为对人的影响力远比语言大得多，停留在语言层面上的拉锯战不知道会纠结到猴年马月去，反倒是一个简单的举动有时候能胜过千言万语。

不得不说，韩大心理学家的策略还是很成功的。此时此刻，要不要假装什么都没发生过这个选项已经迅速从钱钱的脑海中消失了。要不要在一起？手都已经牵上了，还有什么好说的！至于昨天晚上她是不是在醉酒的时候被人给乘人之危了……唉！手都已经牵上了，还能怎么办呢？

到了操场，韩闻逸才松开钱钱的手。毕竟牵手会影响晨练。

“这几天在你朋友家，早上还有晨跑吗？”韩闻逸问。

钱钱心虚地干笑。刚开始晨练的时候固然是为了调整自己的身体状态，可后来能坚持下去，是因为有韩闻逸每天陪她一起跑。去了吴妮妮家以后。别说六点起床跑步了，吴妮妮是个为了能多睡一会儿可以连脸都不洗就出门去上班的人。钱钱没了人陪，自然也就开始犯懒了。

韩闻逸摇摇头：“以后不许随便离家出走。”不管出于什么理由，这都不是一个好习惯。必须在现阶段就杜绝掉，要不然以后他的日子可就不好过了。

“哦……”钱钱撇撇嘴。这才刚牵上手，都开始教育起她来了！她忍不住吐槽：“你怎么跟我爸一样。”

韩闻逸挑眉：“你这么快就把我视作家人了，我很高兴。”

得，这位的嘴可比她爸还能说点儿。

跑完步，两人在操场上又慢走了几圈，调整呼吸和心跳。七点多的清晨，太阳已经升高了，在整个校园里洒上一片金光。然而空气还是清新的，气温暖和得正正好好，徐徐微风吹得人浑身舒坦。

钱钱看了眼与她并肩前行的人，心情忽然变得很好，眼睛弯成了月牙。

这真是一个美好的清晨。

两人一起到食堂吃了早餐，便回去换衣服。回去的路上，韩闻逸正要去牵钱钱的手，忽见一根小手指钩啊钩啊地慢慢朝他挪了过来。韩闻逸眉峰一动，心中十分满意：很好，已经学会主动了。

他也将小手指伸过去，两根手指钩到一块儿，钱钱嘿嘿傻笑。

“哥，我以后怎么叫你啊？”钱钱晃着他的手问道。

“你喜欢怎么叫就怎么叫。”

钱钱歪头想了一会儿，被脑海中一堆亲昵称呼肉麻出一身鸡皮疙瘩，最终还是放弃了：“我还是叫你哥吧，习惯了，不改了。”

说话间他们已经到了家属楼下。楼道里走出来一位老头，钱钱一看见他，猛地松开和韩闻逸钩连的小手指，把手藏到身后。

“李叔叔，早上好。”她跟老人家打招呼。老人家是土木学院的李教授，算是打小看着她跟韩闻逸长大的。

韩闻逸也向李教授打了个招呼。

李教授笑眯眯地朝他们点点头，捧着书走了。

钱钱拍拍胸脯，松了口气。幸好没让李教授瞧见刚才那一幕。别看这楼里住的一个个都是教授副教授级别的高级知识分子，平日里八卦起来跟普通老百姓没啥两样。谁家有个家长里短的，转眼就能传遍全大院。

等老人家走远了，她才扭头看了眼边上的韩闻逸。她刚才把韩闻逸的手甩开，略有些心虚。

韩闻逸面色沉静，看不出喜怒。

还没等钱钱说什么，楼里又走出来一位机械学院的老师。这会儿快到上课时间了，早上有课的老师们一个个都出发去教学楼了。

钱钱忙又乖巧地跟长辈打招呼。

等人再走远，钱钱没来得及开口，韩闻逸先拍了拍她的肩膀：“快上去换衣服吧。等会儿我开车，我们一起去上班。”

钱钱点点头。眼看时间已经不早，他们快步上楼，回去准备上班的行头。

几分钟后，他们坐上车，韩闻逸开车朝十二事务所驶去。

这还是韩闻逸搬回T大家属楼以后他第一次开车载钱钱一起去上班。虽说是做苦力，他心里倒还挺高兴的。即使早高峰路上堵车，他心里却一点都不着急。反正边上有钱钱陪着，多堵一会儿也无所谓，多堵一会儿他们还多一点独处的时间。

“哥，”钱钱掰扯着手指，期期艾艾地说，“我们俩的事情先保密，不要告诉其他人，好不好？”

“其他人？”韩闻逸想让钱钱定义一下这个其他人的范围。

“父母、长辈，还有同事……反正都不要说啦。”

韩闻逸从后视镜里看了眼钱钱的表情。她微微低着头，看起来有些害羞，又有些紧张。

他能理解她的心情。一来他们刚刚确定关系，彼此之间都还没有适应新的身份，立马昭告天下的确不太合适；二来，钱钱毕竟还是个在乎其他人看法的人。

在父母和长辈面前，他们是从小青梅竹马一起长大的邻居，关系突然转变，必定会面临一些问题。不光是长辈们对他们的看法，可能还会牵扯到两个家庭之间的关系和相处模式的转变。这个问题别说钱钱，就连韩闻逸自己也觉得有些棘手。

至于在事务所里，他是老大，她是员工，多少会有人对他们的关系产生误会和看法，他们也不可能一一去解释。虽说人如果不用太在意别人的目光会活得更轻松点儿，但道理是道理，生活是生活。钱钱就是一个在乎别人看法的人，这不是霸道粗暴地甩下一句“你别管别人怎么看”就能立刻强迫她无视旁人的误解的。

他得有耐心。他们都得有耐心。

“我明白。”韩闻逸说，“听你的，先不告诉他们。”

钱钱这才笑逐颜开：“谢谢你，哥。”

“以后不用跟我说谢。”韩闻逸瞟她一眼，“我答应你这个条件，那你也得答应我一个条件。”

钱钱茫然：“什么条件？”

车在红灯前停下，韩闻逸侧过身，用两根手指捏住钱钱的脸。钱钱的脸很软，捏在手里好像豆腐一样。他看着钱钱的眼睛，一字一顿道：“你得时刻靠记住这一点：以后你不再是一个人了。我是你的男朋友，你得让我履行男朋友的职责，以及——享受男朋友的权利。”

钱钱心里的小鹿先是慢走了两步，随后撒开蹄子疯跑起来！

——要命啊！大清早的说些什么乱七八糟的，这才刚确认关系，他还想享受什么权利？！简直蹬鼻子上脸！

绿灯亮了，韩闻逸收回手，继续开车。钱钱捂着自己怦怦乱跳的小心脏和烧成火炉的小脸蛋，半晌没说话。

她是真的跟韩闻逸在一起了……这种感觉好不真实……

车又开出几条马路，钱钱的心跳速度逐渐恢复正常，她才终于把注意力放回到窗外变化的风景上。看到附近眼熟的高楼大厦，她猛地惊醒，指着前方路口叫道："啊，就前面停一下吧！"

韩闻逸一怔，虽然有些莫名，但还是依言减慢了车速。

车在路边停稳，钱钱解开安全带，韩闻逸还以为她是准备下车买点什么，正要叮嘱她快去快回，毕竟这里不能长时间停车。谁料钱钱打开车门，扭头道："我就这儿下吧，剩下的路我走过去。"

他试图阻止："这里距离事务所还有三条马路呢！"

然而钱钱已经跳下车了。她说："差不多了。再往前开被同事看见就不好了。好啦你先去吧，我马上就到。还来得及，不会迟到的。"

说完她关上车门，笑着对他挥挥手。

韩闻逸看着车窗外那张灿烂的笑脸，真是好气又好笑，却又拿她一点办法都没有。他只能在心里默念：耐心，耐心，耐心。新的身份大家都需要时间来适应。多给她点安全感，会越来越好的。

前方的交叉路口有交警在执勤，见有人路边停车，便走过来查看究竟。韩闻逸无法，只得赶紧踩下油门走了。

忙了一天的工作，眼看快到下班时间，韩闻逸坐在办公室里给钱钱发消息："晚上要加班吗？不加班的话一起回去？"

钱钱很快就回消息了："今天活儿快干完了，不加班。那等会儿我们在恒隆广场碰头？"

韩闻逸失笑。恒隆广场离这儿两条长马路还得拐个弯，他们谈个恋爱谈得跟搞情报工作似的。

韩闻逸："恒隆广场不好停车。"

钱钱："啊？这样啊……"

钱钱："那我们在恒隆广场的地下车库碰头吧！等会儿我先走，过十分钟你差不多可以出来啦！"

韩闻逸这下简直又好气又好笑。地下车库？好了，索性连光都见不得了！

可又能怎么办呢？男朋友被正式介绍给父母之前，总是要经历一段黑暗时光的。还得沉住气吧。

下班以后，韩闻逸果真把车开到广场的地下停车场。然而停车场大得很，上下三层，分了十几个区块。他正打算打电话给钱钱问她在哪儿，钱钱的消息就进来了。

钱钱没有钱："我在 A 区 30 号附近。这边有根红色的柱子，你过来就能看到我了。"

很好，更有情报人员接头的氛围了。

韩闻逸很有苦中作乐的精神，看着这条短信，几乎能脑补出一场谍战戏来。

以下是韩同志的脑补——

A 区 30 号附近。

"间谍"钱钱同志警惕地躲在一根柱子后东张西望，确定四下再无其他闲人，她终于从柱子后面冲出来。她把一份重要文件交到他手里，一脸严肃地说："韩闻逸同志，这份机密文件，你务必保存好。革命的火种就要靠你传下去了！"

他小心翼翼地从她手里接过文件，问道："如果有一天有人要来取这份文件，我们的接头暗号是什么？"

钱钱踮起脚尖，在他的脸颊上烙下一吻："你记住，真爱之吻就是我们的暗号。"

他抚上刚刚被吻过的地方，认真地点头："好，到那时候我一定亲手把这份《和谐社会的基本内涵》交给我们的同志！"

两分钟后，宝马车在钱钱面前停下。韩闻逸摇下车窗："同志，赶紧上车，敌人马上就会赶到的。”

两位“地下党”回到T大，停好车，他们一起并肩往住处走。

夏天天黑得晚，这会儿已经六七点了，天色半昏半明，几只猫懒洋洋地躺在路边，偶尔舔舔爪子，偶尔摇摇尾巴。T大的野猫是出了名的多，平日里有爱猫人士大鱼大肉伺候着，每一只猫都肥溜滚圆，皮毛油光水滑。

钱钱看得手痒不已，恨不能上去挨个撸一遍。她忽然又想起上回在楼道里见过的那只漂亮的布偶，已经数日未见了，甚是思念。

“哥，你知不知道我们楼那只布偶猫是谁养啊？”钱钱随口问道。

韩闻逸歪了歪头，没有正面回答这个问题：“你喜欢那只猫？”

钱钱用力点头：“当然！我喜欢布偶了！”

韩闻逸笑了笑：“那我带你去见它。”

钱钱眼睛瞪得滚圆。什么？！

两人上了楼，韩闻逸打开家门，一只白白胖胖的大团子立刻从屋里冲了出来，热情地蹭主人的腿——不是招财又是谁？！

韩闻逸弯下腰，揉揉招财的小脑袋，在它头顶上烙下一吻：“真乖。”

招财先是跟主人亲热了一会儿，又开始好奇地打量边上的钱钱。它围着钱钱转了两圈，很快也开始亲昵地蹭钱钱。

钱钱穿了条短裤，光腿被又滑又软又热的招财蹭了几下，简直心都要化了。她忍住啊啊大叫的冲动，弯腰抱起招财，抱着它进屋，在沙发上坐下。布偶猫是猫中忠犬，性格又乖巧又亲人，一点没反抗。

钱钱一遍又一遍抚摸招财那身柔软的长毛。招财舒服地闭起眼睛，喉咙里发出呼噜呼噜的声音。钱钱撸猫撸得幸福感爆棚，也情不自禁地眯起眼睛。一人一猫的表情竟然同步了。

韩闻逸站在一旁，看看招财，又看看钱钱，眼角眉梢尽是笑意。招财并不是什么人都亲的，上回他把投资人带回家谈生意，招财就全程躲在床底下，直到投资人走了它才肯出来。如今它能和钱钱这么一见如故，果然和它的铲屎官十分心意相通。

客厅里的沙发正对面就是韩闻逸的卧室，钱钱爱不释手地撸了半天猫，才终于抬起头看了一眼。这一眼她就愣了。

片刻后，她放下招财，走进卧室，在墙上挂的那幅画面前停下。那是她许多年前的作品，她没有想到韩闻逸竟然一直还收着。

如今她再回首自己数年前的作品，发现自己当年的笔锋有些稚嫩。但大抵就是这份稚嫩，让这幅作品充满了灵气，便叫她自己来评，她也依然觉得这是她所有作品里上乘的佳作之一。

“你现在还画画吗？”不知不觉间，韩闻逸已经站在她身后了。

“很少画了。那么忙，哪有时间。”钱钱自嘲地笑了笑，“而且画画又不挣钱，还很花钱，只能当成爱好玩玩了。”

她喜欢画水彩，而且她大多时候喜欢画在纸上，偶尔才在电脑里画着玩玩。如果是比较大的图，有时候画一张水彩画本钱都要花上千元。她自己画着玩的图不商业，没法拿去换钱，就挂在家里。如今家里的墙早就挂满了，还有许多收在床底下。

韩闻逸怔了怔，若有所思。

这时候钱钱的肚子叫了一声。已经过了晚饭的点，她有些饿了。

“在我家吃饭吗？”韩闻逸忙问道。

“在你家吃？”钱钱瞪眼，“你做饭吗？”

韩闻逸点头。

“你居然还会做饭？！”钱钱不可思议。这世上还有韩闻逸不会干的事儿吗？

“没办法，不会做饭就娶不到媳妇了。”韩闻逸走进厨房，打开冰箱，看了看里面的食材，“肉酱意面吃吗？这个做起来比较快。再炒个青菜？”

钱钱跟进厨房。冰箱里食材还挺全乎的，一看就知道主人经常做饭。而且厨房里各种各样的厨具很多，比起钱家来说，韩闻逸的厨房相对更偏西式风格。想想也是，他毕竟一个人在海外留学了那么多年，要是不会下厨的话，生活里的麻烦可就太多了。

今天晚上钱教授有晚课，晚上家里没人烧饭，钱钱就算回家也是热一热昨天的剩菜吃。既然韩闻逸这儿有新鲜的，她自然选择留在这里吃。

“那我帮你打打下手吧。”钱钱说。她也不好意思就在那儿干坐着等。

韩闻逸一点儿没客气，拿出一把青菜交给她：“那你去洗菜。”

钱钱虽然不会烧，但她平时在家里也帮忙打打下手，洗洗切切之类的活儿还是会的。她站在水斗边上洗菜，韩闻逸在她边上切番茄，切完了把菜刀递给她，她很顺手地接过，在水龙头下冲洗干净，再交还给韩闻逸。合作十分默契。

几年前他专程打飞的回来却没有完成的功课，没想到今天给补上了。

韩闻逸把意面给煮上，钱钱这边也把青菜洗好切好了，装进框里递给他。他把两边的灶火都打开，一边煮面，一边炒菜。

钱钱看他手脚麻利，动作熟练，不由啧啧称奇。她不禁好奇地问道：“韩叔叔也会做菜吗？”方才韩闻逸说的不会做饭以后娶不到媳妇自然是开玩笑的，不过上海的家庭的确大多家庭都是爸爸做菜。钱钱只是很难想象一向西装革履精英做派的韩爱国也会有卷起袖子做菜这样接地气的时候。

韩闻逸握菜铲的手停顿了一下。

“对了，”他说，“你帮我把冰箱里的金枪鱼拿出来，那是招财的晚饭。”

“哦哦。”钱钱赶紧帮忙去了。

不一会儿，一顿简单的晚餐就准备好了。

做好了人吃的晚饭，韩闻逸又去给猫准备晚饭。他炖了牛肉和金枪鱼，用刀剁碎，再拌上一些猫粮，装在猫饭盆里端出去。

钱钱亦步亦趋地跟在他身后。

招财早就在客厅里等着开饭了，期待的小眼神直杵杵地盯着人看，就差没像小狗一样摇尾巴。韩闻逸把猫饭盆放在地上，招财立刻猴急地蹿过去，吭哧吭哧吃起来。

钱钱也在招财边上蹲下，招财狼吞虎咽的样子实在太可爱了，让她恨不得连猫带盆一起揣回家去。

她一边低头撸猫一边问韩闻逸：“你为什么要给它起名叫招财啊？”

韩闻逸抬眼看她。

“你又不像我这么缺钱，你已经够有钱了，还招哪门子的财喔？”钱钱漫不经心地吐槽，“贪婪果然是资本家的天性！”

韩闻逸似笑非笑地勾了勾唇角：“噢……我现在的确已经有‘钱’了。”他刻意把钱字念得很重。

她猛地抬头，他们两人都蹲在招财身边，距离很近，鼻与鼻之间只有一拳不到的距离，气息已能喷吐到对方脸上。她吓了一跳，失去重心，身体猛地向后仰去。韩闻逸眼疾手快，一把拉住了她的胳膊，她身体前后摇晃了几下，总算蹲住了。

可这样一来，两人的距离被拉得更近，面庞与面庞几乎要贴上。

钱钱怔怔地对上韩闻逸的双眼。他的眼睛是不宽不窄的内双，眼型既俊且秀。他的睫毛很长，眼珠是近乎纯黑的颜色，像一池望不见底的深潭。他的目光伊始也有些茫然，这样的接触并非是他策划。然而渐渐的，他的目光越来越炙热。

他微微向前倾身，与她靠得更近——

然而就在两人嘴唇快要贴上的一刹那，钱钱猛地向后一闪，躲了过去。

她慌慌张张地起身，红着脸拨了拨头发，目光浮动：“我饿了，我们赶紧吃饭吧！”

这么好的机会竟然就这么错过了。韩闻逸心中扼腕跌足，表面却平静绅士地微笑：“好，先吃饭。”

虽说“直接做，不要说”的确是一条真理，但真理也不是什么时候都行得通的。他们毕竟才刚刚确定关系，姑娘家的羞涩再理所应当不过。正所谓欲速则不达，心急则不成，有些事还得慢慢做。

两人把意面端上桌，钱钱尝了两口，立刻拼命点头：“好吃！”

“那以后你常来陪我一起吃好不好？”韩闻逸说，“我一个人吃饭很孤单。”

钱钱咬着筷子，没有立刻答应。如果她长期不回家吃饭的话，不知道要怎么跟父母交代。

不一会儿，招财吃完了，慢吞吞走到桌子旁，依着钱钱的脚趴下。

韩闻逸往地上瞄了一眼："招财很喜欢你。"

钱钱狼吞虎咽把碗里的意面扒完，弯下腰又把招财抱了起来，满脸幸福地撸猫。

"以后常来陪陪招财吧，"韩闻逸说："有你在，它饭都吃得比平时多。"

钱钱立刻捣头如蒜："好好好！"

韩闻逸：这差别对待还可以更明显一点。

吃完晚饭，时间已经不早，钱美文给钱钱发短信，问她什么时候回家。钱钱也就不好再逗留了。

韩闻逸和招财一起把钱钱送到门口，钱钱依依不舍，一步三回头地看美貌的招财。招财很通人性，便朝着钱钱走过去，蹲在她脚边。

钱钱弯下腰，挠挠它的下巴，又摸摸它的头顶。片刻后，她低下头，在招财头顶上温柔地烙下一吻——正是刚进门的时候，她看见韩闻逸亲过的地方。

"我先走了。"钱钱低着头站起来，"明天见。"

她迅速打开房门跑了出去，外面的楼道里传来她轻快的脚步声，渐渐远了。

韩闻逸愣了片刻，笑了。这段时间晨跑真没白练，跑得是越来越快了。

"乖，今天你立功了。"他弯下腰，点点招财的小脑袋："明天给你加餐。"

招财高兴地伸伸懒腰。

韩闻逸关上门往里走，路过卧室的门口，又瞥见了墙上那幅钱钱送她的画。他在画前驻足了片刻。他忽然想起钱钱方才站在这幅画下说的那些话。

"挣钱？"他若有所思地重复。

他忽然觉得，这段时间以来他好像时常能在钱钱嘴里听到跟钱有关的话题。

隔两日，韩闻逸又去医院给吕彤彤做咨询。

吕彤彤因为腿骨折，暂时休学了，最近都住在医院里。韩闻逸从她那里“抢”走了钱钱给她写的信，心里不大过意得去，只要能抽出时间，就常去跟她聊聊，希望能尽快解开她的心结，让她早日重返校园。

他走进病房，吕彤彤正望着天花板发呆。最近她一直躺着不动，形容又憔悴了一点。

韩闻逸在她病床边的椅子上坐下，问道：“最近有人来看过你吗？”

吕彤彤迟疑了片刻，摇头。也不能说没人来看她，但除了韩闻逸之外她谁也没有见。她自暴自弃地说：“反正他们也都讨厌我。就算来看我，也是来看笑话的吧。”

韩闻逸默默叹了口气。整天不见人也不跟人交流，吕彤彤好像反应都变慢了。他对吕彤彤说：“今天我们来玩一个游戏吧。”

“什么游戏？”吕彤彤问。

“角色扮演游戏。”韩闻逸说，“现在我给你三分钟的时间，你试着把自己想象成柳献。过一会儿我会问你一些问题，希望你能用柳献的身份来回答我。”

吕彤彤讶然。把她自己想象成柳献？！这、这怎么可能呢……

三分钟的时间很快过去了。

吕彤彤怯生生地看着韩闻逸。从她的神色就知道，她的角色代入工作完成得并不好。

不过韩闻逸并不介意，他会在接下来的谈话中帮助吕彤彤更好地进入角色。他说：“现在先来描述一下你自己吧。”

既然吕彤彤现在的身份是柳献，那么韩闻逸让她描述的也就是她心目中柳献的样子。她犹豫着回答：“漂亮、身材好……”

“是的，你很漂亮，你的身材也不错。”韩闻逸对她进行了鼓励和肯定。

吕彤彤一怔。她虽然知道韩闻逸现在夸奖的应该是“柳献”，但是被肯定之后，她的腰板不自觉地挺得直了一些。

她继续道：“乐观、开朗、自信……”

“受欢迎……”

吕彤彤慢慢把她心目中柳献的特质都总结了出来，韩闻逸则不断对她进行肯定和暗示：“你很受欢迎。一定有很多男生喜欢你。跟你关系好的女生也不少吧？”

吕彤彤点头。无论男男女女，大家都很喜欢柳献。但没有人喜欢她自己。

韩闻逸并不认识柳献，不知道真正的柳献是个什么样的人，但是那并不重要，他只需要知道柳献在吕彤彤心目中是个什么样的形象就足够了。由于吕彤彤内心深处一直羡慕并嫉妒柳献，因此她总结出来的特点大多都是优点。

总结完特点，吕彤彤伊始的那份羞怯瑟缩已经消退了不少。她开始有一些代入感了。

于是韩闻逸便尝试引导她进入情境之中。在之前的一次咨询中，吕彤彤曾跟他提过，她嫉妒柳献身上的许多特质，其中有一点就是柳献非常受欢迎。她们两人经常同进同出，路上遇到的人对她们的态度总是有着非常明显的差别，无论男生女生对柳献都热情友好，对她却视若无睹。这样的情况发生了太多次，让她的心里非常难受。

韩闻逸尝试还原这样的场景。他让吕彤彤想象自己就是柳献，和另一个吕彤彤一起走在路上，碰到一位班上的同学。

“你会怎么跟他打招呼？”韩闻逸让吕彤彤将柳献的表情和语气都模拟出来。

这对吕彤彤来说并不算难。这样的场景她见过太多次了。柳献似乎是个自来熟，她跟谁都能很快地打成一片，她对人总是很热情。

“早上好，”吕彤彤想象着柳献的样子，挤出笑容，“哇，你今天穿的衣服真好看。是什么牌子的？”

韩闻逸眉峰一动。看来柳献是个很喜欢夸奖别人的人。

他不光让吕彤彤进行角色扮演，他自己也试着代入情境中的角色，给予吕彤彤反馈。他低头看了看自己身上的衬衫，高兴地说：“这件衬衫是我前两天新买的。你也觉得好看是吗？谢谢，你眼光真不错！”

吕彤彤微微一怔。她心里突然有种很微妙的感觉。

在她看来，在路上遇见认识的人，打个招呼也就行了，但柳献总是能跟人聊上两句。柳献不管面对什么人都能迅速找出对方身上可以夸奖的点，有时候是衣服，有时候是发型，有时候是指甲。平日里吕彤彤总是在旁边看着她和其他人进行互动。说句很阴暗的话，吕彤彤有时候觉得她热情友善，有时候又会觉得她虚伪。被她夸奖的那件衣服有什么好看的？那个发型难道不是非主流？那指甲做得那么丑，她到底是怎么夸下口的？

然而这一次，她将自己代入柳献的角色，韩闻逸的每一句互动似乎是给“柳献”的，其实直接感受的人还是她自己。当她夸奖韩闻逸，而韩闻逸高兴地向她表达感激的时候，她忽然得到了一种以前从没有得到过的成就感。

她一直以为自己没有能力让别人开心，可代入柳献之后，她发现这件事好像也没有那么难？而且当别人为她的话而开心的时候，她也会为此感到满足和快乐……

韩闻逸见她若有所思，便停下来由她思考。待她思考完了，韩闻逸又开始进行下一步：“现在，你来尝试一下把你自己想象成那个在路上碰到柳献和你，对柳献非常热情，却对你视而不见的同学。”

吕彤彤再次惊讶。她没想到那么快就要切换角色，但有了之前的经验，这一次的角色代入就不是那么困难了。

韩闻逸像刚才一样，让她把这位差别对待的同学的表现也演出来。演完之后，他问吕彤彤：“你为什么只跟柳献打招呼，却把吕彤彤当成空气，看都不看她一眼？”

“因为柳献漂亮，吕彤彤长得不好看。”吕彤彤脸色苍白地说。每一次得到差别对待，都像是被人按在地上狠狠踩了一脚。她站在柳献的身旁，人们的眼里却只有柳献，她就像一个陪衬的小丑。她心中的自卑和嫉妒就这样一寸又一寸增长。

“这样吗？”韩闻逸似乎不太赞同，“可是大家都是同学，因为吕彤彤不够漂亮你就不搭理她，难道不会觉得自己很过分吗？难道所有不够漂亮的人你都当他们不存在吗？”

“有什么过分的？这不是很正常的？”吕彤彤说。至于后面那个问题，她不太清楚其他不漂亮的人是被怎么对待的。

“既然你是以貌取人的，也就是说，你第一次见到吕彤彤，你就不喜欢她？你第一次见到柳献，就喜欢她？”

这个问题让吕彤彤怔了怔。

看她表情，韩闻逸就知道这个问题的答案是否定的。

吕彤彤微微皱眉。

她跟柳献是室友，从大一刚入学开始她们就常常一同出入。那时候所有人都还不熟，人们对她和柳献的态度差别好像也并不怎么明显。

她记得有一回她们两人一起去食堂吃饭，路上碰到一个同学，她因为不知道能跟别人说什么，就索性低着头假装没有看见。等走近了，那同学竟然主动向她们打了个招呼。她尴尬地点一下头就想走，柳献却很开朗地和别人聊起来了。在柳献和别人聊天的时候，她因为不耐烦，还几次偷偷拉扯柳献的袖子，想终止他们的谈话。后来……后来那个同学就再也没有主动跟她问过好了。渐渐地，不知道从哪一天开始，越来越多的人开始对她熟视无睹，对柳献热情友好……

“你为什么喜欢跟柳献聊天，却无视她身边的吕彤彤呢？”韩闻逸又问了一遍。

吕彤彤沉默。

忽然之间，她好像来到了校园里的一条小路上。她的对面有两个姑娘向她走了过来，一个大方漂亮，一个却低着头不看任何人。

她向她们问好，大方的姑娘立刻热情地回应，并细心地注意到了她刚买的新鞋。她正想找人炫耀新鞋，便很开心地跟她聊了起来。而旁边低着头的那个女生，头就没有抬起来过，时不时低头看看时间，脸上的神色不怎么耐烦。

这人不想跟我说话，她心想。那算了，反正我也没什么能跟她说的，以后谁都不要理谁好了。

……

吕彤彤突然觉得鼻子有点酸。她抬头盯着天花板看了一会儿，才小声回答韩闻逸刚才的问题："因为跟柳献聊天总是很开心……可是跟吕彤彤说话总是很尴尬。"

韩闻逸问她："你讨厌吕彤彤吗？"

吕彤彤犹豫了一会儿，摇头："不知道……"

如果是刚才，她会毫不犹豫地说讨厌。她以为那些同学都瞧不起她，才会明晃晃地进行差别对待。然而当她真正代入角色，开始理解别人的心态时，她迷惑了。

韩闻逸观察着她的表情："所以，你并不是因为外表而歧视同学。"

片刻后，吕彤彤点头了。

韩闻逸笑了一下。这一次他不是问"某同学"，而是问吕彤彤本人："你为什么觉得自己长得不好看呢？"

吕彤彤转过头，不可思议地看向韩闻逸。难道不是吗？

"以前没有人夸过你吗？"韩闻逸问她。

吕彤彤不知道该怎么说。因为父母不停贬损她，她从很小的时候就知道自己长得丑。她并不是没有尝试改善过，青春期的时候她学着打扮，却被父母严厉地斥责，逼她只准用功读书，于是她不敢再追求美貌。别的女孩越来越明艳娇媚，她却越来越朴素自卑。

并不是从来没有人夸奖过她，偶尔会有，只是她从来不相信，总觉得别人是在哄她。她总是以"别骗我，我知道自己不好看"来回应。渐渐地，也就没有人再夸她了。

韩闻逸无声地叹了口气。

他跟吕彤彤聊过几次以后就很清楚地发现了她身上的问题。吕彤彤的父母过于严苛，并且从来不夸奖她。她做错了会挨骂，她做对了也依旧会挨骂——因为他们认为她还可以做到更好。长期如此的相处模式非但没有让她变得更优秀，反而让她在面对问题时习得性无助。她失去了自我提升自我改变的动力，因为反正改不改都会挨骂。而且她看待事物的方式也非常负能量，她从她的父母那里学到了批评和否定。她否定自己，也批评别人。她认为自己丑陋，把别人对她的不友善视为以貌取人。

在这样的情况下，角色扮演能够帮助她换一种角度看问题，帮她修正对其他人错误的理解，并对自己的行为、感觉和想法有新的认识。别人对她有没有偏见不一定，但她肯定对别人抱有偏见！

因为偏见，她把所有糟糕的情况都视为不可改变的。她觉得自己丑无法改善，她也无力改变别人以貌取人的毛病。事实却并非如此。

"现在继续把你自己想象成柳献。"韩闻逸说，"我们换一个场景。"

经过一轮游戏，吕彤彤对角色扮演开始感兴趣了。她期待地看着韩闻逸，等他继续往下说。

"如果你是柳献，你的身边有一个你觉得什么都比你好的朋友，你认为她长得比你更漂亮，比你性格更好，比你更受欢迎。有一次走在路上，你们碰到了班上的一个同学，同学热情地跟她打招呼，却没有理睬你，你会怎么做？"

吕彤彤愣住。这一次不是让她学会同理心了，而是让她尝试用柳献的思维方式去解决她自己碰到的问题。

她想了想柳献的性格，说："我会尝试主动加入他们的聊天吧。"

韩闻逸便设计了一个更具体的场景抛给她。他假设他们在谈论一个她并不了解的话题，譬如某个时尚品牌，问她打算如何加入他们。

吕彤彤绞尽脑汁地去想。假如是她自己，她对别人的聊天内容不太会感兴趣，她可能会待在旁边一言不发，甚至借口有事早点离开。但是柳献不会那样做。类似的场景也并非从来没有出现过。

"柳献她是会……"

吕彤彤还没说完，韩闻逸竖起一根手指制止了她。她连忙改口："我会听听他们聊的是什么，回去了解一下。这样以后就能跟他们聊到一起了。"

"那假如有人批评你的长相、身材和打扮呢？"

吕彤彤露出不可思议的表情。她很难想象什么样的人会用这种话去批评柳献。就连她自己，平时在生活中碰到这样的人也不多，她听过最伤人的话大多是来自她父母的，还有就是来自那个树洞贴的网友评论。她的父母不光攻击她的长相和身材，她在他们眼里简直是一无是处的；而树洞贴的回帖里，那些网友也几乎把她从头到脚全部羞辱了一遍。

“我……我会生气，然后找那个人理论？”她不太确定地说。

“真的吗？”韩闻逸提出质疑。

吕彤彤思考了一会儿，又摇头否定了：“不。我应该不会理他们。”

“为什么？”

“他们胡说八道。难道他们说我丑，我就真的丑吗？喜欢我的人那么多！”

韩闻逸笑了。吕彤彤自己大约没有察觉，从他刚进来到现在，她的神态不知不觉已经改变了不少。她不再那样无精打采地瑟缩着了。

角色扮演这种治疗方法，最有用的一点是，它可以帮助来访者学习新的思维和行为模式。

人们想要发现自己的不足并不难，可想要做出改变非常难。每个人在成长的过程中早已形成了自己的思维定式和行为模式，并且习惯于用正面的词汇来自我评价。冷漠的人认为自己清高，胆怯的人认为自己安稳，冒失的人认为自己勇敢……恰恰是这些自我评价将自己限制住了。即使他们认识到缺点，却还是会本能地抗拒改变，因为他们认为改变是危险的、糟糕的，还可能会失去自己其他的优点。

假如告诉一个胆怯的人应该勇敢一点，她内心的阻抗会非常强烈，并且坚信自己无法用勇者的思维来思考，因为她一开始就认为勇者的思维是错误的、可怕的。但如果告诉她，这只是一场角色扮演的游戏，她的内心也就没有负担了，她可以尝试换一种视角来看待世界。假如她能在这个过程中发现新的视角对自己更有帮助，改变就不再是那么困难的事。

“如果你是柳献，你打了个耳洞回家，你的父母非常生气，你母亲斥责你小小年纪像个狐狸精，你的父亲暴跳如雷地要扇你的耳光，”韩闻逸问出了最后一个问题，“你会怎么做？”

吕彤彤刚才还越来越放松从容，然而在听到跟自己的父母相关的问题之后，她好容易找到的从容感瞬间消失得无影无踪。她的神色变得非常惊恐。

韩闻逸刚才描述这一幕的场景是她之前曾向韩闻逸倾诉过的，也是她十四岁那年真实的经历过。

她的表情让韩闻逸心里难受了一下。

吕彤彤答不出来。这个问题的难度实在太大了，而且爆发的负面情绪让她无法再投入地将自己想象成柳献。

“不着急，这是我留给你的作业。”韩闻逸说，“这段时间你可以思考一下，下一次再跟我谈谈你的想法。”

吕彤彤脸色苍白地点了下头。

一个小时的时间已经差不多了，韩闻逸晚上还要去录制节目。他跟吕彤彤告别，离开医院。

出了医院，他刚坐上车，手机弹出一条新消息提醒。他点开一看，是钱钱发来的。钱钱给他连发了数张狂笑的表情。

钱钱没有钱：“哈哈哈哈哈，我的电脑终于修好啦！！！”

第二天，越明宇把钱钱的电脑搬来了办公室。

“你看一下还有什么问题。”越明宇面无表情地说。

钱钱连忙开机。开机很顺利，几十秒后进入了桌面的画面。她赶紧打开文件夹，看看自己每个盘的大小。因为是物理性硬盘损坏，修复的时候去除了损坏的部件，文件还是丢失了一点，但丢失的内容可以说非常少了。

“明神！！”钱钱感动得热泪盈眶，“恩人呐！！！”

肖巴眼睁睁看着她对越明宇的称呼从小明到明哥，现在可好，直接到明神了。他忍不住伸头凑过来看了一眼。

“哇！”肖巴赞叹，“你这桌面好漂亮，哪儿下载的？”

“不是下载的，这是我自己画的。”钱钱说。

“什么？！”肖巴大吃一惊，“这是你自己画的？！我还以为是什么名家名作呢！”

钱钱的桌面是一张水彩画，画的内容是树和古寺。这张图用的是对角线构图，左下部分画着茂密的树枝，古寺在图的正中间，右上则是飞舞的落叶和大片留白。这张图最令人瞩目的是她选用了蓝色来画树叶。令人耳目一新，而且很有视觉冲击感。

肖巴这一感慨，办公室里的同事都好奇地围过来了。

钱钱平时是做 UI 设计的，以设计为主。平日里虽然她有时候也会自己画点素材，但一来画的素材不会太复杂，二来大家就算看到了也不知道那是她自己画的。并不是每个设计师都会画画，尤其她作画的水平那么高，的确令众人十分惊讶。

越明宇一直站在钱钱身后。他盯着钱钱那张桌面出神了一会儿，忽道："你检查下文件。"刚才钱钱只是大致看了下硬盘的大小，确定损失不大，但她并没有认真看少了哪些。

肖巴在旁附和："你电脑里还有哪些作品，给我们看看呗？"

钱钱便再次打开文件夹。

这时候韩闻逸走进办公室，见大家都围在钱钱身边，他也好奇地过去凑热闹。同事们见了他，纷纷给他绕出一条道来。

钱钱电脑里东西非常多，几个磁盘都快装满了，一打开全是各种密密麻麻的文件夹，名字都是 XX 项目设计稿、YY 项目约图。肖巴吓一跳："你是有多少作品啊？怎么那么多？"

"这些都是我接的兼职，都是大学做的，几年累积的成果。"

"那你大学也接太多兼职了吧？！"肖巴还是觉得不可思议，"你多久出一张图啊？劳模啊！"

钱钱哈哈一笑："反正大学闲着也是闲着。"

韩闻逸微微蹙眉。大学生再怎么闲，要上课，要考试，要社会实践，还得有休闲娱乐活动。钱钱能接这么多兼职，看来她真的很努力地在赚钱。

那些接单做的图钱钱没怎么仔细看，反正她完成以后都有发给甲方，就算丢了也能弄回来。她比较紧张的是那些非商业化的作品。

她又打开一个名为"灵感"的文件夹，文件夹里有许多草稿。她大多时候还是喜欢在纸上作画的感觉，但水彩画的作画条件比较高，她不是时刻有条件作画，而且完成一张图需要的时间也很长。所以有时候她脑子里冒出一些灵感，她会先在电脑里打个草稿记下来，等有时间有条件了再作画。渐渐地，灵感已经记了很多。这次磁盘坏了，她最紧张的就是这些文件，她大致检查了一下，发现数量没少，大大松了口气。

肖巴见她检查的都是草稿，不由催道："你有没有什么得意的作品，拿出来让大家欣赏一下啊！"

钱钱便打开了另一个装的都是完成稿的文件夹。她平时画完图，也会扫描进电脑里保存着。

"哇……"这次不只是肖巴，周遭围观的同事们也纷纷发出了惊叹声。就连韩闻逸，在看到钱钱的作品时也不禁微微一怔。

钱钱的画不是很多，但是每一张都很好看。水彩画的灵魂是色彩，而这一点正是钱钱的长处。她能把光怪陆离的颜色表达得恰到好处。有一张她画的是玩乐的孩子，她用了橙、蓝、黄这几种颜色来画人，跟背景融合在一起，竟然意外和谐；还有一张图她没有画一根线条，图上每一块颜色都是湿画渗开，洇出了一个轮廓模糊的旅人的背影，非常有意境。

这些画韩闻逸有些在钱钱家里见过，有些连他也没见过。

"大触[4]啊！"肖巴狂竖大拇指。

"画着玩玩的啦，离真正的大触还差很多。"钱钱谦虚。

"不会吧？你这还不大触，真正的大触得是啥样啊？瞎谦虚个啥！"肖巴说。

"我哪有瞎谦虚，"钱钱好笑，"明明是你瞎恭维。同事爱差不多就行了啊，再夸我就骄傲了。"

其实他们说的都是真心话，只不过他们两人参考的对象不一样，肖巴参考的是自己身边那些会画画的人，而钱钱却是在跟真正的艺术家作比较，她觉得自己还有很大的提升空间。

大学的时候经常有亲戚朋友问她有没有在学校里谈恋爱，还真没有。一来谁都入不了她的法眼，二来她是真忙得没时间谈恋爱。除了上课之外，她整天就泡在电脑前和画室里了。

4　指各领域很厉害的人。

她是真的很喜欢画画，这对她来说就是最有趣的娱乐活动。

同事们交口称赞地欣赏完钱钱的画作，回去工作去了。钱钱确认完自己的重要文件都找回来了，从电脑后探出头，感激地冲着越明宇笑：“明神，我请你吃饭吧？想吃什么你随便挑。”

越明宇神色淡淡的：“不用了。”

钱钱遗憾地耸耸肩，把头缩回电脑后。人家明神年入千百万，估计不缺她一顿感谢饭。

忽然她又听到对面越明宇用那无甚起伏的语气说：“把你作品发我一份。”

“啊？喔！”钱钱打开跟越明宇的聊天窗口，把文件打包传了一份过去。

越明宇正要收文件，感觉到斜对面传来一道目光。他目光一偏，对上肖巴鄙夷的目光。

肖巴心想：这怪胎居然还是个死傲娇！

越明宇心想：这神经病又发神经……

两人用目光交战交战三秒，各自不屑地转过头去。

过了一会儿，钱钱收到韩闻逸发来的消息。

韩闻逸：“上次让你做的宣传册做得怎么样了？”

钱钱把自己排版好的文件发到他邮箱，然后起身去了他的办公室。她走到韩闻逸的办公室门口，敲敲门，韩闻逸抬头看见她，露出一个笑容：“进来。”

钱钱走进办公室，让韩闻逸看下她刚才发过来的文件。因为她做的时候发现一些问题，对当初讨论需求的时候定下的方案做了一些改动，所以她来找韩闻逸说明情况。

韩闻逸看完她的工作内容，点头表示认可。

“那我回去了？”钱钱准备回去继续工作。

“别急。”韩闻逸捏住她的手，放在掌心里轻轻揉搓。他含笑说，“我想你了，让我再看你一会儿。”

钱钱紧张得哆嗦了一下，连忙回头向外看。韩闻逸的办公室是用透明玻璃隔开的，不过门口对的是走廊，而对着员工办公室的玻璃墙被他放了个书架挡上了——老板不想有事没事总盯着员工，也不喜欢有事没事总让员工盯着自己，老板也是需要隐私的！因此他们这里的动静外面的人看不见。

可钱钱还是有点紧张。毕竟这是在办公区域，外面就是同事们。

“想、想我干什么？你失忆了哦？”她磕磕巴巴地说，“我们明明几分钟前才见过好不好？”

韩闻逸看她两鬓飞红，笑意更甚。平时钱钱都是一副大大咧咧的样子，原来谈起恋爱来也会这么害羞，这么可爱，连挤对人都口齿不利索了。

“已经整整十几分钟没看见你了。”他用大拇指刮搔她的掌心，轻声道，“很想啊……”

钱钱长长的睫毛颤抖着，什么都说不出来了。她心想，这家伙平时看着挺正人君子的，原来谈起恋爱也这么会耍流氓！

“你的画……”

韩闻逸话还没说完，外面突然传来脚步声，钱钱猛地把手从他掌心里抽出来，插进口袋里。

脚步声其实还很远，过了十几秒刘小木才出现在办公室门口。

钱钱一边往后退，一边无声地用口型对他表示谴责：“滥用职权！”她背对着刘小木，对韩闻逸做了个鬼脸，然后轻快地跑了。

韩闻逸失笑。原本他能使用的男朋友的权力就已经少得可怜了，上班时间摸个鱼都不行。呜呼哀哉！悲惨世界也不过如此啊！

刘小木抱着文件走进办公室，看见韩闻逸的脸色，微微一怔。

韩闻逸等了半天，不见他开口，不由瞪他一眼：“看着我干吗？”

刘小木舔舔嘴唇，干笑。他不敢说，要不然实习工资被扣完了都有可能。

这回他家师父终于不是少女怀春了。而是满脸写着四个大字……欲求不满！

到了中午，郑佳让同事们都别叫外卖，十二点大家一起出发，她已经在餐厅里订好了位置，要带大家一起去吃大餐。

今天是十二事务所成立半年的日子，虽然半年前只是韩闻逸和夏见灵一起注册了一个壳子，里面还什么都没有。事务所里的同事来得早的干了三四个月，来得晚的如钱钱也就两个月还差几天，但总之，这是一个值得纪念的日子，事务所也要犒劳犒劳辛勤的员工们。

郑佳订的是附近商场里的一家粤餐厅，大家一起有说有笑地走过去。

进了商场，钱钱突然想上厕所，就先去找洗手间了。等她上完厕所，兜了一圈找到餐厅。

“这里这里。”郑佳对钱钱招手，“快过来。”

钱钱走过去。同事们基本都已经入座了，约莫是大家都不好意思往领导身边坐，满席就剩下两个空位——一个是韩闻逸身边的位置，一个是夏见灵身边的位置。

钱钱有些犹豫。

“钱钱，”韩闻逸开口，“早上你做的宣传册……”他想用谈公事的借口作为便利，让钱钱坐到他身边来。桌子底下还能偷偷拉个小手，说两句悄悄话。

钱钱慢吞吞地走过去，在夏见灵身边坐下，扭头看向不远处的韩闻逸：“什么？”

“没什么。”他无奈地摇摇头，“回去再说吧。”

“就是啊，吃饭的时候不谈公事。”郑佳召唤来服务员，让服务员快点上菜。

韩闻逸只能眼睁睁看着不远处的钱钱和夏见灵开始亲热地交头接耳了。

唉！悲惨世界也不过如此，不过如此啊！

菜很快就一个接一个地上桌了。这家餐厅虽然以粤菜为主打，但凡一个菜系传到了外地，总会结合本地口味进行一些改良，这家餐厅就颇推出了几道新品创意菜。

钱钱夹了一块白色的糕点，刚咬一口就震惊了：“天！这怎么做的？也太好吃啊！”这糕点又香又甜还有点奶味，却又不腻，简直太对她胃口了。

夏见灵见状也咬了一口：“唔……好像是玉米粉里加了炼乳。”

“哇塞，”钱钱眼睛瞪得老大，“灵姐，你尝尝就知道怎么做？”

“我可以做做看啊，”夏见灵笑眯眯的，“下次找你试吃。”

钱钱顿时幸福地倒进夏见灵的怀里，两眼冒红心。

一旁的韩闻逸看不下去了，把筷子往盘子上一搁。他一不小心手稍重了点，筷子和盘子相撞发出了“砰”的一声，正聊得热火朝天的众人纷纷噤声，莫名地看着他。

这种情况下，他好像必须说点什么。

“见灵，”他正色说，“等你学会怎么做……”

全桌人顿时露出了八卦的表情。老大这是要让灵姐做美食给他吃啊！

然而韩闻逸的下半句并不是“做给我吃”，他瞟了眼夏见灵身旁的钱钱，慢吞吞地开口：“教我一下，我也想学。”

全桌人：什么？！这个剧本拿错了吧？！

郑佳惊了：“老大，你也喜欢研究美食？你们哈佛是不是有什么厨艺课啊？”

“没有，我以前不研究。”韩闻逸说。

他虽然会做饭，但在此之前，他做饭的唯一目的是自己一个人也能生存下去。他跟夏见灵可不一样。夏见灵愿意把休息娱乐的时间都用来研究制作美食，那是因为有人喜欢吃她做的东西啊！

郑佳更惊奇了：“那你现在为什么开始研究了？”

“不会做饭娶不到媳妇了。”韩闻逸半真半假地叹气。

全桌人：有没有搞错？这位同志你是不是从来不照镜子？你刚才说谁娶不到媳妇？？？

吃完午饭，其他同事回事务所继续工作，韩闻逸则跟夏见灵一起去风投公司。

两人上了车，韩闻逸不甚客气地开口："你不许打她的主意。"他跟夏见灵多年同学，又是公司合伙人，关系很铁，讲话也就很开门见山了。

夏见灵一怔，惊讶："你连我的醋都吃？"

韩闻逸瞥她一眼。吃你的醋有什么不对吗？

夏见灵同志虽然长得温柔可人，深受直男们的青睐，但她却并不喜欢男人！她靠着一招温柔解语，一招美食必杀，曾虏获芳心无数。想当年在哈佛，她打败韩闻逸，打败无数白人小哥们和黑人大兄弟们，荣幸成为最受亚洲女生欢迎……甚至是最受全世界女生最欢迎的人！要不是她，韩闻逸都不知道原来这世上喜欢漂亮小姐姐的女生居然有那么多……

因此在他的眼中，她非常值得警惕。每次看到钱钱跟她亲亲热热，他心里的醋坛就直冒泡。

夏见灵笑眯眯捞出自己衣服里的钻戒晃了晃，表示自己已经名花有主，不会对他构成威胁。

韩闻逸轻哼一声："反正你跟她保持一点距离。"性向问题毕竟是夏见灵的隐私，因此他之前不好跟钱钱明说，只让钱钱跟夏见灵保持距离。

夏见灵耸耸肩。她好奇地问道："你们在一起了？"

韩闻逸时而有些笑意，时而又忧愁地叹了口气。

夏见灵明白了。看来进展是有的，麻烦也是不少的。

韩闻逸对钱钱的心思，她很早就知道了。当时他的同学们几乎全都知道。

事情要说回几年前他们还在美国读书的时候。韩闻逸并不是一个热络社交的人，对于不感兴趣的人更是可以称得上冷漠。可虽然如此，凭他的长相和条件，喜欢他的女孩依旧排着长队，其中不乏疯狂的追求者。

有一个名叫 s 的姑娘就曾在很长一段时间里对韩闻逸进行过狂热的追求。她告白了许多次，都被韩闻逸拒绝。可她依旧不肯善罢甘休，开始改变追求方式，不再直接告白，而是试图用行动勾引。

她假装喝醉酒躺尸在韩闻逸的宿舍门口。结果韩闻逸没出来捡她，被韩闻逸呼叫的救护车来把她捡走了。昂贵的出车费用让她整整心疼了几个礼拜。

她费尽心机挤进韩闻逸所在的小组，上课时坐在他边上，偷偷用脚蹭他。蹭没两下，韩闻逸当着所有人的面问她："同学，请你不要老是踩我好吗？"差点没把她鼻子气歪！

她想尽一切办法制造身体接触，制造浪漫机遇，却仿佛碰到了一块铁板。在无数次的尝试都失败之后，她终于放弃，并愤怒地谴责韩闻逸是个不解风情的钢铁直男！

这位s姑娘当初闹出了不少笑谈，同学们从此就把钢铁直男当作了韩闻逸的绰号。当然，那也只是个玩笑而已。真正让夏见灵觉得韩闻逸是个钢铁直男的另有其事。

在很长的一段时间里，韩闻逸一直用钱钱送给他的画当作桌面。后来大约是被s姑娘等人纠缠烦了，他换了一张桌面——他把钱钱画的笑脸，变成了钱钱自己的笑脸。他以此来宣布自己早已名草有主，请各位小心避让。

从此，找上门来的桃花虽然没有彻底断绝，但还是清净了不少的。

夏见灵看见他的桌面以后问过他："这是你女朋友？"

韩闻逸想了想回答："初恋。"

转入心理学以后，学生们经常会自省自查或是互相督导，在学习的过程中他们会变得越来越了解自己，也越来越敞开心扉。许是多年在国外孤单寂寞，许是放下心防以后对情感的需求与日俱增，韩闻逸也想谈恋爱，想要身边有一个亲密的、能够互相依赖的人。可越是想，他心里就越清楚——他已有喜欢的人了。除了她，跟谁都是凑合。

夏见灵问他："那你们现在还有联系吗？"

韩闻逸支支吾吾的。他跟钱钱一直有联系，但钱钱上了大学以后兴许是比较忙，兴许是时差和距离的缘故，一直在疏离他。

夏见灵还以为他们有什么深刻的爱恨情仇，也就没问下去。直到那天钱钱来面试，她才惊讶地发现，钱钱这个当事人竟然什么也不知道！

这么令人窒息的操作，的确很钢铁直男了。

“你是怎么……”韩闻逸问夏见灵的话出口一半，顿了顿，又摇头，“算了，当我没问。”

最近钱钱的态度的确让韩闻逸有点苦恼。如果说身边哪一对情侣是最甜蜜腻歪的，他第一个想到的就是夏见灵和她的女朋友。他忍不住想跟夏见灵取取经，但他也知道，人各相异，从来没有什么套路是能一招通吃的。

虽然韩闻逸不说，夏见灵还是明白了他在苦恼什么。她问韩闻逸道：“钱钱是不是生病了？”

韩闻逸立刻惊讶地回头看了她一眼。这是钱钱的隐私，他从来没有跟任何人提过。

夏见灵微微笑了一下。作为面试官，她知道钱钱没有拿到毕业证，她也见识过钱钱的水平，这里面有什么问题不难想明白。

“如果生病的是你……”她想了想，问道，“你还会跟喜欢的人告白吗？”

韩闻逸微微一怔。

当年他们还在上学的时候，曾到社区的服务机构做志愿者为别人做心理咨询。那时候他们接待过很多争吵不休的情侣和夫妻。

他自己曾碰到过不止一次这样的案例：情侣中的一方突然开始回避冷落另一方，被冷落的人万分痛苦，前来寻求开导。刚开始的时候他们都以为是冷落的那一方变心出轨了，但深入了解以后发现并不是这样。主动冷落的那一方往往是在生活中碰到了一些麻烦，或许是疾病，或许是工作不顺等等，他们便改变了自己在亲密关系中的态度。这并非是迁怒……问题的本质出在生活的不顺让他们丧失了安全感。

一个比较极端的例子是：当情侣的一方被查出患有重病，旁观者总把目光放在健康的那一方身上，看他会否抛弃自己生病的伴侣。但现实是，绝大多数的情况下，往往坚决要求分手的是生病的那一方！生病的人不想拖累自己的爱人是一个原因，另一个原因是他们失去了安全感，比起未来被嫌弃被抛弃，不如早一些割舍，不怀抱任何期望就不会失望。

人的心理是那么的复杂，人与人之间关系也不仅仅靠着爱或不爱来解释和维持。缺乏安全感的人，更容易用“我不在乎”的态度来应对，以保护自己在可能到来的失败中免受伤害。

想到这些，韩闻逸头疼地揉了揉太阳穴。

就算是心理学家，也没有能力看破别人的心思。他们理解别人的方法，也只能是尽可能地用同理心和设身处地站在别人的立场上思考。其实韩闻逸心里清楚，钱钱的病情也好，家庭环境也好，还有工作上的上下属关系……这都是她会介怀的事情。她是因为爱他，才能够暂时放下这些跟他在一起……

然而人都有私心。他们在一起之后，他的期望也变得越来越高。他对钱钱有了更多的需求，他很难再像之前那样理解钱钱，因为他也希望被理解。于是他最近的苦恼才有点多……

片刻后，他忽然若有所思地问道：“见灵，你有没有什么朋友是开画廊的，或者有类似的关系？”

他忽然意识到，安全感这东西，并不是靠他的小意殷勤就能够填满的。人的安全感更多还是自己给自己的。

夏见灵微微一怔，弯起眼睛笑了：“有哦！”

晚上韩闻逸和钱钱回家，上了楼，钱钱正打算跟韩闻逸告别，韩闻逸忽道：“对了，你的那些画作现在都在哪里？”

“嗯？”钱钱眨眨眼，“在我家床底下，怎么了？”

“拿给我看看？”韩闻逸说，“我想看。”

“好啊！”钱钱平时都自己画着玩，正愁无人分享，既然韩闻逸这么说了，她就很乐呵地跑回家拿画去了。

不一会儿，韩闻逸听到外面有脚步声，出去一看，钱钱抱着一个箱子回来了。箱子里装的都是她的宝贝。他忙伸手接过箱子。

“比较像样的都在这里了。”钱钱说。画得最满意的几张她用画框装起来了，画得一般的则卷起来放在桶里。这箱子里的都是成品，一共有二三十张。

韩闻逸走到客厅里，把箱子放下，小心翼翼地把画一幅幅取出来看。

钱钱蹲在他身边："你怎么突然想起来要看我的画啊？"

韩闻逸含笑看了她一眼："我想更了解你啊。从外到内。"

她脸一红，忍不住瞪了韩闻逸一眼："你现在怎么这么爱耍流氓！"

韩闻逸一脸无辜。他还真不是故意要流氓，他也不知道怎么回事，他明明想说的是正经话，他想了解钱钱的外在和内在。但是一到她面前，那些带着歧义的话就不由自主地往外蹦。一定是他的潜意识太想要流氓了，毕竟到目前为止，他行使的男朋友的权利少得可怜……

两人说笑了一会儿，韩闻逸终于开始认真看画。

他从箱子里拿出一幅背影图，仔细端详。早上他在电脑里看过了，但看纸上的画跟电脑里看到的扫描件感觉完全不一样，纸质的画更细致，美得更有意境。

钱钱抱着腿在韩闻逸身边坐下，把脸枕在膝盖上。韩闻逸看画儿的时候，她就看他。他看画时的表情很投入，她看他时的心情很快乐。

韩闻逸问她："你有没有在网上上传过自己的作品？"

"有啊，我在L站有专栏，就叫'钱钱没有钱'。"钱钱瘪瘪嘴，"不过关注我的人不多，我都很久没上去看过了。"

大学的时候她在L站开设专栏，上传过自己绘画、设计的作品。不过她的原创作品其实并不是很多，为了能赚钱，她会优先接商稿，商稿全做完了还有时间，她才会自己画习作。商稿有版权问题，她不能上传到自己的专栏。这样一来，她的更新速度就比别的作者慢很多，偶尔有人来关注她，几个月不见她上传新的作品，粉丝就跑了。现在她上传一张新作品，可能只有几百浏览量，她也懒得去打理。

韩闻逸点点头。他把钱钱箱子里的画一一看完了，心里有点震撼。以前他也看过钱钱的画，不过那时候他自己还没什么艺术鉴赏能力，再加上这几年钱钱的水平又进步了不少，已经今非昔比了。

他抬起头看向钱钱，她还是那样一脸没心没肺的笑脸，可他的感觉却变得不太一样了。她应当是一个心里藏着无与伦比的宇宙的人。他了解她了解得还不够深刻。

“你更喜欢设计，还是更喜欢画画？”他问道。

“都挺喜欢的啊。不过要说更……”她顿了顿，毫无疑问地说，“画画。”

“那你上大学的时候为什么报了艺术设计专业？”韩闻逸一边问，一边小心翼翼地把她的画收回箱子里，“我印象中 H 大的美术专业也很好。”

“做设计能赚钱啊！”钱钱跟他一块儿收画，“学画画，以后出来能干吗？要么继续搞研究，要么去教书，要么还是得往设计的方向转……那我干吗不直接读设计呢？”

韩闻逸又一次听她提到了赚钱。他把画都收好，问道：“我之前就想问你了，你为什么这么拼命赚钱？”

钱钱一怔。

“你有什么想买的东西，或者……”他想了想，问道：“你有什么长远的规划吗？”

他有观察过她的吃穿用度，她在生活花销方面还是很节省的，没有什么名牌包，出门只要有地铁就不会打车。她赚的钱无疑不是为了享受目前的生活，那就应该有长远的目标才是。

钱钱却皱了下眉头。

片刻后，她往韩闻逸肩上拍了一巴掌，大咧咧地说：“废话嘛不是！没钱怎么过日子？你从小含着金汤勺出生，你哪懂我们穷人家的苦？”

这是一句玩笑话。说韩闻逸含着金汤勺出生也太夸张了，但钱对于韩家来说从来不会成为需要担心的问题，所以他也不会把赚钱当成人生中的重要考量，这一点他确实无从辩驳。

可他问的明明是钱钱的规划，却被钱钱一句插科打诨把话题给拐走了。

“你……”韩闻逸还没来得及说完，忽听外面传来了钱美文的叫声。

“钱钱——开——饭——了！”

钱美文知道女儿去找韩闻逸了，就冲楼道里喊一嗓子，通知女儿赶紧回去。

钱钱吐了吐舌头："我爸烧好晚饭了，我得回去了。"

她跑过去摸了摸招财，又回来抱着箱子走了。韩闻逸若有所思的，没有拦她。

钱钱离开以后，韩闻逸先登录 L 站看了下她的专栏，然后打开通讯录找到一个名叫王晋生的联系人，拨了过去。

不一会儿，对方接通了电话。

"王老板，您好，我是韩闻逸。"他说，"我下午联系过您的。"

王晋生是一家画廊的老板，也是夏见灵的一个远房亲戚。他的画廊在上海很有名，而且也小有背景，经常能跟一些艺术展览合作。今天下午韩闻逸已经跟他联系过一次。正巧王晋生看过韩闻逸的节目，挺喜欢韩闻逸在节目里讲的内容，所以这根线顺利搭上了。

"您好您好，"王晋生态度很热情，"韩总，您把您认识的那位艺术家的作品发给我看看？"

"我发到您微信上了。"韩闻逸把钱钱专栏的地址发了过去。

"哦哦，收到了，您等一下，我看看啊。"

过了半分多钟，王晋生看完回来了。他的语气很惊喜："韩总，您这位艺术家朋友不错啊！她想跟我们怎么合作呢？是展出还是寄售还是拍卖啊？签作品约还是长约呢？"

"这个，得麻烦您去问下她。"

"啊？"王晋生愣了。不是你的朋友吗？

"是这样的。"韩闻逸说，"如果您有意向跟她合作，您最好能通过她的专栏联系她。不用说是我和见灵介绍的，就说您欣赏她，希望跟她合作——当然，前提是您的确欣赏她的作品。"

"啊？？"王晋生更蒙了。照这个意思，这位青年艺术家有没有意向跟他们画廊合作都两说？那韩闻逸在中间牵的这算什么线啊？

"您有意向跟她合作吗？"韩闻逸看他迟疑，又问了一遍，确认他的态度。

“有啊有啊，当然有啊。”王晋生忙说，“韩总这位朋友的画非常有特色。展出以后肯定会有很多人喜欢的，我的眼光绝对不会错！我希望能合作，哪怕合作不成，多认识位青年艺术家也是好事啊！我就是没太弄明白您的意思。”

“我不想让她觉得是我出力……”韩闻逸说。如果说有什么机遇和发展，他更希望钱钱相信那是她自己的实力，而不是其他。

电话那头愣了一会儿，弄明白了。

“哈哈哈哈，我懂了！”王晋生笑着调侃，“韩总，这位艺术家是个姑娘吧？”

“嗯。”韩闻逸大方承认了，“是我女朋友。”

“哈哈哈哈我就知道，您可真体贴！您这样的男朋友现在打着灯笼都找不到了啊。”王晋生笑嘻嘻地说，“您放心吧，我知道怎么做了，我马上就去联系她。”

王晋生很好说话。做生意的人么，人脉最重要。这事儿就算没有亲戚朋友的人情在，他也乐意干，一来他本来就有慕才之心，二来他也想交韩闻逸这个朋友。现在韩闻逸人气可高着，到时候随便帮他打个广告什么的，那也能吸引不少人呀！

挂了电话，王晋生就联系钱钱去了。

吃完晚饭，钱钱钻回房间里，打开电脑。

刚才跟韩闻逸聊了下专栏的事儿，她想起自己确实很久没上 L 站看过了，就随手打开 L 站，登录了自己的账号。刚一上线，就弹出几条私信来。

“老师您好，我是清风画廊的负责人，我司全名是上海市清风文化艺术有限公司。我在网上看到您的作品，非常喜欢。请问您是否有意向跟我们画廊合作呢？我的联系方式 XXXXX，欢迎与我详谈。”

钱钱愣了。

清风画廊？作为一个艺术生，她平日里经常会去看展，她不光知道清风画廊，她还去过好几次呢！这家画廊规模不小，跟不少知名艺术家有合作，可以说是格调挺高的一家画廊。

这人真是清风的老板？怎么会找到她？跟她合作什么？

她将信将疑，有点担心对方是骗子，但又着实很好奇。最终，她还是照着对方给的联系方式去加好友了。

对方几乎是瞬间就通过了她的好友申请。

王晋生："Hi，您是艺术家钱钱吧？我是清风的负责人王晋生。"

钱钱没有钱："您好。"

钱钱没有钱："艺术家不敢当，我就平时自己画着玩玩的。"

她打了个招呼，就去看王晋生的朋友圈。王晋生的朋友圈里有很多跟画廊相关的内容，看起来挺可靠的，不太像是骗子。

她翻着翻着，看到各种画展信息和名家信息，顿时有点激动了。刚这人说什么来着？说喜欢她的作品，想跟她合作！

王晋生："哈哈，有什么不敢当的。你的水彩画作品水平非常高，而且很有个人特色，有大师风范！"

钱钱没有钱："您太过奖啦！"

钱钱被他夸得合不拢嘴，但仍抱有一丝怀疑。

钱钱没有钱："对了王总，能不能问一下，您是怎么知道我的？"

王晋生："我有一个朋友向我推荐了你，我就找来了。他是你的粉丝哈哈哈哈。"

这样就说得通了。

钱钱顿时越发兴奋起来。先不说合作不合作的事，人家一大画廊的老板看上她了，还这么夸她，多值得骄傲的事儿啊！

王晋生："对了，我翻完了你L站上的作品，有点少，还有没有更多的？"

钱钱没有钱："其他的都是商稿。"

王晋生："这样啊……那真可惜。"

王晋生："那你有没有兴趣跟我们合作呢？"

钱钱没有钱："怎么合作呀？"

王晋生："这样吧，你看你哪天方便，带几幅作品来我们画廊，我看一下，顺便带你参观下我们画廊，聊聊具体的合作方式。”

清风画廊的位置在一条很小资的商业街上，那地方安保好得很，不用担心发生什么意外。钱钱也希望能见面谈，隔着网络总有被骗或者误会的可能性。于是她立马一口答应了。

钱钱没有钱：“OK！这周日上午行吗？周日我带画过来。”

王晋生：“那就说好了，咱们周日见！”

礼拜天，钱钱起了个大早，先跟韩闻逸出去晨跑了半小时，又回家认真化妆打扮了一番，背上画桶，跑下楼去。

她走出楼道，韩闻逸已经在外面等着她了。

“好看吗？”她拽了拽裙摆。

韩闻逸认真地上下打量她。她化了一个精致而淡雅的妆容，刘海用卷发棒烫成了小内卷，更好地修饰了脸型；她穿了一条纯白色的裙子，身材姣好，气质出尘。

“唔……”韩闻逸摸着下巴沉吟，“要不，还是去换一条吧？”

“怎么啦？”钱钱连忙低头看了看自己，“哪里不对吗？”

“太好看了。”他皱皱眉，“舍不得让别人看到。”

钱钱好气又好笑地瞪他一眼：“这么老的套路你也用！”

“我是个真诚的人。”韩闻逸摊手，表示自己的真诚日月可鉴。

钱钱才不理他，拉开车门把画筒放了进去，钻进车里：“走啦走啦！”

那天王晋生来找她，她立刻就把这个好消息告诉韩闻逸了。韩闻逸很为她高兴，还自告奋勇周末要送她去画廊。

上车以后，钱钱的情绪很亢奋，一会儿一变。

“哥，”她搓着手紧张地问道，“你说他们靠不靠谱啊？”

“去看看不就知道了？”韩闻逸踩下油门。

过了一会儿，她又高兴起来。

“我上网查过，这家画廊挺有背景的，他们跟好多有名的艺术家都有合作。”她扬起下巴，有点小得意，“他们老板说很喜欢我的作品，我是不是很厉害？”

韩闻逸噙着笑：“超厉害！”

“嘿嘿，以后要是我出名了，一张画能卖几十万……”

人在亢奋的状态下情绪的变化极快，这会儿钱钱已经开始喜滋滋地做起白日梦来了。她侧过身看着韩闻逸，豪气冲天地说：“到时候我就包养你！我要带你吃香的，喝辣的，你喜欢什么电子产品手办模型，我全都给你买！”

韩闻逸扑哧一下乐了。

“那说好了。”他笑道，“以后我的电子产品就等着你帮我更新换代了，钱总。”

钱钱拍着胸脯：“包在我身上！”

不一会儿，车开到了清风画廊门口。

钱钱给王晋生打了个电话，王晋生很快跑出来接她。

王晋生三十来岁，面皮白净，穿着一身黑袍，戴着一顶黑色礼帽，留着一副很喜感的八字胡，看着挺有艺术家的气质。可他手指上却带了三枚粗粗的金戒指，往他的艺术气质里凭空增添了几分俗气。倒是很符合他这个艺术商人的定位。

他先认出韩闻逸，再看韩闻逸边上的漂亮姑娘，就知道她是钱钱了。他打量着两人，心里不由有些吃惊。韩闻逸长得英俊他在视频里看过，可是本人竟比视频更俊几分。至于钱钱，搞艺术的人里有不少放浪形骸的，像她这样青春靓丽的还挺少见的。真是一对般配的俊男美女。

“您是王总吗？”钱钱问道。

“是我。”王晋生热情地上前，“你就是钱钱老师吧？你好你好！”

他又假装刚刚认出边上的韩闻逸，满脸惊讶：“你不是网上很火的那个心理学家吗？韩老师，我看过你的节目！”

“王总，您好。”韩闻逸笑眯眯地跟王晋生握手，然后自然而亲热地搂住了钱钱的肩膀。

这个动作让钱钱忍不住扭头看了他一眼。因为说好了恋情不公开，平日里他们从来不会在人前有亲密接触。但在王晋生眼里他们不是邻居，不是公司里的上下级，他们一个是心理学家，一个是艺术家。

她没有推开他，只是微微怔了怔，然后自然地反搂住他的腰。

王晋生被这对小情侣发的狗粮刺激到，戏谑地啧了两声，又道："两位老师都进来吧，我先带你们参观一下画廊。"

钱钱正打算进去，韩闻逸却停在原地没动。

"要不你们先去聊会儿？"他晃了晃手机，"我有点事，需要打个电话。"

"啊，没关系没关系，你去忙你的吧！"钱钱忙道。韩闻逸今天肯陪她来她就很高兴了，人都到这儿了，至少已经能确保王晋生不是个骗子，后面的事情她自己谈也行。

"这地方不能长时间停车，我先去边上的车库把车停了。"韩闻逸说，"等会儿就来找你。"

"好！"

目送王晋生把钱钱领进清风画廊，韩闻逸钻回车里，开车走了。

等他找地方停好车，从车里出来，刚才一路上的笑容从他脸上消失了。他的神色变得颇为凝重。刚才在路上的时候，他收到风险投资（简称风投）公司那边发来的消息，说是之前接洽的两位投资人都拒绝了给他们事务所投资的事。

韩闻逸给风投的人拨了个电话过去，电话很快就接通了。

"韩总。"接电话的人是风投公司的刘经理。

"刘经理，"韩闻逸问道，"上次见的那两位老总对我们事务所不满意吗？"

"唉……也不能说不满意。韩总，你们事务所还是很有前景的，而且您本人现在发展得也非常好。只是你们事务所的发展规划……"刘经理语气委婉地说，"投资人总是希望他们的资本能够获得最大的收益。"

韩闻逸皱眉。

他们事务所目前最大的投资人是马千万，但最近他和马千万在经营事务所的方向上发生了很多矛盾，他已经看清楚他们不是一路人，所以合作也很难再继续下去了。他想跟马千万拆伙，但是在此之前，他必须找到其他能够代替马千万的投资人。这也是他和夏见灵最近频繁跑风投公司、和各位老总见面的原因。

然而钱不是那么容易筹到的。他和夏见灵为了创办这家事务所，自己已经投入了很多，但是事务所不可能只靠他们两个人撑下去。至于其他投资人，肯定是要谈利润和回报的。可惜，心理咨询事务所并不是什么吸金的地方。

虽然咨询费用一个小时几百元，看起来并不便宜，可是要经营一家事务所，房租、水电、税收、工资……全都是很大的支出项。十二事务所经营到现在，其实每个月都是亏钱的，将来网站上线、宣传铺开，应该就不会再亏本了，可是盈利还是有限。投资人拿着这笔钱，去投个影视剧，找几个当红演员拍点烂片，不知道能翻几倍，谁又愿意把时间耗在他们一家小事务所身上呢？

刘经理见韩闻逸不说话，就把话撂得更明了：“韩总，我个人觉得你们事务所的业务其实可以再拓展一点，您看您这么大的影响力不能白费是不是？好好利用起来，肯定有人愿意给你们投钱。”

韩闻逸没吭声。如果按照刘经理说的做，他赶走一个马千万，下一个、下下一个来的可能还是马千万。

良久，他头疼地揉了揉额角，开口：“我知道了，很感谢你。你的建议我会考虑的，我们下次再联系。”

“好吧，再见。”

切断和刘经理的通话，韩闻逸翻翻通讯录，找出其他风投公司的联系人，继续打电话。

王晋生把钱钱带进画廊，先带她在画廊里参观，向她介绍画廊的详细情况、合作单位以及签约艺术家。

“这几幅作品已经拍卖掉了，”王晋生指着一个区域的画说，“暂时在这挂着，过两天就会送去买家手里了。”

钱钱扫了一眼，那些画的水平有好有坏。她随便指了一幅画得一般的问：“这画卖了多少钱？”

“八百。”王晋生回答，“是个美院学生的作品。”

钱钱“唔”了一声。如果一幅画只能卖几百块的话，虽然也是一笔收入，但是实在少得很可怜。那种练笔作品卖了也就卖了，真花心思完成的作品，只卖几百她还不如自己收藏着。

王晋生看穿了她的心思，走到一幅花卉画边上，问道：“你猜这幅画拍了多少钱？”

钱钱仔细端详。这幅画的水平应该是这块区域最高的，构图用色都恰到好处，比刚才那幅美院学生的作品厉害了很多。她想了想，猜道：“三千？”

“五千。”王晋生说，“这幅画大，而且取材好，富贵牡丹，讨巧。被一位律师拍走，说准备挂新家客厅。”

钱钱点点头。她心里盘算，她认真完成一幅这样大小的画作大概需要三五天时间，也就是两个周末。相当于接一份兼职，如果一幅画几千，比她平时网上接的那些商稿价格更高，她还是挺乐意干的。就是不知道她的画能不能卖这个价。

王晋生又走到一幅水彩日出图边上：“你再猜猜这幅画卖了多少？”

钱钱一看，这幅画虽然尺寸大一点，但构图挺简单的，作画的工作量其实不大。而且这水平，明显不如刚才那幅富贵牡丹。既然富贵牡丹卖了五千……她猜这画：“三千。”

王晋生笑了笑：“加个零。”

“什么？这画卖了三万？！”钱钱大惊失色！摸着良心说，她画得绝不会比这差！

“你是不是觉得富贵牡丹那幅画得更好？我也这么觉得，懂绘画的人大概都这么觉得。”王晋生说，“但你知道为什么会这样？因为画这幅日出图的作者更有名气！拍卖的时候把画家的名字和履历一介绍，价格噌噌就往上涨。最后这幅图是被一个开餐馆的老板买走的，说是准备把名家的画挂店里，显得他们餐馆有格调。”

钱钱不知道该说什么。

王晋生带着她继续往下一个区域走，钱钱忽然在某一幅画作前停了下来，认真端详了一会儿。这是一幅城市图，作者却把城市画得十分光怪陆离，高楼大厦像是一个个囚笼。她想看看作者的署名，但是奇怪的是，这幅画竟然没有署名！

王晋生看到钱钱注意的那幅画，不由愣了一愣，表情变得颇为古怪。片刻，他恢复笑脸，走回钱钱身边，问道："你觉得这幅画怎么样？"

钱钱思量了一会儿。这幅画的技法上虽然有点欠缺，但可能是这幅画的意境，可能是这幅画的表现手法……总之，她就是欣赏这幅画作。

"我喜欢这幅画。"她说，"我能看到这个画家的……灵魂。不知道这么说你能不能理解。总之，我很喜欢。"

王晋生眼波闪了闪，没说话。

方才他脸上的笑只是客套的肌肉用力，然而听到钱钱的话之后，那笑意忽地自然化开，漾了满脸。

他带着钱钱参观完画廊，把她领进会客室，开始跟她聊正事。

钱钱特意带了几张自己最满意的作品来。她把画给王晋生看，王晋生看完连啧数声，感慨："佳作啊！埋没到今天，真是可惜了！"

他又问钱钱："你是美术生吗？"

"上大学以前在外面学了几年水彩。"钱钱回答，"大学以后念的是艺术设计。"

王晋生了然："难怪。如果让我说句鸡蛋里挑骨头，你的构图和构思还有提升的空间。但是你这色彩表现力，简直绝了！你要是再学几年，或者碰上好的老师，前途不可限量。你当年怎么没学下去呢？"

任何一项技能，都有几种影响元素。天赋、学习、练习……钱钱的色彩表现力，当然有后天学习的成果，但更重要的是她的天赋。而构图和构思的能力，通过学习无疑也能提高的。当然，王晋生并不是为了挑刺，他一开口就说了，这是鸡蛋里挑骨头，他只是被钱钱的色彩表现力惊艳到，为其他略微不足之处感到惋惜而已。

然而一幅画，只要有一点出彩之处，就毫无疑问可以被称为是佳作了。

他的感慨钱钱没接，只问道：“王老板，如果我跟画廊合作的话，具体是怎么合作呢？”

王晋生叫来法务小李，让小李拿几份样板合同过来。等合同拿来，他就着合同跟钱钱仔细介绍。

“咱们这儿有几种合作方式，一个是签作品约。简单说就是如果你有作品想委托我们出售，成功售出以后我们按照售价分成。但这种合作方式我们的抽成会比较高，你知道，经营一家画廊的成本是很大的。”他把第一份合同推到钱钱面前。

钱钱简单看了一下，如果签作品约，售出以后她跟画廊需要五五分成。

“我们还会跟艺术家签长约。长约一般三年为期，每年你至少需要交给我们二十幅作品。分成虽然还是五成，但是——我们会为你进行个人包装和市场推广。”王晋生另外推了份合同给她。其实除了这两份合同之外，他们还有那种廉价保底的合作方式，是给那些一幅画撑死了只能卖几百块的绘画爱好者的，在看过钱钱的画作以后，这种协议就没必要拿出来了。

“推广？”钱钱微怔。

“刚才那些画你也看到了。那幅日出图，以你的水平，花三五个小时画一幅也不比他差吧？现在是商业社会，不讲究酒香不怕巷子深。水平只是成功与否的一个因素，宣传和机遇更加必不可少。”说这话的时候王晋生脸上说不上是什么表情，有点理所当然，又有点无奈。

他玩弄着自己手指上的黄金戒指，眼睛看着钱钱：“我们公司既有宣传资源，也有政府扶持，张珂和刘更六都是我们一手推出来的。我可以向你保证，如果你跟我们签长约，我们一定会大力捧你，以你的水平，三年以后你不可能比张珂差！”张珂和刘更六都已经是业界知名的画家了。

王晋生毕竟是个商人，吹起牛来口气一点不虚。钱钱虽知道他说话有夸张的成分，难免还是觉得心动。

她以前接商稿做兼职，东接一单，西接一单，因为她水平高态度好，固然有回头客和朋友介绍，可到底是为了别人干活，对她自己的提升和积累十分有限。可如果跟画廊建立长期合作，以后她的作品就不再是XX书的封面、YY网的插图，而是她钱钱的个人作品了！光这一点就足够让她热血澎湃！

她心里的天平已经全然向着签约倾斜了。

不过问题还是有的。

钱钱看了眼合同，指着某处：“一年至少交二十幅画太多了。我还有工作，没有那么多时间画画，我也不能保证一直有灵感。”

法务小李忙道：“老师，我们的合同是不能改的。连张珂老师跟我们签的都是这份合同。”

钱钱撩起眼皮，严肃地说：“数量限制太高，很可能导致我胡乱应付交差，我不想这么做，我想你们也不喜欢。”

法务小李还想说什么，王晋生抬手阻止了他。他问钱钱：“那你能完成多少？十幅？”

“如果合同里非要写这一条的话……那么两幅。”钱钱说。她当然不是一年只能画两幅画，但是写进合同里的东西，肯定是限制越少越好。

法务小李满脸的不可思议。两幅你还画什么啊？两幅你让我们宣传什么啊？

“哈！”王晋生不怒反乐，“不愧是艺术家，很有个性。这条件你也说得出口啊？”

“有什么说不出口的？”钱钱耸肩，“两幅不是个保底的数字吗？到时候就算我交两百幅你们也不会嫌我画太多吧？我只是不希望在我交了十九幅作品以后还得赔偿你们违约金。”

法务小李正想跟她争辩一下画廊要求保底数量的出发点，然而王晋生手一抬，把他的话挡回去了。

“行，两幅就两幅，”王晋生豪迈地通过了，“依你。”

法务小李眼睛猛地一瞪，眼珠险些从眶里掉出来。他刚说合同不能改当然是谈判之词，名家签约和新人签约的条款怎么可能一样？钱钱明显是个新人，自家老板有爱才之心不是不能理解，但是这么不公平的条款一口就答应了是在开什么玩笑？！

钱钱也略有些意外，但她没多想，继续往下看合同。

她又点出了合同中几条她有异议的条款，王晋生连二十幅画都能痛快地让成两幅，其他的还有什么不能让？大手一挥，让法务小李改合同去了。

法务小李简直目瞪口呆。但老板发话，不能不依，他只能满头雾水地回办公室改合同去了。

等合同的时候，王晋生又想起一件事，忽然起身跑了出去，过一会儿拿着一张纸回来，递给钱钱。

钱钱接过一看，这是某个水彩画比赛的宣传单。

“怎么样，你有没有兴趣试试？这个比赛所有的参赛作品会在我们这儿展出。一等奖，奖金两万；二等奖，奖金一万；三等奖，奖金五千。展览时间一个礼拜，闭展就出奖，很快的。”

奖金对钱钱还是很有吸引力的，但是她一看开展时间，居然就是一个礼拜以后的事儿了！

“其实本来投稿的时间已经结束了。但没关系，我们是协办单位，还是有点话语权的。如果你有兴趣，我可以开后门给你留个展位，你最晚得在办展前一天的上午过来交稿。你觉得怎么样？”

他顿了顿，怕钱钱不感兴趣，又多劝了几句：“你不用担心会有特别厉害的画家来参赛——已经出名的人没必要来凑这个热闹。我相信你的水平拿个奖不成问题，真的！奖金还是其次，主要是一份履历，我们给你做宣传的时候，这种经历总是越多越好，方便给你抬身价。”

钱钱咽了口唾沫。她确实感兴趣，但是参赛作品对题材和尺寸都有限制，她肯定是要重新画一幅的。时间是真的有点紧。

然而不知道是不是受到王晋生的爽快的感染，她莫名地也变得很豪爽。

“行！”她收起这份传单塞进包里，“我参加。我回去就画！”

“哈哈，”王晋生很高兴，“那我等你消息。”

今天一切的事情都出乎意料地顺利，钱钱本来只打算来探探虚实，王晋生约她来也只是想了解了解情况。结果两个人都反常地豪迈，莫名其妙就把合同给敲定了。法务小李碍于老板淫威，很快就把改好的合同拿过来，结果钱钱和王晋生当场签字盖章，合作就这么达成了！

钱钱美滋滋地揣着合同和参赛传单起身："王老板，下次见！"

"下次见。"王晋生起身送她，"期待你下次带着更多作品来。"

等钱钱离开以后，法务小李跟着自家老板回到办公室，才敢问出心中的疑惑。

"老板，"他问道，"刚才那姑娘是谁啊？你咋跟她签了那么一份合同啊？跟张珂老师的合同咱都没让那么多啊！"

王晋生想说是亲戚介绍的朋友，想说自己有爱才之心，想说签下她肯定能得到韩闻逸的卖力宣传……然而他脑海中浮现起的却是刚才钱钱站在那幅光怪陆离的城市画前，说的那句她喜欢那幅画。

"艺术家的惺惺相惜，"他把玩着自己手指上的金戒指，"你懂吗？"

小李用他空洞的眼神来回答他只是个彻头彻尾的俗人。

"不懂你还瞎问什么？去去去，"王晋生不耐烦地挥手驱赶，"干你的活儿去！签都签了，别提醒我后悔！"

钱钱出了画廊，打韩闻逸的电话，发现他的电话占线了。她有点莫名，给韩闻逸发去一条消息。

钱钱没有钱："我搞定啦，你在哪儿啊？"

没一会儿，韩闻逸回信来了。

别人家的金坷垃："地下车库，A 区。"

钱钱正打算收起手机，忽然觉得"别人家的金坷垃"这几个字瞧着有点不那么妥帖了。她想了一会儿，点进备注名，改了改。

别人家的金坷垃——我家的金坷垃。

改完以后，她满脸笑容地收起手机，朝地下车库走去。

大白天的，地下车库里没什么人，钱钱一路跑下去，拐没两个弯就到了车库的 A 区。她伸长脑袋东张西望，很快发吸纳了站在那辆黑色宝马车边上的韩闻逸。他好像刚打完一个电话，正把手机收起来。

两人四目相对，钱钱绽开一个灿烂的笑容，朝着韩闻逸飞奔过去。

韩闻逸看她过来，脸上也荡开几分笑意："你怎么这么快……"

他还没说完，钱钱已经冲到他面前了。而且她并没有减速停止，兴奋地扑进他的怀里，搂住他的脖子。

他向后撤了半步，抵消了冲击力。没等他回过神来，钱钱忽然踮着脚仰起头，在他脸颊上亲了一口。

亲完之后她便打算松手，韩闻逸却没有给她这个机会。他一手箍住她的腰，一手按住她的后颈，在她低头躲开之前，不由分说地吻住了她的唇。

钱钱仿佛受惊的兔子，瞪大眼睛，僵在那里。忽如其来的侵略让她紧张到连呼吸也忘了。

然而数秒之后，她全身软了下来，闭上眼睛，重新勾住他的脖子。

她忽然想起张爱玲的那句她从尘埃里，开出一朵花儿来。曾几何时她曾觉得这段话有些矫情，可此时此刻，她却感同身受。

她挣扎着从尘埃里钻出来，满心欢喜地开出一朵花来。

周一大清早，两人又下楼去晨跑。

八月正是盛夏时节，天气一日热过一日。暑假住校的学生本来就不多，加上天气炎热，出来晨跑的学生就更少了。六点半，他们到达操场上，操场上除了两位老人家在晨练，一个学生也没有。

六点多的时候天蒙蒙亮，晨雾还未散尽，世间万物仿佛都罩上了一层滤镜，草青得刚刚好，云白得刚刚好，心情明朗得刚刚好。她情不自禁扭头看了韩闻逸一眼。他正望着前方出神，连他的侧脸也英俊得刚刚好。

古人说一日之计在于晨，这话钱钱从小听钱美文唠叨。可直到现在，她才对这句话深有体会。古人诚不欺她也。

她环顾一圈四周，两位晨练的老爷爷正在拍树。她确定两位老人家都没有在看他们，于是踮起脚尖，飞快地亲了他一下。

韩闻逸偏过头，只见钱钱的眼睛亮晶晶的，比清晨的朝阳更明亮。

他嘴角噙着笑，弯下腰，也在她的唇上烙上一吻。

做完热身，他们就开始跑步了。

没跑多远，钱钱忽然加速，跑到韩闻逸的前面，转过身来倒退着跑。

“小心。”韩闻逸怕她摔跤，忙放慢了速度，慢慢地前进。

阳光打在钱钱脸上，她微微眯着眼睛，显得懒洋洋的：“哥，你是从什么时候开始喜欢我的？”

韩闻逸歪着头想了一会儿，不知道该怎么回答。男生总是相对晚熟一些，他说不清楚是什么时候对她从对邻家妹妹的喜爱变成男女之情的。但当他真正意识到的时候，他已经喜欢她很久了。他只能回答：“很早以前。”

“嘁，”钱钱不服气，“肯定没我早！”

“那你是什么时候？”他问。

钱钱皱皱鼻子，又掉过头，正着向前跑：“我才不告诉你！”

她忽然开始加速，韩闻逸连忙追上去。

“为什么不告诉我？”

“就不说。”

“为什么？”

她扭头对他做个鬼脸：“怕你太骄傲。”

他眉头顿时一跳。嘴角勾起来，就压不下去了。

“说说看啊。”他死缠烂打。

“不行，你要做个谦逊的人。”

“骄傲使人进步。”

跑了小半圈，钱钱又侧过身，蹦蹦跳跳地横着跑。

“哎，”她一挑下巴，问道，“那你喜欢我什么？”

韩闻逸扭头看她。在朝阳的照映下，少女的脸庞显得明媚而又娇艳。他忍不住伸手捏了一下。喜欢是一个很复杂的东西，她的一颦一笑，她的机灵善良，她的认真努力。他既然讲不清是什么时候开始喜欢她的，也就讲不清是什么原因喜欢上她的。但是喜欢上以后，就看什么都觉得喜欢。

“只要跟你待在一起，”他说，“我就觉得很开心。”

然而这个答案钱钱并不满意：“我要听具体的！”

韩闻逸想了一会儿，回答：“我喜欢你温柔。还有……”

没等他还有下去，就被钱钱打断了。

“温柔？我？我温柔？”她不可思议地指着自己的鼻子。她自认算不上泼辣，但和温柔的距离估计能有孙悟空翻个跟斗那么远。要说的话，韩闻逸都比她温柔得多。

韩闻逸笑：“是啊，温柔。”

她不管韩闻逸脑子到底进了什么水才会觉得她温柔，但是这个答案她一点都不满意：“你说！你是不是觉得我不好看？”

“啊哈？”

“评价女孩子，不漂亮的才说她可爱，不可爱的才说她温柔！”她叉腰瞪眼，用实际行动反驳韩闻逸对她的评价，“你几个意思？”

下次他一定记住。甜言蜜语这种东西，必须要先从外表开始夸起。

“当然漂亮啊，”他一本正经，“我以为这是常识，不用特意拿出来说。而且一上来就说漂亮，万一你觉得我肤浅怎么办？”

他要不加后面那半句也就算了，加了后面那半句，又招来一顿白眼。

“你要是不肤浅，不是白瞎我长这么漂亮了？”

韩闻逸：可以，这非常可以。

“再问你一遍。”她扬着下巴，“你喜欢我什么？”

他从善如流：“喜欢你漂亮！”

钱钱满意地微微一笑，露出两排白牙：“真肤浅。”

韩闻逸：果然学了再多心理学，也不要试图去猜女朋友的心思。这不是一门科学，这是一门玄学。

钱钱看他无语的样子，嘿然一乐，朝前跑去。她的马尾随着她的步伐一甩一甩，满满的活力与朝气。

韩闻逸哭笑不得地摇摇头，加快脚步追了上去。

钱钱的温柔并不是那种小鸟依人的似水柔情，而是一种善良的敏锐。

韩家父母的工作一向是很忙的。林佩蓉月月坐飞机四处飞，韩爱国除了学校里的教授一职，还在外面的咨询公司做顾问。别人家的教师工作清闲还有寒暑假，韩家的父母非但没有寒暑假，有时候忙起来，连过年都没空回家。

有一年大年三十，家里只有韩闻逸一个人。

晚上他揣着饭卡去食堂吃晚饭，下楼的时候正碰上钱钱跟钱教授一起逛完超市提着大包小包的年货回来。四目相对，钱钱看到他手里的饭卡，愣了一下。

大年三十T大的学生食堂虽然还开着，可食堂的师傅大多回去过年了，只剩下寥寥两三个本地的师傅还在工作。可选的菜就两三个，他随便吃了一点，回家去了。

晚上他在房里看书，看不进去，外面电视机的声音太吵——楼里的隔音效果不太好，若只有一家看电视，原本倒也不至于吵到他。只是上下左右四邻都在看同一个频道，全楼的电视机一起共振，难免就有点扰人清静了。

正翻着书，外面有人摁门铃。他诧异地出去开门，只见钱钱站在门外，手里捧着一碟锦鲤状的蒸年糕——这预示着年年有余的好兆头，上海人家过年的时候家家吃这个。

她仰着一张笑眯眯的脸："我爸蒸的，说是让你尝尝他的手艺。"

其实蒸一条年糕，实在称不上什么手艺，就连韩闻逸自己都会蒸。钱钱只是找个由头给他送过来而已。她送完年糕没有走，换了拖鞋进屋："哎，我爸妈都在看春晚，我不想看。那些小品都在讲方言，我根本听不懂他们讲什么，观众还一个劲儿地笑，感觉我自己像个傻瓜。我来你这儿躲躲，看点别的……不会打扰你吧？"

"不会。"

韩闻逸把年糕端到茶几上，进厨房拿了两双筷子出来。

两个少年在茶几边坐下，一边吃年糕，一边看电视。特殊的日子里全国卫视都在转播春晚，地方台倒是有些别的节目，可估摸着地方台自己知道这时候是没什么收视率的，做的节目也就一点都不用心。最后换了一圈台，他们根本没发现什么好看的节目。

于是那天晚上，他们还是一起看了春晚。

他记得那一年的春晚，黄宏演了一个小品，赵本山也演了个小品。北方汉子们的嗓门又大又亮堂，几句话就丢一个包袱，台下观众全都哈哈大笑，气氛无比欢快。

他们坐在电视机前也都跟着笑，即便他们都没有听懂电视机里的人究竟说了什么。那样的日子里，那样的氛围下，似乎什么都很值得快乐了。

下午忙完事务所的事，韩闻逸早早离开，去医院看望吕彤彤。

他走进病房，发现吕彤彤的气色比上一次稍许好了一点。

“早上我请护士推我出去吹了会儿风，”她主动说，“住院这么久，好久没看过外面的天了。吹吹风，感觉还蛮好的。”

韩闻逸在病床对面坐下。他上次来的时候有问过吕彤彤有没有出去透过气，吕彤彤说没有。这里是 T 大的附属医院，就开在 T 大的校门口，外面学生来来往往的，她一出去很可能会撞上一两个认识的人，所以她不愿意。现在她能出医院，算是一个不小的进步了。

“怪不得你今天脸色红润了很多，人看着也有精神了。”他说。

“真的吗？”吕彤彤情不自禁地摸了摸自己的脸。女孩子到底还是在意自己的容貌的。

“真的。最近天气非常好，我看过天气预报，好像一个月内都不会下雨。有机会多出去转转，适当地晒太阳对你的心情和身体都有帮助。”

吕彤彤连连点头。得到了正面的激励，她很乐意接受韩闻逸的建议。

两人随口聊了几句，就开始切入正题了。

“我上一次布置给你的作业完成得怎么样了？跟我说说看吧？”上次他教吕彤彤用角色扮演的方法开拓自己的思维，寻找解决家庭矛盾的办法。

吕彤彤咬了咬嘴唇：“其实我想了很多……但我觉得，如果真的是柳献碰到这种事情，她的做法应该还是跟我想的不一样。”

“没关系，说说看。”韩闻逸鼓励她。真的柳献会怎么做一点都不重要，他的目的也不是让吕彤彤照搬柳献的思维，她毕竟不是柳献。只要能在这样的练习中让她学会跳脱出原来困住她的泥沼，目的也就达到了。

于是今天的咨询内容依旧是围绕着吕彤彤的家庭展开的。

她说假如她在回到十四岁那年，她也许会用不一样的方法来面对父母的苛责。当初她在一开始的时候尝试过跟父母争辩，但是争辩了两句只让她被责骂得更惨，于是她就认错了。她说换作现在的她，她可能会坚持跟父母争执到底，让父母理解她的想法；也有可能，从一开始她就放弃跟父母作对，乖乖服从，因为说得再多她大概也无法改变强势的双亲。

重构过去的目的是让她学着改变思维，更重要的是让她能将新的思维用在未来。

韩闻逸又设计了一些未来她或许会碰到的困难场景，让她设想她应当如何去应对，让她学着扮演她自己身上缺少的人格，更加开拓她的思路。

一个小时的时间过得很快，转眼咨询就差不多了，韩闻逸开始收拾东西，准备离开。

“韩老师，”吕彤彤忽道，“我最近有在看你的节目，你说的很多话对我都有触动。”

“是吗？”韩闻逸把自己的笔记本装进包里。

“真的。你怎么会想到去做这样的节目的？”吕彤彤问。在找韩闻逸做心理咨询之前，她其实有在网上看到过韩闻逸的新闻。但她只看个标题，从来没有点进去看。她跟很多先入为主的网民一样以为这只是一场炒作，一场作秀。直到接触韩闻逸本人，直到真的去看了她的节目，她才发现曾经的自己是多么具有偏见。

“嗯……”韩闻逸正思考应该怎么回答这个问题，忽听病房外传来喧哗声。

“叔叔阿姨，有什么问题我们坐下来商量，你们不能乱闯病房啊！”年轻小护士的声音很急切。

外面脚步声凌乱，好像是有很多人在往这里走。

"什么乱闯，我们是来找我们女儿的！"是一名妇女愤怒的声音。

"不是，叔叔阿姨，你们先坐一下，我先问问她的意见……"小护士还在拦。

"问什么！"妇女的声音更加高亢，"我们千里迢迢从外地过来，就是来见她的。你告诉我们她在哪个病房，不然我们自己找！"

"这里是医院，不是在你们家里面。请服从我们医护人员！"一名男医生拔高声音。

可一片混乱中，脚步声还是越来越近了。

韩闻逸听外面的对话感觉不对劲，忙看了吕彤彤一眼。他这才发现吕彤彤脸上的表情无比惊恐，整个人瑟缩成一团，正左右张望，像是想找个地方躲起来似的。

他心里咯噔一下，立刻明白来的人是谁了。

他忙想着是否应该出去拦一下，没想到外面的人动作很快，病房门口的玻璃上出现两张往里眺望的脸。他们立刻发现了病床上吊着腿的吕彤彤。

"哗"一下，病房门被人推开了，一对五六十岁的中年夫妻冲了进来！

男人脸上的皱纹已十分明显，最深的是他眉心的川字，刀刻一般，可见他时时刻刻都爱皱着眉头。女人颧骨高耸，脸颊凹陷，也是一脸苦相。

韩闻逸忙站起来，想跟他们谈一下："叔叔阿姨……"

他才刚来得及开口叫人，那中年男人一个箭步窜上前，越过他直奔吕彤彤而去。

韩闻逸愕然，赶紧去阻拦。然而事发突然，他动作还是慢了半拍。

"啪！"一记响亮的耳光扇在吕彤彤的脸上，打得她偏过头去！

刚才在外面，一直是女人在跟医护人员们争执，做父亲的没有出过声。此时此刻，他才满含怒气地开口骂出了第一句话："丢人现眼！"

还站在门口的母亲哇一声哭了。可显然，她不是为女儿挨了丈夫的打而哭泣。她是在哭她的女儿为何竟会干出了如此丢人的事。

吕家父母的行为震惊了众人。人们回过神来，立刻冲上前，将暴怒的夫妇和吕彤彤隔离开。

“把你养这么大，让你读这么多书，你书都读到狗肚子里去了？！”吕父拼命挣扎，想要挣脱那些拉住他的人，“如果不是亲戚告诉我，我都不知道你上新闻了！全家人的脸都被你丢光了！！”

吕彤彤瑟瑟发抖，想逃走，可是她的腿绑着石膏被高高吊起，连床都下不了。她只能用被子将自己裹起来，假装这样就能与世隔绝。

吕母的哭声很嘹亮：“你怎么能干出这种事啊？你到底是怎么想的啊？”

韩闻逸很想问她，你是真的想知道她怎么想吗？但他知道，那些问出这句话的人，他们嘴里说的是问句，心里却没有疑问，只有斩钉截铁地的指责——你怎么能这么想？你怎么能不照我期望的去想？你怎么能不照我期望的去做？

越来越多的人涌进病房，有劝阻的，有拉人的。大家七手八脚地想要帮忙控制局面，却一度让局面变得更加混乱。

吕彤彤被人们围了起来，将她和她怒气正盛的父母隔开。吕父无法接近，气急败坏地抓起桌上的苹果，想朝吕彤彤砸过去。苹果还没出手，忽然有人从旁边拉住他的胳膊，他用力挣了挣，然而拉他的人力气很大，他竟然挣不脱。他火冒三丈地瞪视那个抓他的人，发现那是个二十来岁的年轻男人。

“放手！”吕父怒斥。

“叔叔，我是吕彤彤的心理咨询师。”韩闻逸并不放手，语气平和，“我希望能跟您和阿姨谈谈。”

吕彤彤的父母显然是不太上网的，要不然他们也不会那么久了才知道女儿出事的新闻。所以他们也不认得韩闻逸。

吕父轻蔑地说：“哪里来的骗子？滚开！”

韩闻逸深呼吸，让自己保持冷静。他压低声音继续请求：“彤彤有抑郁症，她不能受刺激。拜托，请跟我出去谈一下好吗？”

吕彤彤一入院就被确诊了罹患抑郁症，这也是她的思维消极、会选择自杀来逃避的原因之一。幸好她的症状还不算非常严重，最近吃药调理再加上心理辅导，情况已经有所改善。可如果任由她的父母这样刺激下去，后果很可能会不堪设想！

可吕父竟然依旧对此嗤之以鼻。

“什么抑郁症？”他无法靠近，便凶狠地用手指着躺在病床上的吕彤彤，“你给我起来，别躺在那里装病！”

吕母听懂了“抑郁”这两个字。她哭着质问吕彤彤：“你有什么好抑郁的？啊？我们养你这么大，缺你吃还是缺你穿了？你说啊！你为什么要这样？！”

他们是如此的理直气壮，却未发现周遭听了他们话的人是如何瞠目结舌。

这一刻，纵使是韩闻逸也失去了跟他们沟通的耐心。他不知道这出闹剧要怎么收场，什么时候才能收场。他只想立刻报警，如果这对夫妻没有办法在医院冷静，那就让他们去警察局里冷静！

这时候，医院的保安终于赶到了。保安都是身强力壮的男人，做事也更有底气，在他们的帮助下，终于把夫妻两人连请带拉地弄出病房。

当病房里的人如潮水般退去，韩闻逸这才松了口气。刚才混乱之中病房被弄得一片狼藉，吕父愤怒地踹倒了一根医用架子，他先走过去把架子扶起，才回到病床边。

吕彤彤蜷缩在被子里，一动也不动。

韩闻逸看着她这样子，心里很不是滋味。他调整心情，开口叫吕彤彤的名字。好半天，被子里的人微微动了一下，表示听到他说话了。

“彤彤，如果你现在是柳献……”他缓慢而温和地提醒，“你会怎么做呢？”

吕彤彤没反应。

韩闻逸不急着要她的答案，只是想让她不要沉浸在痛苦恐惧的情绪中，这时候让她进行一些改变角度的思考会对她有帮助。

“你慢慢想。几分钟后我再来，希望你能告诉我你的答案。”他说，“护士会在这里陪着你的。”

被子轻微耸动了一下，是吕彤彤的回答。

韩闻逸转身出了病房，去找吕彤彤的父母。

那对夫妻并没有走远，他们被医院的保安带到走廊上，可是他们不肯离开医院，就在走廊的长椅上坐着。保安无法武力驱逐，只能在边上盯着，以免他们再次硬闯病房。

医院的医生正在跟他们讲道理，告诉他们抑郁症是什么，指责他们不该对女儿动手。可是吕父一脸冷漠，吕母低头哭泣，谁也没有在听医生说话。

韩闻逸走过去。

医生认得他，知道他是专业的，忙让出位置。他走到吕家父母面前，没有立刻开口，而是重新观察了他们一会儿。

吕父发怒的时候穷凶极恶，不发怒的时候就冷冰冰地坐在那里，像块石头。吕母则无论什么时候都带着一股哀怨。这是一个严父怨母的家庭。

韩闻逸在夫妻俩对面站定，重新进行自我介绍："我叫韩闻逸，我是吕彤彤的心理咨询师。”

吕父用冷漠表示他的不屑。吕母继续抹眼泪。他们把他视为骗子，并不信任，甚至不想理睬。

韩闻逸平静地问道："你们知道吕彤彤自杀过么？”

夫妻俩终于有反应了。

“她死了活该！”吕父再度怒发冲冠，“活着干什么，继续丢人现眼吗？”

做母亲的倒没有这么心狠。她满腔的怨气要发泄，她怨的不只是女儿，还要怨天怨地，怨的角度尤为清奇。

“T 大到底是个什么地方？我们把孩子送到这里来，读了两三年书，怎么就给弄成这样了？”她一字一句地质问，“她的事情都闹上新闻了，她还想跳楼自杀！你们 T 大的医院还拦着不让我们见她，你们到底想干什么啊？！”

医院的医生被这话气得不轻，正要开口跟他们理论，被韩闻逸拦住了。

“叔叔阿姨，那你们来这里的目的是什么呢？”他温和地问道。

俗话说伸手不打笑脸人。他和煦诚恳的态度让夫妻俩很难将他视为仇敌。他们对视一眼，都没吭声。来干什么？打孩子一顿？骂孩子一顿？看孩子再跳个楼？

韩闻逸一看就知道他们根本没有思考过这个问题。他们完全是被情绪驱使着所有的行动。因此冲动又自负。

“我们来管教孩子，”吕父答不出来，只能瞪他，“关你什么事！”

“我明白您的想法。”韩闻逸的态度依旧是平和的。他不是来吵架的，他不是来彰显自己有多聪明的，他的职业让他明白如果想要让对方听他说话，指责只会让事情变得更糟糕。不管他有多不情愿，他得先学会听别人说话，别人才有可能听他说话。

“您觉得孩子做了不好的事，您作为家长想要管教孩子。我非常理解。”

吕父一愣。吕母非常吃惊地抬头看了他一眼。他们显然都没想到他会这么说。

“我只是好奇，你们打算怎么做呢？”韩闻逸说。

夫妻两个又不说话了。有时候沉默是一种抗拒，有时候沉默是因为不知道答案。

怎么做？如果说他们有什么明确的目的，那大概是将他们的怒气发泄出来，其他一切都不明确。

韩闻逸垂眸，内心有点悲凉。五六十岁的人了，被社会洗练了这么多年，他们的行为却从来都不是深思熟虑的。他在他们身上看到的不只是一个家庭的悲剧，他看到的是一代又一代的传承。暴戾的人会将身边的人变得软弱，软弱的人又会将身边的人变得暴戾……周而复始，循环往复，直到有人能够跳出这个循环。

双方僵持了很久，这样的局面让吕父倍感羞恼。他又一次恶狠狠地说：“我们的事情，不用你管！”

韩闻逸无奈叹气，有些疲惫。这个男人总是在愤怒。他不明白，愤怒是无能者的痛苦。他改变不了他的无能，他就改变不了他的愤怒。

他在这对夫妻边上坐下，慢慢地说道：“叔叔阿姨，你们觉得，如果国家改变法律，所有犯罪的人无论罪行大小，一律判处死刑。会把所有的犯罪行为全都杜绝吗？”

吕父吕母莫名地对视了一眼，不明白他为何会忽然把话题拐到这么奇怪的问题上。他们没有回答，但他们的表情还是给出了答案：他们觉得会。

韩闻逸轻轻笑了一下：“我觉得不会。我觉得这样的法律却会让不小心从超市拿了一条面包忘记付钱的人去抢劫金库，让不小心打破别人鼻子的人直接把人掐死——反正已经死罪难逃。”

他说：“过分严苛的法律也好，规矩也好，都会适得其反，你们觉得呢？”

夫妻俩瞠目结舌地愣了很久，终于听明白了他在影射他们“管教”过度。可他影射得那么心平气和，那么隐晦，他们心中有火，却竟不知要怎么发。而他说的，竟又不是全无道理的。

就在这时候，楼道口的方向传来一阵杂乱的脚步声，众人转头望去，看到几名穿着警服的人从楼道里出来。

警察径直走到他们跟前：“我们接到报警，是谁在医院里面闹事？”

韩闻逸有些惊讶。他倒是动过报警的念头，但他没来得及这么做。是谁报的警？

吕母一看到警察，急了，怨气又开始直冲云霄：“谁报警的？谁啊！我们管我们的女儿，怎么叫闹事了？”

原本局面已经暂时平息，警察不知道罪魁祸首是谁，吕母这一叫唤，倒是对号入座了。值班护士和保安忙将刚才发生的事情说给警察听。

吕父面上无光，立刻又开始骂骂咧咧；吕母心怀恐惧，又开始怨天怨地地抹眼泪。这里是医院，病房里还有很多重症患者，他们越是哭闹，警察和医生就越容不得他们。

“请你们跟我们回趟所里做笔录。”

警察还算客气地拍拍吕父的肩膀，示意他跟他们走。吕父却恼火地把警察的胳膊重重一扔：“别碰我！我们家的事，轮不到你们警察来管！”

强势有的时候很管用，有的时候也会碰钉子。因为他们终会碰上比他们更强势的人。

民警拿着执法记录仪，把每一个动作都拍下来，冷冰冰地通知："不好意思，这事儿就归我们管。根据《治安处罚法》第二十三条规定，扰乱医疗场所秩序，处警告和两百元以下罚款。如果你们还要继续闹事，影响医疗工作，可处五日以上十日以下拘留。另外，拒绝配合我们工作，是妨碍执行公务，可增加拘留天数。我再问一遍，你们现在跟我们回派出所吗？"

夫妻两个目瞪口呆。他们不懂治安处罚法，但他们听得懂警察的意思。现在走是警告和罚款，不走就是拘留。他们年纪这么大，蹲局子，丢不起这人。

最终，夫妻两个心不甘情不愿地跟着警察走了。一名值班护士也跟着，一起去做笔录。

韩闻逸眼看着警察将人带走，没走多远，他小跑追了上去。

他从口袋里掏出两张名片，递给夫妻两人。他的举动很突然，两人没回过神，已分别接了。

"叔叔阿姨，"他没有要求这对夫妻来做心理咨询——即使他认为他们需要，但他知道他们不会——他淡淡道，"我有一档节目，欢迎你们收看。"

夫妻俩捏着名片，面面相觑。

他没再跟他们多说什么，转身朝吕彤彤的病房走去。

他走进病房的时候，吕彤彤已经坐起来了，正望着天花板发呆。见他进来，陪伴吕彤彤的小护士就起身出去了。

"你感觉怎么样？"他在椅子上坐下。

吕彤彤的眼睛红肿，必定是哭过，但值得庆幸的是，她看起来并没有想象的那么糟糕，她好像很疲惫很难过，但至少没有崩溃。

她勉强地笑了一下，算是对问题的回答。

韩闻逸默默叹气："我刚才提的问题你思考得怎么样了？"

吕彤彤垂下眼，没说话。

过了好一会儿，她慢慢举起手。韩闻逸这才注意到她手里攥着一只手机。

“如果我是柳献……”她慢吞吞地说，“我会这么做。”

韩闻逸愣了一愣，忽然明白过来，不可思议地睁大眼睛——他怎么也没想到，报警的人竟然会是吕彤彤！

吕彤彤又仰起头看天花板，因为她眼里蓄着眼泪，她不想让它们掉下来。她哽咽着问道，“韩老师，我是不是很坏很坏？”

她从来没有做过这样大逆不道的事情。她不知道自己怎么了，但她相信自己必定已经十恶不赦——因为她虽然觉得难过，却竟然没有觉得后悔。她无法用愧疚来自我处罚了，她只能等待韩闻逸的审判。

可是片刻后，她却听见了韩闻逸温柔而坚定的声音。

“你做得很好。”

她不相信。

“不是你的错。”他说。

她还是不相信。

“彤彤。”他轻声道，“我为你骄傲。”

她依旧没有回应。几秒后，她双手捂住脸，任由早已收不住的眼泪疯狂泻下。

今天晚上是韩闻逸录制《十二》的时候。他出了医院，立刻开车赶往录影棚。

他到的时候，场地里的工作人员正忙碌着做摄制前的准备。节目组的导演看见他，忙朝他招手：“韩老师，你先去休息一下。场地准备好了我就通知你。”

他径直走过去：“王导，我想换一下今天的内容。”

“啊？”导演王宇很惊讶，“换内容？”

韩闻逸从包里拿出一张纸递给王宇。那是他进影棚之前临时写的大纲。《十二》这档节目是他的个人脱口秀节目，每期节目的内容基本是他自己拟定的，但在录制前他也会跟节目组进行沟通，节目组会从吸引观众、制造热点、审查等方面给他一些意见或者建议，所以节目的内容都是提前商议好的，不会临时更变。

“我想今天先说这个。我希望这一期能早点播出。”他说。节目组一次会录制四期节目。如果他想说的今天不说，等观众看到这期节目的时候，又要晚上一个月的时间。

王宇接过他递来的大纲，认真地看。看完之后，他低头看了眼手表：“现在是六点半。大概还有四十五分钟节目正式开始录制。你有四十五分钟润色，想清楚你等会儿要说什么。”

韩闻逸微怔。他本来有点担心节目组会拒绝他的要求，毕竟临时更改计划是他任性。却没想到，王宇会答应得这么爽快。

“韩老师。”王宇笑眯眯地把大纲递回去，“你的节目，你做主。”

四十五分钟后，韩闻逸准备妥当，走到录像机前坐下。

工作人员打板，录像机红灯闪烁，将他摄入其中。他目光炯炯地凝视着镜头，透过镜头，他仿佛看见了一张张错综复杂的网络图。图上密布着无数的节点，节点连接了一个又一个的人。那些他认识的人们，那些他不认识的人们。那些通过各种介质收看着他节目的人们。

他对他们微笑。

今天吕彤彤问他，为什么会想到做这样的节目，因为她父母的闯入，他没有来得及回答。但他准备用行动回答。

他说：“节目播出之后，我看了大家的评论。很多人希望我能多讲一些人际交往的方法或是技巧。那我今天就说一条——不要轻易地批评和否定别人。”

当他看到那对夫妻凶神恶煞闯进病房的时候，当他看到听到本该亲密的人们互相谩骂指责的时候，他也想抨击他们那些愚蠢的行为，他也想站在高地上把他们全部骂得狗血淋头。但他不会那么做。他不打算指责任何人，因为这就是他今天想说的内容——批评和否定并不是有效的手段。

“我以前为一对夫妻做过咨询。他们说他们跟孩子的关系变越来越糟糕，孩子大了，不听他们话了。早恋、逃学、跟他们认为糟糕的人交朋友。他们打也打了，骂也骂了，打得很凶，骂得很狠，都没有用。最糟糕的是，孩子开始欺骗他们，依然早恋、逃学、和他们不喜欢的人交朋友，但是不再让他们知道。”

“他们问我，为什么他们的孩子会变得那么浑蛋？”

“我问他们有没有想过这个问题：当孩子被他们指责的时候，孩子的感受是什么？是他做错了应该改正吗？——或者换一个角度，当你自己被别人批评的时候，你的感受又是什么呢？”

“如果有人在你的朋友圈留言说，‘你自拍真难看，不要发了’，有多少人会觉得，‘糟糕，我错了，我以后不应该再发照片了？’我不知道有没有人会这么觉得，反正如果是我，我会觉得这人真讨厌。然后立刻把他屏蔽拉黑。”

“如果你随手使用了室友的橡皮，三天以后他仍然喋喋不休地埋怨你自作主张……”他摊手，“我不知道会不会有人吸取教训，以后使用他的橡皮之前一定要跟他打招呼。如果是我，我会认为他吃饱了撑的；我会跟他保持距离，不再用他的任何东西；如果我一不小心还是用了，那我会尽量不要让他知道，免得他以后又来指责我。”

“同样，当我们批评别人的时候，我们的目的是让他们改正，可他们的感受却是我们很难相处。他们会避免以后再被我们批评，但他们避免的方法往往是要么远离我们，要么以后他们做的事情不要再让我们知道。”

他想让别人接受他的观点，他就得设身处地地站在那些人的立场上让他们明白，怎样做对他们有好处，怎样做对他们有坏处。

“良好的沟通方法，不是指责和否定，而是好好告诉别人，我们希望他们做什么。有时候他们不是故意做那些让我们不满的事，而是不知道该怎么做。所以心平气和地告诉他们，并且在他们那样做的时候鼓励他们，给他们正面反馈。让他们有动力继续。”

“我知道有人不同意。当我跟那对夫妻这么说的时候，他们告诉我，很多成功的人都说过，他们感谢所有曾经批评过他们的人，是那些声音让他们变得更强大。所以为了让孩子成功，他们必须严厉。”

他顿了顿，凝重而又认真地说：“不是。如果成功人士真的这么说，那是他们搞错了。让他们能一直坚持下去的，让他们摔倒了还能重新爬起来的，让他们最后能大大方方对批评声说感谢的……并不是那些否定他们的声音。是在他们脆弱的时候得到的鼓励和安慰，才让他们没有被彻底打败；是在他们小有成就的时候得到的支持和肯定，才让他们有动力继续往下走……”

“没有任何人能强大到对抗全世界——除非，他的身边至少有一个爱他、陪伴他、给他鼓励、让他相信他能够做到的人。比起批评和否定，我们更应该学会的是鼓励和肯定。”

“让世界变得更美好，是爱。”

他不试图说服任何一个人。他只是坐在这里，说着他的话。他相信会有越来越多的人看到。

他也相信，这个世界会变得更好。

连续四期节目是一个大工程，节目一直录制到第二天天亮的时候才结束。韩闻逸从摄影棚出来的时候已经很疲惫。他一晚上没有看手机，等打开手机的时候，发现他凌晨的时候收到了吕彤彤发来的消息。

“韩老师，我还没有睡着，一直在想今天的事情。”

“我今年已经大三了，以前是打算毕业以后回家考公务员的，他们就是这样给我安排的。但是现在我决定等我出院，我就去找工作。毕业以后我想留在上海。”

她一共发了三条消息，最后一条只有两个字。

“谢谢。”

韩闻逸微笑着收起手机，开车回家。其实他先前就想建议吕彤彤这样做，但心理咨询师不应该为来访者做重大的决定，所以他只是能鼓励吕彤彤转变思维。

不是所有人都可以被改变。人们也很难去改变别人，可至少可以自我改变。无法契合的人或许远离才是最好的选择。一个人的能力终究有限，就只够让自己过好这一生。

快开到家的时候，韩闻逸的手机铃声响了。他看了一眼，发现是母亲林佩蓉打来的电话。这让他有些惊讶。

铃声响了一会儿，他终于按下了接听键。

“醒了？”林佩蓉问。

他没说自己彻夜没睡刚刚忙完工作，只是“嗯”了一声。

“周末有时间吗？”林佩蓉说，“一起吃饭吧。”